学前教育改革启示录

华爱华·著

上海社会科学院出版社

目录

第一章　早期教育的文化理念

第一节　透视幼童的精神文化世界

一、幼童具有天生的哲学思维

当一个新生命呱呱坠地,来到这个世界上的时候,他的人体、人性、人情立即就受到成人的养护和塑造,然后被打上种种的印记。其间,幼童感知了什么? 思索了什么? 发现了什么? 引发了儿童心理学家和儿童教育学家的热忱探究。美国当代哲学家马修斯的命题是:幼童与生俱来就有运用哲学的能力,"他们早就喜欢提出哲理性的问题,还要做哲理性的评论,比十三、四岁的孩子做的更多"①。

是真的具有这样的功能吗? 对此,马修斯在他的著作《哲学与幼童》中提供了大量的例证:蒂姆(大约六岁)正忙着舔锅子时问道,"爸爸,我们怎么知道这不是在做梦呢?"显然,这不仅是针对梦状和清醒状的划分所提的问题,更是"大多数人对平时确信自己理解的事物是否是真理解,产生了怀疑"②。大卫(五岁)断定掉在地上的苹果是活的,因为它可以萌发出一株果树,带进室内便不是活的了。但它们与挂在树上的苹果又有什么不同呢? 显然,这是站在不同的位置上观察生命状态,并判断生与死的界定。丹尼斯(四岁半)说,一样东西"可能同时在前面,又是在后面,比如我们绕着这张桌子转,一会儿你在前面,我在后面,一会儿我在前面,你在后面。"显然,这是形而上学的思路,是相对主义的精彩发现。厄休拉(三岁四个月)说:"我肚子疼",母亲说:"你躺下睡着了,痛就会消失的。"厄休拉问,"痛会上哪儿去呢?"(会不会跑到壁橱里,跑

---

① 马修斯著,陈国蓉译:《哲学与幼童》,三联书店 1989 年,第 87 页
② 同上,第 2 页

到床下,会不会再跑回来)。显然这是企图在捕捉事物变化和消失的缘由。所以,这个问题本身就是"进行哲学思考的一份请帖"①。

马修斯揭示了一个世界,或者说,他领引着师长、父母们走上了一座台阶,以便从一个新的窗口去观察并认识孩童。其实,此处的描述,只是提供了一种"样式",任何一位有兴趣的父母,都可发现身边的孩子具有这样的天赋。上穹(五岁)正趴在地板上自言自语,内容是和一位小朋友商量登台朗诵。问:"你在和谁说话,"答:"空(屁)。"问:"空是什么?"答:"空就是没有。"问:"你刚才不是在说要请小朋友表演吗?"答:"小朋友在我心里。"显然,这里不是在简单地辨别真与假,而是在讨论"无"与"有"。实"无"而心"有",究竟是"无"还是"有",或者"无"包容了"有","有"替代了"无",这个从巴门尼德到海德格尔,一直受到世界哲学界关注的难题,不是也能接受幼童的一瞥吗。

不要说这全是成人对儿童智慧的解释,也不要说这全是哲学家自身的臆断,当然,更不要对这些冠之于"伟大"、"深刻"、"奇迹"之类的形容和评价——这纯粹是幼童思维能力的特征和功能,纯粹是幼童天赋的表现。我们并不从根本处附和复演论(人的个体发展重演着人类的文化历史),只是承认它的机智,所以与其说幼童(从出生以后到八岁)的智力与人类石器、洞穴、渔猎时期的智力相一致,属原始思维,不如明白地说,这就是幼童最初的稚拙而又神秘的思维状态(也许因为思维同构的关系,它确实与"原始性思维"有很大的相似之处)。列维·布留尔在《原始思维》中认为,原始人的思维既是自然的,又是超自然的,它难以被理解,也难以用概念的语言来表现。我们上述引用的例子不也具有相同性吗?其实,幼童的思维和原始的思维之所以显示出怪诞、神秘、朦胧等特征,正是由于一方面作为人的脑结构已具备了思维的功能(所谓幼童思维的一般趋势,是从动作概括向表象概括再向概念概括演进,这不是功能性的进步而是认知上的发展);另一方面,它的思维运作完全不受常识的支配和干扰。对原始人来说,还没有形成成熟的知识体系,对幼童来说,尽管客观的知识体系已很完备,因为还没有进行系统的传授,仍然是一片清洁,这样也就不会滑入既成思维的轨道,跌入既成经验的陷阱,从而使天赋的智能处于无拘无束的自由飞翔中,产生独特的指向,获取独特的发现。

① 马修斯著,陈国蓉译:《哲学与幼童》,三联书店1989年,第87页

二、幼童对世界的问询与探究正是哲学的本源

那为什么说,幼童的天赋智能可以进入哲学的境域,显示哲学的意味呢?首先,不必把哲学理解得那么高远,似乎只有柏拉图、亚里士多德般的大智者,才能领略它的光彩。其次,不必把哲学理解得那么艰深,似乎只有康德、黑格尔的庞大体系,才能戴上这顶桂冠(起码这不能被判定为唯一的思路)。马修斯说:"哲学就我们所知,它在西方文化中,起源于公元前六世纪"①。这即是说,只有通过追溯哲学本源的涵义,才能更准确地把握本书的命题。哲学,希腊文原意是爱智慧,其要旨是对世界进行问询和探究。那么,作为幼童,他凭借什么去问询和探究呢? 没有也根本不必有知识和经验;他依凭的是对事物所表现出的那份疑惑和惊奇。疑惑,蕴含着巨大的不解、猜度,以及对思维的发动,它孕育了哲学,是哲学的原动力;惊奇则蕴含着巨大的求索和发现,以及对思维的刺激,它显示了哲学,是哲学的天成。因之,世界有了解释,有了意义,幼童与哲学也就发生了紧密的关联。由此可见,这是幼童思维智能的天赋效应,一种稚拙而纯粹态度的结晶,正是从这个意义上说,幼童是天然的哲学家。

其实,幼童的思维并不是简单的"刺激—反应"的产物,并不呈现被动的反映态。面对着万事万物的生成、发展和变化,幼童思维总是表现出积极的探询欲望(它不仅仅是生命的活力,更是作为人的生存精神的显示)。当它一旦被点燃,即与对象之间发生了探究关系,这时它就会迸发出强烈的主动性。同时,幼童思维本身也非常的敏感,非常的开阔,非常的跳跃,甚至非常的富有神奇性。所以,如果说幼童对世界的探究欲望是本能的,那么,由此产生的思维却闪烁着智慧的光芒。幼童是聪明的,他们能够发现许许多多观察事物的新角度;幼童是机智的,他们能够使许许多多事物巧妙地发生比附和关联;幼童更是想象的天才,他们能够使许许多多的事物自然地从现实走向未来,从"未知"走向"已知"。类似"穿墙而过"的特异功能,类似"发现者号"巡航宇宙的奇迹,类似"飞碟"的传说等等,在幼童的认知世界里早就成为"真实",且存有自圆其说的理由。可见,从发生的角度讲,幼童的智慧是天赋的;从运作和结果的角度讲,幼童的智慧已表现为一种能力了,这份能力是幼童的宝贵财富,是

---

① 马修斯著,陈国蓉译:《哲学与幼童》,三联书店 1989 年,第 87 页

幼童从人类文化学意义上显现自身存在和自身功能的唯一途径,它所导致的创造性思路,理应从幼童起就造福于人的一生,以至通过检索那些大哲学家们的思想历程,大多可发现他们辉煌的思想体系,正是与幼童和青少年时期的探询存有极其紧密的关联。

如果我们对人的认定可谓"自然人"(生理学角度)、"社会人"(社会学角度)和"精神人"(哲学角度),那么,幼童在"自然人"方面,因生长的需要是实在的;在"社会人"方面,因初涉人生,而无实质性的人际关联;在"精神人"方面,因思维智慧时时洋溢着哲学的气息,虽不能说充实,起码也是发轫——幼童经常探询人与世界的种种奥秘,从而造就出思索和领悟的品格。正是有了这份品格的存在,人才能够在走向未来旅程中不断获得追求灵魂升华的冲动和寻找生命底蕴的工夫,以至自觉地构创见识,自主地标树信念,最终迈进神圣的精神殿堂,陶铸成为一个丰富而高尚的"精神人"。正是从这个意义上说,幼童的思维智慧不仅仅关涉到具体的认知方法,更在它的根深部,关涉到人的未来的哲学气质——面对芸芸众生和大千世界,始终保持疑惑和惊奇,始终保持探询和发现。

三、探究性智慧不同于适应性智慧

马修斯认为,皮亚杰的儿童认知发展的观点是与幼童思维具有哲学意味的观点相悖逆的,这是因为皮亚杰力图把智慧当作生物适应性的特殊表现,一种有效的思维运算系统,从而要立足某种尺码来度量类似"哲学上的进步"(当然是不可能的)。且幼童"偏离正道的反应大多数都带哲理性的兴趣"[1]。所以皮亚杰认为,"所有的儿童反应都是同类型的",在方法论上轻视和排斥了求异性反应,这实在是"挫折了哲学"[2]。那么,其间分歧的要害是什么呢?皮亚杰力图论证生物学与认识论的同步沟通与适应,马修斯力图论证幼童哲理思维的先天性和智慧性;皮亚杰关心的是幼童的认识如何一步步地呈阶段顺序的发展,马修斯关心的是幼童的认知如何迸射出探究的火花;皮亚杰判断幼童的前运算思维(二—七岁)缺乏分类和守恒能力,是无系统的、不合逻辑的。马修斯判断幼童的思维充满丰富的想象和思考,具有哲学的价值和意义。总之归

---

① 马修斯著,陈国蓉译:《哲学与幼童》,三联书店 1989 年,第 46 页
② 同上,第 49 页

结为一点,在皮亚杰那里,幼童的思维仅仅是认知发展链中并不发达的一环,随着年岁的增长,它必然地要被更高级的"具体运算阶段"(具有有条不紊的思维能力)和"形式运算阶段"(具有在真正抽象和假设的水平上有条理的思维能力)所超越,在马修斯那里,幼童的思维不仅仅是极其生动和美妙的哲学求索,更具有独立的不可替代的地位和价值。他的创造性指向甚至在根本上关系到人的未来。由此,如果说皮亚杰的思路是科学主义和结构主义的,那么马修斯的思路则是人文主义和阐释主义的。

四、用教育的智慧呵护幼童的智慧

具体落实到教育的理解和把握上,即如何保护幼童的思维智慧,并使这份思维的探究和发现的底蕴始终充盈和丰沛,存在的问题十分棘手。首先,幼童必须学习常识(知识与经验),从而使之对现实世界有更为准确和全面的了解。但恰恰是常识作为前人成熟化的认知结果,对它的汲取正可能遮蔽和消解幼童的思维智慧。这是因为原来很神奇的现象,现在求得了合理的解释,例如厄休拉问,"痛会上哪儿去呢?"要么消炎止痛了,要么活血化瘀了;原来很奥秘的关联,现在得到了正确的破译,例如丹尼士"同时在前面又是在后面"的命题,就是在圆周上确定参照坐标。由此,许许多多的认识和判断就容易陷入常识的规范,得到常规性的解释。于是整个思维的稳定性强了,惊奇性弱了;描绘性强了,想象性弱了;理解性强了,疑惑性弱了;解答性强了,发现性弱了;逻辑性强了,创造性弱了。一言以蔽之,整个思维变得机械和平庸了。

这是一个可悲却不是一个必然性的结局,因为它并不意味着应排斥对幼童进行常识的传授,它仅仅是问题的一个可能性的方面,一个实际是由思想和方法的失误所导致的教育的不幸——那就是成人们急迫地使幼童知识化,而不是使幼童智慧化,并在具体的操作过程中,用知识窒息了智慧。在此,家长们的用心良苦可以谅解,学前教育界所提供的某些依据和指导,例如智力发展速率理论认为,人的百分之八十的智力是在八岁以前完成的;儿童脑生理研究报告五岁儿童的脑重量已达到成人标准的百分之九十五等(虽有争论),因为过分强调了早期接受的可能性和时效性,迎合了社会培养早慧儿童的功利心理,在实践中便被理解、运作为尽早、大量地向幼童灌输知识(认字、背唐诗、背乘法口诀等),而不是去点燃幼童的思维智慧。其实,如马修斯所揭示的幼童思维的"哲学性"才真正具有早慧的性质和价值,才真正能够主宰幼童的思维始终朝向创造和贡献的目标。所以,当大量的常识涌进幼童的脑际时,它只应该为思维的发展提供许许多多攀援的扶手和通达的路径,只能充当丰厚的基础,既滋润和营养,又支持和托举思维的智慧,而不是淹没之、熄灭之。也许,这才是对幼童学习知识和发展思维关系的正确阐释和把握。

最后值得提及,《哲学与幼童》一书是由钱钟书先生推荐给三联书店的,我们不能去猜度其中的缘由和初衷,只是感到这份深邃的眼力,确实穿透了一个新的门洞,以领引广大的学前教育工作者,去探寻一个新的世界。

第二节 社会文化演变中的游戏与儿童人格发展

一、社会文化关系中的儿童人格塑造

游戏作为儿童表现表达的重要方式而反映了儿童的精神文化世界。游戏既是儿童个体发展需要的表达,其内容和形式又将受制于社会文化因素的影响。从某种意义上说,儿童精神文化世界的丰富性是通过游戏的内发外砾作用实现的,这正是儿童健全人格特征的塑造过程。因此,关注儿童发展,必须关注游戏与社会文化关系中的儿童人格发展。

关于人格的表述或界定十分宽泛,迄今已有一百多种说法,从法学的角度讲,它关涉人的权利和义务;从伦理学的角度讲,它关涉人的道德品质;从哲学的角度讲,它关涉人的生命的尊严;从心理学的角度讲,它关涉人的个性特征;从教育学的角度讲,它关涉人的身心发展。而归根结底,他是关涉如何做人的。

根据人格的丰富内涵,理想的人格应该是完整而独立的,即它是一个人的认知、情感、意志、道德、身体等方面的整合,是一个全面发展的人。然而,这个完整的人却不是一个抽象的"标准人",而是一个具有个人特点的完整个体。可见,人格是人在不断社会化的过程中的不断个性化,个人在与他周围世界(包括自然环境、人际关系)的相互作用中的自我发展、自我认识、自我完善。因为,只有当个人正确认识自己与别人、与社会的关系时,才可能在这个世界上打上自己人格的烙印。因此,人格是在自我意识的觉醒中,是在自我意识的成熟中逐渐形成的。

初生婴儿没有自我,自我与外在浑然一体,3岁幼儿以自我为中心,把外在同化为自我。没有成熟的自我意识的控制和支配,其意愿、其行为只能凭借天性的发动,具体便表现为自发游戏的需要。从这个意义上说,婴儿没有人格,幼儿也谈不上人格,但却是一颗人格的种子,他有需要、有欲求,人格在各种满足他们需要的活动中萌发、生长。幼儿在自发的游戏中,在与游戏同伴的交往中,不断地体验着成功和失败,体验着规则和自由,体验着手段和结果,从而实现了自我教育的功能。幼儿不断地在他人身上印证自己,不断地在与同伴的相互作用中求证自我的存在,它既是幼儿身心发展的天然需要,也承载着幼儿的身心发展,丰富并完善着幼儿的人格内涵。

教育的目的是培养完整的人,而"现实社会的种种弊端却在促使人格的分裂,按理,教育应当补救社会的这种缺陷,缓和社会弊端给予人格的有害影响。然而,现存的教育体系不仅不能起这种作用,反而加深人格的分裂。"因为,长期以来的人格教育,无疑是以一个理想的、标准的、统一的人格模型来塑造人的,将丰富的人格内涵,多样的个体气质纳入一个共同的规范。尤其对幼儿来说,人格还只是一颗种子,它只有通过游戏这一自然生长的土壤才能得以发芽,只有通过整个人生的漫长的阶段才能得以发展。过早的人为塑造,只能是使人格奠基阶段的幼儿失去纯真,培养出畸形而早熟的"小大人"。

现代文明(高科技化、工业化、城市化)正是在促进社会进步,极大地满足人类物质需求的同时,也在极大地削弱人的主体精神,并影响人的发展的。现代医学使人身体健康水平上升的同时,现代技术却在使人的心理健康水平下降,心理障碍、行为问题、学习困难、注意力涣散、多动、感觉统合失调等名词频频刺激耳膜,这已大大地危及儿童、青少年人格的健康发展,它不仅预示着成年后人格分裂、人格偏异、人格扭曲的可能,它更引起我们反思的是,婴幼儿时期孕育着的那颗人格的种子究竟受到了怎样的侵害?这种由现代生活方式改变所引起的儿童赖以成长的游戏环境的变化,与早期教育将发生怎样的关联,游戏与幼儿人格发展的命题才那么醒目地凸显而出。

二、现代化进程中游戏演变对儿童人格发展的影响

考察当代社会文化背景中的幼儿游戏状态与幼童人格发展,有几点应引起关注:

第一,高度的城市化萎缩了幼儿游戏的自然空间

伴随着经济高速发展的城市化,使幼儿的游戏空间发生了两方面的变化。

　　首先,城市幼童越来越远离自然。我们看到,河流不断地被填埋,田野不断地被吞没,楼房越造越高,马路越铺越长,城市迅速膨胀,许多充满野趣,可为孩子们提供亲近自然、探究自然的环境消失了,现代生活阻止了幼儿和自然的沟通,致使他们不仅对大自然的许多物种和物状的知识没有真实的见识,更难以享受大自然赋予的恩惠。于是,城市幼儿身心的发育,完全受制于人为的塑造,而缺乏自然的抚育和天成的灵气。其实,正在成长中的幼儿是不能脱离自然的,因为人的天性与自然的信息之间有着种种不可阻隔的交流,越是年幼的儿童,其行为越是天性使然,自然则是初始生命之力和指挥的源泉。只要留心观察一下投身于自然怀抱的幼童,我们无不为他们的整个身心都融于其中而感动——他们在土坡上采摘野花,在海滩上捕捉小螃蟹,在树丛中研究小虫,在小河边观察水纹,在草地上欢呼雀跃,神秘和好奇,发现和惊叹,情感的欢愉,智慧的萌发。今天,这一切全然不见了。其次,城市幼童的空间越来越封闭,他们居住在拥挤而繁闹的城市里,到处是招牌和广告,到处是车流和人流,脚底下的水泥地坚硬无情,头顶上的蓝天狭小如盆,鸟雀被当作宠物栖息在笼子里,花草被当作景观培植到园圃中。居住条件的改善,尽管有规划整齐的、绿化良好的小区,却没有了可供孩子自由活动的公共场地;尽管有设计周全,独门独户的居室,却没有提供孩子们相互沟通和交流的便利。孩子们的生存环境在现代城市建筑中不断地凝固化、封闭化,既丧失了共同游戏的天地,又背离了大自然的生机。原先在院落里、弄堂口经常看到的孩子们之间的追逐、嬉闹,以及"跳房子"、"摸瞎子"、"官兵捉强盗"等规则游戏似乎已经销声匿迹了。这一切已严重干扰和挤压了幼童的眼界和心胸,使之变得短视和狭隘。

　　我们认为,健全的人格是在群体性的交往中形成的,特别是在自发性的游戏活动中,孩子们通过对游戏规则的理解和执行,通过游戏过程中的冲突与合作,促使孩子体验规则的公正和互惠,学会站在他人的立场上理解问题,学会用别人能够接受的方法处理问题,自我意识由此萌发,日益清晰。然而,现代社会的生存形态,大大减少了孩子们自发游戏的机会,大量认知学习、才艺课程挤压了孩子们自由游戏的时间,居住环境的改变,萎缩了孩子自发游戏的空间。在幼儿园里,孩子们更多是在教师安排指导下进行游戏。在家里,孩子们只能面对大人,或者面对电视、书刊中的小伙伴。这是一个成人的世界。因为,幼儿园的游戏多半是带着教学的任务,带着教师的意愿和指令;电视书刊中的伙伴也多半是按成人的意愿和想象塑造的形象,这与孩子自己的世界是全然不同的。孩子们幼小的心灵里缺乏同辈趣味和同辈情感的注满,孩子们的人格在奠基阶段就遭遇到脆弱而空落的对待,其人格怎能强健呢? 尤其是,孩子们过多地面对成人,容易受成人意识、成人环境、成人习性的影响,表面上看,这种影响使儿童过早地成人化,实质上那是在泯灭幼儿的灵性。因为,幼儿眼中的世界,充满着美妙和神奇,他们有着强烈的发现和探究的欲望,尽管成人可以告知,可以灌输,但孩子的自我发现,特别是孩子们在群体游戏中所表现出来的创造的智慧,却是成人不可替代的。

第二,高度的科技化简化了幼儿游戏的创造过程

玩具作为游戏的有机构成,一方面具有工具的作用,一方面也对游戏的内容和性质产生影响。由此,从玩具的变化,进而看它对幼儿人格发展的影响,应是一条顺理成章的思路。

近年来,随着现代科技的发展(伴随着巨大的商业开发的诱惑和刺激),幼儿玩具的样式、功能发生了很大的变化,那就是大量运用声、光、电、集成电路等技术的玩具出现了,它确实是开发并展示了一个崭新的玩具世界。与此同时,一些因地制宜、土法制作的简易玩具也许因为时空条件的变化,有的被遗忘了,有的被丢失了。令人惊叹不已的是,早先的玩具也被新式的声光电技术改造了,比如过去的木制陀螺,原先须经儿童选材、削木、钉钉、抽打的过程,现在则浓缩在一个开关上,一按开关,带着闪光呼呼地转,制作越来越标准化,色彩越来越鲜艳化,却全然失去了游戏的乐趣和意义。

我们认为,完善的人格是在参与的过程中养成的,特别是在儿童使用玩具的游戏中,儿童对玩具的选择和操作,是处于主动位置还是被动状态,不仅是衡量幼儿游戏水平的标准,更是在潜移默化中关涉到人格的养成。我们知道,玩具是为儿童的游戏而存在的,为了游戏的需要,儿童会主动寻找玩具、制作玩具,将一切不是玩具的东西变成玩具。他们用纸片折手枪,用柳条做帽子,用铁丝做弹弓,用泥巴捏小人。这里凝聚了孩子们的智慧、力量、技巧和动手能力。而现代玩具则是将一个完完整整的结果给了儿童,以成人的技术代替孩子创造的过程,孩子们为游戏而选择玩具、制作玩具、使用玩具那动人心弦的过程被技术压缩了。这种直接来自结果的享受(既方便又豪华),只可能对儿童产生表面的短暂的吸引,而不可能对儿童人格的形成有所促动和引导。从表面上看,这种过程的省略因为并不影响儿童的游戏似乎无关紧要,而实质上真正是把儿童为游戏而投入的那份参与的情趣、那份创造的智慧消解了。以致儿童游戏只知享受,不知尝试和探求。由于儿童发现和创造的智慧没有凝聚其中,其主体的意志和兴趣也就难以得到开发。

因而,儿童越是纯粹拥有大量科技化、成品化的玩具,其灵性就越容易遭到泯灭。过去,孩子们为了游戏,随处寻觅,随时收集。采撷到许许多多来自大自然的"恩物",并凭藉充分的想象把这些"恩物"当做大自然赐予的玩具。一些自然材料、废旧物品通过孩子们的想象,在孩子们的手中变化无穷:一张树叶时而是漂在水中的小船,时而是娃娃家的小菜,时而又用叶梗玩起茎力赛;游戏中的一根棍子,今天当成杠杆用来撬开东西,明天作为工具拿来够高处的东西,后天用来测量距离……为了游戏的需要,孩子们根据自己对这些材料的感知分析,对它多方面的特征加以取舍,用它来替代不同的物品。这种以物代物的过程,这种以不同的方法作用于同一种材料,以同一方法作用于不同的材料的过程,丰富了孩子的想象,发展了孩子的思维,并从中享受到了自由的乐趣。而现代儿童的游戏世界里,充斥着大量技术化的成品玩具,这种玩具功能固定,玩法单一,容易玩腻。儿童游戏主要追随玩具所暗示的内容,成为一种他律性行为,游戏的自主性大大降低,难怪不少家长叹息,家里已经成了玩具的海洋,还一个劲地要买,但刚买就弃,一玩就腻。这些孩子往往是被玩具带来的一时感官刺激所吸引,他们是为玩具而游戏,而不是为游戏而需要玩具,与其说是在游戏,不如说是被玩具吸引更符合事实,以至于离开现成玩具就不会游戏的儿童越来越多了。

当然,现代儿童游戏所使用的新兴玩具,无疑是为儿童提供了许多新的技术信息,增强了儿童的科技意识,这是与时代发展和儿童发展相适应的。但是传统的、民间的、简易的、通过孩子们想象亲手制作的玩具,其价值、其功能又怎能忽视呢?

第三,高度的智能化减弱了幼儿游戏的运动活力

如前所述,儿童游戏借助现代科技的神奇力量,内容方面越来越智能化,形式方面越来越桌面化,如电视机、游戏机以及五花八门的智力拼图、品种繁多的结构拼搭,一方小小的天地,联结着古今中外和四面八方,这确实有丰富儿童视界,开拓儿童思维的作用,却也明显地与儿童游戏的运动性功能产生了抵触,长此以往,会形成发展的偏差和失衡。

我们知道,处于生长中的儿童是最好动的,这是因为神经的发展,有赖于个体在幼儿期对环境的主动探索,由神经系统控制的骨骼、肌肉、关节等的生长,需要大量的运动性刺激才得以展开,在儿童的自发性游戏里,充满了翻、滚、攀、爬、跳、钻、投等动作技能,这些活动为儿童提供了平衡觉、运动觉、触觉等感觉运动的机会,经常进行这类户外运动性游戏,不仅能促使儿童发展动作

技能,提高运动能力。甚至还满足了他们接受挑战的欲望,他们的力量、勇气、意志处于在自发的竞赛和较量中获得锻炼。同时这类运动性的游戏还有利于构筑愉悦的气氛,增加活动的力度,养成儿童合作的精神和开放的心态。

可见,作为完善的儿童游戏是应该具备运动功能的。然而,现代都市居民的生活空间日益局促,孩子们的户外活动空间受到限制,同时现代社会对智能的要求日益提高,孩子们的游戏内容受到规范,再加上现代父母的过度保护,使孩子们爱好活动的天性无法得到满足。从婴儿起就是抱着长,以至许多孩子未经过爬的过程就直接开步走路了。已经会走路会奔跑的孩子又被过多地限制在桌面上、荧屏前,以大脑活动和小肌肉操作取代一切发展。尤其在多元媒体(电视、电脑、电动玩具)的冲击下,越来越多的孩子将自己封闭起来,长时间地接受独自一人的被动游戏,追求视觉、听觉的刺激,而舍弃触觉、运动觉的感受,与科技产品为伴,而疏离亲人和朋友的情感。他们在奇妙虚幻的世界里拥有主动,而在现实复杂的世界里却无所适从。特别是那些只有在自发的运动性游戏中才能培养起来的勇敢冒险精神,在现代孩子身上已难觅踪影。影响所及,儿童体能不佳,抗挫能力下降,粗大动作日益笨拙,甚至造成不少儿童感觉统合失调,以致引发了学习障碍和心理疾病。这一切足以成为儿童人格发展障碍,难道不发人深思吗?

三、传统游戏的现代价值在于儿童早期的人格奠基

在此,我们无意否定现代儿童游戏方式的积极方面,事实上,在现代科技社会的熏陶下,儿童游戏所反映出的高信息量,高智能化,无疑已促使儿童知识丰富,思维敏捷,见识广博,那种从游戏中获得的跨越时空的大胆想象,驰骋天外的宇宙观念和无限神奇的科技意识,都是前代儿童所不可比拟的。我们承认,今天儿童游戏无论从形式上,还是从内容上,都是对传统游戏的超越,这是一种进步,并且是与社会文明发展同步的。儿童对游戏的需要,以及游戏对儿童发展的价值的本质意义仍然是肯定的。然而,上述罗列的一二三则是想指出,现代儿童游戏对传统游戏的超越却是一种近乎无情的超越,它将传统游戏中纯朴但有益于儿童人格发展的具有人文价值的东西也一并超越了。

当然,我们也并非主张儿童游戏应全面恢复到原先的状态,而是想指出,现代社会生活方式变化所引带的负面,是一个关系到儿童人格能否健康发展的问题。同时,这种社会的进步以及伴随着进步的负效应在儿童发展问题上

所暴露的矛盾在日益尖锐,这是否意味着新的超越应该在肯定现代儿童游戏正效应的前提下,有意识地振兴传统儿童游戏,使其在现代意义上获得新的生命力,以抵消由现代社会引至儿童游戏从形式到内容的演变所带来的负面影响。

我们还未及针对这一现实提出疗救的药方,而是隐约感到,正在生长着的儿童,其人格的种子万不能在早期正当萌发,其内涵还未充分展开时就遭摧折,以导致成熟以后的人格缺陷和人格偏异(因为我们知道,儿童心理发展的早期奠基于天性的基础,而天性的展开又依赖于自发的游戏,传统游戏形式所反映的那种初级的活动方式,也许更符合幼稚的心理特征,而正是随着游戏的不断成熟,儿童心理才日渐成熟起来)。因此,我们只是想提请人们关注这样一个问题,在儿童早期还难以辨认的人格基质,究竟是向哪个方向发展,往往要到儿童晚期才能认清,正如只有到了秋天才能理解春天的含义,只有夜晚才能看到晨曦开始的是什么。然而,一旦秋季或夜晚来临,春天和晨曦的希望已逝。人的一生只有一次春天,只有一个晨曦,在新的时代条件下,如何通过教育对影响儿童人格发展的不利因素予以补偿,除了开出适当的药方外,还须把握时机。

第三节　社会多元文化与早期教育

多元文化特征已经成为早期教育的重要时代背景,因而在早期教育中关注多元文化教育也正在成为一种世界性趋势。近年来,我国幼儿园也开始注意渗透了多元文化的内容,并且可以预见它在我国早期教育中日益凸显的重要意义。因此,理解社会的多元文化特征对早期教育的影响,提高广大教师对早期多元文化教育的意识,准确把握多元文化教育的内涵是很有必要的。

一、文化的多元共存是社会变迁过程的时代要求

应该说,文化的多样性是人类的基本生态。文化生态与自然生态一样,是以多样性之间的相互依赖、相互平衡求得共存的。因此,文化的多样性不仅是人类生存的本体状态,而且是人类生存状态永恒的必然,整个世界正是以多样性有机地联结为一个整体的,走向单一,则走向灭亡。

　　然而,20 世纪开始的人类生存环境的不断恶化,正在导致某些文化赖以存在之基础的丧失,文化霸权主义下的强势文化对弱势文化的侵犯,也在使文化多样性面临危机。尤其是全球化趋势的到来,世界性的文化流动现状,进一步使人们产生一种担忧:是否会日益导致文化同质化、单一化? 文化多样性是否还有持续的活力? 文化多样性的延续和更新将面临怎样的挑战?

　　人们从文化多样性所面临的危机中,强烈地意识到多元文化共存的必然趋势,这一趋势又将带给教育怎样的思考。

二、历史上解决文化冲突的策略和教育回应

　　长期以来,对待文化有两种态度:一种强调的是文化的独立性,认为"文化是一种实践、信仰、价值观的封闭系统",某"一种文化标准不能用于另一种文化"①,每一种文化行为只有在它所属的文化范围里才有意义,取这种文化隔离的态度,对本国少数民族或来自贫困国家的移民采取的往往是排斥策略,把他们限制在"可见的贫民窟内",或是"驱逐到可控制领域的边界之外"②,使他们成为这个国家或地区的边缘人而受到歧视,他们的子女在受教育的问题上受到不公正的待遇,久而久之,这些孩子不是在自卑中丧失能力,就是由于缺乏教育而引发各种社会问题。

　　另一种态度强调的是文化的一统性,这种观点是将一个国家或地区的文化划分为多数人文化和少数人文化,多数人文化则是本土主流文化,他们迫使少数民族或移民采用主流文化的生活模式,这种强势文化的态度,对本国的少数民族或移民采取的是同化策略,否认不符合主流文化的行为,"抑制文化或语言差别,禁止所有其他的传统和忠诚,宣扬并强化唯一的服从标准"③,使移民子女从小屈从主流文化,试图通过新陈代谢的方式,将少数人文化转化成主流文化中的一部分,久而久之,他们忘却了自己的文化,消解了自己的文化根基。

　　面对同化策略,教育作出的回应是文化压迫式的教育强制,为了保持本土文化的纯净性,便以主流文化的标准来创设教育环境,选择教育资源,对来自

---

　　① 联合国教科文组织编,关世杰译:《世界文化报告——文化的多样性、冲突与多元共存》,北京大学出版社 2002 年,第 35 页。

　　② 齐格蒙·鲍曼著,郇建立、李静韬译:《后现代性及其缺憾》,学林出版社 2002 年,第 18 页

　　③ 同上

异域文化中的孩子进行强制性的同化教育,或者将异质文化融进主流文化,从而创造一种新主流文化。

面对日益开放流动的社会现状,人们日益意识到:社会的文化多元特征日益成为一种不可阻挡的趋势,"防御外人的栅栏必将使自己变囚徒",消灭外来文化,就是消灭文化的多样性和差异性,那也就是消灭自身。对此,教育作出的回应是文化观光式的教育认同,方法是在主流文化中点缀性地介绍不同文化的习俗特征,以减少文化偏见和文化歧视,让不同文化中的儿童了解和浏览本土之外的文化风景。但这种回应并没有真正体现多元文化共存的内涵,并不能有效支持当地儿童形成尊重其他文化、培植文化民主的思想。

当今,人们对待文化的态度又发生了新的变化,文化的多元共存意味着文化既是相对独立的,又是相互依存的,不同的文化之间应当保持一种生态平衡,平衡的尺度,就是避免过分偏离或过分融入。于是教育所作出的回应是文化尊重式的教育沟通。即在一个具有多元文化特征的地区,教育中实施"二元文化教育",包括双语教育,以培植文化民主的思想,让来自异文化中的孩子成为能够理解两种文化的人,使他们既成为自己文化的主体,又成为主流文化中有能力的一员①。

三、多元文化教育的世界趋势给早期教育的启示

首先,多元文化教育的核心是文化自尊和文化尊重。

"文化自尊"的教育,则是通过民族传统教育和爱国主义教育,让儿童感受祖国文化的丰富性,培植民族文化尊严。因为一个民族如果产生了自卑心理,必将削弱文化创造的能力,从而动摇自己的文化根基。"文化尊重"的教育,则是通过面向世界的教育,让儿童了解人类文化的多样性,学会尊重其他文化。

然而,过去在我们的传统文化教育中存在一种误区,"往往以突出表现差异和颂扬优越感的方式来强调民族特性",在赞扬民族精神的同时,不自觉地贬低其他文化。曾见到幼儿园进行"筷子"的爱国主义教育活动中,把外国人不会用筷子说成没有中国人聪明。爱国主义教育变成了狭隘的民族主义教育。同样,在介绍其他文化时,也常常与自己文化进行优劣比较,其结果使我们的孩子不是自卑就是自傲。殊不知,不同文化的认知特征和文化符号特征

---

① 朱家雄著:《幼儿园课程》,华东师范大学出版社 2003 年,第 291 页

很不相同,因此对不同文化进行价值观和风俗的优劣比较是不合理的。

因此,多元文化教育应致力于认识自己的文化根基,还要学会尊重其他文化。即了解文化的多样性,认同文化的差异性,发现文化的共同性,相信文化的依存性,立足文化的创造性。

其次,要以"全球化——本土化"视角来看我国的幼教改革。

21世纪世界将形成巨大的经济联合体,全球化趋势势不可挡,以至于不同文化将面临共同的问题,于是全球化背景下的教育要解决各自文化中的问题,就必须加强国际视野,相互借鉴经验。为此我们不得不面向世界,随时了解国际学前教育的动态,因为我们已经看到,有些世界性的教育动向正是我们不久的趋势。但是全球化并不要求一味趋同,盲目跟风,机械模仿,全盘照搬是万万要不得的,改革决不能游离于本国的社会历史和文化传统之外,在学习借鉴别国经验的同时,必须结合国情使之本土化。当然,我们还必须指出的是,本土化又不意味着地域保守,文化的独立性不意味着固守落后,如果将本土文化中落后的观念、制度、行为作为本土化的依据,那将是文化的悲哀。必须明确,文化永远具有创造性,任何一种文化总是在吸收别国文化和继承本土文化中发展的。

但是我们发现,在介绍和引进国外的教育经验时常常会有偏差或误解,比如说到美国教育在回归基础,那我们就似乎应该停留在传统的基础,却没有分析美国的文化传统,即使他们的教育回归了基础,是否就是我们传统教育中的基础;又如介绍国外幼儿园在大力推行双语教育,所以我们也必须在幼儿园大力加强外语教学,却没有分析国外双语教育是多元文化背景下的文化尊重教育,而我们则在将外语作为一种工具对孩子进行训练。

因此,在进行教育的国际交流与沟通时需要了解各自的文化背景,在知己知彼的情况下借鉴和改造。

第三,要加强文化内部的教育民主化。

我国幅员辽阔,由于历史地理和经济发展造成地区文化差异,历来存在着一种地域歧视,特别是在大城市,这一点特别明显。改革开放后,我国实施了开放劳动力市场,人才流动、开发经济区、引进外资等一系列政策,引致国际国内大规模人口迁流。城市里原来的地域歧视正在消失,而新的地域歧视却在出现。城市的外来民工如同国外的少数移民,沦为城市生活的边缘人,也有着边缘人的生活特征,尤其是他们孩子的教育是一个很大的问题,他们中的大部分孩子进不了城市孩子能够进入的学校,虽说不得已办起了自己的民工子弟学校(就上海已有几十所),但是学校的条件是无法与城市学校相提并论的。

而就学前儿童来说,上幼儿园简直是一种奢侈,因此我们只能在街道户外的自发游戏中见到他们。

即使本身是城里人,由于不同职业和社会地位所造成的阶层差异,也正在形成优势群体(上层)和劣势群体(下层),阶层文化的差异在无形中影响孩子们受教育的不平等。就本人了解到的情况,从幼儿园开始就会因为能不能上得起兴趣班,或能上几个兴趣班而产生同伴之间的骄傲和歧视,孩子为此向家长哭闹的事屡见不鲜。

因此,消除地域文化歧视,缩小阶层文化差异,不正是教育要思考的新问题吗?

第四,多元文化教育对教师的新要求。

由此,我们已经意识到,多元文化教育不只是在教育中加入一些了解多种文化的内容,而是以多元文化共存的理念来进行教育,这就要求我们的教师具备这样的素质:一要学会观察和了解由文化背景导致的个体差异,因为同样的发展问题,如果是文化因素导致,则教育方法就会不同;二要关注处于文化适应中的孩子,具备文化的敏感性和响应性,能与来自不同文化的儿童和他们的家庭相处,对经历文化改变的儿童在寻找获得包容性的或跨文化的身份时,要理解他们的兴趣和需要,有针对性地给予支持;三要善于利用文化差异作为教育资源,对本土文化和来自异域文化的孩子都要进行根基教育,对劣势文化中的孩子要进行自强教育,对优势文化中的孩子要进行尊重教育。

我们的目标是:让所有的孩子"学会共同生活"。

第四节　我国学前教育改革的文化观照

在全球化的趋势下,任何一个领域的改革必然都是一种开放性的行为。综观我国学前教育课程改革 20 年的历程,也正是在密切关注世界教育发展大背景的同时,对先进的教育理念和落后的教育行为之间的关系进行着不断地阐释、理解和探索;改革的实践正是在跨文化的参照体系中,进行着不停地比较、判断和选择的。那么,当我们回顾和总结改革的经验,面对改革中存在的问题,试图将改革继续深入和持续推进的时候,也就有必要从文化的视角对我国学前教育的改革实践进行一番新的思考和分析。

一、借"三种文化中的学前教育"之题而发挥

二十年前,美国学者托宾等发表了著名的"三种文化中的学前教育"①的研究成果,向人们呈现了中、日、美三国学前教育的实际状况以及教育背后的文化因素。研究中选取的个案是我国西南部的一个城市幼儿园,虽说在那里拍摄到的幼儿园一段时间内的活动,不能说明偌大中国幼儿园教育的全貌,但围绕录像内容进行的多种层面的对话,却折射着文化影响下我国普遍性的教育价值取向,那时正值 20 世纪 80 年代,是我国学前教育拉开改革序幕之初②。研究中展现的那种无视幼儿年龄特点,忽视幼儿个体差异,教学活动和生活环节都是集体统一行动的兵营式组织形式在美国发表的时候,曾让一些正在海外刚刚领略了崇尚自由、关注个性的另一番教育风景的中国留学生为之震撼和感到压抑。不能否认,改革开放后首批跨文化学习的中国留学生和访问学者,为我国学前教育改革在传播国外新的理论、观点和经验上,做出了一定的贡献。

二十年后的今天,托宾等人重新比较了三种文化中的学前教育,还是这三个国家的这三所幼儿园(中国则增加了上海的一所幼儿园)。研究表明,中国的学前教育发生了巨大的变化,这种变化令国外的同行惊讶。伴随着经济发展和文化变迁的我国学前教育,在观念和行为上究竟发生了哪些变化,对身临改革其境的我国幼教工作者来说是不言而喻的。但是,我却从中产生了这样几点思考。

首先,从该研究所呈现的情况来看,中、日、美三种文化中的学前教育历经二十年,中国的变化最大,而变化的特征是在观念和行为上向美国和日本趋近。这充分说明,引导我国教育改革的主导价值理念,是来自欧美日等发达国家的。一方面,正是这些价值理念迎合了我国社会转型时期经济发展对教育的需求,才使教育改革的步子得以勇往直前,从《幼儿园工作规程》的颁布到

---

① Tobin, J., Wu, D., & Davidson,S. (1989). Preschool in three cultures. New Haven,CT: Yale University Press.

② 1987 年,美国的教育人类学家托宾等人对中、日、美三个国家的幼儿园教育进行了比较研究,这个研究在三个国家各选择了一所幼儿园,从早上入园开始到傍晚离园结束对三所幼儿园的生活和教育进行了全面的跟踪拍摄,然后就所拍的录像对三个国家许多地方的幼儿园教师、幼儿园园长、学前教育专家进行访谈,了解各自的观点,在此基础上结合文化背景进行教育价值观的分析。这个研究成果于 1989 年发表,立即在国际学前教育界引起强烈反响。

《幼儿园教育指导纲要》的出台,是一种持续的推进而不是间歇性的①,终使改革带来的巨大变化与社会的进步保持了同步;另一方面,也正因为这些价值理念来自西方文化背景,却与我国的文化传统反差很大,也与我国的现实条件距离过大,这就不能不使我们看到这巨大变化背后行进过程的步履维艰。因为这种文化的反差和现实的距离已成为一种包袱,使改革的进程变得如此沉重。在西方文化背景中很容易理解甚至是习以为常的做法,或许在我们这里就得是一番触及灵魂的革命。于是在集体化和个性化之间,在自由与规矩之间,在尊老爱幼与长幼平等之间,在严教与乐学之间……教师的疲累,家长的抵触,则不难理解。所以,如何从自身的文化特征出发,去改革传统的落后,不能不是继续推进改革的重要思路。

其次,从三种文化的学前教育比较中还发现,同样是在中国,并在同一种价值理念引导下的学前教育改革,上海作为中国最大的城市与西南部的一个中等城市比较,幼儿园教育的现状还是存在着明显差异的。这充分说明,教育与地区文化和地区经济之间的密切关系,社会文化和经济发展的不平衡,意味着教育改革也将难以同步。这种不同步一方面表明差异存在的合理性,另一方面也预示着改革必须面对差异而推进。这里的差异有两种,一种是地区特色性的差异,一种是地区发展性的差异。而今学前教育改革的总体推进,将如何揭示这些差异并针对差异来部署,各地区的幼儿园如何针对自身特色的优势和自身发展上的弱势来落实改革,就显得格外重要了。

第三,三种文化的学前教育比较,既是文化上的横向之比,实际上也是20年发展的纵向之比。这就让我们想到,20年来各国都在经历或大或小、或整体或部分的教育改革。面向未来发展的全球化趋势,使各国教育改革面临着许多共同的问题,于是在跨文化的交流和对话中共谋教育发展之策略,就成为一种必然了。同时,由于各国的文化背景和教育传统不同,又使得在寻求具体改革方案的时候,各国面临着自身特殊的问题,于是这种跨文化的交流就成为一

---

① 1989年原国家教委出台了《幼儿园工作规程(试行)》,针对传统幼儿园教育强调教师中心、教材中心、重知识灌输轻情感态度、忽略幼儿发展特点、幼儿园教育小学化等弊端,提出了幼儿园教育要以游戏为基本活动,尊重个体差异,让幼儿在不同的水平上发展,创设与教育相适宜的环境,寓教育于生活之中等现代学前教育理念。就此,我国学前教育正式进入由国家教育行政推动的改革过程。在历经7年的教育观念更新以后,基本认同并确立了《幼儿园工作规程(试行)》中提出的新教育理念,于1996年《幼儿园工作规程》正式颁布。但之后的5年改革却面临理念与实践脱节的困境,为了全面贯彻《幼儿园工作规程》,以深入学前教育改革,于是针对改革实践的具体问题,又吸纳了当代国际上教育研究的最新成果,2001年教育部又颁布了《幼儿园教育指导纲要(试行)》,继承、重申和完善了《幼儿园工作规程》提出的基本理念,还在幼儿园教育组织实施的层面上将其具体化,从而使学前教育改革进入一个新的阶段。

种取长补短的选择性行为。改革中,我们从国外参考了"生成课程"的思想,渗入了"多元智能"的观点,吸取了"方案教学"的经验,以及几乎与我们同时起步的美国新一轮基础教育改革运动(以 20 世纪 80 年代中期启动的 2061 计划为标志①),重视创造性开放性思维的培养,重视全球多元文化教育,重视现代信息技术素养,大学和研究机构的各路科学家参与中小学课程改革等举措,对我国教育改革都颇有启示。然而,鉴于美国基础教育滑坡而倡导的加强基础知识、提前读写,加深教学内容等改革导向,却未在我国的学前教育改革中引起反响,这一切证明,由文化差异而导致各国面临的教育问题和改革的起点需求并不相同,所以我国教育改革在学习和借鉴国外经验时,借鉴的价值理念和改革措施也是有选择的,文化之间的交流和学习是互补的。

二、我国学前教育课程改革中的国际交流和本土意识

改革必然与开放相联系,或许可以毫不夸张地说,我国幼儿园课程改革近 20 年的大部分成果几乎是通过开放而收获的。改革者始终持有这样的心态:学习"国外先进的教育理念",关注"世界教育研究的前沿动态",以使"教育与国际接轨"。于是,"走出去"、"请进来"的跨文化学习和交流便一刻也没有停止过,有关国外的教育理论、研究成果和实践模式的介绍性文章也没有间断过,正是这样一种开放的心态,使我国学前教育领域发生了巨大的变化。

1. 跨文化交流背景中的理念阐释

深入分析改革的过程可以发现,改革所经历的是一个不断求变,而在变化中不断产生问题,又在问题中不断求解的过程。改革推进的轨迹十分清晰:首先是挑战了幼儿园教师的传统教育观念,进行观念更新;其次是在新观念的引导下对传统课程进行重建;然后当教师在新课程的平台上对新的理念向实践转化感到力不从心时,教师的专业素养和能力的提升便提到改革的议事日程上来了。实际上这一过程是教育观念不断更新的过程,是理念向实践不断转

---

① 1983 年,美国一家从事全国教学质量研究的机构,根据美国 1973 年到 1982 年美国高中生毕业考试成绩的统计分析,指出学生成绩大幅度下降,于是发表了《国家在危机中:教育改革势在必行》,敲响了美国基础教育质量明显滑坡的警钟。1985 年美国促进科学协会联合美国科学院、联邦教育部等 12 个机构,启动了一项面向 21 世纪、致力于科学知识普及的中小学课程改革工程的 2061 计划,特别强调加强基础学科如数学和科学领域中的基础知识及基本技能的培养,这一计划预示着美国基础教育课程和教学改革的走向。

化的过程,也是对理念内涵不断解释的过程。

"所谓'理念',指的是理性领域的概念,'纯粹理性的概念'也就是从知性产生的超越经验可能性的概念。而校长、教师哪有多少闲工夫进行这种'超越经验可能性'的思辨呢?"事实上校长和教师只是从流行的口号中挑选出一些感兴趣的口号,作为教条或标签,那种教条或标签往往名不副实,理念与实践脱节①。而一大批理论工作者对改革所做的贡献或许就是这种思辨的工作,他们知道某个概念产生的背景,为什么提出这个概念,它所对应和挑战的传统是什么,根据这些依据对纯粹理性的概念进行内涵揭示,赋予意义。这种思辨性的解释依据多来自国外的理论研究,如"建构理论"作为幼儿自主学习的依据,"多元智能"作为尊重个体差异性的支撑,"鹰架说"解释了支持幼儿发展的教师作用,"生成说"表明了寓教育于一日活动中的动态课程观等等。操作层面又多来自国外的参照模式的介绍,瑞吉欧的做法,班克街的模式,海英斯考普的课程,以及访问和考察中的所见所闻等。

但是理论工作者的解释毕竟是超越经验可能性的思辨,离实践操作还很远,对实践来说,还只是一种假设,特别是当这种解释在"用别人的眼睛看问题,在用别人的语言来说话"的时候,离我国教师的工作实际就显得更远了。如果对国外的理论成果和实践模式的译介又是脱离了人家文化背景的浮光掠影,那就更使教师难以领悟其精髓把握其实质了。于是国内学前教育界特别是在幼儿园教师中普遍出现消化不良的现象,要么会说不会做,要么说的和做的不一致,更严重的问题是丧失了原创的能力和动力,即模仿复制其他文化中的教育形式的兴趣要大于自身文化基础上的教育创新。

我们认为,依据某种西方理论进行本土改革的过程只能看成是一种验证的过程,而改革中借鉴国外经验进行的实践也应该是一种验证的实践。正因为是验证而不是模仿,本土意识才会清晰起来,这种验证需要基于我们自己文化的思考和解释。尽管理论工作者的阐释非常重要,但解释时理论工作者和实践工作者之间需要对话;跨文化的学习和借鉴也极其重要,但不同文化之间更需要对话。对话意味着对话双方的平等地位(知己知彼)和互惠精神(取长补短)。这就提示了一种国际交流的开放心态,那就是在倾听别人的时候要敞开自己,让别人在准确理解我们文化的前提下介绍他们的经验,我们也要在介绍自己的同时,同步地理解其他文化中的教育价值取向,目的是在对话中寻找

---

① 陈桂生:《教育实话》,华东师范大学出版社 2003 年,第 132 页

有益于本土文化发展的契合点。

2. 跨文化教育交流中的开放心态与本土意识

从我国学前教育改革中频繁的国际交流来看,有一种矛盾萦绕于我们,那就是开放心态和本土意识的极端化。一方面开放心态的极端化使我们常常处于一种受动地位,往往以强加于自身的心态去学习他人经验并用以改革自身。所以,改革中才会出现"听到风就是雨"的现象:国外在做什么,我们就做什么,不管人家因何而做。比如说到美国教育在回归基础,那我们就似乎应该停留在传统的基础,却没有分析美国的文化传统,即使他们的教育回归了基础,是否就是我们传统教育中的基础;又如介绍国外幼儿园在大力推行双语教育,所以我们也必须在幼儿园大力加强外语教学,却没有分析国外双语教育是多元文化背景下的文化尊重教育,而我们则是在将外语作为一种工具对孩子进行训练。

于是有人担心,教育的国际交流是否会导致对国外的盲从,进而丧失自己的传统而走向教育西化的结果。因为在改革的现实中,已经充溢着西方现代教育中"儿童中心"思想指导下的实践,教师常常追随着儿童的兴趣而不知所措。尽管这种担心是有道理的,但是,另一方面就是对这种担心的担心,即本土意识的极端化也往往使我们偏向于文化保守,当由于排拒外来经验而又缺乏教育创新的资源时,导致的结果就是固守落后的教育传统。改革现实中确实也有不少人因难以适应新的挑战而留恋过去,以"本土化"的理由高喊着回到传统的。

事实上,从《幼儿园教育指导纲要》所反映的改革指导思想来看,体现的是开放中的本土性。就"教师本位"与"儿童中心"而言,在西方原本是传统教育观与现代教育观的差异,但在社会发展过程中,又构成了中西方教育观的差异。而我们的改革倡导"以儿童发展为本"是试图从传统走向现代,而非从中国走向西方。《纲要》十分坚持两者之间的平衡,为避免"放任幼儿"与"控制幼儿"的极端,一方面《纲要》特别强调幼儿的自主性,通篇体现了尊重幼儿兴趣、满足幼儿需要的思想。与此同时,《纲要》又十分强调教师作用的重要性,在第二部分"教育内容与要求"中,共 17 次出现"引导幼儿"、"指导幼儿"、"教育幼儿"的关键字眼。这充分说明《纲要》在教育与发展之间仍然坚持了既要尊重幼儿的主体地位,又要发挥教师的主导作用的观点[1]。至于现实中有走向极端

---

[1]　华爱华:"新《纲要》与幼儿发展",教育部基础教育司组织编写:《幼儿园教育指导纲要(试行)解读》,江苏教育出版社 2002 年,第 24 页

的现象,是将"以幼儿发展为本"等同于"儿童中心"来理解了,把支持儿童发展为根本,仅仅理解为"儿童本位"了。

因此,在进行教育的国际交流与沟通时需要了解各自的文化背景,在知己知彼的情况下借鉴和改造。平等互惠的跨文化学习与交流,是一种以本土文化为本位的比较、判断、选择、借鉴的过程。因为要借鉴所以要选择,因为要选择所以要判断,因为要判断所以要比较。比较什么?那就是不同文化之间的比较,传统文化与现代文化之间的比较。通过比较我们才会清醒地意识,我们正在吸纳的国外教育观点和行为中,哪些方面是属于文化传统的差异,哪些方面是经济发展的差异。比如,就个人与集体的关系来说,如果是文化传统的差异,那么就要鉴别哪些是属于本土文化特色并符合时代要求的(如集体主义精神),哪些是落后于时代而必须改革的(如大一统的集体意志);如果是经济发展的差异,那么就要考虑现有经济水平上如何进行改革(如幼儿园师生比的地区差异,较高班额下的集体教学形式如何适宜地向因材施教的个体化指导过渡)。可见,这种跨文化交流中的互惠心态是交流双方各自保持和发展本土文化的重要因素。

三、社会的多元文化格局给我国学前教育改革带来的挑战

在由人口大规模迁流引致的文化冲突和文化适应中,教育将扮演怎样的角色?种族主义和文化强权带来的危机和灾难迫使人们日益清醒,只有认同文化差异,只有文化的相互尊重,才会迎来富足美满的未来世界。可见,"多元文化共存"正在成为现代社会变迁过程中而产生的时代要求,多元文化特征已经成为早期教育的重要时代背景,而多元文化教育也正在成为一种世界性趋势,这种趋势也给我国学前教育改革带来挑战。

1. 不同于欧美的我国多元文化教育背景

经济全球化和大规模人口迁徙给我国带来的文化多元特征与欧美发达国家是不一样的。具体地说,进入欧美发达国家的外来文化往往来自发展中国家,相对于主流文化而言是一种弱势文化群体,在构成民族文化差异的同时,也构成了阶层文化的差异,遭遇的文化冲突和文化适应问题是受到排斥、歧视和边缘化,解决这种冲突的多元文化教育则具有一种扶助弱势文化群体性质的文化自尊和文化尊重教育,即在一个具有多元文化特征的地区,教育中"进

行双语和二元文化教育,鼓励各个民族群体培植他们自己的文化,并成为懂两种文化的人",让不同文化中的孩子成为能够理解两种文化的人,使他们既"成为自己文化群体",又成为"主流社会的有能力的成员"①。

而在我国,一方面外来文化的人口在数量上还没有成为气候,另一方面即使不少城市幼儿园的孩子中也呈现出多文化现象,但进入我国的外来文化则并非弱势,甚至恰恰相反,当这些外来投资者作为高收费入园时,他们孩子的阶层地位也就无形地上升了,因而不仅不会遭遇欧美国家那种文化冲突的尴尬,孩子家长还会以一种文化优越感的心态来干预和影响我们的教育。因此,不同于发达国家目前正在进行的多元文化教育,我国的多元文化教育首先应致力于认识自己的文化根基,同时学会尊重其他文化。即我们更强调的是"文化自尊"教育,培植民族文化尊严。因为一个民族如果产生了自卑心理,必将削弱文化创造的能力,从而动摇自己的文化根基。而"文化尊重"的教育,则更多地把世界文化的多样性作为一种常识,让幼儿浏览本土之外的文化风景,以及通过接触和体验他种文化中的同伴,了解人类文化的多样性,知道不同文化群体中的人都是平等友好的。

2. 阶层文化与教育的公平性问题

然而,世界多元文化教育趋势却给了我们另一种启示,那就是阶层文化与教育的关系,特别是面对弱势文化群体的教育公平性问题。

改革开放后,我国的社会结构发生了巨大的变化,其中阶层分化日益明显,利益主体多元,贫富差距拉大,即使在城市里也出现了一定规模的贫困者弱势群体。同时,人们也日益清醒地认识到,对弱势群体的"社会排斥"现象终将成为社会进一步发展的巨大障碍。因此,政府正在逐步完善社会对弱势群体的保障和支持系统,而教育理应是这种支持系统中的重要组成。但现实是,阶层文化的差异正在无形中影响着孩子们受教育的公平性。

从大的方面看,许多受政府大力扶植的高质量幼儿园,与一般幼儿园教育质量和物质条件悬殊极大,而享受质量高或低、条件优或劣的幼儿园教育的机会,客观上也是以所属阶层高低为划分的。对此,必须通过教育改革有所应对。如果因为高成本、高质量的幼儿园是高收费的,满足的只能是中上阶层的需要,那么我们应当考虑的是,有限的教育经费是否应该办更多能满足广大中

---

① 朱家雄:《幼儿园课程》,华东师范大学出版社 2003 年,第 291 页

下阶层需要的低成本的幼儿园,而幼儿园课程改革当为"低成本高质量"而努力。如果由于政府大力投入办的是高成本、高质量而低收费幼儿园,而能享受这类幼儿园的孩子主要还是中上阶层的,那么改变这种不公平性,除了现有的一些入园政策外,我们要考虑的则是示范性的辐射效应,即让政府的扶植转化为真正意义上的示范性,对一所幼儿园的投入,让更多的幼儿园受益,包括课程改革的成果也将通过这些幼儿园产生广泛的影响,这是需要机制保障的。

从小的方面看,幼儿园内的收费兴趣班,也已引起同伴之间的骄傲和歧视等现象,有的孩子上不起兴趣班,有的却能上几个兴趣班,孩子为此向家长哭闹的事屡见不鲜。实际上我们平时形容的贵族气和穷酸样就是阶层文化的一种写照,无论是贵族文化还是"贫困文化"都在生活方式、行为规范和价值观念等方面滋养所属文化圈子的一种精神素质,或许有正面的也有负面的,但是如果从小就深深地被熏陶于贫富的差异比较之中,那至少是滋养不出彼此尊重和自重的品格的。因此,如何缩小阶层差异对孩子带来的负面影响,也应当是幼儿园多元文化教育的重要内容。

3. 地区文化差异与幼儿教育改革

我国幅员辽阔,由于历史地理和经济等原因致使地区之间文化差异很大,发展极不平衡。而全国范围内的幼儿园课程改革现状,也反映出极鲜明的地区差异。由于地区经济水平的差异,孩子所处的文化背景的差异,孩子发展需要的差异,幼儿园教师专业水平的差异,课改所倡导的理念就很难被同步理解和接受。如果我们的改革是让经济文化落后地区的幼儿园和经济文化发达地区的幼儿园做同样的事情,那么,这种改革就必然会引来"步子过大"、"不符合国情"、"我们做不到"等种种责难和抱怨。其实,引导改革的理念是具有先进性的,而这种先进性意味着一种方向的把握,在朝这个方向前行的过程中却有不同适宜性的参照点。

例如,就入学准备而言,在经济不发达、文化资源相对落后的农村地区,孩子的父母文化程度较低,又缺乏图书和各种媒体信息,对那里的幼儿来说,如果在学前阶段没有一点读、写、算的专门要求,等他们上小学的时候,其学业就很难达到全国课程的基本标准。而发达地区的城市幼儿,因为大量的媒体信息,文化资源充分,父母的文化程度高,丰富的生活经验等已经足以使他们获得大量的知识信息,这一切会使他们很快适应入学后的学业要求。所以,不同地区的幼儿对幼儿园教育的需要也是不同的,先进理念向实践转化的适宜性参照点也是不同的。

但课改所体现的地方差异并不能否认改革理念所表达的先进性。如经济水平低下、教育资源严重缺乏的地区,教师不得不在较高班额的情况下教学,集体教学的效率是不能否认的,因此相比发达地区城市幼儿园的教师,对当前那里的教师的专业发展来说,集体教学能力的提高则可能比观察解读孩子行为更首当其冲。但是,我们并不能因此以为集体教学优于个别化的因材施教。所以,我们有时需要以适宜性去衡量,而不是以正确性一概而论,公平性就体现在对差异性的尊重上,体现为一个相对的质量评价体系。正因为如此,《幼儿园教育指导纲要》的落实才需要各个地区根据当地的实际制定课程实施细则,才需要有体现地方特色的课改试点幼儿园去辐射当地,而不是全国统一。

以多元文化共存的理念来进行的幼儿园教育,对教师而言则需要具备这样的素质:一要学会观察和了解由文化背景导致的个体差异,因为同样的发展问题,如果是文化因素导致,则教育方法就会不同;二要关注处于文化适应中的孩子,具备文化的"敏感性和响应性",能与来自不同文化的儿童和他们的家庭相处,对经历文化改变的儿童在寻找获得包容性的或跨文化的身份时,要理解他们的兴趣和需要①,有针对性地给予支持;三要善于利用文化差异作为教育资源,对本土文化和来自异域文化的孩子都要进行根基教育,对优势文化中的孩子要进行尊重教育,对弱势文化中的孩子要进行自强教育,而对劣势文化中的孩子或许还需要补偿性的教育。我们的目标是:让所有的孩子"学会共同生活"。

理解社会的多元文化特征对早期教育的影响,提高广大教师对早期多元文化教育的意识,准确把握多元文化教育的内涵是很有必要的。

四、改革应当赋予"本土文化传统"以时代意义的解释

如上所述,我们正在经历的学前教育改革过程,是不断更新观念的过程,是一个对旧传统不断反思和对新理念不断阐释的过程。而由于反思的是本土的传统,阐释的是西方的理念,反思是批判性的,阐释是吸纳性的,这才引致了教育领域的传统与现代、本土化与西方化之交锋。

既然改革是针对传统面向未来的教育现代化过程,因此改革依据西方现

---

① 约翰逊等编著,华爱华等译:《游戏与儿童早期教育》,华东师范大学出版社 2006 年,第 138 页

代的价值理念是必然的,因为西方先于我们进入现代社会,特别是"'启蒙'所代表的西方现代价值(自由、人权、理性、法制、个人尊严)都是普世价值"①。所以,教育改革所奉行的现代教育理念源自西方也是不足为奇的。但问题是,对"本土传统"的批判性反思和对"西方现代"的吸纳性阐释这样一种对立性思考逻辑,却会使改革陷入困境。

首先,当我们用更新观念来表示改革的意向时,我们却常常忘记了传统教育中有许多教师所熟悉的原则,与现时代所提倡的理念并不相左,完全可以通过时代意义的解释赋予新的内涵,并给予进一步强调。在依据现代价值理念对传统进行反思的时候,实际上一个很重要的工作就是反思中的再阐释。例如"学会共同生活"是国际 21 世纪教育委员会向联合国教科文组织提交的报告中提出的教育的四大支柱之一,这应当是一种现代教育理念了,而我国传统的集体主义教育确实也内涵了共同生活的意义,但是不同的时代其内涵的意义会有不同的解释。过去在强调个人服从集体的时候,比较多地掩盖了个性的发展,轻视了自我的存在,忽略差异性和创造性,而千篇一律、千人一面的同一性,显然已不符合时代的要求了。在今天这样一个开放的社会里,我们仍然要进行集体主义教育,但集体主义的内涵具有了新的意义,那就是强调差异性前提下的和谐性,强调个性化前提下的社会化。

从这个意义上说,传统与现代应当是一脉相承的,断裂中国传统去照搬西方现代显然是一种西方化,以中国传统去衔接西方现代也不合逻辑,因此,反思中国传统教育与阐释西方教育理念的改革实践,应当在中国传统与西方现代相契合之处进行融合,从而创造中国的现代教育。因为我们的文化传统中有着非常丰富的教育智慧,不少经过科学实证而产生的西方现代教育思想和认识,都可以从我国本土教育传统中找到相通点。当我们在用西方多元智能、生成课程、鹰架理论、社会建构、体验内化等新的概念来阐释课改理念时,应当清楚地意识,并非是在迎合西方教育,而是在对我国传统教育中因材施教、随机教育、循序渐进、潜移默化等教育思想进行科学阐释,并在阐释中丰富和充实原有的内涵。广而推之,在教育实践中的许多做法,都可以从时代意义来反思传统。比如,一方面把"尊重儿童"的理念作为是传统"慈幼"思想的发展,另一方面慈幼与敬老应当同步,在批判传统孝道的消极意义时,可以将感恩教育的积极内涵赋予其中。如此就会避免因小时

---

① 杜维明:"传统中有很多价值没有充分发挥",《东方早报》2005 年 7 月 24 日第 15 版

溺爱而大时"啃老"的现象出现了(今天"啃老"一族的出现,是值得进行教育反思的)。此外,现代社会极其需要的人与人之间的诚信,人与自然之间的和谐等等,都可以在我国儒家文化传统中寻找契合点,予以新的解释。以这样一种思路来观照教改的思想与实践,也就免遭"只会用人家的语言、用人家的眼光来说话"这样一种"失语"的指责了。

其次,虽然在一定文化背景中进行的教育改革,需要考虑本土文化的适应性。但是,教育改革本身也是针对本土文化而动的,必然触动某些文化的变革。而教育改革的最大障碍却正来自对这部分文化观念的固守。当前学前课程改革就遭遇了这样的困境,即幼儿园标树的教育理念与家长承袭的文化观念之间的矛盾。比如幼儿园要以游戏为基本活动,家长却以"业荒于嬉"作为警示,并以"教"还是"玩"判断幼儿园的教育质量。改革的困境引来对改革与本土文化关系的反思:是坚持改革的方向,还是顺应传统的观念? 本土文化在什么意义上坚持或是变革?

我们认为,文化观念有先进与落后之分,文化因素对社会发展的影响有积极与消极之别。我们知道,传统中国是一个"乡土中国"(费孝通语),几千年积淀而来的乡土文化,终与现代工业社会和信息社会有极大的不容之处,所以通过教育改革实现文化的发展与创新,这意味着对传统文化的选择。"望子成龙、望女成凤"固然是美好的愿望,因为龙凤呈祥是中国文化观念中幸福人生的理想写照,这样的追求是毋庸置疑的。但问题在于家长固守着的龙凤标准仍然是成为"人上人",而这种追求还意味着一定的负面影响,即"人上人"是传统社会中差序等级思想的反映,所谓的"人上人"永远只能是极少数,须以从小吃得"苦中苦"来竞争,须以大部分人的失败来换取。于是不惜牺牲孩子现在的幸福(童年的快乐),不惜违背发展的规律。从现代社会的进步来看,这显然是落后的文化观念。因为现代社会倡导的"和谐"是以一种平等的观念来保障的,而且未来社会的不确定性也决定了从小为未来所做的准备本身发生了根本的变化,如果说传统教育倡导的"童子功"是通过苦学换来特定知识或技能,而这些知识和技能可以在慢节奏社会受用终生的话,那么现代教育倡导的"童子功"则应当是在乐学中获得应对快速变化着的未来社会的适应能力,即思维的灵活性、变通性和创造性,这正是学前教育改革的关键所在。

因此,教育改革的文化适应性并非是文化保守,本土化也不意味着回到传统。我们看到,"乡土中国"正在快速地走向现代中国,乡土文化中"上所施,下所效"的"教化权力",以及教与学关系中的"长幼之序",显然与变迁中的现代社会相悖,当"传统的办法并不足以应付当前的问题时,教化权力必然跟着缩小",长幼之间的平等互动日显重要,"这种社会离乡土性也远了"①,这显然是文化的进步。

当然,改革所要坚持或变革的文化传统,是有一个判断标准的,那就是现代社会发展的动力原则,即我们所坚持的或变革的文化传统是有助于还是有悖于融入世界文明的现代化进程的。具体地说,我们倡导的教育理念和教育方法,是否能培养出一代具有现代意识与时俱进并推动文化发展的创新性人才。

第三,虽然改革是针对文化传统而进行的变革,但是作为振兴民族文化的教育变革,则万变不离其宗,即变革的是有碍现代文明进步的文化之弊,不变的是不悖于民族生存竞争能力的文化之根,这"根"的教育在今天越来越显示其重要性。因为经济全球化过程中的多元文化危机已经警示,要避免在对西方现代化的向往和追求中逐渐地消融本民族文化,在吸收西方现代价值理念时偏激地对待自己的文化传统。

尽管我们始终没有忘记进行爱国主义的教育,但多年的实践还是让人隐隐地感到了一种遗憾,并由此而审视:现实的爱祖国教育是否有真实的成效?在认识国旗、会唱国歌、知道名胜、能说家乡好之外那份由衷的民族情感究竟是如何培养起来的?《幼儿园教育指导纲要》提出了要"引导幼儿实际感受祖国文化的丰富和优秀","激发幼儿爱家乡、爱祖国的情感"。既然将"祖国文化"与"爱祖国的情感"联系起来,就有必要对爱祖国的教育进行一番新的思考。我们认为,"感受祖国文化"应当是一种潜移默化的"民族之根"的教育,是将中华民族丰富而优秀的文化根植于幼小心灵的教育,因此仅仅通过认识一个国家的标志,或仅仅通过若干个主题活动观光式地浏览祖国的文化是远远不够的。

所谓民族之根的教育,我们指的是对本民族文化独特性的坚守,这种独特性体现为民族身份的认知,而在幼儿教育阶段,我们要把握的则是中华民族身份认知中可展现可感知的文化内容。具体地说,中华民族传统中的大量优秀的文化遗产不应该在我们的课程中缺位,除了要知道中华书法、戏剧、国画,民风民俗、民族服饰,以及具有民族特色的建筑与器物等,还有许多优秀的传统经典故事如《司马光破缸救友》、《文彦博树洞浮球》、《曹冲称象》以及寓言和神

---

① 费孝通著:《乡土中国》,三联书店 1985 年,第 9 页

话等,可以作为启迪智慧和陶冶品德的好教材,同时我国传统民间游戏、娱乐方式和民族节日都应该是幼儿园活动的常项内容。实际上这是一种民族精神的潜移默化,是为了在吸收和借鉴西方文明的现代化进程中,使每一个中国人不会迷失自己的身份。当每个人都能清楚地意识"我是中国人",即带着鲜明的中华民族的文化特色融入当代世界文明时,民族自尊与自信就已经确立起来,"爱祖国"的情怀已然内涵其中。

为此,必须充分理解"民族的也是世界的",因为世界需要多样化,所以越具有本土文化特色,就越具有世界的意义,学前教育改革也必须担待这份责任。

第二章 幼儿园课程改革中的若干问题

第一节 幼儿园课程改革中的矛盾统一性

20多年课程改革之路,经历了许多的问题、困惑和矛盾,由于许多新的观念在认识上的误差,便在实践过程中产生了矛盾,导致理念与实践的脱节,作为课程改革参与者,我们在深入改革的过程中是如何反思这些问题的,又将如何把这些思考融入课程改革的新方案呢?

一、教育的过程与结果

改革中遇到的第一个问题就是课程实施过程与结果的矛盾。

"要注重活动过程"是《幼儿园工作规程》中提出的,由此推论出"重过程则不能过于追求结果",这也是本次课程改革中流行过的一种新的提法。其理由是以幼儿自主学习为重,以幼儿的需要和兴趣为核心,于是实践中"过程和结果"的矛盾便出现了。"重过程"的理念让我们评价教师的教学时,关注活动的开放性,活动过程中幼儿的自主性和兴趣性。但当评价教学效果的时候,则又以幼儿发展目标的达成度为依据了,而发现达成度高的未必是一种开放的教学。于是过程和结果的争论也开始了,过程论者认为,"有好的过程自然就会有好的结果",结果论者认为"好的结果是以目标达成度来衡量的,而开放性教学往往难以产生预期结果"。所以,我们在现实中就看到一种现象,那就是开放的教学观摩活动以迎合课程改革的最新理念,封闭的日常教学活动以应对儿童发展的目标评价。

由上可见,教师在思想上是混乱的,在实践中是清晰的。思想上的混乱源自课程改革宣导者为教师所做的解读,一方面要求教师要有清晰的目标意识,教师如何才能清晰目标呢，无非就是目标分解，目标从总目标分解到领域目标、再分解到年龄目标，最后分解到日目标直至活动目标，但是当教师以这样一种分解后的目标为依据开展活动时，由于教学手段直指目标，则过程变得僵死。于是，聪明的实践者开始学习游离目标，围着幼儿的兴奋点转，目标的表述含糊到没有可以实现的目标，重点是追求活动的趣味性、幼儿的兴奋性，活动越有趣，越新颖，越能博得好评。但是严肃的儿童发展评价则是以结果为依据的，于是便出现了上述观摩和日常两种不同的教学追求。

问题的关键原因在于课程从编制到实施，从目标到过程再到评价未能坚持内在逻辑的一致性。事实上，"幼儿园课程编制是包括幼儿园课程目标的确定、课程内容的选择、教育活动的组织以及课程评价的实施在内的整个过程，在课程编制的过程中，不同的课程会导致课程的编制以不同的方式展开"①。而课程的实施就当以该课程的编制模式为行动原则。我们遇到的困惑，正是课程编制的目标模式与过程模式在我们课程中的对立。

目标模式是一种有条理的、系统的课程编制，其典型性就在于将教育目标分解细化为可外显的儿童行为目标，围绕目标而展开教育活动。泰勒认为，"课程编制者必须回答四个问题，它们是(1) 学校应该达到哪些教育目标？(2) 提供哪些经验才能实现这些目标？(3) 怎样才能有效地组织这些教育经验？(4) 我们怎样才能确定这些目标正在得到实现？"②因此课程是从目标开始，以结果评价结束，即以目标的实现与否评价课程的成败。这一课程模式的好处是操作性强，达成度明确，便于检查，教师能清楚地意识到自己要做什么。而弊端则是忽略教育对象的情感、态度、创造力、主动精神和个体差异。

过程模式是一种轻目标重过程的课程编制，尽管课程的编制都要确立目标，但"过程模式的目标与目标模式的目标有着本质的区别：第一，过程模式的目标只是总体教育过程的一般性的、宽泛的目标；第二，这些目标不构成评价的主要依据；第三，这些目标是非行为性的，可以以此为依据确定课程编制的指导性原则和方法，使教师明确教育过程中内在的价值标准及总体要求，而不是课程实施后的某些预期结果"③。因此，这一模式强调在教育过程中根据儿童的需要、兴趣随时调整目标，而过程取向的目标表达是价值判断式的，而非标准化的，因此比较注重的是幼儿自发生成的活动。其好处是高度关注学生

① 朱家雄著：《幼儿园课程》，华东师范大学出版社 2003 年，第 133 页
② 同上，第 134 页
③ 同上，第 138 页

的不同需要、兴趣的变化、能力的形成、个性的发展。弊端则是教师很难以把握,特别是在师生比高的班级里,更难以实施。

我国课程改革中关于"过程与结果"的矛盾就发生在既想保持目标模式评价便利的优势,又想坚持过程模式的开放性价值,于是用目标模式编制课程,以过程模式实施课程,以预设行为目标评价儿童,以生成性目标评价教学。

那么我们的课程适合取向于哪一种模式呢?首先要肯定的是过程模式对培养受教育者的健全人格、主动性、创造性更有优势,与当今社会对教育的要求、对儿童的自身发展需要是一致的,因此积极推进过程模式是必要的;其次要看到一种课程模式实施的可能性(教育实际、教育传统、文化背景),完全采用过程模式难度很大。一是因为它对教师的专业素质要求极高(对目标的表述不同:前者是具体可测的标准化的行为目标,后者是表现性展开性价值判断式的目标;对知识的态度:前者是静态的知识点,传递的对象,评价即是否学会的结果,后者是动态的经验,思考的对象,评价即是否引起不同层次不同特点的探索过程),如果不具备这样的素质,容易流于放羊。二是我们的文化背景决定了对这样的教育压力很大。三是幼儿的发展目标和教育内容中都有对两种取向的课程的不同适应性。因此,改革的今天我们取向于以目标模式和过程模式的互补,那就是坚持幼儿园的两大类活动,一类是教师预设的活动,一类是幼儿生成的活动,前者可偏向于目标模式,后者可偏向过程模式。

关于目标在这样一种课程中,也就可以有两种表述,有些内容可以分解细化为阶段目标(需要循序渐进的知识技能),有些内容则可采用一般化的笼统表述的目标,落实在每一个阶段(个性化的情感态度和认知策略性的知识经验);根据不同的活动形式,目标也可以有不同的表述,比如为提升幼儿经验的集中学习活动,可以有清晰的即时性目标表述(陀螺:在操作中运用比较的方法进行判断和推理;分类:学习从不同维度进行分类),有些集体经验分享活动或自由游戏则可以是一般化的目标。

必须注意两点:第一,正如行为目标之父泰勒自己也明确表示的那样:"目标应该是清楚的,但不一定是具体的"。例如目标"7是由几和几组成的"不比目标"一个大的数可以分成两个或两个以上更小的数"更有助于发展;第二,目标引导过程的开展,但不能忽略过程中显示出来的目标以外的表现。例如目标是学会分类,但教学中不仅要关注分类问题,还应关注分类中的想象力、思维的逻辑性等。这样的话,就兼顾目标和过程了。

教师预设和幼儿生成的提出,首先是一种课程的理念,存在于观念形态。

内含多层意思,它告诉我们:教育是有目的、有计划的活动,必须有预设,但很多东西是难以预设的,预设好的东西也不是一成不变的,所以必须关注活动过程中生成的东西、变化的东西,预设的东西也可能是幼儿生成的。

二、个体生活经验和学科知识体系

教学是课程实施的重要形式,分个别教学、小组教学和集体教学。个别教学实施的是因材施教,小组教学则按能力水平分组施教,集体教学则是全班同一性施教。其中,集体教学以其效率优势在工业社会的背景中逐步发展起来,个别教学则逐步淡出,成为一种针对极少数人的补习行为,而小组教学也只在混龄集体中实施。可以说,集体教学之所以是针对知识普及最有效的组织形式,是因为它施行的是严格按学科知识体系结构起来的教学计划和教学进度。正如集体教学(班级授课制)的发明者夸美纽斯指出的,"一个教师应当能同时教很大一批学生而没有丝毫不便",因为他的假设是,世界上的一切事物都是相互联系、相互依存的,且所有的知识"都应该是严格有序的",可见,集体教学的效率优势是建立在知识体系基础上的。按照他的假设,只要把所教授的知识由学科专家以科学的逻辑形成一个知识体系,将其编制成教材,就可以让任何一个教师准确无误地传达给众多的学生。所以,强调聚焦课堂,重视教师对教材的钻研,就成为提高中小学教学质量一种必然的选择,但钻研教学对象学生的重要性却往往被忽略了。

在批判幼儿园教学小学化的课程改革中,首先关注的就是教学对象幼儿,挑战的是按知识体系结构起来的分科教学,因而按序(统一进度)进行的集体教学也随之受到了质疑。认为幼儿园小学化的标志就是重教学轻游戏,重知识体系轻生活体验,重集体同一轻个体差异。《幼儿园工作规程》指出,要让幼儿在"不同水平上发展",《幼儿园教育指导纲要》指出,要让幼儿"富有个性地发展",也就是说,以"幼儿发展为本"的课程,必须坚持差异性教育的原则。于是,创设与教育相适应的环境,以游戏的形式让幼儿自由自主地活动,教师有选择地进行介入指导,就成为幼儿园课程组织形式中的个别化教学。因为,面对众多幼儿教师不可能一个一个地教,而教师对环境的有意创设,对材料的有目的设计,对个体有选择的指导,教的意图是清楚的,学的内容是有所指的,但教学目标隐蔽了,教学内容客体化到环境中去了,幼儿在同一个时间段里选择的学习内容不同,目标的达成时间不同,有人把这种活动区里的活动视作游戏,有人将此视为自主性学习。

随之而来的问题是"以游戏为基本活动"与"集体教学"对立起来了,这种对立使教师在游戏与教学之间、个别化教学与集体教学之间、低结构活动与高结构活动之间产生了认识上的混乱。活动区活动的形式"是教学还是游戏"的疑问出现了。有人将其作为游戏活动而遭到质疑,认为幼儿在活动区进行的只是一种作业化行为,并没有得到游戏的体验;有人将其归为低结构化的教学(集体教学是高结构的)也遭到反驳,认为活动区里的许多活动结构化程度很高,幼儿并没有获得随心所做的自由。由于活动区的出现而减少了的集体教学,则出现了"教什么,怎么教"的困惑。哪些知识经验能在活动区里解决?活动区里不能解决的问题,有哪些需要集体教学来解决?

表面上看集体教学的资源很丰富,每个省份都有自己的教材,甚至几套教材,每个教师手中都有两本以上教材,据对上海市教师的调查,手上拥有三套教材的教师占了一半①。但是教师仍然迷茫于集体教学教什么。因为突破了知识的序、发展的序、教学先后的序,虽然给了教师极大的选择自由度,但教师却找不到为我所用的选择依据,教学的自觉理性丧失了,很多教师认为自己不会上课,不会写教学目标,不敢教知识,从教材中选择什么,什么时候教什么、什么内容怎么教,都只能跟着感觉走,跟着自己的兴趣走了。

所以我们现在看到的集体教学往往是表现大于发展,以一次性教学去实现一个长远目标,且每次教学活动之间不具有目标上的相互联系。虽然教师都知道要在已有经验基础上进行教学,但是却很少考虑幼儿经验的连续性,虽然教材的编写者也遵循了发展的序,但终究因学科领域的突破使这个序也不构成紧密的连续性。这样一来,我们看到的所谓好的集体教学活动往往是一种教师表现艺术的展示,她能把幼儿的表现热情调动起来,但仅仅是表现而已,很少看到新授过程的教学技巧,即很少看到教师是如何把幼儿从不会到教会的。我们认为,如果仅仅是已有经验的表现活动,那么,这类集体教学活动还可以再减少一半,甚至没有也罢。因为游戏就足以让他们充分表现了。

这好像是一对矛盾:有人说幼儿园教学不需要知识的系统性,只要从幼儿的活动体验中给以知识的整理和提升即可,那么活动区就是最好的途径,幼儿在活动区能获得大量零散的经验,这些感性经验的累积,将为今后的理性学习奠定扎实的基础。这是一种价值取向,取向于这样一种价值的话,幼儿园可以

---

① 祁小飞:《幼儿园课程改革中的集体教学现状研究》,2009 年华东师范大学硕士论文

忽略集体教学,犹如国外的很多幼儿园,并没有太多的集体教学那样。但是有人说,没有集体教学活动而仅仅依赖活动区的个别指导是不行的,零散的经验不足以促进幼儿认知的发展,只有把经验提升到理性的层次,有助于幼儿思维品质的培养,何况活动区个别化教学是要有条件的,需要合适的师生比和空间的保障,否则谈不上个别教学,因此集体教学的效率优势在我国今天的国情之下仍然是十分倡导的。但是要想通过集体教学来教会幼儿新的知识或提升幼儿经验,那就最好有个序的体系,包括学科知识的序和幼儿发展的序,传统的分科课程就是以这个序来编写教材,并用这样的教材来训练教师的。然而改革的今天并不取向于这样一种课程,因为幼儿阶段分科教学的弊端正是改革所摈弃的,课程整合理念已经确认。

其实,问题不在于教学形式是个别的还是集体的,是游戏中的个别指导还是集体性的教学提升,而在于我们对知识、课程、幼儿的理解。否认分科课程的弊端不等于否认学科知识体系的存在,突破知识体系的教学不等于不需要了解幼儿获得知识经验而具有内在发展的序。如果一个教师在主题教学中不能发现学科知识的脉络,不能把握幼儿发展的序,那么,她就一定不会是一个有整合意识的教师。

所以,一个好的老师在进行教学时,既能贴近幼儿的生活经验,又能从幼儿的生活经验中把握经验提升的可能性,以及幼儿的可接受性。这就需要教师首先清楚地了解学科(领域)的知识体系,同时要对幼儿获得相关知识的经验水平和发展层次有所把握,然后通过集体教学和活动区个别学习的互补,高结构活动与低结构活动的融合,抓住整合性活动中的领域特殊性,这样,课程实施中个体发展的逻辑和知识体系的逻辑的矛盾将得到统一。

三、幼儿园改革理念的先进性与家长观念的滞后性

幼儿园的家长工作历来是幼儿园的常规工作,但是这一工作的内涵在课程改革的今天已经发生了很大的变化,这个变化主要是从家园之间的关系上体现出来的。在过去的家园关系中,幼儿园居高临下,幼儿园把家长工作定位于指导家长和家庭教育,沟通家园信息往往是向家长通报幼儿园的教育信息和幼儿在园情况,家长工作的目的往往是要求家长配合幼儿园教育。课程改革中的家园关系进行了重新定位,从幼儿园至上走向家长至上,幼儿园开始强调服务意识,转而把家长奉为上帝,满足家长需要,迎合家长要求,配合家庭教

育。这样一来,许多教师反映,幼儿园课程改革理念的落实,最大障碍来自家长,认为家长的观念落后于我们的倡导的理念。

教师反映:我们让孩子玩,家长要求我们教;我们讲个性发展,家长只求知识技能;我们说为幼儿一生发展作准备,家长只要求为小学做准备;我们强调培养学习习惯,家长要求教会拼音字母……;进而,出现了公办幼儿园与私立幼儿园在办园理念上的差异,公办园坚守政府倡导的改革理念,以游戏为基本活动,私立园坚持迎合家长的要求,以知识超前帮助孩子赢得起跑线上的胜利。毋庸置疑,这是政府的保障机制使公立园高唱改革的主旋律,是竞争的市场机制使私立园把家长视为其生命线。

难道我们所倡导的理念与家长的需求只能是一对矛盾的存在吗?难道家长的需求真的不合理吗?事实上,幼儿园与家长在根本目的上是一致的,那就是促进幼儿的发展,为幼儿成功的人生奠基,只是在实施途径和方法上没有取得共识,而这种不一致则是源自幼儿园和家庭之间的不平等关系。一般而言,只有在不平等的共处关系中才会有一方屈从另一方的无奈,尽管公立园的课程坚守着自己的价值理念,但来自家长的阻力重重,而私立园的家长更是强势的一方,园方是以"不得不"的无奈而拿出一套迎合家长的教育方案。因此,从幼儿园至上到家长至上的转变并不是一种正确的走向。

改革至此,提出了建立家园教育共同体,形成家园之间的教育合力,这是一种平等、民主的协商关系。在这种关系中,幼儿园的家长工作,是让家长参与到课程中来,参与到教育过程中来,这时家长才会真正理解幼儿园的课程意图,协商出一个大家一致认同的实践方案。以下这个案例就是教师与家长协商课程的一个过程:

在一次班级召开的家长会上,家长提出缩短游戏时间,增加上课学本领的时间,比如认字计算,理由是每天哪怕认识一个词,每周只背一首儿歌,三年下来也可认识1 000多个字,背出100首儿歌。认为游戏虽然满足了孩子的需要,但是以牺牲知识为代价的。老师问,有多少人赞同这个意见,结果三分之二的家长赞成这个意见。教师说:"那我需要分成两组,三分之二的幼儿为儿歌识字组,三分之一幼儿为游戏创造组,儿歌识字组对我来说是最简单的一件事了,因为这是一种训练,只要花时间强化记忆就行,但是我要把话说在前面,这些幼儿必然要以牺牲情感、个性甚至智慧为代价的,因为幼儿意志力差,免不了强制性手段,否则是没有效果的,这是一种教育的价值取向。"接着老师把游戏创造组的意义和价值也说了，老师说，"对我来说要创设探究性的游戏环境，设计有发展价值、有挑战孩子思维的游戏，从中观察孩子，帮助孩子整理和提升经验，这是很煞费苦心的一件事，但这也是一种价值取向。"最后老师比较了两组幼儿在发展差异上的假设：儿歌识字组的幼儿规矩听话，识了很多字，会背很多儿歌，这些字和儿歌在小学的一二年级具有优势，他们与游戏组的幼儿比，提前识字使他们更轻松一些。游戏创造组的幼儿，字识得没有那么多，因为在不同的情景中我们渗透了汉字，无意识字的结果是每个幼儿无意识记住的字不同，数量也不一样，但他们理解能力强，会提问题，会动脑筋，会表达自己的看法和聪明，与前一组幼儿比，在学同样的新知识时，他们接受能力强，因为他们有大量的感性经验。三四年级以后，大家识的字也差不多了，学的东西也赶上了，逐步显示聪明带来的后效应。在一些争议之后，识字组的人数减少，游戏组的人数增加。又在实施了一段时间后，识字组撤销了。

事实证明，家长对幼儿园课程参与得越深，越容易获得与幼儿园一致的看法。这是因为，家长在教研中发现了教师在设计课程上的苦心和用心，发现了教师对幼儿的一片爱心。同时，家长一旦与幼儿园共建课程，家长为课程奉献的智慧，有时并不亚于幼儿园教师。

这时，我们会发现，幼儿园理念的先进性与家长观念的滞后性的矛盾，实际是"为什么教"、"教什么"与"怎么教"的共识问题，当家园之间形成平等协商关系以后，其价值追求将很容易获得一致。

第二节　课程改革进程中的阐释性话语

在幼教改革的不同阶段，或是缘于国家、地方出台的教育改革的指导性文件，或是缘于某些教育行政和专家的前瞻性引领，或是缘于部分理论工作者和实践研究者的感悟性推介，总有以反映改革现状的规范性话语出现，此起彼伏地推动着改革的进程。

一、课程改革话语体系中不断出现的新概念

近来在幼儿教育改革的话语体系中，"教师预设"和"幼儿生成"成了教师

们热衷的话题。其实,作为课程的生成形式,"生成"一词并不惹眼,它只是一个没有思想内容的动词而已。然而,当"生成性课程"作为一种课程模式介绍时,它突然变得惹眼起来,但毕竟还仅仅是人家的一种课程模式。只有当《上海市学前教育课程指南》中将"教师预设"和"幼儿生成"作为幼儿园课程的存在方式而加以理念性宣导时,新一波讨论在实践领域展开了:教师预设性活动和幼儿生成性活动的内涵和转化,对幼儿生成性活动的关注和回应,教师预设性活动与传统教师为中心的活动的区别等等。对此,我可以滔滔不绝。然而,当不少幼儿园教师向我咨询:两类活动的比例各为多少;不少幼儿园教师要我解答:两类活动何时可以相互转化,幼儿生成的哪些内容是有价值的,等等。对此,我却哑然。

类似的问题还有:刺激不能单调,刺激不能过量,刺激必须适宜,适宜的标准是什么?什么时候介入谓之干扰,什么时候介入谓之无意义,什么时候介入谓之支持,适时介入的标准是什么?过程重于结果的标准是什么?游戏与非游戏的界定标准是什么?什么情况下追随孩子的兴趣,什么情况下要引导孩子,有没有标准?对于这些问题,也许让任何一个脱离了具体教育情景的人来回答,都将是难堪的。

有人批评说,改革总是在一些概念上绕圈子,改革总是在不断地创造新名词,教师们为不断出现的新概念所困,为不断产生的新名词所累。教师要理解"幼儿园要以游戏为基本活动",要理解"过程与结果的关系",要理解"高结构化活动和低结构化活动",要理解"传递知识和建构知识",要理解"个体建构和社会建构",要理解"教师预设和幼儿生成",要理解"互动"、"鹰架"、"园本"、"整合"、"体验"、"共同体"等等。教师越来越糊涂了,教师越来越难做了。果真如此吗?创造和宣传这些概念和名词有意义吗?如果真是错,错在何处,如果真有过,过在谁人?

我想:每一种新的话语产生,必然有它产生的基础,每一次话语的规范,必然是集体认同的结果。话语中并没有艰深晦涩的概念和名词,教师为什么会被话语中的概念所困,或为话语中的名词所累?也许,每一种概念的阐释,表达的是阐释者自己对观点的理解,每一个观点的宣讲,体现的是宣讲者自己对理念的信仰。教师们却试图从解释和宣讲中寻找一种标准,但是没有人能给出这样一种标准,于是困惑,于是疲累。

二、是行动原则,不是操作标准

我想说的是,新概念也好,新名词也罢,只是不同时期对不同问题的聚焦,对所要解决问题的概括,是体现了教育理念的观点。总之,是指导行动的原则,而不是统一行动的标准。事实上,改革正是在某种意义上去标准化,其结果是唤醒每个教师的主体意识,产生自觉的教育行动。

就"教师预设和幼儿生成"的观点内涵,我的解释是:

首先这是一种课程的理念,存在于观念形态。内含多层意思,它告诉我们:教育是有目的、有计划的活动,必须有预设;但很多东西是难以预设的;预设好的东西也不是一成不变的;所以必须关注活动过程中幼儿生成的东西、变化的东西;教师预设的东西也可能是幼儿生成的。

其次在实践中对"关注幼儿生成性活动"的把握是:1) 幼儿自发的活动都是幼儿生成的,课程必须保证这一类活动的存在。2) 在幼儿自发生成性活动中,老师必须积极关注,适时介入,个别应答。3) 当教师在幼儿自发生成性活动中捕捉到有价值的内容,也可预设为过后的活动。4) 在教师预设性活动中,如果幼儿离开老师预设的活动流程要素,而表现出来的始料不及的行为,这也是幼儿生成的行为,可以及时或调整当时的活动。5) 在教师预设活动中,幼儿离开老师预设的活动流程要素,而表现出的始料不及的行为,也可以预设为过后的活动。

有了这样的理解,教师才会关注幼儿的需要和兴趣,适时调整教育的行为,做到《纲要》所指出的:"善于发现幼儿感兴趣的事物、游戏和偶发事件中所隐含的教育价值,把握时机,积极引导。关注幼儿在活动中的表现和反映,敏感地察觉他们的需要,及时以适当的方式应答,形成合作探究式的师生互动。"

至于具体的操作,每个幼儿园根据自己的课程情况,每个教师根据自己的实际问题都会有不同的把握。例如南西幼儿园在多年"游戏课程"研究的基础上,对此进行了新的探索,他们在幼儿自发性游戏(幼儿生成性活动)中,教师如何适时介入及时应答已有过很好的经验,于是着力探索对幼儿生成活动中除了及时应答的时机以外,值得转化为预设性活动的那些有教育价值的机会,使幼儿生成的活动也成为教师预设活动的来源之一。比如《剪刀是一种具有各种用途的工具》、《光是直射的》等活动的设计和安排,并不是源于某本教材,或教学计划,而是源于幼儿在游戏中的争论"剪刀是学习用品,还是厨房用品?"是源于幼儿游戏中的疑问:"门的这边为什么总是没有太阳光?"是源于幼儿生活中的困惑。在这里,预设活动虽然源于个别幼儿,但教师考虑到问题的普遍意义,即大部分幼儿的需要和可接受性,以及与课程目标与内容的相关性,还有教师个人的可操作性。也许,在另一个班级的另一个老师那里,这并不是合适的转化机会。

可见,从对"教师预设和幼儿生成"作为课程形成方式的理解出发,给教师的是一条行动的原则,也算是某个角度从教育理念到教育行为的一个小小的平台,这里不可能衍生出标准化的操作程序,不可能给出具体的时间比例,不可能规定出每一个具体的预设和生成的时机。每个教师自己的理解和把握,就是对自己行动的指南,理解和把握会在对行动的反思中变化和发展,行动也会在不断发展的理解和把握中完善。

三、新概念是不同时期对不同问题的聚焦

回顾幼儿园课程改革至今,正在经历从"重上课轻游戏",到"以游戏为基本活动";从"重教轻学",到"通过多种互动方式来支持学习"的转变。这一转变的过程,正是广大幼儿园教师对体现了现代教育理念的一系列教育行动原则的理解和把握的过程,从任何一个角度切入,我们都能感受到这一点。那就让现实告诉我们,概念和名词是如何产生的? 它的实际意义在哪里? 就从"幼儿园以游戏为基本活动"切入。

要理解"幼儿园以游戏为基本活动",就必须把握游戏的本体意义,理解幼儿自主选择、自由创造的活动价值。然而理论上能够接受的,不一定在实践中能够实施,教师非常愿意接受游戏是幼儿最需要的、最合适的,也是幼儿发展最必要的活动,但是在幼儿园教育实践中,是否一味追随幼儿自发产生的兴趣与需要,我们想让幼儿得到的东西是否重要,两者之间是怎样的关系。部分教师能够理解,但更大部分的教师却在为游戏究竟应当被看成是目的还是手段而困惑不解,"基本活动"究竟怎样理解? 我们不能否认我们想让幼儿得到的东西,我们更不能无视幼儿的兴趣与需要,让游戏成为幼儿园的基本活动,这只是一条行动原则,我们谁都无法把这一"基本活动"量化出一个标准来。为了使我们想让幼儿得到的东西与幼儿的需要和兴趣尽可能一致,我们必须考虑如何让幼儿获得我们想让他们得到的东西。

于是,"要注重活动过程,不要过于追求结果"的提法,使教师必须考虑教育的目的性与发展的可能性之间的平衡。我们想让幼儿得到的东西是我们的目标,但在给予幼儿的时候,我们应当注重的是,这一过程中幼儿对我们想让他们得到的东西是否需要,能否得到,如何得到。部分教师有了自己的理解,但是,更大部分教师在落实到具体的活动时,对怎样才算注重过程,目标这样一个预期的结果摆在怎样的位置上,仍然不解。在实践中,教师们往往抓住了

目标,却难以周全过程中孩子的需要,注重了过程,却又往往游离了目标。教师想要知道怎么做才算是既注重了过程,又没有放弃目标,还能保证结果(因为有评价),教师想要一个能在目标—过程—结果三者之间摆正关系的操作标准,由于没有一个标准化的操作提示,有人便怀疑注重过程的观点,呼吁结果的意义,认为没有结果的过程是不存在的。为此,活动组织形式的高结构化和低结构化的提法,给教师以很好的启示。

教育行为总是有目的的,我们想让幼儿得到的东西就是我们的目标,但低结构化的教育活动目标是隐蔽的,是客体化到环境的创设和材料的投放中的,活动过程中幼儿有更多自主选择的机会,教师的指导是间接和隐性的,活动的结果是自然而非强制的,即实际的结果与目标所预期的结果之间允许有距离,教师就是在这目标和距离中反思教育行为的。又有部分教师理解了,他们在活动中给幼儿最大的自由表达和自主表现的机会,他们不仅关注与目标相应的幼儿行为,更注重关注目标以外的幼儿表现。但是由于活动的结构化程度还会有差异,还有部分教师仍迷惑于差异是如何表现的,活动的组织结构什么时候偏向于较高,什么时候偏向于较低或更低? 显然,这又是不可能以刻度的形式标准化到具体的教育情景中的,仍然需要教师根据幼儿的年龄,教学内容的性质,以及个体的发展状态自己把握的。

教师预设和幼儿生成的提出,让教师进一步理解教师预设的活动并不等于高结构活动,由于低结构的活动中幼儿有更多的自主选择、自由表现的机会,就会使教师能够更多地关注到幼儿生成的行为,幼儿生成的行为也可以转化为教师预设的活动,因此如何回应幼儿生成的行为又成为重要的教育策略。

以上可见,不同时期产生的不同话语规范,其中的概念和名词都在循环地解释同一个问题:游戏是注重过程体验的活动,重过程的活动组织形式应当是低结构的,低结构的活动中充满幼儿自发生成性行为,教师对幼儿生成性行为的回应可以成为预设的活动,而预设的活动以低结构的形式组织,也就使幼儿在教师预设的活动中得到游戏般的体验。

也许,要求回应教师对幼儿生成行为的策略,又需要对一系列新的概念和名词的理解和把握,因为回应的策略也不可能标准化,不同地区、不同的幼儿园、不同的孩子、不同的老师,因时、因地、因人,策略产生于所处的关系和背景中。于是幼儿成长的生态关系和背景,又需要得到阐释和理解。越来越多的教师行为,不就是在不断的困惑和不断的理解中,日益从被动走向主动,从盲目走向自觉的吗? 终究,这一过程反映的是改革的核心,即"以幼儿发展为本"

的理念,改革的不仅是教育的内容和形式,更重要的是人。

第三节 幼儿园环境创设与幼儿的发展

幼儿园是学龄前儿童生活、游戏和学习的重要场所,重视幼儿园环境的创设,让幼儿园的教育目标,幼儿园的课程价值通过环境的创设来体现,让幼儿在与环境的互动中自主发展,这是当今整个中国幼儿教育改革的大趋势。如果走进一所幼儿园,不用介绍,也无须交谈,只要留意整个环境,就能"阅读"其中蕴含着的教育信息和课程的价值取向,那么实际上折射出的则是这所幼儿园教育人员教育的理性与智慧。

一、幼儿园环境创设中的课程价值取向比较

1. 三种环境创设反映三种不同的课程理念

试看我国传统的幼儿园环境:户外是开阔的场地,场地上纵横清晰地点缀着小圆点,便于幼儿在此整齐地列队操练。室内是开放的空间,其设计思想是根据班级的人数安排桌椅,因为全班三十几名幼儿将同时排坐,便于集体教学;墙面上的布置有提示老师教的,有示意幼儿练的;而玩具和材料在靠边的玩具柜里,教育的目标和内容则在教案上,这一切都将在一个规定的时候呈现。在这样的环境中,集体活动时井然,自由活动时喧嚣。显然,这是一种以教师为中心,以集体授课为组织形式的课程模式,它更多地强调了整齐、划一和规范,更多地强调了个体对集体(权威)的应答和服从。

再看今天改革中的我国幼儿园环境:户外场地增加了现代化的气息,大型组合性运动器械和塑胶场地使操场更加气派。室内用矮柜区隔了若干个活动区角,各个活动区都固定地陈列着丰富的材料,便于幼儿个人或小组选择性的操作。区角若在四周则腾出中间的空地,区角若占用一半室内则腾出另一半空间,以便保留集体教学的位置。在此,我们欣喜地看到,教育的意图正在尽可能地客体化,教育目标隐蔽在环境和材料中,并且在个体操作和集体教学的互补中得到实现。

在德国看到的几所幼儿园环境:户外基本上是土坪和草坪,帐篷、木屋、石

阶、木桩以及大型的沙池和可移动的废旧物、自然物,实为原始古朴。而活动室基本上都是用柜子、木架、屏风和布帘将室内区隔成大小不等的区域,区域没有固定的学习功能,材料可以任孩子们搬来搬去。除了区域性的空间,很少再有专门辟出可以容纳全班正规集体教学的空间,所谓集体活动也只是随地就座围拢在一起讨论问题,时间很短,也要不了多少空间。很明显,这是一种以个别和小组自由活动为主的形式,课程主张的是让儿童自主、自由地发展,老师对环境的创设是刻意的,而孩子与环境的互动却是自然的。

2. 幼儿园环境与课程特色的体现

改革中的我国幼儿教育,出现了不少具有个性化的幼儿园课程,标以游戏的特色、情感的特色、体育的特色、艺术的特色、数学的特色、科技的特色等等。这些幼儿园都在本园课程的特色上下了很大工夫,从而都能拿出一套非常成熟的课程方案和研究成果——活动设计或教材。然而在钦佩之余却总不免有那么点遗憾,因为与课程特色相应的理念和新的教育观念,大都落实在活动的设计和教材的编选上,课程的思想仅仅在教师自己的把握中。走进这些幼儿园,如果没有园长对课程方案的介绍,如果没有老师对现场活动的解释,仅凭幼儿园的环境就很难区分出各种不同的课程特色。一个新进该园的教师,如果不经过一定的培训,就很难使她的教育工作立即得到该课程思想的体现。

在德国参观了九所托幼机构,原以为幼儿园看多了会由于其大同小异而失去兴趣,然而每新到一个幼儿园,就会迎来一个新的面貌,园本化的特点不断给人带来意想不到的感悟。有一个幼儿园完全是家庭式的环境创设,每个班级(他们称为小组)好似是一个大家庭,有高的大桌子,有矮的小桌子,有阁楼、有半边隔开的板铺,可睡觉可活动,还有各种生活用品和学习用品。另一个幼儿园充斥着具有挑战性的活动设施,专门的体育室里各种在我们看来需要高难度运动技巧的设施,孩子们灵巧地在上面玩耍。走廊里也是可用于钻爬垒高的设施,室内部分用架子和布帘做的开放式区隔,使室内空间变大,便于孩子们的大肌肉活动,户外则是大片沙石、木板、石墩之类,一看就是一所以体育为特色的幼儿园。还有一所则明显是年龄跨度很大的混龄教育机构,因为每个活动室都有适合最小年龄(如学步儿)、适合中等年龄(如幼儿)、适合较大年龄(如小学生)的不同设备和用品,墙上的格言是"小的进来,大的出去",意即每个孩子进来时是班上的小弟弟或小妹妹,出去时已经成长为班上的大哥哥或大姐姐了。另有一所很有特色的幼儿园,是集中游戏,即一年中有两个月的集中游戏,平时是以主题活动为主线来实施课程的,环境的创设要配合主题。而有两个月则完全是孩子们的自由活动,在这期间,老师不加任何干预,孩子们的自由程度就好像是在儿童乐园里玩耍。这时候孩子们可以自由结伴、自由选择活动室、自由搬动可以搬动的材料,想怎么玩就怎么玩,环境是随孩子的意变化的,老师只是在不同的地方观察和监护,给孩子一些建议和支持。

同样是课程特色的反映,我感觉一个很大的区别是,听我们的幼儿园介绍课程,新的理念新的观点新的做法很令人鼓舞,但听完介绍看环境看活动却大同小异,特色如何体现,只能带着一套研究成果回去嚼味,很多则味同一般,有的还不堪细嚼。而在德国参观,感觉他们并没有在理论依据上大做文章,也没有在教材的编写和活动的设计上费尽心机,特色就在环境的创设中体现了,要问他们依据什么,有个园长说得很朴实,"是孩子喜欢的,也是我们认为值得的。"

由此我们认为,环境应当能吸引人的注意诱导人的行为,应当能使身处其境的人受到潜移默化和感染,至于吸引人注意什么? 诱导人去怎样行为? 潜移默化人的哪些品质? 那就是课程思想在环境中的暗示了。

二、幼儿园环境创设的一般原则

幼儿园环境是最能体现幼儿园教师教育理念和创造性劳动的地方,无论哪一种课程方案,无论哪一种园本特色,根据现代教育思想,幼儿园环境创设必须遵循一个共同的理念:尊重—满足孩子所需;信任—放开孩子的手;发展—给孩子以挑战。

所谓满足孩子所需,是指环境的规划和布置是从孩子的视角,考虑孩子的年龄,考虑孩子的兴趣,考虑孩子的发展需要;放开孩子的手,是指对环境的利用应给孩子更多选择的自由,减少不必要的限制,减少过分的保护性措施;给孩子以挑战,是指环境必须能使幼儿经常产生各种问题,不断诱发着孩子的好奇心,驱使孩子永无止境的探索。在此前提下,我们从许多幼儿园的经验中概括出四条环境创设的基本原则。

1. 有利于发展的规范化布置

有一个教育督导员,在巡视了两所幼儿园以后,对这两所幼儿园的教室环境创设做了如下评价:

甲幼儿园的教室玩具材料充足、墙面栏目丰富、布置适合童趣、各发展领域的内容都能在环境中得到体现,但是各班教室整齐划一,每个教室的环境布置都基本相同,没有个性。园长说:"我规定了各班环境布置应该具备的基本要求,某些材料由园方统一购置,并有意识让各班老师相互学习,鼓励创新,也鼓励模仿。"

乙幼儿园的各班教室完全是个性化的,有的教室是区隔的,有的教室是开放的,有的教室废旧物的利用很有特色,有的教室结构材料极其丰富,有的教室的语言表演区非常醒目,总能从不同的教室发现新的环境创意。园长说:"我提倡教师不断创新,鼓励每个教室具有不同于其他教室的独特之处。"

在此,我十分赞赏甲幼儿园的那种规范化的做法。我们知道,环境具有诱导行为的意义,教育意图的客体化,意味着我们的课程目标、内容和对全园幼儿的基本要求将隐含在规范的环境布置中,通过幼儿与环境的互动,潜移默化幼儿的行为和品质。这样做的好处,一是减少教师教育行为的主观性,满足了幼儿按自己的需要主动学习。二是各班环境的规范布置具有公正的意义,当我们创设了有利于幼儿发展的丰富环境,就能让幼儿更多地受益于环境的恩惠,较少地接受教师的说教,就在一定程度上降低了教师之间由于知识和能力的差异,带给幼儿接受教育的不公平性。

规范的布置包括与本园课程相应的激励性格言和教育家的名言,这不仅可以激励教师的教育信念,指引教师的教育行为,同时也是向家长宣导我们的教育理念。还包括同年龄各班数量种类基本相似的玩教具,各班墙面必要的栏目,如生日表、天气预报、家园之窗、作品栏以及时钟、日历、挂图等,这些内容都将对幼儿的发展,对沟通家园关系起到积极的作用。除了规范布置以外,仍要鼓励教师不断探索,每当某班教师有值得在全园推广的环境设计上的创意,将给予肯定,并成为园内环境创设的新的规范,要让每一个幼儿都能受益于每个老师的创造性工作。

2. 有利于多种经验的激发

儿童的全面和谐发展,必须在一个丰富多样的环境中才能实现,这样的环境能引发个体在不同领域内的活动,从而刺激幼儿的多种经验。所谓丰富多样的环境,一方面表现为材料的提供应广泛到能涉及发展的各个领域,以活动区的形式分类呈现,包括物理经验的(科学探索区)、数概念的(益智区)、艺术表现的(美工区)、人际交往的(社会区)、运动技能的(户外游戏)、语言表达的

(阅读区)等。另一方面每个领域的材料也要丰富到能刺激幼儿各个领域经验的整合,如美工区的材料应极其丰富,在结构造型的表现活动中能同时获得空间、数、事物之间关系等多种经验,同时给予合作创造的机会,以获得人际交往的经验。在户外的环境创设中,也不仅仅只是考虑运动技能的练习,而应该在大肌肉运动中,融个体发展的全部经验,例如在大沙池里安置一套大型组合性运动器械,我们就一定能观察到儿童各个发展领域的多种经验表现,看到每个孩子根据自己的兴趣、特点富有个性的发展。

3. 有利于个体不同层次的需要

让每个孩子在自己原有水平上得到发展,我们的教育就必须适应每个孩子原有经验和发展速度上的个体差异,但是通过教师组织活动,通过集体教学是很难做到这一点的,而通过幼儿作用于环境的自主活动则是最能实现这一理想的。那么什么样的环境才能有利于不同层次的需要呢?

过去我们总是提倡环境的创设、材料的投放要适合不同年龄的需要而有所不同,也就是根据年龄班来创设环境和投放材料,于是就特别追求小、中、大班的差异性。实际上这样的追求,在环境的设计思想上忽略了两个理论前提,一是同一年龄的个体差异性,二是同一种环境材料对不同年龄孩子发展的潜在功能。所以我们提倡的是创设一种弹性化的环境,也就是这种环境的创设在一定的年龄范围内(如 3—6 岁,不指太大的年龄跨度)能适合不同年龄、不同发展水平的个体的主动活动。有两个事例能对此做出解释:一是某区对幼儿园的检查评估,对园长提出的问题之一是材料的投放没有年龄班的区别,小、中、大班的许多材料都是一样的。园长的回答是:"你们的眼睛里怎么只看见材料,只看到孩子的年龄,而没看见不同年龄班的孩子与这些相同材料之间的互动关系?"二是我看到的混龄班孩子在同一种环境中活动的景象。不同年龄的孩子在不同的水平上作用于这些材料,每个孩子都在自己的最近发展区内活动。(以珠子为例:有抓、舀、夹、想象替代、分类、弹击,多种不同水平的玩法)

4. 有利于幼儿的创造性利用

为了使教育意图客体化,为了将教育目标、教育内容隐含在环境中,而不以说教的形式呈现,教师们费尽心机,试图创设一个与教育相适应的环境。然而,教师按教育的要求创设了环境,孩子们有没有按自己的需要创造性地利用环境的自由呢？这是环境能否有效促进儿童发展的关键。我们认为，环境应当是一个"会运作的生命体"，如同幼儿的身心随时在改变一样，环境也会在幼儿的心智变化中改变。这就要求环境的创设必须富有变化，不但教师要经常对环境进行修正，以回应幼儿的需要，也应该允许幼儿在活动时改变教师的初衷，根据自己的经验调整环境，使他们在老师创设的环境中成为建构自己的主角。

给孩子利用环境的自由，这就是一个游戏的环境，可以表现在两个方面：一是选择材料的自由(老师要对孩子说：你们想玩什么就玩什么)，二是使用材料的自由(老师要对孩子说：你们想怎么玩就怎么玩)。遗憾的是，在我们那些以目标达成为导向的环境安排中，幼儿却成了环境的奴隶，孩子"虽有选择所用材料的自由，却没有确定自己行动目的的自由"。环境一旦被确定了目标，环境便开始规范孩子的行为，而孩子的行为却难以改造环境。例如：孩子自选了某种材料，但是对这种材料的具体玩法已经被这种材料本身限定了，镶嵌、拼图，这是一种高结构性的材料，一种材料只有一种玩法。或者材料本身并非是高结构的，但其操作的要求已经被教学的目标限定了，夹子只能被用作一一对应，纽扣只好用来排列分类做计算。尽管这在某些特定的教学时刻也是必要的，但作为环境创设的整体要求来说，我们应当更关注孩子对环境的创造性利用，即我们相信，在低结构化的环境中，孩子潜力的发挥是无限的，孩子的发展也是最充分和最个性化的。

三、幼儿园各种环境创设的要求

我们在幼儿园环境创设中如何体现以上这些原则呢？

1. 户外场地

首先，场地特征应当富有变化。应该明确的是，幼儿园的户外场地应该是游戏场地，而不是中小学的操场和运动场。因此游戏场地的特征应该富有变化，具有激发幼儿多种经验，诱发幼儿多种游戏行为的功能，使幼儿在自发的运动性游戏中愉悦身心，挑战自我，从而在发展动作技能、获得运动经验的同时，提高想象、创造与合作能力。那么这个场地就不应该全都是一片平坦，而有变化的阶梯、多样的斜坡、有宽窄不一的小溪流和小桥，孩子们在这样的场地上追逐嬉戏，自然地就学会了如何控制自己的身体动作，学会如何避开障碍物，以应对变化的场地因素。例如上下台阶时小心翼翼，上坡下坡时保持身体平衡,遇到障碍物时学着绕开以及控制速度。由于地面并不平坦,甚至还可体验雨后积水带来的各种经历。比起那些大片平坦的场地来,这样的场地能带给孩子更丰富的经验。

其次,大型设施的安置要考虑多种功能,既要考虑各种动作的发展,同时也要考虑想象和社会性发展。安置在户外场地上的大型游戏器械一般有两种,一种是单一功能的(如单个的滑滑梯、跷跷板、荡秋千、攀登架等),另一种是多功能组合性的。一般来说,单功能器材多引发儿童运动机能性游戏,且以平行游戏为主,对儿童的动作和大肌肉运动能力的发展比较有利。因此,单一功能的运动器械较适合小年龄的幼儿(小型),他们会以平行游戏的方式,满足粗大动作发展的需求和机能快乐;也适合大年龄的小学以上儿童(大型),他们会加入竞赛的规则,进行运动能力的练习。但对幼儿园中大班幼儿来说,运动性游戏已不仅仅是满足动作机能的快乐,他们需要在运动的同时,融以想象和创造,也需要玩伴之间的合作,而将各种功能融为一个整体的大型组合性器械能起到这个作用。如果场地上设有迷宫、小屋或城堡之类,那就更能诱发孩子的想象与合作,提高户外运动性游戏的层次。

第三,场地上除了固定安置的游戏器材以外,还应该有一定数量的可自由组合可移动的多功能材料。如:板条、轮胎、软管、木箱等,这些材料可使孩子们在任意组合中尽情地想象,并在孩子们的想象中变化着花样玩,我们可从中观察到孩子们在搬动这些材料时,不仅体验着身体的平衡、双臂的力量,还显示出惊人的创造力。

2. 室内空间

首先,空间是大一点好呢还是小一点好?关于空间大小与幼儿发展的关系,国内外都有过研究,Smith 和 Connolly 将空间密度定为每个孩子平均15、25、50 及 75 平方英尺来实验。结果显示:每个孩子平均空间越少,大动作游戏活动量会减少,空间从 75 降到 25,对社会性行为产生影响,少到 15 平方英尺,则攻击性行为显著增加,团体游戏也明显减少。我国朱家雄等人对比了每人平均2.4 和1.2 两种不同的空间密度的活动室内幼儿的各种行为以后,得出了基本一致的结论[①]。研究提示,空间大有大的好处(大动作的发展),小有小

---

① 朱家雄、华爱华等:《幼儿园环境与幼儿行为和发展的研究》,世界图书出版公司1996 年,第38—42 页

的好处(增加社会交往),但作为日常活动室的空间,太大太小都不利于幼儿的发展(减少人际互动、粗野动作和攻击性行为增加等),因此有一个有利于幼儿多方面发展的有效空间,这个有效空间包括大小不等的多种空间,这就在教师的把握中,如果空间过大恐怕需要用家具做些区隔,如果过小则需增加攀爬设施或双层空间等。

其次,空间是开放的好呢还是区隔的好? 开放的大空间适合大团体活动,区隔的小空间适合小组群或个别化活动,这与课程的价值取向有关,也许今天以儿童发展为本的课程更取向于后者,许多研究也支持将宽大的空间划分成较小的区域,认为小型分隔区比大型开放区更易产生高品质的游戏,Sheehan及 Day 发现,这样可以降低粗暴行为发生,并增加在自由活动时合作性互动的机会。鉴于各种大小的空间对孩子的发展各有益处,我们认为,进行活动室的空间安排时应该注意两点:一是每个区域空间的大小应该不同,这一点瑞吉欧的环境创设理念值得借鉴,他们认为,大小不同的空间区隔是很有必要的,它将适合不同人数的小组进行合作学习。最小的空间是为幼儿个别或一对一活动所设的安静区和隐秘区;较小的空间则可以提供更多的机会,让幼儿在小组群活动中,倾听他人和被他人倾听,使沟通更容易进行;较大的空间使幼儿在大组群的合作中,通过协商、竞争、比较等行为,获得许多社会行为的基本规则,学会和别人分享什么,何时需要让步,如何保护自己等等;最大的空间被称为"广场",设在走廊或门厅,是整个校园的中心地带,各班各组的幼儿常在此碰面交流,或在此游戏追逐,或在此逗留聊天,这是一个极其轻松自由的地方,犹如一个城市的中心广场。可见,这样一种区隔方法的出发点,是孩子们的社会性发展。

为此,区隔物的灵活性非常重要,可移动的轻便矮柜、可左右拉动的门帘、便于上下收拢放开的帐篷、可缩小放大的屏风等,这样就更利于老师根据组织活动的需要,孩子根据游戏的需要而随时进行变化,对区域进行封闭与开放,使区域扩大或缩小,让空间更具有流动性。

第三,空间的区域功能是固定的好呢还是不固定的好? 我们认为这也不是绝对的,必须根据活动类别的特性、活动材料的特性和孩子游戏与学习的需要,作出具体的安排。有些区域可以固定,例如具有特定内容的活动区,如建构区、美工区、阅读区和科学探索区等,这些区域的材料的放置相对固定,便于孩子活动时有一定选择倾向性,也便于孩子获得一些特定的经验,更利于孩子秩序感的建立。但也应留有不固定功能的区域空间,或这些固定的空间也应为孩子根据需要调整区域活动功能留有余地(比如允许建构区用作表演游戏),让孩子们有机会选择区域空间做自己做的事。特别是那些社会区,除了"娃娃家"主题是每个孩子都具有的主要生活原型,因而可以固定之外,其他装扮性游戏主题可以留出空间区域让孩子们自行开设,诸如理发店、医院、商店、邮局和银行等没有必要固定,因为孩子们的经验、兴趣和需要是不同的,而且随着时间的推移和生活经验的积累是不断变化的,如果人为固定,则会限定孩子多种经验的表现。

3. 材料的提供

首先,材料的提供要考虑幼儿驾驭材料的自由度。为了做到这一点,我们一定会考虑提供丰富的材料。而材料的丰富绝不仅仅是数量的问题,如果两个活动室的材料数量相同而种类不同,则丰富程度是不同的;如果两个活动室材料数量和种类完全相同而种类的搭配不同则丰富程度也是不同的;如果两个活动室材料数量和种类都很多,但材料本身的特征不同,一个多倾向于高结构的材料(材料功能固定,一种材料只有一种玩法),一个多倾向于低结构的材料(材料功能不固定,一种材料可以任孩子们想象出多种玩法),则丰富程度也是不同的。因此,我们在提供材料时,除了要考虑教学目标所预设的特定要求,有必要提供一些高结构的材料外,我们更应考虑的是材料在孩子们创造性地使用中满足多种发展的需要。

其次,材料的投放方式要与幼儿的发展相联系。当我们深入幼儿园具体去调查活动区的计划时,发现除了区角的名称大同小异以外,很多情况是各不相同的,虽然都是以区角形式出现的活动,由于材料提供方式的不同,允许孩子使用材料的自由程度不同,活动的性质可以有不同的定位。大约有三种情况:第一种情况可以称其为目标导向性活动区:区角安排目标很明确,材料的投放方式以层层递进的目标为依据,大都是有操作的规范的,材料以高结构的为主,玩法是固定的,隐含着教育要求,教师观察和指导的着眼点是根据预设目标的达成度来进行的(这类活动区往往定位于学科教学的延伸,如语言、科学、计算(益智)、美工区等)。第二种情况可以称其为探索发现性活动区:区角的目标也是明确的,但达成的途径是有多种可能的,老师在提供材料时只是对材料的可能玩法做了预先的估计,每种可能都由幼儿自己发现,教师的观察指导着眼于老师对材料玩法的设定与孩子之间实际的玩法之间的关系,引导孩子的发展。这类活动区的材料投放方式有经验系统化的、目标整合式的和问题情景式的。第三种情况可以称其为自由开放性活动区：区角没有明确目标，只有活动的大致范围，由活动区的名称所规定，而且名称只限定了老师投放材料的方向，不限定孩子活动的类型，材料大都是低结构的，老师不作预设玩法的要求，孩子想怎么玩就怎么玩，并允许孩子跨区域使用材料，任意进行材料种类的搭配，进行想象性表现。教师观察指导的着眼点是关注孩子是如何变通性地使用材料的，这些使用方式客观上对孩子的发展起到了哪些作用，从而顺应和支持孩子们自己的创造性玩法。

显然，这一切告诉我们，材料的投放方式与幼儿的行为与发展有着密切的关系，同时也告诉我们，教师投放什么材料，怎样的投放方式，这是一种自觉的行为，而不是一种盲目跟风。

四、幼儿园环境创设中的问题与思考

我们知道，环境是一种客体因素，而教师创设和利用的环境实际上是一种对象化了的教师主体思想的反映，在这个过程中，教师主体和环境客体之间常常会产生一种矛盾，从而影响到幼儿与环境的互动关系。表现在以下几个方面：

1. 空间设计与空间的充分利用

有些幼儿园一方面嫌空间太小，玩具不够，一方面却有不少闲置的空间和材料，或者空间功能的单一化，使有用的空间和材料也在不少的时间里闲置着，这一切都使幼儿无法参与，而不能激活环境与幼儿互动中各自的潜力。例如早锻炼的时候，户外场地上人头攒动，孩子们似乎无法尽兴地施展他们的运动能力，老师抱怨场地太小，但是仅一小时后，场地上便空无一人。这时活动室里又显得人多拥挤，而用作电脑、科学探索、大型建构等专用活动室却空关着门。因此如何通过合理安排空间，通过幼儿的参与使更多的空间活起来，是值得我们思考的。

2. 环境创设的目标导向性和儿童利用环境的自由度

我们还隐约地感到一种不安，不少的幼儿园在致力于重视环境的教育意义时，却是在揣摩了孩子的需要以后，为孩子创设了亚成人环境，即成人想象中的儿童世界。在这种环境中仍免不了成人的操纵，每一种材料都赋予了操作的规范,每一种操作都标示着发展目标达成度的评价,孩子在规定的时间里摆弄,在有限的范围内选择。显然,这里反映了改革中的我国幼儿园教师正走向先进的理念,却难免被一种固有习惯所形成的惰性牵拉着。看来重要的还不在于有没有环境的设计,而在于如何设计和利用,这就要求教师进一步解放思想,放开孩子的手脚,让幼儿真正成为构建环境的主角。

3. 户外环境的挑战性和安全性

保障幼儿的健康和安全,促进幼儿的体能发展,这是幼儿教育工作者的义务和责任。但是生命安全和体能发展却往往以一种矛盾的状态影响着幼儿园教师的工作。因为大家都很清楚,运动保障健康,运动促进体能,同时运动也潜伏着危险;幼儿需要运动,幼儿喜欢游戏,运动性游戏在幼儿健康成长的过程中占有重要的地位。然而,年幼儿童运动能力差、缺乏对危险的估计,没有应付障碍的经验,因此,运动性游戏中的事故发生成为独生子女的家长最为担心的事,环境创设的安全问题也是教师们最为谨慎和忧虑的。于是,安全保护、事故防范是每个教师组织户外游戏时头脑中紧绷的弦。

怎样才能保证幼儿户外游戏的安全?我们认为,当前所采取的安全保护措施有这样几条是值得反思的:创设具有安全保护性的户外场地;禁止那些有挑战性玩法的游戏器材;对某些游戏行为进行限定和规范;让每个孩子的活动都在教师的视线之内。

实际上越具有挑战性的环境对孩子运动能力的发展越有积极的意义,而自我保护能力对儿童的生命安全更具有保障的意义。研究表明,被鼓励运动的儿童控制自己身体的能力加强,有与自己年龄相应的避免障碍、处理危险的经验,事故发生率明显减少。环境创设中的安全保护应当是排除一切暗藏的危险因素,以及教师的工作责任心。

4. 创设现代化教育环境的两种视角

幼儿教育的现代化应当如何体现?我们看到了两种思考的角度:一是以现代教育理念来开办学校,考虑的是体现现代教育思想的幼儿园环境应当是怎样的?那就是"以幼儿的发展为本";二是以现代科技产品来装备学校,考虑的是体现现代先进技术的幼儿园设施应当是怎样的?那就是"以教育的硬件领先"。于是便出现了两种情况,前者设计的环境是吸引幼儿与之互动的,为了让幼儿成为学习的主人,就必须使幼儿在与环境的相互作用中得到自我发展,教师的任务更多的是辅助幼儿的学习和思考。即使幼儿园物质条件差,财力不足,但自然材料、废旧物品照样能使幼儿的发展全面而充分。而后者虽然有着一流的硬件,气派的设施,规范的操场,整齐的桌椅,漂亮的装潢,然而生活其中的幼儿却陷入一种个体经验与所处环境无法联结的危机,幼儿的发展只能在教师预设的一个个有组织的活动中,其结果却与他们提倡的教育思想背道而驰。我们在德国、意大利看到的幼儿园环境,有自然朴素原始但充满发展挑战的环境,那是在户外场地上,在幼儿的活动室里,也有装备豪华气派的设施设备的环境,那是在盥洗室与厨房里。这是怎样的一种设计思想呢?很值得思考。

综上所述,重视环境的教育价值,是当今幼儿教育倡导的重要理念,而具有理性的支持的幼儿园环境创设,也就体现了当今幼儿园教师重要的教育功力。因此,以幼儿的发展为立足点,我们对环境的创设必须是刻意的,而幼儿与环境的互动必须是自然的。

第四节　幼儿园混龄教育与课程改革

一、关于幼儿园的混龄教育

我国幼儿园的编班形式一直是严格地以年龄为依据的,这与我国长期以来大一统的学校课程体系是相一致的。以年龄特征为依据的目标评价,所导向的课程实施的主要形式是集体教学,因而,同龄编班是教育得以顺利和成功的保证。尽管也存在着少数混龄编班的情况,那都是由于园舍规模、入园人数等的限制不得已而为之的。

当我国独生子女社会化问题成为一种社会现象时,幼儿园开始了混龄教育的尝试,一般是以"大带小"的形式在部分时间或局部领域里进行一些混龄活动,试图补偿独生子女社会化方面的某种缺憾,其根本的成效还有待论证。

此外,个别采用蒙特梭利教育法的幼儿园,由于其课程的需要,也采用了混龄编班,但在我国教育背景下的蒙特梭利式混龄班中,除了个别化操作活动以外,还不得不辅之以同龄分组教学,以求年龄目标的达成。

在此,我们很想知道的是,幼儿园混龄编班教育的价值究竟何在?尽管欧美许多国家的幼儿园编班是混龄的,却很少见到混龄教育研究的文献和成果,理由也许很明确了。因为混龄编班对他们来说是一种传统的做法,它的价值在许多有关社会的、认知的研究文献中已经包含了。然而,近年来在德国慕尼黑国家学前教育研究所的研究项目中,赫然呈现出一项混龄教育的国际合作课题,研究的出发点在于,传统的混龄教育年龄跨度小,仅仅局限于3岁之前的混龄和3—6岁的混龄,现在他们正在研究的是年龄跨度更大的混龄教育模式。

目前,上海市童的梦幼儿园在历经多年的试验以后,向我们展示了全方位混龄的教育模式,年龄以小、中、大组合全部混龄编班,一日生活各个环节全部混龄活动,在对其进行初步的考察以后,我们看到的是我国幼儿园教育改革的又一成果,它提示给我们一条重要的信息,那就是混龄教育模式存在的必要和可能是与我国课程改革的大背景密切相关的,从中我们可以得到不少启示。

二、混龄教育所体现的课程改革理念

1. 异龄之间形成的"最近发展区"

维果斯基的"最近发展区"作为一种认知发展的观点,被我国教育工作者在理论层面上欣赏和认同年数已久,特别是近年来,"在不同水平上发展"的教育原则使"最近发展区"理论在实践的层面也显得格外活跃。但是我们发现,尽管有实践工作者标榜在教学中运用了这一观点的,却终因受到班级授课的同龄依据的限制,许多情况下是老师在揣测全班孩子的平均最近发展区,幼儿的发展并未显现这一理论应有的效应。即使在打破了单一的集体授课模式以后,师幼互动的重点转向了通过适时介入来应答孩子的发展需要,个别化促进的最佳时机就在于每一个幼儿不同的最近发展区内,但毕竟要求教师真正把握每个孩子的最近发展区也并非易事。

但是在混龄教育中,我们则看到了令人欣喜的一面,无论是在户外的运动性游戏中,还是在室内的区角活动中,或是在老师组织的集体交流中,处处充满了异龄之间的互动。在仔细观察和倾心聆听之后我们发现,异龄之间发生的认知冲突,异龄之间引起的示范和模仿,远比老师的设计来得自然和贴切,也有别于同龄孩子之间的互动和影响。年长孩子虽然不会有目的、有意识地教年幼孩子一些知识和技能,但是他们经常在向年幼孩子展示自己("你猜我搭的是什么?""我可以垒到这么高不倒下来,你行吗?"),也经常在纠正年幼孩子的行为（"你先放这个肯定会倒的，因为太重了"，"你是怎么搞的，怎么会分开的，这样就连起来了"……），年幼孩子虽然不会有目的、有意识地请教年长孩子，但他们却经常在模仿年长孩子，甚至由于疑惑而提问年长孩子（"放这个会穿过去吗？"，"怎么会亮起来的？"）。不经意间的"教和学"，使异龄之间在相互挑战，当年长孩子用自己的行为和语言向年幼孩子解释或表现的时候，当年幼孩子用自己的行为和语言向年长孩子询问或模仿的时候，他们都既超越了自己的原有水平，又反映出他们力所能及的最高水平，这就是异龄之间的社会建构，由此，每个孩子的经验和能力都在自己的最近发展区内得到充实。

"在背景中发展"的思想已经得到普遍认同，因此如何创造一个有利于幼儿发展的环境成为当今课程改革的重要内容，特别是为社会建构理论所引导，现在幼儿园非常注重营造师生互动、生生互动的人际环境。但人为安排、刻意组合的人际环境总不免煞费心思，即便如此，幼儿在发展的自然性和发展的机会上仍有局限。此外，为使幼儿获得更多的发展机会，环境的经常调整和变更也颇使教师感到心力疲累，因为幼儿一旦熟悉和掌握了教师为他安排的一切，其兴趣和动力就会下降。

根据生态心理学的观点，"环境对身处其间的个体而言不是固定不变的，而是随着个体对它的态度和探索方法的变更而具有不同的内涵"[①]。事实上，同一种环境在混龄群体中，其内涵确实变得更加丰富多彩。因为作用于这一环境的个体差异很大，生生互动的组合也是多样的，尤其是不同年龄的组合在作用于环境的态度和探索方法上是千差万别的，面对同一环境的同龄互动、大小互动、中大互动、中小互动，致使环境对每个幼儿发展所起的作用是不同的。我们看到，当一个幼儿自己在探索一种材料时，和他与同龄伙伴一起探索这个材料时，以及他与比他年长或比他年幼的伙伴一起探索时，他对这一材料的态度和行为有很大差异，显然，他从中获得的经验和得到的发展也将是多样化的。这也印证了布朗芬布伦纳的人类发展生态学理论，他认为"发展着的人不能被看作是环境在其之上任意施加影响的一块白板，而是一个不断成长的并时刻重新构建其所在环境的动态实体"[②]。从多种异龄互动的情况来看，教师创设的环境确实在被不同组合的孩子们不断地构建出新的意义。

可见异龄之间形成了一个非常自然的教育生态环境，每个不同年龄的幼

①　朱家雄，华爱华等著：《幼儿园环境与幼儿行为与发展的研究》，世界图书出版公司1996年第20页
②　同上，第22页

儿都能在其间找到自己的定位和发展的空间。

2. 重过程与重结果的重心转移

课程改革中遇到的一个难题就是过程与结果的矛盾。要"注重过程,而不要过于追求结果",这不仅是幼儿教育的特征,也是使幼儿成为发展主体的保证。然而,现实中目标意识的强化使教师不得不关注目标的达成度,而往往很难摆脱结果对过程的牵制。

但是在混龄教育中,尽管老师心中装着不同层次的发展目标,同一个活动中却很难顾及不同年龄孩子的目标达成度。因为比起同龄班的孩子来,混龄活动呈现在老师面前的孩子行为水平的差异性要大得多。虽然同龄孩子也会有发展差异,以结果来衡量目标达成度的话,老师可以比较清楚地知道哪些孩子达到,哪些孩子没有达到,哪些孩子超出,哪些孩子相差很远。如果这样一种结果评价的标准用于混龄孩子的活动,教师会明显感到力不从心。于是,不要过于追求结果,把重心转向对过程的关注,是混龄班教师从内心里接受和信服的观念。这是因为在混龄儿童的活动中,她们看到了年龄目标的局限性,即同龄的个体差异使年龄目标的达成情况在不同年龄中形成了交叉(大龄中发展慢的和小龄中发展快的趋于接近),既然如此,何必要将目标引导的结果看得如此之重呢? 摆脱了结果的束缚,教师对孩子的引导依据不再是年龄,而是个体的实际水平,老师对孩子的观察分析,不再是你这个年龄应该怎么样,而是你实际上怎么样。由此,孩子获得的发展是实实在在的。

三、混龄教育的组织实施与幼儿发展

事实上,目前幼儿园关于混龄活动的研究已有不少,但都是在有限范围内的尝试。值得探讨的倒是这些尝试性的混龄活动组织形式多种多样,而不同的组织形式与幼儿发展的关系是怎样的?

1. 多种混龄组合所反映的发展

小年龄混龄和大年龄混龄的区别。3 岁之前的混龄,或托小混龄,或中大混龄,都是混龄,其混龄对孩子发展的作用是不同的。相对而言,年龄越小,孩子越具有独自活动的特征,同伴之间难以形成交往互动的关系,即使形成互动关系,由于小年龄混龄组合中的年长者仍然稚嫩,难以起到长者的影响作用。

小跨度混龄与大跨度混龄的区别。现实中我们看到过年龄跨度不同的混龄活动,小跨度混龄是指一岁之差,如小中班混龄或中大班混龄,大跨度混龄是指相差两岁以上,即大班和小班的混龄或大班和托班的混龄。根据一般的发展理论,我们认为这两种混龄形式各有优势,而且这种优势是在不同的教育背景下发生的。在需要较多认知参与的活动中,年龄接近能更好地合作与互动,因为他们的原有经验、思维特征、理解能力比较接近,从而在判断、比较、分析同一个问题时,能有效地对话与沟通,即使他们之间的争论也是一种有效的认知挑战;而在某些以动作技能为主要内容的机能性活动中,大跨度混龄中的年长者能很好地体现出榜样、责任与义务等品质,在示范与模仿中,他们之间的发展价值对年幼者来说,更多的是认知上的,对年长来说,更多的是社会性上的。

2.“混龄”在不同教育内容和组织形式中的差异

幼儿园各种混龄活动的尝试,也显示出了混龄对发展的不同意义。

在日常生活环节中,异龄之间的互动显得格外明显,通过“大带小”的生活照料,对独生子女自理能力和社会性发展的补偿极其有利。

在游戏中,则异龄之间互动减少,大年龄幼儿与小年龄幼儿常常玩不到一起。如果让他们自由结伴的话,他们往往倾向于同龄玩伴,因为同龄之间的游戏技能相当,对事物能产生共同的理解和体验,容易形成共同游戏的倾向。而且相比之下,同龄游戏的水平要高于混龄游戏的水平,这也是因为幼儿在游戏中往往不满足于已有的水平,通过同伴之间的相互比较,在更高的水平上整合自己的行为,正如维果斯基所说,儿童在游戏中创造了自己的最近发展区,游戏行为总是趋向于他们可能达到的最高水平。而在混龄游戏中,年长的一方往往屈就年幼一方的游戏技能,否则游戏便难以开展。但如果异龄玩伴一起游戏却“可以促进一些新的社会行为的发展,使他们在跨年龄的游戏情景中整合自己的行为”[1]。比如年长儿童一般处于游戏组织计划者的地位,可以增强游戏的自主性,形成责任心;年幼儿童则能从年长儿童那里学会与人相处交往的技能和游戏经验。

而对于户外运动,混龄活动则又有了新的特点,除了需要合作的规则性游戏以外,作用于器械的多数运动引发的更多的是个体性或平行性的机能性游

---

[1]　华爱华著:《幼儿游戏理论》,上海教育出版社 2000 年,第 203 页

戏,因此模仿行为成为混龄活动中年幼者的主要行为,他们在模仿大龄孩子的行为中,挑战自己的动作,挑战自己的意志,所以,在户外混龄运动中,我们看到年幼儿童的运动能力比我们想象的要高得多。

3. 间断性混龄与连续混龄

现在凡是尝试混龄活动的幼儿园,大部分采用的是分时段混龄,即每天一个时段,或一周一至两个时段等。这样的混龄活动对幼儿的发展虽有一定的意义,但比较有限。因为时段的间隔,异龄伙伴之间的熟悉程度难免受到影响,进而影响活动的质量;同时,因为混龄时间有限,也就很难周全上述各种形式的混龄价值。当然,这种分时段混龄活动作为同龄教育的补充而存在是非常值得鼓励的。同样,在整日连续混龄活动的模式中,也应保证相当时间的同龄互动。

可见,"完善的个体发展离不开同龄伙伴和异龄伙伴的交往,各自获得的益处是不同的。没有与年长者的交往,将减少知识经验和技能的学习机会,没有与年幼者的交往,使社会责任心、自主感和组织能力的补偿难以实现;没有与同龄者的交往,对事物共同的体验就失去了可资比较的机会和协商合作的可能"①。在童的梦幼儿园这样的小中大混龄编班的全日混龄活动的教育模式中,"充分地运用儿童教育儿童的方法,如同龄促进、异龄促进、角色换位等"②,这也许能很好地体现这样一种思想。

四、混龄教育与教师专业素质的提高

混龄教育是在整个幼儿园教育改革的大背景下提出的,它的组织和实施,不仅要依据现代教育的理念来改变课程的内容和形式,更重要的是改变教师的观念和行为,这种改变不是一般的学习和培训所能实现的,而只有在面对问题、反思教育行为的改革实践中,才能把握真理改善行为,不断提高教师的专业素质。

1. 混龄教育使教师面临着多元目标的挑战

在混龄教育中,每个教师都同时面对了不同年龄的孩子,孩子发展水平的

---

① 华爱华著:《幼儿游戏理论》,上海教育出版社 2000 年,第 203 页
② 参考上海市童的梦艺术幼儿园混龄教育研究资料

差异性大使教师的教育行为无法依据单一的发展目标和指导原则。如果说，在同龄教育中教师对个体差异的关注和因材施教的行为，需要一定的能力并付出努力的话，那么在混龄教育中则自然地成为每个教师的自觉行为。因为在混龄的教育背景中，教师无时不处在一个对象的比较中，孩子的行为随时呈现给你的是差异，面对同一个区角、同一种材料，教师看到的是行为迥异的玩法和玩法背后蕴涵着的发展水平、发展特点的区别，当教师用不同年龄段的发展目标来观察和指导孩子时发现，孩子的行为远比三个年龄的发展目标要复杂得多，年龄与目标的对应远不是我们想象得那样简单，教师的观察随时会激起大脑的思考：是年龄差异？是个性差异？是同龄中发展水平差异？异龄组合的差异？久而久之，混龄教育中的教师不自觉地从孩子那里学会了在比较中观察，在观察中分析的能力。

2. 混龄教育迫使教师提高环境创设的能力

那种将教育目标、教育内容局限于教案，在规定的时间面向全体呈现的集体教学在混龄教育中是很难实施的，而在混龄班用大量时间去组织同龄分组的集体教学也是不现实的(何况在幼儿园，这种面向集体的教学形式其积极效应是有限的)。所以，创设环境，投放材料，将教育目标隐含在环境中，将教育内容客体化，通过孩子与环境的互动实现教育理想，就显得格外重要。对混龄教育中的老师来说，环境创设的难度就表现在如何通过幼儿在同一个环境中的互动，实现多种层次的目标。于是，创设一个弹性化的环境是关键。当教师用最简单的想法即投放三个年龄目标的材料时，她们发现，孩子们并不完全按照自己的年龄来选择老师认为的合适材料，这里就引起了几种思考：一是小年龄能按操作要求玩为大年龄安排的材料，大年龄也会按照为小年龄安排的操作规范选择小年龄的材料，这说明原来老师制定的年龄目标并非完全符合年龄特点，同时也表明同龄之间的发展水平差异也很大；二是当孩子在选择为高一层次或低一层次的年龄安排的材料时，也会改变操作的规范，不同年龄的孩子都是根据自己的能力提高或降低老师所预设的操作规则，这说明，在预设材料的操作难度时不能只是依据年龄差距而应主要依据行为的水平层次；三是材料的结构化程度不同对孩子的选择也会产生影响，比如选择高结构化的材料(玩法是有规则的)会有年龄上的差异，而选择低结构化的材料(多功能的)没有年龄上的差异，但有操作水平上的差异。这样一些发现和思考，对教师在创设环境的自觉性和有效性上大有助益，环境创设的弹性化就自然而然地成为老师的自觉意识和能力体现。

3. 混龄教育对教师的教育行为机智提出更高要求

由于在混龄教育中年龄的差异和同龄之间的个体差异是交织在一起的，而且不同的异龄组合在不同的教育背景中，其表现形式和发展价值是不同的，所以教师不仅需要细心观察孩子的行为，还要即时判断和分析行为的发展意义，从而采取有效的应答和指导策略。比如在分散自由的操作活动中，教师介入的适时性就需要依据孩子是个别的、同龄互动的还是某种异龄组合的，来考虑介入的时机和方法；在组织集体交流和讨论时，教师的提问既要考虑如何挑战年长儿童的思维，又同时形成异龄之间合适的距离；在主题活动的开展中，必须注意通过分组保证同龄之间的合作和异龄之间的互补；在户外运动中，通过各种运动器材的刻意安排，既有利于同龄合作游戏的产生，又有利于异龄之间小步递进地平行模仿；在必要的集体教学中，教师如何将"教"的精力投注于大年龄孩子的同时，又为小年龄孩子营造了内隐学习的背景。

可见，混龄教育对教师的专业素质是一种挑战和培养，在这里，教师的教育机智和指导策略是应着孩子发展需要的多样化而逐步形成的。

总之，混龄教育引起我们对依据年龄阶段制定目标的狭隘性进行了反思。发展的年龄目标和发展的层次目标将如何协调？发展层次与个体年龄阶段的不对应性，将导致教育行为发生怎样的改变？

混龄教育也引致我们对这一模式的发展价值的思考。过去，总是把混龄活动的价值定位于对独生子女社会化问题的补偿，现在看来，混龄教育的模式已经超越了独生子女对兄弟姐妹的意义，因为家庭中的兄弟姐妹角色是固定不变的，而幼儿园中的混龄班，每个幼儿都有机会从最小的弟弟妹妹成为最大的哥哥姐姐，角色的转换使他们既有向上的依靠，又有向下的责任，还有同龄之间的公正。过去，总认为混龄教育对小年龄幼儿认知发展的价值是不可估量的，但不利于大年龄幼儿的认知发展，现在看来，只要组织得法（如保证足够的同龄互动，教师更多关注大龄的外显学习）异龄之间照样可以挑战和推动大年龄幼儿的认知发展。

总之，从对混龄教育的阐述中不难看到，幼儿教育改革中倡导的一些新理念，在这样一种教育的模式中自然地得到了实现，同时也反映出通过异龄之间的社会建构，混龄教育对幼儿认知发展和社会化发展的双重价值，从而体现出混龄教育在我国实施的可能性和它的生命力。

第五节　幼儿心理健康与幼儿园心理健康教育

一、心理健康教育首先是健康人格的塑造

越来越多的事实表明,在现代社会生活中,人们由于困惑、挫折、障碍乃至失败而导致的一系列行为问题均源于心理的失衡,源于需要与现实产生矛盾时的心理调节机制的不完善,于是心理健康便成为整个社会普遍关心的问题,健康教育也就扩大了它研究和实践的范畴。幼儿阶段是心理健康成长的关键期,儿童的早期行为将对一生发展产生影响,而现代家庭结构和养育方式的改变,也导致了幼儿心理发展过程中各种问题的产生,所以通过教育促进婴幼儿心理健康显得尤为重要。

1. 幼儿园心理健康教育中值得注意的问题

就目前所发表的相当一部分关于心理健康教育的研究报告和论文来看,幼儿园心理健康教育至少有两方面的问题值得注意:一是心理问题的扩大化和心理健康教育的狭隘化;二是生理问题、心理问题和教育问题含混不清,由此使一部分教师在幼儿心理健康教育中缺乏科学、明智的态度。

就第一方面的问题来看。由于前提是当今社会儿童的行为问题日益增多,于是诊断、咨询和矫治首先成为学校心理健康教育的重要内容,人们试图通过疏导、通过教育措施使问题儿童摆脱问题行为。其实我们认为,充其量这只是一种医教模式,针对的是一部分有心理问题的儿童,实施的是一种教育的补偿和疗救。就面向大多数幼儿施加影响的教育机构而言,这毕竟是被动的。

问题并不仅止于此。为了显示心理健康教育的规模和成效,心理问题、行为问题诊断的界限不适当地放宽了,许多原本属于儿童心理发展过程中的未成熟现象、年龄特点,或者发展的速度上、程度上、气质上的个体差异,却无端地被纳入了矫正的范围,将正常现象误解为问题行为(粗心、偏食、进餐慢、好表现、注意力不集中等也成了要刻意矫正的问题,甚至将具有某些行为特征的幼儿带上攻击、破坏、任性、说谎、胆怯、多动症、不良习惯等品行上的帽子),即使不把他们列入另类的话,至少在教师心中这些孩子的形象也不再那么可

爱了。

问题仍未就此而止。心理发展过程中产生的某些问题本来是可以随着心理成熟自行消失的,但由于将其作为问题行为加以特殊关照以后,许多不是问题的问题却真成了问题,或以新的问题取代了旧的问题。如为纠正粗心而一遍遍练习,为增强自控而天天练坐,为改正偏食强迫进餐,全然不顾以牺牲情感需要为代价,带来了心理上更大的压力。即使教师态度温柔,苦口婆心编些故事来诱导,或费尽心机采用情景法、模拟法、角色转换法,其结果也是重即时效应而忽略了长远效应,重此正效应而忽略彼负效应,严重的是强化了孩子自我否定的心向。我们认为,没有经过专门心理矫治训练的教师,以医学模式开展心理健康教育,是具有潜在危机性的。因此改医学模式为教育模式,才是幼儿园心理健康教育的正道。

就第二方面的问题来看。目前被教师认定的种种问题行为,有些与教育环境有关,需要教育给予矫正,如受到过度溺爱的独生子女身上表现出来的有关行为问题;有些或许与心理因素有关,需要心理调节给予矫正,如由于惊吓恐惧、爱的饥渴、分离焦虑、过度紧张等而产生的行为问题;有些则可能与生理障碍有关,需要医教结合来给予矫正,如轻微脑功能障碍或某些生理功能失调导致的行为问题。我们认为,不同诱因也可以产生相同的问题行为,然而要矫正这类行为却需要针对不同的问题诱因。

现行的幼儿园心理健康教育中的行为矫正,却往往只诊断行为问题,不分析诱因,或只针对问题行为不针对诱因进行矫正,由此造成不少虚假的教育效果。如一个孩子在奖赏刺激和老师的看护下艰难地喝完了一碗不爱喝的银耳羹,老师感到很成功,但由于没有消除他对黏液的心理反感,就此直到他长大,再也不碰糊状的羹类。又如有个孩子特别好动,老师反映,坐在椅子上身体是歪的总在摇晃,动不动屁股就从椅子滑到地板上,排队时前呼后拥的不好好站着,常常冲撞同伴,自己也由于这种好动而经常碰伤。老师并不理解这个孩子的好动是因为平衡分析器的障碍所致,却被冠以顽皮冲动。对他的个别化教育一是奉告父母,要家庭配合教育,二是给予规则管束,通过一些强迫安静的方法来培养自控。结果由于教师对于他的好动行为过于关注,孩子无形中接受了较多否定性评价,加上父母的焦虑带来的指责,孩子表面上在某些场合中有所自控,殊不知紧张、焦虑和自我否定的心理因素又带来了新的问题。还有个孩子虽然乖巧听话,但胆小退缩、依赖、好哭、交往被动、集体面前不敢说话,老师的个别教育措施主要是给她一次次机会鼓励她大胆表现,游戏让她担任主角,让她在众人面前表演,让她独自完成一些任务,但孩子总是回避这些机会,矫正的效果不大。实际上这个孩子的个性缺陷是源于没有形成安全依恋,孩子需要的是爱和温暖,而不是一次又一次新的无助、挫折和不安全体验。

可见心理健康教育中的问题行为矫正是一种专业性较强的内容,是不是问题,问题的缘由何在,如何矫治,需要教师有专业知识作出判断,以及得到诊断、咨询和矫治的专业训练。某些行为缺点谈不上问题,不能将其强化为问题,一般的教育措施谈不上矫治,不能将其归属为矫治。因此强调科学的态度尤为重要。

2. 心理健康教育应当是健康的教育

心理健康教育应当是一种教育模式,而不只是一种医学模式,教育的积极意义就在于它是主动的,即它应当是健康人格的塑造工程,而不是改造工程,尤其是幼儿健康教育,就没有理由首先着眼于已经出现了什么问题,然后针对这些问题采取措施,至于早期发现那些具有先天缺陷的问题儿童,进行早期干预和补偿,作为特殊范畴则另当别论,特殊教育是医教结合的模式,心理健康教育不能等同于特殊教育。

由此,心理健康教育是广义的,它绝不仅仅局限于问题行为的矫正,也不局限于搞几次专门的健康教育活动,或在教育中穿插一些心理健康的内容,它应当是渗透在全部教育之中的,这种教育具有润物细无声的特点。它是一种价值理念:以标示我们的教育塑造健康的人格;它是一种行动原则:以衡量我们采取的每一个教育行为是否有利于孩子的心理健康;它是一种情感氛围:以体验教育的心理环境是否安全、自由和宽松。

由此我们认为,教育是否能够塑造健康的人格,就取决于教育本身是否健康,这里涉及教育过程中幼儿的心理体验是积极的还是消极的,为此我们采取怎样的教育方法、如何进行发展评价、创设什么样的教育环境,也就成为心理健康教育研究的内容。对于这样一种理解,我们必须把握两点:

一是认识到教育的不当会阻碍孩子的心理发展。或许是认识失误所然,或许是功利思想驱动,现实中确实存在着某些教育的失误,这里特指不适宜的教育行为,它在无形中伤害着孩子的心理健康,潜移默化着消极的人格。

比如急功近利地灌输知识和训练技能,且不说违背孩子发展规律的训练,孩子被迫付出的努力有多少,所获得的即时效应有多大意义,我们要说的是训练者急于求成的浮躁心态,和所运用的强制性方法对孩子的影响,孩子被压抑的兴趣和紧张焦虑的心情,久而久之将不利于孩子的个性。当我们为我们的教育成果,为孩子的学习成绩而骄傲时,我们是否想到孩子是以健康情感的牺牲为代价的。当孩子逐渐长大出现了这样那样的行为困扰。开始批评孩子行为偏激、性格怪僻、难以相处、冷漠固执等不良性格时,却不曾想到这是自己教育行为的失误。

又如,幼儿的某些行为究竟是发展的不成熟还是发展的不正常,其教育培养的出发点和方法则是不同的,如果我们将它视为正常的年龄特点,则我们的心态是平和的,我们的出发点是引导它趋向成熟。那么我们就要根据孩子的年龄特点调整自己的教育方法去适应孩子,而不是以已经成熟的心理特点来安排教育,让发展不成熟的孩子来适应我们的教育。比如怎样看待孩子的注意力不稳定、自控能力差,是根据孩子的无意注意优势特征,以教育方法的生动、新颖、多样化来引导孩子的内在需要,还是直接以教育的外在目标和纪律来要求孩子的有意注意。不少教师以孩子的注意力不稳定来开脱自己教法的不适宜性,将过错推给孩子,对发展不成熟的孩子来说,这是不公平的。我们常常得意于孩子迫于权威的力量而表现出来的控制能力,误以他控行为为自控能力,这是可悲的,因为这不利于自主性的发展。

再如为了摆脱孩子的自我中心行为,就要让孩子学会理解他人,站在他人的立场上来看问题时,教师最常用的方法一是用规则来进行教育,二是通过集体活动学会合作。让孩子了解规则,执行规则,用规则来约束自己的行为,这本无可非议。但是有一个问题常常被教师们忽略,那就是在具体的教育情景中,老师往往是用规则的利他主义来要求孩子,而忽略规则的公正和互惠,其结果只会强化孩子的自私行为,而延迟从他律向自律的进程。因为如果孩子理解的规则是永远有利于他人的,那么孩子就永远只会站在自己的立场上用规则来要求他人,而只有当孩子理解的规则是对我对他都是公平的时候,孩子才会换位思考,站在规则的立场上要求自己也要求他人。

二是要营造自由安全的教育心理氛围。塑造健康的人格很重要的是心理环境的创设,怎样的心理氛围会有利于健康人格的形成呢?我认为一要宽松(安全),二要自由。营造心理氛围与创设物质环境不同,它是无形的,主要是由教师的教育行为带给幼儿的一种情感体验。心理健康要求的是积极的情感体验。自主、满足、自豪、愉悦、自信、轻松(而不是紧张、焦虑、痛苦、烦恼、愤怒、压抑)、宽松自由的环境能让人体验积极的情感。我认为理由是,在我们的社会群体中,有缺陷的人格有两种主要类型:自我压抑型和自我放纵型,自我压抑型人格往往伤害的是自己,同伴群体并不排斥这样的人,与别人相处会很好,即使对他人有怀疑、有敌意,但不表现出来,压抑的是自己。自我放纵型人格往往伤害的是别人,这种伤害常常是无意的,因为他根本意识不到他人的感受和需要,他只关注自己的需要,随心所欲,很难融入同伴群体,这是社会性发展的问题。前者往往源于消极体验的累积,根源是过度的紧张和焦虑(亲子分离、父母离异、权威至上、超越实际能力的负担)、不安全。后者源于缺少同龄交往的自由环境,根源是自我意识发展的不成熟,极端的自我中心(不是自私),对他人的需要和感受不敏感,不会站在别人的立场上思考问题。前者的方法少给压力,心理安全,减少焦虑。后者的方法自由交往,多体验人际关系,在交往的失败和成功的体验中,理解和把握人际关系。

其实现代教育提倡的教育观、儿童观,对儿童的尊重,了解与满足孩子的需要;给孩子自由,去自主自己的活动等,都已经蕴涵了这一思想。

二、游戏是幼儿成长的心理维生素

1. 游戏是幼儿认知与情感矛盾的缓冲剂

我们知道,矛盾是发展的动力,幼儿发展正是在不断解决当前发展需要与原有发展水平的矛盾中实现的。教育的作用正是以超出当前发展水平的任务去挑战幼儿的原有认知水平,使之产生矛盾冲突,当这一矛盾通过教学得以解决时,幼儿就得到了发展。

然而,认知冲突的过程也往往是情感冲突的过程,外在的认知要求是否符合内在的发展需要,这是一种情感的表达。当教师提出过高于幼儿认知水平的要求时,当教师强迫幼儿做他不能理解的事时,当教师不由分说地禁止幼儿做他想做的事时……幼儿便产生消极情感,累积的消极情感是心理健康的极大障碍。一方面由于幼儿的年幼,其认知水平使他们对现实生活的大部分规范和要求不能理解,而这些规范和要求又是幼儿社会化过程中不得不接受的;另一方面由于幼儿年幼,其不得不受控于成人而在面对不能接受的要求时被动无奈。按理说,幼儿会在现实中的挫败中不断体验消极情感,从而损害到心理健康。然而,事实是幼儿并未因此而频发心理疾病,原因就是幼儿的游戏会使他们避免消极情感的累积,因为只要游戏就会消解负面的情绪,游戏成为幼儿认知与情感矛盾的缓冲剂,因而幼儿的消极情感是很短暂的,正如人们把孩子的情绪情感看成是六月的天气,阴晴无常。游戏越多,开朗的笑脸越长久。

道理很简单,游戏给幼儿创造了一个自由安全的心理环境。因为游戏与现实是对立的,即游戏是假的,是幼儿自己的世界,它暂时地离开了真实情景,这时幼儿可以不按成人世界的规范做自己想做的任何事情,这充分地体现了游戏的两种功能。

一是游戏的情感发展功能:精神分析理论的游戏补偿说和游戏宣泄说,对此作出了解释。因为游戏是假想的,具有对现实的象征意义,所以一方面能够"使儿童避免现实的紧张感和约束感",能使儿童象征性地"实现在现实中不能实现的愿望";另一方面游戏会将现实的要求降低到儿童能够接受的水平,使儿童从被动的承受者变成主动的执行者,从而"为儿童能够发泄那些在现实中不被允许的冲动提供了安全的环境"①。这一切都对消极情感导致的心理健康障碍起到预防和治疗的作用。

二是游戏的认知发展功能:认知发展理论的游戏探究说和游戏练习说,对此作出了解释。皮亚杰认为游戏是一种同化大于顺应的行为,以说明游戏中幼儿不断重复的行为,能够起到巩固原有经验的作用;维果斯基则把游戏看成是一种不断探索新行为的过程,认为幼儿在游戏中往往不满足于已经达到的行为水平,因而总是尝试略高于原有水平的新行为,从而起到了发展新经验的作用。可见这两种观点并不矛盾,因为幼儿在游戏中总是重复旧行为,也不断尝试新行为,这是事实。重复是一种对原有水平的巩固,当不再重复某一行为而尝试新行为时,这一新行为一定是幼儿力所能及的最高水平,而这一新行为的水平与旧行为的水平是一种衔接,而不是一种力所不及的跨越。维果斯基说,"游戏是幼儿自己创造的最近发展区",使幼儿"小步递进地自我发展"②。可见,游戏是解决幼儿认知与情感矛盾的最好途径。

2."以游戏为基本活动"的教育如何保证幼儿的身心健康

但是当今社会的浮躁心态,已使教育目的为功利所驱使,导致教育的目的性与发展的可能性之间显得极其不平衡,过于注重教师预设的活动,而忽视幼儿生成的活动,教与学的距离拉大,幼儿发展的目标不可及,认知脑与情感脑的不同步开发,这一切都导致情感和认知的矛盾冲突严重,加上日益减少的游

---

① 华爱华著:《幼儿游戏理论》,上海教育出版社 2000 年,第 30—40 页
② 同上,第 62 页

戏,使儿童的消极情绪体验加深,儿童的心理健康受到了严重威胁。儿童呼唤游戏,教育者更要为儿童呼唤游戏。

《幼儿园工作规程》在中国的幼儿园教育中首次提出了"以游戏为基本活动",这本当是幼儿的福音。但是,什么叫"以游戏为基本活动",怎样才能"以游戏为基本活动",仍然被不同的理解而困扰着。幼儿园教育视野中的游戏,常常被强调游戏的情感价值,还是强调游戏的认知价值而矛盾着,追求前者,则牺牲教学的价值,而追求后者,则异化游戏的本质。关键在于对游戏的手段价值和游戏的本体价值之区别的认识,游戏的手段价值是在实现其本体价值的过程中自然实现的。

游戏是幼儿用来表现自己的(本体),游戏是教师用来了解幼儿的(手段),只有让幼儿充分地表现自己,教师才能真正地了解幼儿,以有针对性地引导发展。因此,不要着眼于手段的功利性,让教师在幼儿自由的游戏中获得有效教学的依据,这就是以健康的教育保证幼儿心理的健康。

第三章　幼儿园中的教与学

第一节　"学"的规律和"教"的原则

应该说,幼儿发展的问题,是幼儿教育最根本的问题,整个幼儿教育的方方面面正是围绕着这一最根本的问题而展开的。"幼儿是怎样发展的",我们应当"如何看待幼儿的发展","怎样才能有效地促进幼儿的发展",课程构建、教与学、师幼互动、发展评价等一系列理论的和实践的问题都是由此展开的。新颁布的《幼儿园教育指导纲要(试行)》更是鲜明地体现了"以幼儿发展为本"的理念。那么,关于幼儿的发展问题,我们能从《纲要》中得到哪些启示呢?

一、教育的目的性与发展的可能性

近二十年来幼儿园教育改革的历程,似乎是一个从"更新教育观念"到"观念如何向实践转化"的探索过程。可以说,当初是《规程》指导着"观念更新",而今天《纲要》则将进一步指导"实践转化"。因为时至今日,已经不仅仅是更新观念的问题了,实践工作者更为这转化中的重重矛盾所困扰:幼儿园理念的先进性与家长观点的滞后性;注重过程的认识与目标导向的评价;尊重幼儿的主体地位与发挥教师的主导作用;掌握知识和技能与发展智慧和能力……许多教师在困扰中被一种惰性——已经习惯了的传统行为所牵拉着,成为进一步改革的障碍。

那么从观念到实践的转化机制到底是什么?

我们认为,理念向实践转化的关键是从认识的层面上有对理念本身的理解和认同,在操作的层面上有对蕴涵着某一理念的实践所运用的策略和智慧。综上所有的矛盾归根结底是"教与学"这样一对最根本的矛盾,或者说是"教与学"过程中教师和幼儿关系这样一个根本的问题,教师承载着教育的目的性,幼儿显示着发展的可能性,新《纲要》追求的正是矛盾双方的内在统一性:即在教育的目的性与发展的可能性之间谋求平衡的发展适宜性教育。我们可以看到,一方面《纲要》特别强调幼儿的自主性,通篇体现了尊重幼儿兴趣、满足幼儿需要的思想。与此同时,《纲要》又十分强调教师作用的重要性,在第二部分"教育内容与要求"中,共17次出现了"引导幼儿"、"指导幼儿"或"教育幼儿"的关键字眼,这充分说明,《纲要》在教育与发展之间仍然坚持了"既要尊重幼儿的主体地位,又要发挥教师的主导作用"的观点。

值得指出的是,过去我们在运用这一观点进行实践时往往将两者割裂开来理解,走向或"放任幼儿"或"控制幼儿"的极端,而这次《纲要》是在"以幼儿发展为本"这一理念的前提下坚持这一观点的,揭示了两者之间的内在联系性。因为学前教育的根本目的是促进幼儿发展,幼儿的主体地位表达了幼儿是发展的主人,教师的主导作用则表达了幼儿的理想发展离不开教师,于是尊重幼儿的主体地位,就表现为支持幼儿自主发展,发挥教师的主导作用,就是在支持中引导(所以《纲要》更强调的是教师作为幼儿发展引导者的地位,11次提到"引导幼儿"),支持幼儿的自主发展,在支持中引导,实际上强调了师幼互动中教师和幼儿双方的主观能动性,这样教育与发展就融为一体了。可见《纲要》正是为避免过去历次改革在两极价值取向上的偏颇,力图在教育目的和幼儿发展之间寻找平衡点,警示着每个教师自觉把握其间的适宜关系。

新《纲要》同时追求理念与实践的统一。我们看到,新《纲要》并没有空谈理念,而是将体现了时代精神的教育理念都具体地化解为促进幼儿发展的行动指南了。解读《纲要》实际上是一个提升的过程,实施《纲要》则是一个再具体化的过程,可见《纲要》确实可以看作是架起了理念到实践的桥梁,这就是"以幼儿发展为本"的幼儿园中的"教与学",要求我们从孩子的发展规律中了解"学",在引导孩子的发展中把握"教"。所以对教与学中的儿童发展观的把握是新理念向实践转化的重要前提。

《纲要》正是在针对幼儿自身发展特点和社会对学前教育期望的基础上,为我们揭示了如何引导幼儿发展的原则。

二、发展的可持续性——"教什么"

《纲要》明确指出,"幼儿教育是基础教育的重要组成部分,是我国学校教育和终身教育的奠基阶段"。奠基意味着与未来发展的关系。近几十年来的脑科学、生理学、心理学的研究成果,也都揭示了一个共同的事实,那就是早期经验与未来发展之间有着密切的关系。这一切告诉我们,幼儿教育的功能从本质上讲,是一种着眼于未来的奠基工程,具有潜在效应和长远效应。为此,必须改变人们对教育急功近利的期望,幼儿园教育应着眼于儿童发展的长远目标,要特别注重那些对儿童一生产生影响的品质,为其后继学习和终身发展奠定基础,这就是发展的可持续性原则。

在遵循这一条发展的原则时,也许我们考虑更多的是幼儿阶段应当"教什么"的问题,即为幼儿的未来发展奠定一个什么样的基础。我们认为,在考虑"教什么"的时候,有两点是必须要把握的:

1. 教育的即时效应和发展的潜在性问题

过去我们很注重教育的即时效应,一次活动要追求一个明确的结果,一个阶段要实现一个预定的目标,在评价教育活动的效果时也是把目标的达成度作为唯一衡量的标准。于是我们看到了许多促进孩子超前发展的教育模式,填鸭一般的知识灌输和严肃的技能训练。当我们看到有的孩子提前到4(5)岁学了拼音,5(6)岁就背九九乘法口诀,会做100以内的加减法,入小学前就认识了上千个字,我们会作何感想? 也许这让人们相信,孩子的潜力大得很,只要教得会,何必要等待? 教与不教就是不一样,孩子的知识和技能大大超过了没有被训练的孩子。那么联系训练的即时效应和发展的潜在性请思考这样一些问题:这样的发展优势能持续多久? 催熟的孩子有多少后劲? 究竟何种类型的早期经验影响决定着以后的发展,是知识技能提前获得的外显事实,还是一种内隐着的潜质,孩子在获得我们所要求的训练结果的同时,有没有同时滋生出其他被忽略的隐患?

我们认为,急功近利地提前灌输知识和训练技能,至少问题有三:一是违背孩子发展规律的训练,孩子被迫付出的努力太大,使孩子牺牲了个性多方面发展的机会。据教育进展国际评估组织对世界21个国家的调查,中国孩子的计算能力世界第一,但创造力却倒数第五,这世界第一的代价是每周比其他国家孩子多得多的时间在做数学题。在学校里,是以307分钟对217分钟,而在家里足以4个多小时对不到1小时,可以说儿童的计算能力是以牺牲其他方面的发展为代价而换取的。二是过于超前训练所获得的即时效应意义不大,有些知识和技能在孩子以后成熟到一定的程度时再给予是轻而易举的事,刻意加速的发展,不恰当的拔高使孩子过早成熟,以幼儿的方式来塑造婴儿,以小学生的要求来规范幼儿,使发展的前一个阶段没有获得充实就产生跳跃,这种效应难以长久。因为许多行为只有经过一定的重复和积累,才能稳定在心理结构中,刻意地加速发展,势必导致基础不稳固,这一脆弱的基础对以后长远的发展没有足够的支持力,这种发展是没有后劲的,许多后来者居上的事实已经证明。三是训练者急于求成的浮躁心态,和所运用的强制性方法对孩子的影响,孩子被压抑的兴趣和紧张焦虑的心情,久而久之将不利于孩子的个性健康。结果我们的"教"让孩子变得被动,让孩子变得"厌学"。所以当人们为这般教育的成果而欣喜和得意时,我们是否想到:孩子的认知发展是以情感、社会性发展的牺牲为代价的;孩子的某一方面的发展是以孩子多方面发展的牺牲为代价的;孩子的眼前发展是以长远发展的牺牲为代价的。

总之,这样一种以断送以后长远发展为代价的提前发展是不值得的。教育必须"既符合幼儿的现实需要,又有利于其长远发展"(《纲要》)。

2. 培养终身受益的品质

我们已经知道,幼儿阶段的任何急功近利式的做法都是无益于孩子长远发展的,那么我们一样花力气设计教育方案,何不把眼光投注于那些能使孩子终身受用的品质上呢。

那么,教什么东西才能使幼儿终身受用呢?

《纲要》在教育内容与要求中指出:要"从不同的角度促进幼儿情感、态度、能力、知识、技能等方面的发展"。"要避免仅仅重视表现技能或艺术活动的结果,而忽略幼儿在活动过程中的情感体验和态度的倾向"。在教育评价部分,《纲要》再一次强调指出"尤其要避免只重知识和技能,忽略情感、社会性和实际能力的倾向"。教育内容的选择要"贴近幼儿的生活","选择幼儿感兴趣的事物和间距"等等。这里,《纲要》是把情感和态度作为幼儿发展最重要的方面列在前位的,且在五个领域的具体阐述中也处处渗透了"尊重意愿、满足需要、培养兴趣"一类的表达,凸显了"自主、自信"这样一种主体精神。而在能力和知识技能之间,《纲要》又将能力为先。就知识而言,从《纲要》对各领域内容的表述来看也是将其定位于幼儿在活动过程中的一种体验,在与环境相互作用中所获得的一种经验,而不是那种通过记忆储存起来的特定知识点。我认为《纲要》对发展"情感、态度、能力、知识、技能"的排序,以及各领域对教育内容的表述,体现了一个鲜明的价值取向,那就是取向于培养让幼儿终身受益的品质这一幼儿教育的价值。

首先，从发展情感和态度来看，《纲要》之所以如此强调，是因为积极的情感和态度是个体持续发展的内在动力。当我们的教育在激发幼儿的内在动力，唤醒其主体意识的同时，诸如独立、自制、专注、秩序、合作等这些终身受益的品质也在不断地潜移默化之中了。我们经常说要重视培养孩子的独立性、自制力、专注性、良好的秩序、合作的精神，殊不知，过去我们在培养这些品质时往往有一个很大的失误，那就是没有意识到这些品质本身体现的是幼儿主体意识的觉醒，而我们却将这些品质作为一种外在要求，刻意地对幼儿进行训练和培养（比如要训练幼儿的思维独立，老师常常会提出要求："不能与别人画一样的"，"要说别人没有说过的"；为了培养幼儿的规则意识，常常以规则的利他性来裁判幼儿行为，而忽略了让幼儿自己去体验规则的公正和互惠，使幼儿以为规则总是有利于别人的，于是他最终学会的总是用规则来要求别人，没有遵守规则的自觉性；为了培养自制力，常常用纪律来约束孩子，误将迫于权威的"他控"为"自控"）。实际上，不从内在动机出发，不让幼儿体验到内在需要得到满足的快乐，幼儿则会长久地停留在他律的水平上，这些要求将永远难以内化为幼儿的品质。激发内在动力必须"避免不必要的管理行为"，创设宽松自由的环境，从兴趣和需要出发，引导幼儿主动参与、自主选择（这是《纲要》一再强调的），由此幼儿才会逐步产生主体意识，独立、自制。专注、秩序、合作都是主体意识的体现。独立的价值在于自信和自主（因为一个独立的人，意味着他有自信，从而才能摆脱依赖，得以自主）；自制的价值在于目标明确的自觉行为（因为具有自制力的人，意味着他的行为是自觉而非被动的，是自律而非受他人控制的，因而他往往能为实现一个目标而自觉付出）；专注的价值在于热情和投入；秩序的价值在于规则和效率；合作的价值在于能与人共处。这些品质是一生为人处世、求学做事得以成功的保障。作为教育者，我们应该有意识地从情感和态度入手，培养这些品质。

其次，从发展能力来看，能力本身就是一种终身受益的品质，最根本的能力则是自我发展（学习）的能力，是"教人以渔"，还是"授人以鱼"，这是人们对教育能否培养这种能力的最经常的解释。而落实到《纲要》提到的五个领域中，每个领域都可以提炼出一个关键的能力，如健康：自我保护能力；语言：表达能力；社会：交往能力；科学：思维能力；艺术：创造能力。抓住这些关键能力的培养或许会给每个领域的优势发展和长远发展以保障。但我们知道，能力是在获取知识技能的过程中逐步培养起来的，这里就涉及获取知识技能的过程是否自然就发展了能力？答案当然是否定的。是让孩子自己建构知识还是记忆模仿知识，是强调"会学"还是强调"学会"，对于这个问题的答案是显而易见的。

最后，从发展知识技能来看，要使幼儿终身受益，就必须重新认识知识的内涵，必须强调幼儿主动获取知识的过程体验，强调幼儿在获取知识的过程中认知结构经历的变化，这就涉及获取知识应定位于过程还是结果。如果定位于结果，我们就会预设一大堆有待孩子接受的知识点和有待训练的技能，并作为目标看重其达成与否。定位于过程，我们就会将这些知识仅仅作为载体，看重的是孩子是如何思维的，是如何接受这些知识的，目的是启发孩子的智慧。具体地说。每个不同的领域都会有一个与孩子智慧相关的核心要素，只有定位于过程体验的"教与学"，才能抓住这一核心要素，点燃起孩子智慧的火花。例如，当我们定位于结果时，科学领域的学习，就会让孩子去记住某些现象的特定事实或知识点（一大堆事物的名称、概念等等），而定位于过程，就会抓住事物之间的逻辑关系这一核心要素，让孩子在与客观环境的相互作用的事实中，不断探索和反复体验中去发现，至于从哪些事实中发现并不重要——过去我们总以为是我们教会了幼儿，因为幼儿能复述出我们要他记住的名称，可以重复出我们演示给他们的实验，却忽略了孩子根本不能在不同情景中的知识迁移；定位于结果，我们就会在艺术领域的学习中，教孩子一些特定的技能和技巧（用琴法、画技去模仿现成的作品），而定位于过程，则核心要素是丰富的想象力和表现的热情，这些特定的技能则并不是最重要的，因为每个孩子都有自己的表现方法——过去我们很得意我们的孩子能逼真地模仿范画，为孩子画得非常像而高兴，却不曾认识为什么孩子一旦离开了范画，却什么也画不出来，他们仅仅眼中有画，而心中无画；定位于结果，社会领域的学习就应当直接训练孩子集体生活的规则（牢记各类常规，用纪律约束，以及能复述与同伴相处的原则），定位于过程，则关键的要素是自我意识的发展，即让幼儿在与他人的自由交往中体验规则的公正与互惠，逐步摆脱自我中心——过去我们总是通过规则约束、通过教师的裁判培养孩子的规则意识，结果把孩子的口头规则和对权威的惧怕以及听话顺从当作良好品质；定位于结果，语言的学习就会灌输一定量的词汇和给予造句的训练，定位于过程则关键的要素是交流与表达，重要的是"激发表达的热情，创设交流的机会"——过去我们着重在专门的语言教学中复述故事、背诵儿歌，造句练习，却没有想到，实际上幼儿是在交往中自己获得语言，而不是别人教会他说话。

三、发展的全面性和差异性——"如何教"

《纲要》提到要满足幼儿"多方面发展的需要",而且要为"所有在园幼儿的健康成长服务","使每个幼儿都能得到发展"。这里体现了儿童发展的全面观,其意义包含两个方面:对个体而言,应当培养一个和谐发展的完整儿童,而不是忽视孩子的多种需要,在其各方面潜力还未发掘就被抑制,过早地分化而使其成为单方面发展的儿童。对整体而言,教育是面向全体的,而不是面向少数资优儿童,也不是只抓大多数中等水平的儿童,而是面向每一个包括有特殊需要的儿童,那就必须"关注个别差异,促进每个幼儿富有个性的发展"(《纲要》),这里又体现了发展的差异性。在教与学的关系中,实施发展的全面性和差异性原则,也许更多涉及的是集体教学和个别化教学的问题,即考虑的是"如何教"。

1. 发展的全面性

首先,就个体来说,要保证"多方面发展"也要培养一个完整的儿童。在此我们想指出的是,借早期开发的名义,通过办特色来为孩子过早定向,纳入一个狭窄的发展领域,这显然是忽略了一个完整儿童的发展。但现实中对早期开发确实存在许多误解,有的甚至是打着科学的幌子进行违反科学的早期单项训练,例如有人将脑科学研究成果提示的大脑四五岁之前发展最快为依据,早期开发的本质是早期脑力开发,于是便引申为早期认知开发,认知即智力,智力即思维,思维就是数学,数学就是计算,进而狭窄到早期的计算训练。也有的以右脑开发的名义,进行艺术技能的枯燥训练。也有的是将教育特色定位在所有儿童在某一方面的优势发展上,试图以该优势领域为途径达到全面发展的目的,于是花大量时间、空间和材料于某一种特色的训练,而不顾幼儿多方面发展的需要。我们并不否认特色教育,只是强调应该如何看待特色教育的问题,我们认为应该在满足孩子多方面发展需要的基础上谈特色,而不应该将单项技能训练的特色看成是全面发展的途径。特色项目可以渗透在全面发展的教育中,而不是单项特色的强化训练。即便想通过某项特色教育让孩子获得一技之长,也应定位在儿童的兴趣和发展可能性的基础上,儿童不是让所有的问题定位在一种特色之上。

《纲要》强调满足幼儿"多方面发展的需要",是基于社会对人的全面发的需要,基于培养完整儿童的科学依据。脑科学研究的任务就是要以脑的工作原理来解释人的行为,脑科学研究提示,"智力是全脑功能状态的体现"①。全脑功能首先是指皮层各区域的联合工作,大脑在学前期发展迅速,指的是整个大脑结构的变化,其中很重要的是神经网络的复杂化,而这一切完全取决于外部环境刺激的多样化。因而大脑的完整发展本身需要多方面的刺激,才能使各脑功能区的神经细胞不断地形成复杂的联系,而单项内容的训练不利于大脑的完整发展。完整的大脑还包括脑的底层即脑干(掌管各种本能活动),中层即大脑边缘系统(主要掌管人的情感和行为动力),顶层即大脑皮层(也就是我们所说的思维大脑),过去我们只重皮层,对大脑边缘系统比较忽略。现在的研究使我们认识到,"这个边缘系统在不断地工作着,调节荷尔蒙、驱动力和记忆力的某些方面,以此驱动和增强大脑的记忆功能"。"学校中普遍存在的忽视情感需求的问题,是引发学习动力问题的原因之一。"②布鲁姆也认为,情绪变量是"从事学习的动机激发程度"③。看来,激发孩子的学习兴趣和热情以参与认知活动,对提高认知的效率是极其重要的。同样,完整的大脑还包括左右脑的协同作用和优势互补。

所有这一切不仅提示我们教育内容要全面,而且也提示我们教育方法要适宜,同一个内容的学习可以实现多种价值,既要关注认知的价值(教育要求),同时也要关注情感的需要(内在动机),满足多方面发展的需要,最好的办法就是关注成长环境的生态平衡,以发展的需要来平衡各种环境因素,环境过于单调,则成长的内在要素得不到充分激发;环境过于失衡,则导致幼儿的片面发展;某些环境的缺失,则导致发展上的偏差。"为幼儿提供健康、丰富的生活和活动环境"(《纲要》),就是要满足幼儿运动的需要,与同伴交往的需要,探索周围世界的需要和表现表达的需要。所以,中科院生理所的杨雄里院士指出:"在发展的早期,重要的不是知识的灌输,而是提供或创造一种丰富、适宜的环境,使婴幼儿的整个脑以全面的方式成熟起来。"④

其次,就整体来说,要保证"所有在园幼儿"的成长,"每一个幼儿"的发展,也就是教育要面向全体。我们想指出的是,老师面向全班的所有孩子进行集

---

① 杨雄里等:《脑科学与儿童智力发展》咨询报告,1999年4月,第32页
② 简·希利著,明子等译:《如何更聪明——儿童大脑发育与智力开发》,知识出版社2000年,第7页
③ 谭顶良:《学习风格论》,江苏教育出版社1999年4月,第4页。
④ 杨雄里等:《脑科学与儿童智力发展》咨询报告,1999年4月,第32页

体教学,或老师只是在全班所有孩子的个体或小组活动中进行个别指导,哪一个更能做到"教育要面向全体"呢？表面上看,前者每个孩子都平均占有了教师的时间,以划一的目标、统一的要求,公平地对待了每一个孩子。而后者不然,因为教师不可能对每个孩子平均用力。在此我们必须消除这样一种误解,认为教育要面向全体,就是面对全体进行教育,因而划一目标,同一行动,以集体的形式组织教学,就是公平地对待每一个孩子了。传统的集体教学形式是一种有目的、有计划、有严密结构的预设性教学。当我们在为这样一种集体教学预设教育目标和计划一个教育过程时,其发展的水平是依据集体中的哪一个孩子呢？也许最能体现面向全体的就是平均水平了。于是老师的眼睛里便很容易没有了活生生的个体,而只有一个抽象的整体。至于那少数的两头,在抽象的整体中尽管比较惹眼,但并没有迎合他们的挑战。老师关注的是那些与预设目标相接近的反应,肯定和鼓励与老师的期待相一致的表现,而有超越老师期待或不及老师预想的反应只能置之不理了。可见这样一种集体教学充其量只能是抓中间放两头了,这种活动的弊端在于既对那处于两头发展的孩子不公平,作为陪客,对他们是一种"时间的隐性浪费"(《纲要》),对大部分中间水平的孩子来说,也是以预设目标和计划的一统性替代了发展需要的多样性的。"真正的面向全体,应当从满足表面的教育机会均等,到追求每个儿童都拥有同等的发展机会"。那种"一刀切的集体教育活动不是真正的面向全体,对组成全体的每个个体的特征、差异没有清楚地认识和了解,面向全体就只能停留在表面,甚至成为一句空话"①。然而令人欣慰的是,在《幼儿园工作规程》引导的观念更新中,老师们越来越意识到孩子的发展是有个体差异的,面向全体根本上是面向每一个不同的个体因材施教。

2. 发展的差异性

其实,因材施教的原则对我们每个教师并不陌生,然而尽管我们为之努力,但终究因其实施不力而一再被强调。早在《规程》颁布时,就已将这一原则具体地明示给广大的教师,"注意根据幼儿个体差异,研究有效的活动形式和方法,不要强求一律","促进每个幼儿在不同水平上得到发展"。于是分层指导则成为我们衡量教师因材施教的一个重要的指标。基于这一点,《纲要》再一次指出:"尊重幼儿在发展水平、能力、经验、学习方式等方面的个体差异,因

---

① 李季湄:《幼儿园教育》,北京师范大学出版社 1997 年,第 27 页

人施教,努力使每一个幼儿都能获得满足和成功"。很明显,《纲要》是在以一个新的意义上重提尊重发展的个体差异,揭示了因材施教的科学内涵。这使我们意识到,长期以来我们之所以只是把这一原则停留在观念上,而不能真正做到,还是因为没能准确把握孩子之间的个别差异所在。今天用脑科学、心理学等的研究成果来进行分析,使我们对幼儿个体差异有了新的理解。个体差异实际上包括了发展的不同水平和发展的不同特点两个方面,过去我们至多把个别差异理解为孩子之间智力的高低和发展的快慢上,仅以此作为依据设计不同难度的作业进行分层指导,追求的仅仅是不同水平上的发展,而忽略了不同特点上的发展。

因为每个孩子的生活环境不同,他们作用于环境的方式不同,因而,也就决定了每个幼儿在原有经验上的个体差异。幼儿个体差异主要表现在四个方面:发展水平的差异、能力倾向的差异、学习方式的差异和原有经验的差异。

问题是我们如何鉴别幼儿的这些差异从而因材施教。这当然一方面有待于我们依据这样的理论对幼儿的差异性表现做出进一步的研究,为广大幼儿园教师准确评价和判断幼儿的发展水平和发展特点,为因材施教在实践操作层面的可行性提供帮助。但是已有的研究给我们大一统的教育提出了挑战,教师们已经意识到传统的集体教学是难以实现这一目的的,因为一次有限的集体教学时间,是难以照顾到孩子发展水平和发展特点的千差万别的,必然是面向了一部分,而被忽略了的一部分作为陪读则是一种"时间的隐性浪费"。目前我们所能做到的最好方法是创设一个丰富多样的、多功能多层次的、具有选择自由度的环境,让每个孩子有机会接触符合自身特点的环境,用自身特有的方式同化和吸纳外界,而教师则在此过程中了解,敏锐地察觉孩子之间的差异,个别化地指导孩子。当前幼儿园的区角活动形式正是为体现这一原则而开展的,因为区角活动是一种让幼儿根据自己的水平、兴趣、特点和需要来选择材料进行个别性或小组性的操作活动。

然而只要开展区角活动就一定能够实现因材施教,满足不同儿童的发展需要吗?否!我们看见了不少对幼儿严格规范的区角活动,隐性地控制幼儿向同一个方向发展,幼儿的自由度是极其有限的。表现在这样几方面,一是材料的控制,完全根据学科目标的需要投放(教具、学具),因此种类和数量都很有限;二是活动方法的控制,即主要投放高结构化的材料,材料的投放方式已经暗示了操作的规范,让幼儿按老师规定的方法"玩",如果幼儿玩出自己的花样来,就被说成是瞎玩,有的甚至就是在区角里做计算题、排序题等;三是活动内容的控制,幼儿必须在规定的区域里完成任务才能离开;四是刻板化的目标导向,活动中的观察与评价注重结果。《纲要》指出:"保证幼儿每天有适当的自主选择和自由活动的时间。"这里的选择意味着环境必须丰富,环境过于单调何谈选择的自主性;这里的自由意味着尊重孩子的意愿,只有意愿的才是符合个体需要的。根据个体需要选择环境,以个体特有的方式与环境相互作用,才能保证"促进每个幼儿富有个性的发展"(《纲要》)。当然,我们也看到了不少体现满足孩子不同需要的区角活动,他们更多地着力于可选择性的环境创设,重视孩子对自己发展的能动作用,因为只要不带有强迫性,一般来说孩子总是以自己的特有方式来作用于环境的,他可以吸纳它,也可以排拒它,更可以不按你所期望的方向作用它,最终满足的是自己发展的需要。曾听不少老师说,"区角活动使孩子的个体差异变大了"。我们认为,这里反映了两个变化,一是老师眼光的变化,越来越多地发现了孩子的个体差异;二是老师观念的变化,教育的目的不再是缩小发展的差异,而是按不同的需要发展。那么,集体教学形式是否就没有价值了呢?当然不是。集体教育活动在解决一些共同性问题的效率上,对于某些教育资源的分享利用上有它特殊的价值。因而,《纲要》不排斥教师直接指导的集体活动,只是指出,"减少不必要的集体行动","教师直接指导的活动和间接指导的活动相结合","教师直接指导的集体活动要能保证幼儿积极参与,避免时间的隐性浪费"。是否保证每个幼儿在集体活动中的积极参与,那就要看我们是否组织了有意义的集体活动,即也是以满足每个幼儿不同发展需要为前提的。

四、发展的规律性——"何时教"

《纲要》指出,教育必须"尊重幼儿身心发展的规律",这是因为对年幼的儿童来说,其发展更倾向于遵循自身内在的发展逻辑性,一切外在的社会要求和知识体系,离开了儿童发展的自身轨道,是难以内化为儿童的素质的。

为了很好地落实这一引导发展的原则,我们就必须理解"幼儿身心发展规律"所蕴含的意义。我们认为,儿童身心发展规律是客观的、必然的,是不以人的意志为转移的,所以尊重儿童的发展规律,就必然将它与发展的时机联系起来,落实到幼儿园的教育,可能会更多地考虑教育时机的问题,即"何时教"。

发展的规律性可以在三个层面上加以解释。

1. 发展的能动性问题

教育对儿童发展的影响并不是环境对个体的简单塑造,儿童发展的根本原因在于其自身规律的作用,即"学习是建构知识,而不是传递知识"①,教育和环境的影响主要表现为对儿童建构过程的支持或妨碍,因此把握"教"的时机,则应把握儿童的建构过程。所谓"建构"则是指儿童通过动作在与环境的相互作用中,产生了认知冲突,即问题情境中新的要求与原有经验之间失去平衡,个体凭借原有的认知经验进行同化和顺化以求新的平衡。因此"建构"的能动作用并不是在头脑中简单累积外部信息,而是掌握认识外部信息的一种程序,这是皮亚杰理论的主要观点。也就是说,儿童在主动建构知识的过程中,并不满足于"知其然"的知识,其能动性主要体现在追究"其所以然"的知识,"所以,皮亚杰派学者在研究学习时,他们常常问:'你是怎么知道的?'而不是'你知道吗?'在他们看来,如果儿童不能解释他是怎么知道的,就说明他实际上还没有学会"②。看来,知识并不是教会的,而是学会的,"学"则源自于个体的认知冲突,"惟有认知冲突时,个体才会有追求平衡的需要"③。在我们的幼儿园中,之所以常常发生"有教无学"现象,是因为我们把学习看成是传递的过程,我们自以为孩子学会了,而实际上我们只是完成了"教",幼儿并没有进行"学",责任在于教师没有把握"教"的时机,即认知冲突发生的时刻。然而,皮亚杰强调的是个体建构,社会环境在儿童认知发展中的作用在皮亚杰理论中没有得到应有的强调,于是以维果斯基的认知发展观为基础的社会文化作用理论开始对教育实践产生影响。强调与儿童最接近的成人是"认知发展的推助器",在儿童发生认知冲突的时候,鼓励成人在"指导性参与"中与儿童互动,进而"激起并引导儿童达到其所能够发展的水平"④。但是"维果斯基并没有提出同伴共同学习的过程中一个知识水平较低的儿童可能帮助另一个儿童在较高的水平上去理解一个概念"。而 Doise & Mugn 等社会建构主义学者们却认为"在一起学习的儿童中,幼稚的儿童仍能激发起认知冲突"⑤。可见,对儿童认知发展的认识已从个体建构走向了社会建构,今天的许多幼儿教育改革实践,包括很

---

① 简楚英:《幼教课程模式》,心理出版社 1999 年,第 608 页

② 施良方:《学习理论》,人民教育出版社 1994 年,第 192 页

③ 简楚英:《方案教学之理论与实务》,文景书局 2001 年,第 24 页

④ 缪小春:"认知发展理论的沿革与新发展",《华东师范大学学报》(教科版)2001 年 11 月

⑤ 朱家雄:《幼儿园课程》,华东师范大学出版社

有影响的瑞吉欧幼儿教育方案,都既强调幼儿个体对环境的自主作用,也强调了教师的作用,还强调了同伴之间的相互作用。

由此,联系上述谈到的有意义的集体活动,要求每个幼儿的积极参与,强调的也是社会建构的意义,而不是单向传递的意义,即由教师组织在同一个主题下的探索活动,在必要的时候进行同伴交流和表达,鼓励以群体之间的相互影响来建构具有个人特点的知识经验(区角活动后就某一有价值的问题进行集体交流,也是一种很好的形式)。

2. 发展的阶段性问题

长期以来一直认为,儿童的发展有一张自然展开的时间表,表现为发展的若干个阶段,某一个发展阶段内具有相对稳定的特征,表现为持续发展的量变累积,阶段之间有明显的差异,产生发展转化的质变现象。新阶段总是在前一个阶段的基础上发展起来的,皮亚杰将此描述为梯形式发展的四个阶段。以发展阶段性为依据的教育时机是根据年龄阶段的特点定出教育的目标,设计与阶段特点相应的教育方案。然而今天认知科学的研究告诉我们,儿童发展远不是那么简单,新皮亚杰学派认为"发展的属性并不像'梯子'那样沿着单一的方向逐级而上,而是由众多的发展线索交织成发展的网络的,既有发展的主线,也有发展的支线,每个人都有其自身独特的发展网络",并具有"发展的循环态势",在发展的过程,会有"回退"现象,"例如,智慧发展呈现出反射、行动、表征、抽象四个层面,在学习新知识时,假设个体的智慧发展已经处在行动层面,则会回到反射层面,经过反复活动、重复练习,达到较高层面的表征和抽象"[1]。同时"个人的能力可能会随着不同的领域而有所改变,例如儿童在某些他们熟知的领域中已能表现出成人般的思维模式"[2]。以某个特定领域为例,"相当了解恐龙的幼儿不仅对于恐龙具有层次分明的知识架构,而且可以运用这些知识架构提出皮亚杰认为只有年龄较大儿童才能演绎得出的推论"[3]。意识到儿童发展的复杂性以后,我们从中得到的教育其实是什么呢?我们绝不能像以前那样将教育与发展的关系简单化、刻板化。教师的责任是:

首先,以发展的趋势去关注孩子小步递进的过程,抓住发展的寻常时刻,学会了解行为发展的意义。不要过于强调发展指标达成的确定时间,年龄特

---

① 张元:"教育发展的动力",《幼儿教育》2001 年 1 月
② 简楚英:《幼教课程模式》,心理出版社 1999 年,第 605 页
③ 简楚英:《方案教学之理论与实务》,文景书局 2001 年,第 26 页

征强调的仅仅是阶段的一般性,依照年龄特征厘定教育的阶段目标,表述的只是一种应然状态,而个体发展的趋势告诉我们的是行为发展的水平层次,而且任何一个领域的任何一种知识经验的获得,都有一个从幼稚到逐步成熟、从不完善的理解到逐步接近正确的认识,且不同领域的不同知识常常不同步。我们要从孩子行为的寻常时刻中了解每个孩子的发展过程,关注孩子是怎么认识不同的食物的,孩子是怎么解决各种问题的,他们的假设是什么,他们是如何验证自己的假设的,他们行为说明处于发展的什么水平,这是一个实然的状态。如果我们把眼光老是盯在孩子应当是怎样的,而不注意孩子实际上是怎样的,于是结论就是达标、不达标和超标,并以阶段的跨越来设计教育,并不利于有效促进幼儿的发展。过去的很多做法是先把目标横向细化,然后将横向细化了的目标进行纵向分解,在文字修饰上做了很多文章。如:从小班上的“在老师帮助下……”到小班下的“在老师提醒下……”,再到中班上的“初步……”直至中班下的“独立……”,把不同孩子的某个行为发展,一刀切地定位在某个阶段上,教育行为则瞄准目标,而不瞄准孩子多变的过程,这种阶段跨越式的教学机械得很,实际意义又有多少呢? 以某托班的动作发展为例,为2岁半孩子预设的动作目标中有“双脚交替走楼梯”,于是2岁半一到就开始教幼儿走楼梯,直到教会达标为止。而在2岁半之前却并没有提供爬楼梯的机会,谁也没有关注过蹒跚学步的孩子们在能够双脚交替上下楼梯之前,有多少种爬上爬下的动作水平和方法。我们认为,学会分析孩子行为的寻常时刻是很有意义的,它能帮助我们了解每一个孩子的发展水平、认知特点、智慧策略等(这是研究和了解孩子的一种方法),以便提高教育的针对性。

其次,关注孩子的发展需要,把握发展的时机显现,创设条件,支持发展。个体发展的时机显现对教育是很重要的,众所周知,幼儿的某些行为和能力的产生,在一个特定的时期内会特别容易,环境提供的相应刺激在促进这方面的发展上会显得特别有效,心理学上称为“关键期”或“敏感期”,脑科学研究证实了这一点,并形象地称其为“机会之窗”。也就是说,在某一行为获得的敏感期内,打开的机会之窗如果没有从环境中获得经验,此后机会之窗则关闭了,一旦失去则难以获得。虽然大部分机会之窗并非是紧闭的,但却告诉我们机会是重要的,且孩子的发展自身需要是教育的契机。那究竟什么时候对哪一种行为是我们提供刺激促发经验的最佳时机呢? 我们确实很难把握每一种能力获得的确切敏感期,我们也不可能等待脑科学为我们揭开所有的秘密,我们所能做的就是学会关注孩子的发展需要,“善于发现幼儿感兴趣的事物、游戏和偶发事件中所隐含的教育价值,把握时机,积极引导"(《纲要》)。我们知道,孩子的发展需要在个体发展的过程会随时表现出来,一般来说,孩子所突然热衷的行为,往往是符合该年龄孩子发展水平的新的需要,如新的兴趣倾向、新行为的出现、反复提问和追究特定事物、同伴争议等,这正是机会,捕捉它们,并创造条件,提供刺激,诱发经验,在幼儿自身需要的基础上组织活动,满足发展的需要。例如,在区角活动中,几个孩子为剪刀应归类在学习用品还是其他用品中有了多种不同的意见,并产生了疑问,老师便引导孩子回家收集"各种用途的剪刀"的资料和信息,通过孩子们自己的图画表征以及图片、实物和语言交流,孩子们不仅见识了各种各样的剪刀,还理解了剪刀归为工具这一概念的意义。孩子感兴趣或关注的对象应该随时成为我们获得的教材,这是课程生成的重要途径。

再次,以"最近发展区"为依据,在发展的关键时刻,做出及时有效应答,推进发展。那么如何在最关键的时刻应答孩子呢?这是介入的时机问题。《纲要》指出:"关注幼儿在活动中的表现和反应,敏感地察觉他们的需要,及时以适当的方式应答,形成合作探究式的师生互动"。我们已经知道,发展的最关键的时刻就是产生"认知冲突",皮亚杰将其归为"内源性"的,儿童在与环境互动中自发产生并通过操作实现平衡。但社会建构派维果斯基则认为,教学要走在发展的前面,而成人和同伴也能引发认知冲突,前提是必须是在最近发展区的范围内,这就要求教师具备敏锐的洞察力。我们提倡把眼光放在了解孩子已经达到的水平和预测可能达到的水平上,这样教师组织活动时才可能做到"既适合幼儿的现有水平,又有一定的挑战性"(《纲要》),以最具影响力的环境要素去引发孩子的认知冲突。例如,有个教师在探索区设置的"纸桥承重"的个别操作活动中,孩子们比赛谁的纸桥上放的雪花片多,发现孩子们通过操作都知道越厚越硬的纸上能放的雪花片越多,老师便取走了所有的厚纸,只留下最薄的一种纸,当孩子们通过探索发现两边桥墩距离越近放的雪花片越多,此时老师又固定了桥墩的距离,这时孩子们只得又开始在薄纸上动脑筋,发现各种折叠与放雪花片多少的关系等等。老师通过不断设置问题情景,挑战孩子的认知,是一种积极地支持,其价值在于可以促使孩子从发展的"功能水平"进入到"最适宜水平"。已经达到的实际发展水平为功能水平,在成人帮助下获得的发展水平为最适宜水平,功能水平相同,最适宜水平有可能不同,高支持和低支持的情况下,最适宜水平也可能不同。由此,教育者的责任又在于为儿童提供可供攀援的"脚手架"。我们的错误是一边放掉了许多促进孩子发展的可能机会,一边却在孩子并不需要的时候,强迫孩子学习。

3. 发展的自然性问题

发展是在天性的基础上展开的,天性是自然赋予孩子的,非人力所能控制。只有在天性的展现中我们才能把握孩子多种发展的可能性,使潜在的能力得到最大限度的开发。相反,窒息和扼杀天性的人为控制,是将孩子自身发展的多种可能性向现实转化的机会给限制住了,使孩子按照成人的要求改变发展方向,这样的发展绝不是这个孩子的最佳发展。所以,尊重幼儿的身心发展规律,就要尊重孩子的天性。

我们发现,当今教育所倡导的许多品质,正是儿童早期天性中就萌芽的,但令人十分遗憾的是,违背天性的教育将其压抑了(如当整个国民教育在普及科学,呼唤培养创造性思维和探索精神的时候,人们发现创造和探索的源泉正是人的好奇心,而早在幼儿天性中就有的这种好奇心却在知识的灌输中被不知不觉地泯灭了;当我们的社会要求进行环境教育,增强环保意识的时候,人们发现保护环境的责任心源于亲近自然的情感,即意识到动物是人类的朋友,一草一木具有有生命的意义,而在幼儿天性中就有的对自然万物生命的认同和天然的同情心,却早已被驾驭自然、改造自然的教育所淹没。此外,当我们批评现在的学生懒于动手、拙于动手时,可曾想到,天性爱动的幼儿正是用双手认识世界的,正是长期说教式的教育,才养成了只说不动的习惯……)。一边说开发潜能,一边在扼杀天性,教育的塑造过程永远成为"再教育"的过程,这是幼儿教育最大的失误。因此,尊重幼儿身心发展规律,离不开对幼儿天性的尊重。所以,早期教育重视发现、保护和引导他天性中固有的品质。

游戏是幼儿的天性,幼儿游戏蕴藏着发展的需要和教育的契机,发展的多样性、差异性、自然性等特点,在游戏中体现得最为淋漓尽致,这是游戏本质所决定的。因为游戏是活动者内在动机所然,它不受活动以外的他人控制,因而它是符合自己意愿的一种活动;游戏是注重过程体验的活动,它不受结果评价的制约,因而它营造的是一种轻松安全的氛围;游戏是在个体原有基础上的活动,它无须承受过于超越自己能力的行动,因而游戏更多的是一种自我表现;游戏是个体作用于环境的活动,在操作物体的动作中建构经验,因而它同时是一种自发的学习,具有促进发展的功能。

游戏的发展价值表现在两个方面:一是情感发展的价值,二是认知发展的价值。

从情感发展来看,其发展的功能首先表现为情感补偿,游戏的象征意义使孩子在游戏中能满足现实中不能实现的愿望;其次是情绪宣泄,孩子在现实中压抑的情绪能在游戏中得到排解。因为游戏是幼儿自己的世界,幼儿在自己的世界里,已经从一个被动的承受者转化为主动地执行者。所以前苏联的阿尔金说,游戏是儿童的心理维生素。

从认知发展来看,其发展的功能首先表现为自发探索。仔细观察一下的话,我们可以发现,儿童在游戏中的尝试性行为的发生率是极高的。凡是用来游戏的物体,孩子们是从不马虎的,她先要了解物体的性质和功用,然后要将其作为工具实现自己的目的,于是敲敲打打、摸摸看看、拆拆弄弄等各种作用于物体的方法就成了他的游戏行为。他尝试着以不同的方法与外界事物作用,试图发现事物会发生怎样的变化。对游戏中的儿童来说,他们要探索的事物是无数的,"这是什么?""那是什么?"它所尝试的方法那样的无尽,"还能用来干什么?""换一种方法会怎么样?"于是同一样东西,在他们的手里被反复地变化着花样玩,尝试的结果使他们兴奋,因为事物的奥秘被他一一地发现了。其次表现为自发练习。稍加考察一下的话,我们会感到,重复性行为是儿童游戏的主要外显特征。儿童似乎天生就有一种不断重复刚刚出现的新的动作、刚刚获得的新的经验的活动倾向,当婴儿刚能发出第一个声音的时候,就开始咿呀重复;刚会独自迈步,就不停地跑来跑去;刚能爬梯,就上上下下地反复;刚会用积木垒高,就老是推倒重来;就是听故事,也是喜欢听过无数遍的;带有重复句子的歌谣,也是最令孩子悦耳的;甚至同一种玩具也要反复摆弄很长一段时间。很清楚,这种重复活动的价值就在于练习,重复就是表明这个活动是孩子力所能及,却还没有充分发展完善的一种能力表现,孩子就是在这种重复中巩固了刚刚萌发的许多新的身体能力和心理水平。游戏的重复机能是儿童发展的需要,当某一种活动不再重复时,说明某一方面能力的发展需要已经得到了满足,新的重复活动开始,又表明新的高一层次的发展需要出现了。任何一种获得,任何一样玩具和材料,只要孩子还在不厌其烦地重复和反复摆弄,就意味着这一活动、这一玩具和材料对孩子来说仍然具有挑战性。由于游戏中的许多尝试活动也是在重复中进行的,所以重复对儿童发展的价值,就不仅在于巩固了它的旧有经验,而且每一次重复对他的发展还具有新的意义。

正因为游戏具有促进幼儿发展的这样一种功能,所以游戏就具有教育上的价值了。我们知道,要体现教育的有效性,其功力无非在于教育者预设的目标在多大程度上内化为儿童的发展品质,这是教育自始以来一直在方法论的范畴内苦苦追求着的问题。人们在指责仅仅着力于教育的外砾作用时认为,我们能强迫孩子学习,但我们却不能强迫孩子学会;人们在指责仅仅依赖于儿童的内发作用时又认为,我们难以让孩子学到我们期望孩子学到的东西。看来,孩子太小,其理性尚不充分,在我们期望的目标与孩子的内发之间寻找平衡点才是幼儿教育的关键,即教育的要求转化为孩子的需要。那么我们的期望能不能正是孩子的需要呢?游戏正是在这个节骨眼上显示了它的作用,游戏是孩子发展的需要,教育的目标是孩子的发展,那么游戏必然内含着教育方法的契机,游戏成为教育的手段也就顺理成章了,这也就是游戏在幼儿教育中的特殊地位。

所以《纲要》仍然坚持了《规程》的思想,幼儿园教育应"以游戏为基本活动"。如何做到以游戏为基本活动呢?《纲要》在提到"科学、合理地安排和组织一日生活"时指出,"教师直接指导的活动和间接指导的活动相结合",也就是肯定了幼儿园里有这样两大类活动,这两类活动与游戏又有什么关系呢?《纲要》紧接着就阐明了两点:一是"保证幼儿每天有适当的自主选择和自由活动时间",这个时间的保证,不就是保证了幼儿游戏的自发性吗?在这个时间里,教师进行的是间接地指导;二是要求"教师直接指导的集体活动要能保证幼儿的积极参与",我们知道,要保证幼儿在集体活动中的积极参与,那么这个集体活动的组织也必须是倾向游戏化的,即首先这个活动的目标要隐蔽,外在的要求尽可能地转化为幼儿的需要;其次是幼儿感兴趣的意愿活动,所以活动中要使幼儿有尽可能多的选择自由度;第三要注重过程体验,不要过于追求结果,不要急功近利;第四要建立在幼儿已有经验之上,是幼儿力所能及,是最近发展区内的活动。这几点都是游戏的内在要素。在幼儿园教育的现实中,往往由于没有把握好游戏的这几点要素,便使幼儿园游戏徒有"游戏"之名,在幼儿的自发游戏中,不乏教师的导演和控制,在教师组织发起的集体游戏中,热热闹闹、唱唱跳跳地围着老师转,游戏的权利并不在幼儿。

可见,要使教育能最大限度地发挥游戏的功效,利用游戏的"自发"机制很重要,其关键是创设宽松、自由的环境,而不是表面形式,因为只有在宽松和自由的环境中,幼儿才能以自己的方式学习。因此,《纲要》在"教育内容与要求"部分,各个领域的表述中都体现了这一精神,比如在"语言"的内容与要求中提到:创造一个自由、宽松的语言交流环境;在"科学"的内容与要求中提到:为幼儿的探索活动创造宽松的环境;在"艺术"的内容与要求中提到:提供自由表现的机会;在"社会"的内容与要求中提到:提供自由活动的机会,支持幼儿自主地选择……

当我们仔细解读,深刻领会《幼儿园教育指导纲要(试行)》以后,深深感到,《纲要》所蕴含着的"以幼儿发展为本"的思想,已将幼儿教育改革和发展的新里程展现在了我们的面前。

第二节 "教学的有效性"与"有意义的教学"

一、"有效"和"有意义"的提出

或许有人会说,有效就有意义,无效便无意义。确实,"有效"与"有意义"在很大程度上是统一的,但两者并不等同,我要强调的就是两者差异对解决现实问题的可能性。

现实的问题是什么?

现实是幼儿园课程改革瓦解了传递系统学科知识的分科教学模式,批判了"重上课轻游戏"的教学小学化倾向,客观上冲击了以统一教材为中心的传统的集体教学形式,使游戏和生活成为实施课程的重要途径,但是幼儿园却从来就没有放弃过对集体教学的重视。问题是再怎么重视,结果还是普遍认为"现在教师连课都不会上了",幼儿园开展了太多"低效、无效的教学活动"。其实教师不是不会上课,而是不会设计教学。

于是近两年来,观课、说课、评课、研课似乎成为幼儿园教师专业发展研训活动的重心,并且逐步把问题聚焦在了"如何提高教学的有效性"上(在此且不讨论这种情况的来龙去脉,也不评价这种现象的是非,我只就事论事)。期间,我面对过不少的教学观摩现场,听到过太多听课评课的高论,也亲自剖析过一些教学活动的案例,但是当我被要求为当前实践中正在热衷的"幼儿园教学有效性"的讨论写一些文字的时候,还是犯愁了。我能告诉教师一些什么呢?我实在无心再去概括已经重复了无数遍的老调,也实在无力为一线的老师们指点迷津。我只是在想:为什么经历了无数次教学观摩和无数次课例分析,教师们仍然迷茫于如何提高教学的有效性呢?

问题的关键在哪里?

是教师不知道"有效教学"的具体要求吗?实际上教师们并非对此一无所知。教师们十分清楚教学有效性的核心指标是目标的达成度,而目标的达成首先就是目标的合理性,对怎样的目标才是合理的,实现教学目标的教学过程应当如何设计,诸如教学内容的选择要贴近幼儿的生活经验,活动要具有一定的挑战性,启发性提问的技巧,处理好预设与生成的关系等等,她们都能说得头头是道。但遗憾的是,说归说,做还是不会做,或者更准确地说,不是不会做,而是无论怎么做,总会被别人评出很多"问题"却无言以对。而用来观摩的课,用以参加评比的课,往往是花了大力气由众人打磨出来的。有意思的是,不同的专家(广义)对同一个教学活动的效果可以作出肯定或否定的不同评价,而都振振有词,理由不外乎都是那些耳熟能详的条条,使得教师们惊诧:究竟谁说的对? 我们该听谁的?

由此,我隐约意识到两点:第一,即使为"教学的有效性"再提炼出一些元素和要点,也无太大用处,因为问题的关键不在这里。相比过去,相比中小学的教学,幼儿园的大量教学活动是生成的,而生成的教学活动如果也要以结构化、程序化的编制原则去要求教师设计,就如同让每个教师自编教材,这是教师的现有水平所不及的。第二,改革冲击了传统的集体教学,而集体教学在改革中仍然不可或缺,那么今天的集体教学必然有其与传统不同的价值,因而不能以传统的教学形式去规范今天的教学,最好的办法就是先不要苛求"有效",而是追求"意义"。

理解"意义",唤醒教学的自觉意识。

教师组织教学活动的目的是为了让幼儿有所得,这是毋庸置疑的。但追求"有效"必然从客观结果来判断,对是否有所得,得多少十分在乎,在乎的是一个预期的结果;而"有意义"则是主观生成的意愿和理解,至于是否有所得,得多少,并不在意,因为结果具有很大的不确定性。可见,追求"意义"多少给人一点自由,因为教学是否有效有时太难认定。尤其是集体教学,且不说每个孩子的不同获得难以测定,就算孩子表现出了预期的结果,又怎能确定其中有多少是该次教学的效果? 何况还有更多预期之外的结果呢。而意义则不然,按照自己认定的价值去做,就是有意义的,也就是说,知道自己为什么做,以及为什么这样做,就应该是有意义的。

但是现实中我所见的有些公开课,确实教师连自己所要开展的教学活动的价值取向并不明确,对为什么要选这个材料,为什么这样定位目标,为什么要这样设计教学过程等等都是盲目而含糊的,看中的只是所选素材的表演价值(为了公开观摩的好看)而忽略幼儿的发展价值,于是"说课"也就只能迎合一些时髦的观点说出几句套话。这就是说,她连自己都评价不了自己的教学活动,只能等待别人来评价。对她而言,教学的有效性具有极大的偶然性,某次开课成功,归于评课的人一致说好,某次开课失败,因为评课评出了太多的问题。被别人评得好,暗喜;评得不好,丧气;听到相异的评价,则困惑。

因此,与其再搬弄一些如何"提高教学的有效性"的教条来,还不如通过理解"有意义的教学"来唤醒教学的自觉意识更为有用。

二、"教学"的意义是什么

本文讨论的是教学,是幼儿园教学,是幼儿园集体教学,是以上课为形式的幼儿园集体教学(尽管现在教师不大喜欢用"上课"这个词,而以"活动"来替代,但却常常会不伦不类地说出"上一节活动"之类的话,终究还是"课"),之所以如此咬文嚼字,是为我所论说的"意义"限定范围,也是为能比较准确地介入当前实践一线的讨论,更是为跳出大家虽熟知却难为的备课道理和评课依据而另辟蹊径。我的思考逻辑是:"教学"的涵义中包含着"教学的意义"。

是"教"还是"教学"?

我们日常在使用"教学"这个概念的时候,似乎没有人会有异议,但是否想过,平时我们所理解的"教学"完全可以用一个"教"字来取代,指的是"教师把知识、技能传授给学生的过程"[1],因此是教师的行为。在将"教学"翻译成英语的时候,我们也只是译了一个"教"字。但我们使用的概念毕竟不是"教授"、"教导",而是"教学",其中的"学"显然是"学习"的意思,与"教"是对应的,既然不是"教"的同义,何以成为一个复音词了呢?于是也有解释"教学"是"教师传授和学生学习的共同活动"[2],如果"教学活动"可以这么解释,那么"教学能力"呢,也指教师和学生双方的能力吗?

追本溯源,我国自古"教"与"学"是两个概念,分开使用,"教"是教师的行为,"学"是学生的行为,而"教"、"学"合用最早在《学记》中出现,"建国君民,教学为先"。这里的"教学",指的是"教人去学之意",(陈桂生,1997)可见,是一个动宾结构。这样理解,"教学"是教师的行为也就说得通了。如果这是本意,那么教学的意义也就清晰起来,那就是教学生学习,具体地说,"教学"不是教学生知识,而是教学生学知识,知识是一种载体,不是目的。所以,我国古代倡导的"启发式"、"循循善诱"、"举一反三"等教学方法,的确是"教人学"的方法。

---

① 中国社会科学院语言研究所词典编辑室:《现代汉语词典》(2002 年增补本),商务印书馆 2002 年,第 640 页

② 辞海编辑委员会:《辞海》,上海辞书出版社 1980 年,第 1469 页

当代社会越来越意识到知识是不可穷尽的(新知识会不断产生),我们要教的知识更不可能穷尽,因此教学生去学,为的是让他们学会自己获取所需要的知识。可见,联合国教科文组织提出的"学会学习",今天课程改革所倡导的"教"是为了不教,"教"是为让学生更好地自己去"学"等教学理念,正是向"教学"本义的复归。在这个意义上,幼儿园教学如果还以幼儿是否学会或掌握了什么知识作为教学有效性的指标来追求,实在是无意义的。

有别于中小学的幼儿园教学。

中小学的教学载体是系统的学科知识,对教学生学什么做了规定,教学内容全部通过教材来体现。幼儿园则不然,常常听到老师在说课时,首先就介绍设计这节课的由来,实际上是强调该教学素材来源于幼儿的生活和游戏,而不是某本教材所预设。这就是今天的幼儿园教学不同于中小学教学之处,幼儿园有基于"预设"和"生成"的两种教学。

"预设"和"生成"是幼儿园课程的两种形成方式,课改的变化之一就是对生成性课程的关注。就目前的实际情况来看,幼儿园预设性课程的教学内容往往来源于教材,教学的目标、要求和过程等教学设计已有教材编写者完成,执教者只需根据情况做适当调整,写出教案;而生成性课程的教学内容来源于教材之外,是因为教师发现了预设课程所未及的有意义的教学素材,包括幼儿在生活游戏中遭遇的问题。这类由生活事实转化而来的教学内容是极其有意义的,因为是教师发现了它的价值才选择的。

本来,此类生成于教材之外的教学是非常自由的,只要抓住选材时自己所认定的价值发挥就行了,教学的时间也可长可短。而问题就出在课程的"生成"理念制度化了,大多数教师不是因为发现了有价值的内容而生成,却是在为"生成"而生成,为了"生成"而不得不到生活和游戏等低结构的活动中去寻找事实材料。并将这类生成的教学模式化,像教材中预设的教学活动那样,开挖所选素材的更多价值,进行从目标到过程的完整设计,不只是在写教案,倒像是在编制教材或教参①了,以致许多幼儿园将本园教师生成的这些教学设计汇编起来,就成为了自己的教材(称为园本)。可悲的是,更多幼儿园教师由于实在生成不出来,则从一些并不经典的源自一线的教材中选用了经不起推敲的活动设计,通过改编以示区别,结果被评课者评出许多问题来。

其实,所谓"学前教育",是系统地学习学科知识之前的教育,它与小学教

---

① 幼儿园教材不同于中小学教材,中小学将教材和教参分开,而幼儿园是合一的,是教参式教材

育不是教学大纲的衔接,而是为系统学习做学习能力的准备,其"教学"(教学习)的意义比"教书"(教知识)的意义更为重要。由此,教师也就不必为"这个能不能教,那个该不该学"而谨小慎微,只要清楚目的是为"教学",还是为"教书",自然就解脱了。举个例子:

某教师在组织外出参观前进行了一次教学活动。她与幼儿讨论了全班30人如何分组,分几组前往,包哪种车合理,并告知了大、中、小三种车各有多少座,老师和保育员3人如何分配到小组里。孩子们现场数人数的方法,又用小积木、雪花片等材料代替人数,通过数数摆弄进行尝试,想出了也否定了多种分组的办法和理由,比如大车虽可容纳全班但不好管理("人太多了,老师看不到我们"),出租车虽然舒服,但组数太多,老师只有三个管理不到("如果我们车上没有老师,司机把我们开到别的地方,我们该找不到了")。最终分为三组,用三辆中型面包车,圆满地解决了问题。

这个活动是生成的,教材里没有。教学的内容不仅涉及加减、数数等基本的数学知识,其中还有乘除法的启蒙,孩子们会说"一分二、一分三、一分八"这样的话,甚至在分组时还出现了余数("包8辆出租车还多1个人")。显然,如果是"教书",可能会认为该内容太深,但作为"教学"(教幼儿学),却是一种精彩,因为在这个教学的过程中,幼儿所得各不相同。所以,不用再问"能不能教幼儿识字、要不要教幼儿英语",该问的是"教书",还是"教学",这就是我们追求的意义。

以上课为形式的集体教学在幼儿园存在的价值。

严格地说,幼儿园的某些区角活动、某些专用室的活动以及某些外出的活动,只要是在教师指导下的同一个时段里全体幼儿做同样的事,都应该属于集体教学的范畴。也就是说,集体教学不等于上课。《幼儿园工作规程》指出:要"以游戏为基本活动,寓教育于各类活动之中","上课"只是幼儿园各类活动之一,是各类教学组织形式的一种。幼儿园课程改革的一个重要指导思想,就是不能只重"上课"这一种教学形式,而忽视了其他各类活动,这是由幼儿的年龄特点所决定的,也是学前阶段并非学习系统知识的教育特殊性所决定的。事实上,目前"上课"在幼儿园一日生活和各类活动中所占的时间比例是很低的,课与课之间也没有太大的连贯性,如果教师对各类活动以及游戏都极其关注的话,那么一节课上得好坏对幼儿发展的影响力确实也是有限的。

但是我要说的却是,这种"上课"形式的集体教学,在幼儿园仍有其他活动不可替代的价值。首先,它有一种效率优势,尤其在现有师生比的情况下,我们的预设课程中有许多基本的学习内容,是需要教师指导又难以通过对每个幼儿的个别指导来完成,将幼儿整体作为指导对象,可以最大限度地实现教学目标的辐射效应;其次,它有社会建构的优势,因为当许多幼儿同时面对共同的学习内容和同样的问题时,可以在相互启发中产生各自的认识;第三,它有发展评价的优势,正是在这种同时解决相同问题的前提下,使教师能够通过幼儿之间的横向比较,迅速地了解许多幼儿在某些方面的发展状态;第四,它有培训教师专业技能的优势,可以说,上课是教师多种专业技能尤其是师幼互动技能的集中体现,上课所习得的教学技能完全可能转化为平时各种活动中的专业行为,正是这种特定时间里的专业集中表现,才比其他活动更便于为职前和职后培训提供练习、示范和研讨的现场机会。

三、怎样追求有意义的"教学"

诚然,在现实情况下幼儿园集体教学的价值还是明显的,但这决不能成为增加"课"以取代其他活动的理由,"寓教育于各类活动之中",这是幼儿园课程实施的基本原则。也正是因为幼儿园课程实施的全部活动中"课"的时间比例不应该高,所以我们才格外地追求它的价值实现,以减少那些不值得上的无意义的课,以及减少那些上得无意义的课。在此,从三个角度提出问题,并从问题中解读有意义的教学。

备课备什么?

这是对幼儿的意义。许多教师习惯于将备课的重点放在"备教材"上,因为追求有效,必须"吃透教材",以实现教师所预期的目标,显然这是在"教书"。如果备的是公开课,还得像演出一样进行"彩排"(试教),其目的是通过彩排的效果来检验一下备课的有效性。而追求对幼儿的意义,则必须"吃透幼儿",备课的重点就得放在"备幼儿"上。具体地说,就是把准备教幼儿学的有关内容与幼儿的经验进行联系,通过非正式的谈话或者投放相关材料让幼儿摆弄等预先活动,来了解幼儿对这些要学的内容已经知道了一些什么,还不知道什么,有哪些错误经验,判断这些不清楚的部分中哪些是可以通过教学让幼儿理解的,哪些是用任何方法都是无法让幼儿理解的,从中寻找教学的切入点。一旦对幼儿的已有经验心中有数,那准备的教案也就更有针对性了,何须试教呢。总之,教学的意义就体现在为幼儿建立经验的连续体。

说课说什么?

这是对执教者自己的意义。教学观摩之后常有"说课"的环节,遗憾的是,有的说课就好像是为别人的评课做一个开场白,没有说出个所以然;有的说课从目标到选材再到环节设计泛泛而谈,做了一个自我评课。其实,"说课"放在平时就是课后反思,与"评课"不同,"说课"(课后反思)要把握的重点是活动过程与预期的关系,主要分析活动的非预期效应(包括正、负两方面),分析非预期事件的发生频率和性质(是预设不周还是期待的生成),分析预设活动中生成的教育行为。这种说课具有他人评课无法取代的特殊意义,因为执教者最清楚自己的预期以及预期外的效应,而评课者依据的只是写在教案上的目标。当教师能尝试对自己预期内和预期外的效应作出原因的假设和分析,就体现了教学对专业成长的意义。

观课观什么?

这是对专业培训的意义。教学观摩是一种常见的专业研讨方式,其中优秀教师的示范课最受一线教师欢迎,理由是可以直接模仿到一节好课,然而课看多了就会发现效果未必,因为模仿到的只是形式,而课的灵魂未能捕捉到。但这不能归结为教师不知如何观课,好课的标准谁都能说出一二,何况观课后紧跟着就是评课,因此问题的关键在于为观摩活动提供哪一类课更有意义。如果观摩提供的往往都是预设课程之外的教学活动,都是执教者自己生成的教学内容,而且非得选一节别人没有上过甚至非同寻常的课。那么,课上得虽好,如果没有一点对其精髓的领悟力,恐怕也是欣赏有余而实用不足,生搬硬套的模仿终因脱离自身的实际而对幼儿发展和教师发展都无意义。

我想,既然预设课程规定了幼儿基本的学习内容,既然教学观摩是一种专业培训,就教师现有的专业水平,非常需要一些稳定的教学材料,教师在研讨活动中观摩的课就应该是大家上过的或要上的课,只有多看相同内容的课,只有经过多轮反复实践才能培育起教学的智慧。因此为教师选择和准备一批经典而优秀的教学材料,作为大家共同实践研讨的内容,尤为重要,这样一来,至少避免了教材选择中的科学性、教育性的问题,"吃透教材"的问题不大,自然会就将备课的重点转向"吃透幼儿"。而那些我们非常倡导的生成于教材之外的教学活动,则可以作为学习交流的案例来呈现。

综上所述,追求有效与追求有意义是一种思维方式,无是非之辨,如同注重结果还是过程。而追求意义就是追问价值取向,是追问教师教学的自觉意识。我的假设是：当教师对活动的意义有所追求时，有效性自然也在其中了。

第三节　教学过程中的教师预设与幼儿生成

在教学过程中，教师经常会遭遇始料不及的事情发生，除了少数与教学无关的事情，应该说大都与正在进行的教学内容相关，但却是教师备课未能准备到或与教师预期不符的，对此，有些教师则以忽略应对，有些教师则能机智地给以回应，必要时有些教师会调整教学目标和内容，甚至生成新的教学方案。但无论如何，应对教学中的非预期性事件，反映了教师的专业素养和教学机智，这需要教师在大量类似情形的过程中学会判断。例如以下案例就是类似情形中教师的困惑。

这个"球"该不该接？

一次，我组织开展主题活动"味道"。活动室四周摆放着幼儿搜集来的各种食品、调料、水果等。幼儿自由地探索、品尝各种味道，气氛活跃。其中，幼儿感受最深的是辣味。经过一段实践的自由探索，幼儿开始交流自己的感受和体验。就在这时，一个幼儿突然站起来说："我感到太辣了，我要喝水！"全班随即沸腾起来："我也觉得太辣了，我也要喝水……"场面开始混乱。此时，我心里十分矛盾：这是一次公开活动，如果我同意他们出去喝水，活动还能顺利进行下去吗？如果不同意他们，我又该如何往下引导？换句话说，孩子们抛过来的这个"球"我该不该接？如果接，该怎么接？（《幼儿教育》2006 年第 11 期）

我对这个教学案例中提到的幼儿抛出的"球"，称为教学中的"非预期性事件"，教师是否"接球"，称为对"非预期性事件"的应对，并做以下阐述。

一、教师在教学设计中预设了什么？

过去，在设计一个教学活动时，教师的基本思路往往是：我们想让幼儿得到什么？那就是教学目标；通过什么让幼儿得到？那就是教学内容；怎样让幼儿得到？那就是教学方法。这是一种从"教"单边出发的预设行为，预设的是一种确定性的行为。传统的教学预设更多地到此为止，因为教学过程中幼儿的任何意外和偶然,只消老师一个严肃的眼神便能峰回路转,乖乖地配合老师完成教学任务。

今天,在设计一个教学活动时,要求教师的思考逻辑决非这么简单。而是:幼儿需要什么? 我们想让幼儿得到什么? 那才是教学目标;通过什么让幼儿得到? 幼儿从中可能得到什么? 那才是教学内容;怎样让幼儿得到? 幼儿可能会怎样去获得? 那才是教学方法。应该说,这是一种从"教与学"双边出发的预设行为,不仅预设了确定的行为,还预设了许多可能性的行为,甚至更预设了出现不确定行为的弹性空间。实际上,这种教学预设是对幼儿了解基础上的一种假设,教学过程则是对幼儿观察基础上的一种验证。于是,证实某些假设,这是教学的成功,而推翻某些假设,也是教学的成功,因为我们确信一点,教师实施的课程与幼儿经验的课程总是有距离的,教学假设无论多么准确,都不可能完全吻合,而我们已经预设了多种可能性,我们也预设了迎接各种非预期性事件的心理准备。

因此,该教学案例中的教师如果能以一种假设与验证的思维方式来预设活动的话,或许能多思考一些可能性(包括"辣"味带给幼儿的可能反应);或许能对幼儿抛出的任何"球",无论接得上和接不上都抱有坦然的心态。

二、教学中的非预期性事件对教师意味着什么?

一方面,教学过程中的某些非预期性事件是对活动预设是否充分的一个检验,反映了教师设计活动时的经验。如果活动预设中教师对多种可能性假设的缺乏,或对活动内涵的基本判断失误,都会导致非预期性事件的发生。从这个意义上说,发生在一部分幼儿身上的非预期性事件是对教学的反馈信息,是教学反思、教学调整的重要依据。

另一方面,教学中非预期性事件的发生是必然的,毕竟不是所有的东西都可能预设的。教学是一个变化着的流动体,幼儿个体的差异性也是客观的,如何面对发生在变化情景中个别幼儿身上的非预期性事件,对教师是一种挑战。教师必须对非预期性事件与教师的预期行为之间的关系作出即时判断,以及作出是否"接球"或如何"接球"的快速决策,这是一种教学智慧的反映。

再一方面,教学过程中发生的非预期性事件,也是教师教学观和教学水平的一个重要标志。尤其是一个尊重幼儿学习自主性的教师,会留给幼儿更大的空间去发挥主观能动性,她会给幼儿更大的选择自由,会提出一些开放性的问题,并密切关注着幼儿会有怎样的反应。这时,非预期性事件就成为教师的一种心理期待和自我挑战。从这个意义上说,一个好老师是积极关注教学中的非预期性现象的,而不是竭力避免非预期性事件发生的。

这三个方面,对正在成长中的教师来说,是一个逐步递进的专业发展过程。所以,对该教学案例中发生的非预期性事件,我们首先应当分析是属于哪一种性质的,至于是否接这个"球"和如何接这个"球",我在广大教师的出谋划策中看到了全新的教学观和教学智慧,但对这个教师来说,可能还需要从如何预设开始。

三、应对非预期性事件的教学智慧源于什么?

教学智慧源于教师长期教学实践的经验积累,但是同样时间的教学实践未必都能产生智慧,只有善于进行反思性教学实践的教师,更容易从应对预期性行为的经验中产生应对非预期性行为的智慧。反思就是不断追问为什么,智慧就表现为追问中的价值判断和时机判断。价值判断的依据就是该行为对幼儿发展的意义,即这个行为与正在进行的教学活动的目标和内容的相关性,这个行为与个别幼儿与多数幼儿的当前兴趣和水平的相关性,同时还要判断教师自己应对该行为的心理准备状态,从而决定是否接这个"球",以及是否立即接这个"球"。教学中的任何一个非预期性行为,只要被教师关注并作了价值判断,那么即使是该接而没有能力去接球,对教师来说也是有意义的。正像案例中的这个教师,她的焦虑情绪表现了对幼儿的责任,她的问题意识表现了一种初步的反思。

四、非预期性行为在公开教学活动中的意义是什么?

一直以来,公开性的教学活动总是示范性的,而被指定为公开执教的老师就是一种荣誉,因而教学活动的成功关键就是活动设计的周密性,以及活动结果对预期的圆满程度。无形之中,教学活动中的生成空间就被大大地压缩了,甚至如何巧妙地避免或绕开出现的非预期行为,是教师在公开教学中特别留心的事。该教学案例中的教师之所以焦虑,就是因为这个非预期性事件发生在公开教学活动中,而公开教学不容失败的压力使她不敢尝试未预设过的策略。由此可见,公开教学活动的观念和评价标准也必须改变。

作为教师培训的一种方式,公开教学应当是探索性的,对观摩学习的老师来说,最大的收获不在于能够模仿,因为模仿的只能是形式,而实际背景的差异决定了教无定法。真正有意义的倒是教师如何引导幼儿思考,挑战幼儿产生出多少有价值的非预期性行为,教师又是如何应对这些非预期性行为的。正因为是非预期的,所以无论执教者还是观摩者都处在一种探索的境界中,从而对执教者的应对行为的成败自然会抱有宽容的心态,因为她向大家示范的是一种精神,是一种理念,而不仅仅是教学的结果。

所以,今天我们衡量幼儿园公开教学活动,应当关注非预期性行为大于关注活动预期目标的即时达成度,关注活动的挑战性大于关注活动的结构性。

第四章 课程改革中的幼儿园游戏解析

第一节 "以游戏为基市活动"的理论假设

游戏的过程即孩子自我发展的过程,其中隐藏着重要的教育动因,内含着教育方法的契机,因而有着不可忽视的教育价值。鉴此,鼓励幼儿游戏、提倡教师在教学中运用游戏,本应是无可非议的事实。然而没有料到的是,当游戏的地位一旦被提高到是"幼儿园的基本活动"时,当教师认真地把游戏作为头等大事来对待时,实践中的矛盾和问题、认识上的疑问和困惑便接踵而来。

首先是理论对实践的指问:"这是幼儿在游戏,还是教师在游戏幼儿?""这不是教师导演的一台戏吗?""分明是教学,何必非说成游戏?""说是在游戏,幼儿的游戏体验在哪里?""老师在为游戏而游戏,幼儿在为老师而游戏"等等。

然后是实践对理论的反问:"什么是游戏?""游戏要不要追求教学目标的达成?那样的话还是游戏吗?""同一活动能既是游戏又是教学吗?""游戏在教育过程中是内容还是形式?""游戏是目的还是手段?""怎样才算是做到了'以游戏为基础活动'?"

正因为有这样一些问与反问,正因为实践需要一种具有可操作性的理论指导,所以仅仅以一种抽象思辨的方法来阐述"是怎样的"就不够了。因为某些抽象的理论并不直接对实践中的具体问题负责,所以我们还必须从事实出发,对"事实上应当是怎样的"作出分析,并在经验事实的基础上,抽象出一种能有效指导实践的理论假设。

一、在幼儿园教育实践中谋求游戏与教育的结合

1. 游戏与教育既是独立的又是统一的

就活动的本质来说,游戏和教育是两种不同的活动。游戏是一种不受外

力约束的、是游戏者自发自选的活动,而教育则是一种有目的、有计划地由教育者对受教育者施加影响的活动。因此游戏是由内在动机控制下的游戏者之间平等的自主活动,而教育是由外部要求控制下的教与学的双边互动活动;游戏侧重于从游戏者的需要、兴趣和能力出发来开展活动,而教育则立足于由教育的目标、任务和内容为核心组织的活动;游戏是在游戏者已有知识经验基础上的自我表现活动,而教育旨在使受教育者在一个未知领域里接受新知识的活动。

就其活动的方向来说,游戏和教育有着内在的联系。首先,从游戏与教育的目的来看,游戏的价值在于实现儿童认识能力、运动能力、社会性和情感的发展,其每一方面的发展又含有众多的内容,可以说囊括了儿童身心发展的各个方面。教育的目的就是将儿童身心发展的各个方面纳入一个有计划的影响过程,通过体、智、德、美各育促进儿童身心全面发展。只不过游戏是一个自然发展的过程,教育是一个有目的、有意识的培养过程,两者在终点上达到一致,即游戏和教育的结果都是儿童的发展。

其次,从活动的内容来看,在游戏的自发探索过程中所涉及的关于自然界和社会生活领域的各种知识经验,创造表现过程中所涉及的想象、构思操作,运动过程中所涉及的动作技能、大小肌肉的平衡协调力,游戏规则的内化过程中所涉及的对规则的理解、遵守和用规则进行的同伴协作交往等等,正是体、智、德、美教育的重要内容。也正因为如此,才出现了对应于教育领域的游戏形式:更多体现造型想象的结构游戏(与美育有关),更多体现大肌肉动作技能的运动性游戏(与体育有关),更多体现人际交往能力的社会性装扮游戏(与德育有关),更多体现手脑并用和解题能力的智力游戏(与智育有关)。也许正是游戏内容与教育内容的这种一致性,才有游戏服务于教育的可能性,才有根据游戏的特点设计的教案。

总之,儿童的发展是游戏与教育内在联系的纽带,游戏对幼儿具有自然发展的价值,教育对幼儿具有引导发展的价值。

游戏的特征和游戏的发展价值告诉我们,游戏这种活动形式,虽不是以获得系统而特定的知识和能力为目的的,但对前述能力的培养却是举足轻重的。为此,幼儿园教育必须谋求游戏与教育的结合。

2. "游戏的教育化"和"教育的游戏化"

幼儿园教育如何实现教育和游戏的结合,也就是如何实现自然状态下的幼儿游戏向教育背景中的幼儿游戏的转化。现实中的这种结合和转化,主要就体现在游戏要教育化和教育要游戏化的认识上。

　　游戏的教育化,这是针对自然状态下的游戏放任状态而提出的,目的是为了改变重上课轻游戏的现象,突出游戏在幼儿园教育中的地位,实现游戏对教育的服务功能。具体便落实在用教育目标来关注游戏,以教育的内容和任务来分类组织游戏活动,以儿童游戏的年龄特点为依据,加强对游戏的引导,使游戏对儿童的发展能够迎合教育的方向。

　　教育的游戏化,是针对幼儿园教育日益趋向于小学化而提出的,目的是为了使心理机能尚未完善的幼儿,不至于过早地承受正规教育所带来的强制性压力,使他们在轻松愉快的活动中发展个性。具体就落实在以游戏的特点来组织教育活动,在教育的过程中谋求游戏般的乐趣,使枯燥的说教变成生动有趣的活动,从而使幼儿获得游戏的心理体验。

　　然而,必须提出的是,作为一种宏观的认识和把握,以上对游戏的教育化和教育的游戏化的解释,似乎在情理之中。但是一旦将这一认识转化为实践时,偏差和误解便会产生。游戏的教育化,容易将教育的功利性、严肃性带入游戏;教育的游戏化,是将游戏的自主性、趣味性带入教育。这样一来,游戏和教育仍然是对立的两极,两者的结合没有实现。事实上,偏差和误解发生在前者。所以,我们还是要将讨论限定一个范围,提出一个前提,即游戏的教育化是在幼儿园教育的大背景中认识的,教育对游戏的关注,指的是对游戏的客观条件进行有意识的控制。比如:由教师创设游戏的环境,谋求教师对游戏的支持和指导,并不是在游戏过程中引进由教育规范带来的教育的严肃性,而应保持游戏的性质不变。

　　说明这一点,是为了避免把教师指导游戏变成教师导演游戏,把幼儿自主的活动变成教师控制的活动。而教育的游戏化是在具体的教育情景中认识的,教育的方法、过程、氛围以及儿童的活动体验应当具有游戏的特征。

　　总之,在了解了游戏和教育的诸多特性以后,我们已经不难理解,为什么游戏能使儿童得到发展的无意收获,而教育的有意收获却来之不易,关键在于内在需求和外在要求所导致的活动过程是主动的还是被动的。实际上,两种过程的心理氛围是不一样的。儿童在游戏中的收获是儿童主动活动的结果,儿童要在教育中得到发展则在于教师和儿童的双重努力,而由教师为主导的教育过程也能转化为儿童主动活动的过程,那就是游戏与教育的成功结合。

二、幼儿园教育实践中存在两类游戏

1. 游戏和游戏化

幼儿园实际上存在着两类活动(我们暂且不称为游戏),一类是幼儿按自己的需要充分表现自我的自由活动,一类是教师根据教育的需要组织的教学活动,这是无可争议的事实。问题是如何用游戏的意义对两类活动进行界定,这关系到如何实现游戏与教育的结合。我们认为,以活动的本体特征来区分两类活动有极大的现实意义。

幼儿按自己的需要自发开展的游戏,其活动的本体是游戏,其中有潜在的、可能的教育因素,我们可以称之为本体性游戏。它以游戏本身为目的,无游戏之外的目的,是一种幼儿用自己已有的经验进行表现的活动,也是幼儿以已有知识为基础的力所能及的探索和创造。这种活动是重过程轻结果的,是一种非功利的活动,因此没有来自外部的压力。

教师根据教学的目标组织的游戏,其活动的本体是教育活动,其中有游戏的体验,有游戏般的乐趣,这种本体并非游戏,但却体现了游戏特征的教育活动,我们可以称之为手段性游戏。它是以游戏为手段,服务于特定的教育目的和任务,客观上具有一定的功利性。这种活动的进程有事先设计好的程序,有对手段与目的、过程与结果的考虑,只是幼儿年龄小,不能过早承受压力和紧张,所以必须淡化实现目标的功利意识,不要求过于注重结果,更不要求追求统一的结果,以求一种寓教于乐的境界。

对本体性游戏和手段性游戏的本体特征分别作出界定,我们便不难区分幼儿在幼儿园里的活动哪些是本体性游戏,哪些是手段性游戏。因为任何一种活动都可以成为游戏,也可以成为教学,关键是看活动符合哪一种本体特征。

手段性游戏从本质上说,不是真正意义上的游戏,只是教育教学的游戏化。我们之所以要用游戏来涵盖两类活动,目的是强调游戏对年幼儿童教育的特殊意义,避免过于严肃的教学;我们之所以要明确区分两类活动的本体特征,是为了避免教师对本体游戏过多的限制和干预。可见,这两类活动严格地说一是游戏,一是教学游戏化。

2. "教学游戏化"的境界

当我们在认同"寓教于乐"这一教育原则时,我们依据的是游戏和教育的内在联系;但当我们在执行"寓教于乐"这一教育原则时,往往又有很大的偏差,人们对探索、学习、游戏、教学之间的关系争论不休。这是因为同一活动由于活动主体的体验不同,其概念的内涵会有两面性和交叉性之故。学习就是游戏,还是学习可以转化为游戏? 教学在什么条件下达到了游戏化的境界?

探索有自发探索和诱导探索,学习有发现式学习和接受式学习,游戏有作为本体性游戏和作为手段性游戏,教学有启发式教学和灌输式教学。

根据不同的内涵,游戏和教学有相通之处也有不通之处。从教师来说,灌输式教学与游戏不通;从幼儿来说,接受式学习与游戏不通。我们的目的,是在教育的情景下谋求游戏与教学的相通。这一相通就是教学的游戏化,即教师利用启发式的教学手段,有目的地诱导幼儿进行探索活动,从而让幼儿自己发现知识。这一过程的组织形式,对幼儿来说可以是游戏的,也可以是游戏般体验的。在实践中具体表现在两个方面,一是游戏和教学的结合,一是游戏和教学的转化。

游戏和教学的结合是指在同一个目标引导下的幼儿自主的游戏活动和教师指导下的教学活动的相继关系。游戏可以是教学的先导活动。孩子在游戏中获得相关经验以后,教学将成为在这些具体经验基础上的理性升华,抽象出一般的道理。经验越丰富,教学情景中的学习就越具有豁然开朗的效果。游戏也可以是教学的后继活动,教学过程中获得的新知和技能在游戏过程中进行多种尝试和灵活运用,以获得充分的发展。

游戏和教学的转化是指教师在教育目标控制下对幼儿的施教过程,转变为教师指导下的幼儿主动学习的过程,使幼儿在学习中体验到游戏的乐趣。这一转化的关键在于变外在要求为内在需要,变压力为兴趣,从而变被动为主动。幼儿在活动中游戏体验的强弱,取决于教师的控制程度和幼儿在活动中所获得的自由程度;教师控制越多,幼儿的自由度越低,教学的游戏体验就越弱。

三、"幼儿园以游戏为基本活动"的行动原则

幼儿的自发自主游戏(本体性游戏),教师组织的教学游戏(手段性游戏),两者构成了幼儿园的基本活动。

为了使游戏真正成为幼儿园的基本活动,就必须重视这两类活动对幼儿发展的不同价值,保证这两类活动在幼儿园的开展。幼儿自发自主的活动是

本体意义上的游戏,是幼儿最喜欢的活动。这里虽没有发展的特定指向,但它却凝聚着发展的全部趋势。经常参加这类活动,有助于幼儿的心理健康和个性的和谐的发展。因此,幼儿园必须给予幼儿以充分开展这类游戏的机会。

教师为实现特定的教育目标而组织的活动,能让幼儿学到我们要求他学习的知识和技能,有助于促进幼儿按一定方向发展。但为了有效地促进发展,为了避免压力给幼儿造成的心理损害,幼儿园以游戏的方式组织教学活动,或者让幼儿在活动中得到游戏般的体验极其重要。

这两类活动的时间和频率在幼儿园的比例受制于以下两个因素。

首先是年龄的问题。年龄越小,就越多地以自发自主游戏的方式体验直接经验;随着年龄的增长,逐渐过渡到以实现明确的教学目的为主的学习活动,以至从以游戏为主的学前期进入以学习为主的学龄期。

其次是活动内部结构问题。随着年龄的增长,幼儿从纯粹的游戏逐步过渡到纯粹的学习。同样是教学游戏,幼儿在不同的教师、不同的组织方式以及不同的组织结构中,对游戏的体验是不同的。由于教师对活动过程的控制程度不同,以及幼儿在活动过程中所被允许的自由程度和所获得的游戏体验的强弱不同,所以活动过程从开放的到封闭的、从低结构的到高结构的,可表现出多种形式。

越是偏向封闭、高结构的活动过程,教育目标越鲜明,教师对活动的控制越直接;越是偏向开放、低结构的活动过程,教育目标越隐蔽,教师对活动的控制越间接。

直接控制方式,表现为直接、明确地传递教育意图的活动。在这种控制方式中,教师的主体地位处于显性状态,教师是活动的领导者、组织者、调控者,控制着整个活动的走向和进程,引导幼儿向着教师既定的目标发展。这是一种偏向封闭的高结构的活动,幼儿较多地是以接受学习的方式内化教育影响的。

间接控制方式,表现为教师通过适当的中介迂回地传递教育意图的活动。这种教育意图是被教师隐藏在教育环境中的。在这种控制方式中,教师的主体地位化为隐性状态,教师仅仅是幼儿活动的观察者、活动的伙伴和环境的创设者,只是间接地调控活动过程,诱导着幼儿向教师希望的方向发展。而幼儿则有更多的机会自我决定、自由选择。这是一种偏向于开放的低结构的活动,幼儿更多地是以发现学习的方式来内化教育影响的。

由于幼儿心理发展水平和认知特点的限制,在幼儿园教育中完全采用直接控制的方式,对教育的效果有很大的局限性。因此,幼儿园以游戏为基本活动的观点,就是将教学的组织结构偏向开放的低结构的活动,而且年龄越小,越偏向于此。如果教师不能很好地把握教学游戏的这种关系,那就不能使幼儿体验到学习的乐趣,教学游戏的意义也就失去了。

因此,为了使幼儿能在教学中更多地体验到游戏的乐趣,活动的组织结构应是偏向开放的低结构,并应体现游戏的如下特征:目标对幼儿是隐蔽的(教师的心中是清楚的),教师的要求尽可能转化为幼儿的需要(内容是幼儿感兴趣并是力所能及的),尽可能发挥幼儿的主动性(诱导幼儿自己去发现知识),不急功近利和过于追求结果(应重在过程体验)。

第二节　"以幼儿园游戏为基市活动"的实践反思

我国的幼儿园课程改革是从《幼儿园工作规程》试行正式开始的,《规程》提出了一系列重要的改革理念,其中对我国传统幼儿园教育最具颠覆性的思想就是"以游戏为基本活动",因为长期以结构化的学科教学为基本活动的幼儿园教育将就此转型。这也是诸多需要转变的教育观念中最核心的转变,幼儿园如果真正做到"以游戏为基本活动",那么诸如让幼儿在环境中自主学习,让幼儿在不同水平上发展,让教师成为幼儿的合作者、支持者的角色定位等等新的理念也就自然实现了。

一、课程改革以来幼儿园游戏的实践历程

课改初期,落实幼儿园"以游戏为基本活动"的理念所产生的直接效应就是重视游戏,目的是改变幼儿园教学小学化和教师对游戏的放任化的传统局面。但结果是教师重视游戏却导致了教师对幼儿游戏的控制,异化了游戏的内涵。比如在游戏计划中周密地设计了游戏的过程,使游戏结构化;游戏的设计中规定了幼儿的游戏行为,使教师直接导演游戏;在游戏的组织过程中,教师不断强化着幼儿必须达成的即时目标,使游戏变成了追求结果的活动。在幼儿自发的游戏中,教师加强了干预的力度,结果教师所到之处,就是幼儿自发游戏中断之时,在缺乏观察的前提下,转移幼儿的

游戏思路,被迫按照教师的想法去行动。在教学游戏中,教师把教学目标转化为游戏的规则,使幼儿围着老师团团转,以至于幼儿在"游戏"中问老师:我们什么时候游戏?宣称是以游戏为基本活动的幼儿园里的孩子,却表示在幼儿园一点也不开心,游戏的时间也是没有的。这一切被有的学者指责为非幼儿游戏,而是游戏幼儿。

于是人们开始意识到,这是以虚假游戏取代真正的游戏。由此一方面引发了一线教师对游戏本质的思考,一方面也引起有的学者对幼儿园"以游戏为基本活动"这一命题的怀疑。一线教师提出一系列的疑问:"幼儿游戏中要不要追求我们想让幼儿实现的目标,那样的话,还是不是游戏?""同一种活动能既是游戏又是教学吗?""实践中要不要做出游戏和教学的区分?"通过探讨认识到:游戏是无外在目的的活动,游戏的目的在于游戏本身;游戏是幼儿自发自主的活动,有极大的选择自由度;游戏是注重过程大于结果的活动;游戏是已有经验的表现活动;游戏是体验积极情感的活动。正是以这些特征来界定游戏,个别学者便认为,如果以游戏为基本活动,那么我们想让幼儿获得的特定经验如何保证?(因为幼儿在游戏中获得的经验具有很大的不确定性)为此,本人曾将幼儿园游戏与教学这两类活动解释为"游戏"和"游戏化的教学"。前者是幼儿自发的游戏(活动的本体就是游戏),后者是服务于教学的游戏(活动的本体是教学,游戏只是手段),通过保证自发游戏时间以及教学尽可能游戏化来实现幼儿园"以游戏为基本活动"。

然而反观近十多年来的幼儿园游戏实践我们发现,教师最为关注的还是游戏化的教学,幼儿园教研的主要问题是关于教学而非游戏,或者是与教学目标的实现直接相关的游戏,而非幼儿自发的纯粹游戏,主要是着力于区角活动和主题活动的游戏化形式。当前在试图将游戏和教学结合的过程中,又出现了主题活动与游戏如何联系,活动区活动是不是游戏等新的问题和困惑。因此,幼儿园游戏现状再一次引起反思。

二、课改当今的幼儿园游戏现状

课改时至今日,幼儿园教师对游戏的价值认同究竟如何?游戏在幼儿园课程中的地位究竟如何?答案却在意料之外。在一次对100多名教师的集体口头调查中,在问到现在幼儿在幼儿园里享受游戏的时间比过去多了还是少了,85%以上的幼儿园教师的回答是"少了",其依据是过去有专门安排的分类游戏,而现在幼儿最典型的角色游戏和非常重要的结构游戏都被缩小到一个区角里了,只是区角活动的一部分。教师们认为幼儿的角色游戏和结构游戏水平也不如以前,因为区角活动中的角色游戏不能自由地展开主题和情节,幼儿反映各自生活经验的自主表现被狭小的空间限制了;区角里的结构游戏材料和人数也都有限,以至于幼儿不能尽兴地搭建。至于为什么不专门安排角色游戏和结构游戏? 教师们的回答是"没有时间"。那么时间到哪里去了呢? 她们罗列了一日作息中的主题活动、区角活动、教学活动、户外活动、生活环节等多种活动,似乎专门的角色游戏和结构游戏确实很难列入其中了。那么,主题活动与游戏无关吗? 区角活动不是游戏吗? 教师们的回答则不再确定了。有的持肯定意见,有的持否定看法,并且各有理由。对于游戏对幼儿发展的作用,所有的教师都持肯定意见,但对于"玩"和"教"哪个对幼儿更有用,大部分教师认为"教"更有用,理由是"教"能让幼儿学到东西,直接看到效果,而"玩"则太不确定幼儿是否能够学到东西。那么问到你对"游戏"和"教学"哪一个更用心,大部分教师回答对教学更用心,理由是实践起来有抓手,容易把握。而游戏的不确定性让人太难把握了,在对游戏既不过度干预又不放任自流之间没有抓手。

从上述教师的表述中,我们可以看到这样几点:第一,以前十分重视的角色游戏和结构游戏被缩小到区角里去了,但这是没有办法的,表明教师对游戏现状的不满和无奈;第二,有了活动区却减少了游戏,说明教师对游戏的本质有了充分的理解,认识到游戏对幼儿来说是自由的,幼儿在"玩什么"、"怎么玩"、"与谁一起玩"方面应当有着充分的选择自由度,否则就不是游戏;第三,教师把角色游戏和结构游戏看成是真正意义上的游戏,因为这类游戏具有自由的特征,而活动区的其他活动可能未必那么自由;四是教师对游戏的价值的认同与对游戏的实际重视是矛盾的,这是由于对游戏的介入与指导没有把握,而直接导致教师对组织游戏的积极性。

我们认为,幼儿园游戏现实中教师的这些态度和观点是一种进步。因为教师认同了游戏对幼儿发展的价值,教师理解了游戏本质的自由特征,教师不满于游戏减少的现实;而教师的无奈中恰恰隐含了解决问题的契机,因为这里揭示了两个核心的问题:一是游戏与主题活动、活动区活动的关系,二是把握自发性游戏指导的抓手。解决了这两个问题,或许就能摆脱目前的困境,在"以游戏为基本活动"的实践探索中实现新的超越。

三、当前教师对组织和指导游戏的问题和困惑

关于游戏的时间。许多教师谈到,幼儿园一日作息中的幼儿自由游戏时间不够,但却没有时间可增加了。显然这是不正常的现象,因为按照老师的要求玩和按照自己的意愿玩对幼儿发展的意义是不同的。于是就有行政部门对有关课程实施进行规定,要求保证每天的自由游戏不少于一定的时间量。而许多幼儿园难为现有时间的安排,则把来园离园、餐前餐后、活动环节之间等零散的时间合计为自由游戏的时间。

我们认为,单位游戏时间的保证(即一次连续游戏的时间)有助于促进幼儿游戏水平提高。角色游戏的情节复杂性和结构游戏中作品的复杂性,以及构思情节和作品的行为目的性等都是需要依赖时间保障的,而游戏内容的复杂性和行为的有目的性这正是幼儿游戏水平的体现。如果单位游戏时间过短,幼儿的游戏水平就只能在低层次上重复。因此,为幼儿创设良好的游戏环境,保证幼儿的游戏时间,包括单位游戏时间,是极其重要的。

关于区角活动的性质。有了区角活动反而减少了游戏,这是幼儿园教师普遍意识到的问题。为了解决游戏的时间问题,我们必须提出这样的问题:为什么区角活动不是游戏活动呢?因为很多教师反映区角活动中的大量材料都是教师预设了特定目标,而且规定了玩法的,很多内容幼儿并不感兴趣,常常需要教师引导着去选择。我们认为,教师能够将这一类活动与游戏区分开来,是充分认识到了游戏的本质内涵的,认为这类操作性练习性活动不能取代游戏。

问题是教师困惑于区角活动究竟应当如何定位,是自发性游戏还是个别化学习?我们知道,游戏一定是学习,但学习不一定都是游戏,所以教师的疑问是合理的。我曾经给出过判断现实中区角活动性质的一些依据,即观察各活动区幼儿操作材料的行为,以替代行为(将该材料想象成其他物品进行装扮)、探索行为(特定探索:按老师规定的方法操作;自发探索:不按老师规定的方法进行多样性操作)、表现行为(特定表现:按老师的预设的目标进行手工、建构、绘画、表演、练习行为;自发表现:按自己的想象进行手工、建构、绘画、表演等)、练习行为(特定练习:不断重复一种规定性操作行为;自发练习:不断重复一种自己喜欢的行为)作为观察指标,如果幼儿的替代行为和自发性行为占绝大的比例,那我们认为,这个区角活动的性质就是游戏性的,否则反之。

以上是判断当前幼儿园区角活动事实上是游戏性的还是个别化学习性的依据,至于区角活动应该是游戏性的还是个别化学习性的,我的观点是倡导游戏性的区角活动。实际上,区角活动的性质取决于材料的投放方式,游戏性区角活动则应当投放大量不预设特定目标、限定玩法的非结构化材料,以及非常隐蔽且多样化玩法的低结构材料(如玩沙、玩水)。当然,在游戏性的区角活动中并不排斥教师为一定的教学目标设计且限定玩法的高结构材料,但这类材料应当是少量的,这样才不至于影响幼儿的选择自由度。将区角活动定位于区角游戏,便不会存在幼儿自发性游戏时间不够的问题了。

关于主题活动与游戏的关系。目前,大部分幼儿园都是以主题的形式来实施课程的,我们知道,每一个主题的名称都是对将要进行的一系列相关活动的背景范围的概括,然而如何通过有内在联系的各类活动来展开主题,却反映了教师对主题活动的不同理解,从而决定了游戏在主题活动中的地位和作用。而在现实中幼儿园开展主题活动的形式差异性很大,如:把主题活动做成主题背景下的分科教学,那么游戏至多就是服务于某种特定教学目标的手段;把主题活动做成主题背景下的探索活动(类似瑞吉欧的方案教学),是为解决幼儿的问题而展开主题的,那么具有游戏意义的自主探索和自发表现会渗透在主题开展的过程中;如果把主题活动做成主题背景下与主题名称相关的系列活动,那么教师会根据这些活动的需要组织不同形式的游戏;如果把主题做成是主题背景下的环境创设,那么幼儿的美工建构活动则占据了主题活动的主要过程。

我们认为,无论哪一种理解,游戏总是幼儿按自己的意愿开展的活动,教师只需提供游戏的时间、空间和与主题相关的某些材料。至于幼儿自发开展的游戏是否与正在开展的主题相关,则取决于幼儿在主题活动过程中获得的经验,和对主题中某些感兴趣的内容。如果教师想组织幼儿开展与主题相关的游戏,那一定要有预先经验准备,比如想让幼儿玩"上小学"的游戏,那么必须通过参观小学进行相关经验准备,而如果没有小学的经验,试图通过玩游戏来获得小学的经验是不可能的,在没有经验的情况下,教幼儿游戏,那游戏就不成为游戏了。

四、"以游戏为基本活动"的实践途径

"以游戏为基本活动"的理念在课程中的体现,可以有两种做法,一是模糊教学与游戏的界限,两者融合,互为生成;二是分清游戏与教学的界限,两者并

列,相对独立。

前者是以游戏为基本活动的最高境界,这一方面需要教师具有在游戏中隐含教育意图的能力,将课程的内容客体化在游戏环境的创设中和材料的投放中,使幼儿在作用于环境和材料的过程中获得我们想让幼儿获得的知识和经验;一方面又需要教师具有对幼儿发展的日常观察与评价能力,也就是说,教师必须观察幼儿的游戏行为,且能够看懂幼儿游戏行为所蕴涵的发展水平和预测当前活动可能获得的发展,即善于在游戏中发现幼儿正在进行的无意性的学习,并给予及时的支持,或者善于从游戏中捕捉与课程目标相关、且与幼儿发展需要相应的内容,设计成游戏之后的教学,从而使幼儿在游戏与教学的统一中获得自主发展。

后者是以教学之外自发游戏的时间保证来实现的,也就是说,既然游戏作为幼儿园的基本活动,那么当游戏与教学相对独立并列呈现时(教归教,玩归玩),游戏的时间和机会应当远远大于教学的。在这里游戏不仅起到的是精力调节和心理调适的作用,而且客观上也能使幼儿在游戏的愉悦中无意学习,它与教师有目的的教学活动虽无直接关联,但自发游戏的特征之一就是已有经验的表现和小步递进的自我发展,因此这种纯自发的幼儿游戏能够巩固幼儿的知识经验和获得新的经验,只是幼儿获得的是我们所无法预料和不确定的发展。因此,这种并列于课程中的纯自发的游戏与教师预设的教学在幼儿的整体发展上仍然能够相得益彰。

选择以上哪一种做法,与教师的现有专业水平和幼儿园的客观条件有关。如果教师的专业水平还不足以把握游戏与教学互为生成相互融合的关系,且幼儿园也不具备建立完善的活动区条件,且幼儿人数多空间小,那么就从游戏和教学并列开始。在教学中研究教法,让教师的教学有意义;在游戏中研究幼儿,使幼儿的无意学习看得见。在教学和游戏的分别用心中,提高把握游戏和教学关系的专业素养,逐步过渡到游戏和教学融合的境界。

第三节　上海二期课改中的幼儿园游戏辩说

《上海市学前教育课程指南》与配套的《幼儿园教师参考用书》的出台,标志着与全国学前教育改革同步深入的上海二期课改,本着《幼儿园教育指导纲要》的精神,为上海这样一个城市定位的幼儿园新课程搭建了实践的平台。其中较为惹目的可能就是"游戏"在课程文本中的呈现方式了。这样一种呈现方式究竟出于怎样的考虑,其对实践的意义又如何呢?

一、"游戏"与"生活"、"学习"、"运动"并列呈现的理由

教育部的《幼儿园工作规程》在幼儿园教育工作的原则中明确指出:"以游戏为基本活动,寓教于各项活动之中。"这一幼教工作的原则,明示了幼儿园教育区别于中小学教育的特殊性所在。"以游戏为基本活动"的幼儿园教育,已为广大教师在观念上所认同。

然而,当《上海市学前教育课程指南》将游戏与生活、运动、学习赫然并列于课程结构之中的时候,则引来疑问重重。

疑问 1:游戏、学习、生活、运动是幼儿生存活动的形态,至多作为课程的实施形式,何以成为课程内容的分类纬度?

疑问 2:幼儿的学习应该通过游戏的方式进行,在幼儿园教育阶段,将游戏与学习分开、并列是否合适?

疑问 3:幼儿园应当"以游戏为基本活动",课程以这样一种方式呈现,是否将游戏的比重缩小到四分之一了?

1. 关于"疑问 1"的三人对话——忽略形式追求意义

张:无论是哪一种课程的编制,在涉及课程组织结构时,对课程内容的分类依据要么是儿童发展领域,要么是学科知识领域,要么是儿童经验领域,以幼儿的活动形态来分还是第一次,这种分类的价值是什么?

王:游戏、生活、运动、学习是幼儿的主体性活动,以幼儿在这些活动形态中的可能获得的经验为中心来组织课程,能凸显活动课程的意义。

丁:问题是在这四种活动形态中,任何一种活动形态的经验,又很可能是另一种活动形态中的经验,比如在"学习活动"中完全可以包含"生活活动"中的经验,"游戏活动"也涵盖了"学习活动"中的全部经验,运动经验本身就是学习的内容,学习经验中应当包括运动经验。如果大部分内容可以在不同的活动形态中相互包含,那么这种分类,还有意义吗?

王:以活动形态来组织课程内容最明显的特征就是相互包含性,但正是这种相互包含性说明这种分类又具有了综合课程的意义。因为每一种活动形态

都是"综合指向课程目标和内容"的。(《指南》)

张：既然如此，那为什么还要以各种活动形态来对课程内容(基本经验)进行分类表述呢？这种分类表述不是以另一种方法割裂了课程内容在不同活动形态中的有机联系性吗？

丁：是啊，比如将"交往技能：分享、协商、合作、沟通"归在生活活动中，而没有归在"运动"、"学习"等活动中，不是暗示了课程的这一内容只有通过"生活活动"来实施，而在"学习活动"和"运动"可以被忽略吗？

王：我认为应该这样理解，生活、运动、学习、游戏中的任何一种活动形态都可囊括全部的课程内容；另一方面不同活动形态的特殊性决定了，它们客观上在承负课程目标的使命时，自然会各有主要的内容范畴。比如生活自理方面的内容，在"运动"和"学习"等活动也会有体现，但生活活动则有更多的机会获得此经验。同样，在"运动"中也有许多关于自然、时空、环境等学习活动中的经验，但相对来说身体动作经验则是"运动"这一活动形态的主要内容范畴。

张：哦，我明白了《指南》中的那句话：生活、运动、学习、游戏"它们既综合指向课程目标与内容，又保持各自活动的特点。"实际上，几种活动形态对内容的指向具有共同性和相对性，以相对性作为分类表述课程内容的依据，意味着强调每种活动形态所必须重视的幼儿经验，让教师在把握课程内容时有个抓手；以共同性作为实施课程内容的原则，意味着强调每种活动形态对课程内容的整合功能，在进行某种形态的活动时，不能忽略其他活动形态所指向的幼儿经验。

王：这或许是一种比较周全的理解。

2. 解答疑问 2——游戏与学习并列呈现的理由

多年来，幼儿园游戏实践中存在的一个问题是：对游戏的重视变成了对幼儿游戏的控制。表现在两个方面：

1) 幼儿园有"游戏"没有"玩"——

常常在老师组织的游戏活动结束后，孩子兴奋地说："现在我们可以玩啦。"

在"一周活动安排表"中，以语言游戏、数学游戏、体育游戏、科学游戏、音乐游戏等概括了所有的学习内容，孩子们却说："幼儿园玩的时间也没有的"。

2）幼儿要"玩"，老师要"教"

在孩子并不需要的情况下，老师为孩子选择主题，替孩子安排角色，给孩子构思情节，帮孩子调整玩伴。

在孩子并不愿意的情况下，老师一次又一次打断孩子的游戏，插入她们认为很重要的教育意图；

专业理论工作者对实践的提问：

"是幼儿游戏，还是在游戏幼儿？"——指责那种在教师导演下，幼儿围着教师团团转的游戏。

"幼儿是为游戏而游戏，还是为老师而游戏？"——指责那种为了即时目标的达成，指挥幼儿按着教师的要求去行动的游戏。

"幼儿在游戏中有没有游戏的体验？"——指责那种由于教师过多干预而丧失了愉悦功能的游戏。

问题的原因是用同一个概念混淆了两类不同性质的活动，一种是幼儿自发的游戏，一类是教师组织的教学(尽管这类教学活动有着游戏的某些特点)，对幼儿来说，前者是游戏(玩)，后者是学习；当教师都用"游戏"这一名称来概括的时候，就很容易造成这样的问题，即课程中似乎充满了游戏，好像是以游戏为基本活动的，但孩子们却没有得到完全自主的游戏。

教师对自身实践的反思：

在幼儿自发的游戏中，教师介入指导的主观性行为过多，即教师将自己的意图强加给孩子，并不符合孩子的意愿；并不是幼儿当时的游戏需要，教师的介入干扰、转移或替代了孩子原来的活动意向。

在教师组织设计的游戏中，过于追求目标的即时达成，幼儿的选择自由度不高，对游戏规则的理解要求高于幼儿的理解水平，活动中充斥肯定或否定性的评价，不断地中断幼儿的游戏进程。

所以，只有将游戏与学习并列呈现在课程中，才能充分理解什么是游戏？什么是学习？如何以游戏的方式组织幼儿学习？

3. 针对疑问 3 的辩说——游戏和学习、运动并列并不等于割裂

教育部的《幼儿园工作规程》在幼儿园教育的原则中第一次提出，幼儿园教育要"以游戏为基本活动"；教育部的《幼儿园教育指导纲要》在总则中再次强调了幼儿园教育要"以游戏为基本活动"；《上海市学前教育课程指南》在课

程实施的总体要求中进一步指出,"坚持以游戏为幼儿园的基本活动形式"。

首先,在课程的四种活动形态中,游戏是基本活动。

什么是"基本活动"？游戏为什么成为基本活动？

活动所占用的时间	最经常的	幼儿的大部分时间用来游戏
活动所内含的价值	最必须的	幼儿的发展在游戏中实现
活动的可接受程度	最适宜的	游戏符合幼儿的年龄特点

其次,在课程的四种活动形态中,游戏作为基本活动具有涵盖意义。

《指南》的课程内容部分为生活、运动、学习分列了基本经验和内容示例,惟独没有为"游戏"这一活动列出相关的经验和内容,因为游戏活动中囊括了各种活动的全部经验和内容。

第三,在课程的四种活动形态中,游戏既是其中之一,还融于学习和运动之中。

这也就是说,不仅要充分保证作为四种活动形态之一的游戏活动时间,而且要以游戏的方式来设计和组织学习活动和开展运动,以及更多地创设游戏与学习、游戏与运动融合的活动环境。

总之,"生活、运动、学习、游戏"这样的课程呈现方式,仍然坚持了"以游戏为基本活动"的思想。

二、《学前教育课程指南》中的"游戏"定位

《课程指南》对游戏活动的界定是:"主要指幼儿自发、自主、自由的活动。"这样一种界定明示了"游戏"与"学习游戏化"的区别,即:是游戏,不是带有游戏般体验的教学。

我们可以看到,《课程指南》在学习、运动和生活的内涵阐述以后,都刻意

使用了"旨在……",分别强调了这三类活动的教育意图,而惟独游戏强调的是活动本身的价值体现。

1. 游戏的特征及其价值

这种完全由幼儿自发、自主、自由的活动有如下特征:

1) 不受外在目标控制,是一种内在动机性的活动;
2) 游戏者自主,是一种选择自由度很高的活动;
3) 表现已有经验,是一种力所能及的活动;
4) 注重过程体验,是一种不在意结果如何的活动;
5) 假想的、非正式的,是一种不受评价制约的活动;
6) 体验积极情感,是一种充满安全感、胜任感、成就感的活动。

这样一种"游戏"内涵的界定,其意义在于:

一是肯定了这一类游戏活动的价值,"发展幼儿想象力、创造力和交往合作能力,促进幼儿情感、个性健康地发展。"(《指南》第 004 页)因为游戏是对生活的假想,这是想象力的源泉;幼儿在游戏中是最自由的,这是创造力发挥的前提;游戏是通过规则来协调玩伴关系的,这是交往合作的基础;游戏中的积极情感体验,这是情感个性健康发展的保障。

二是保证了这一类游戏活动在幼儿园一日活动安排中的时间和地位,避免了上述名为"游戏"实为"教学",幼儿在"游戏"中没有游戏体验的状况。因为只有当游戏与学习并列呈现的时候,游戏的本质内涵才得以揭示。如果以游戏涵盖学习来呈现,恐怕还必须分辨幼儿自发性游戏还是教师设计的教学游戏了;如果以学习涵盖游戏来呈现,恐怕也必须分辨是幼儿的无意识学习还是老师引导的有意识学习了。因为两种活动在组织和实施方面确实是不同的。

三是确立了教师在这一类游戏活动中的地位和角色,必须尊重幼儿游戏意愿,给幼儿充分的自由,以最少的干预,最多的欣赏来支持幼儿游戏。因此《课程指南》在实施部分对游戏活动的具体要求中,教师的主要任务就是对游戏环境的创设,对游戏行为的观察,对游戏进展的支持。这三项任务是环环相扣的,首先是创设一个有助于幼儿游戏的环境,再观察幼儿是如何作用于这个环境的,当游戏进展需要的时候给幼儿以支持。

2. 关于游戏与学习、游戏与运动的关系的追问

问：幼儿能在游戏中学到很多东西，所以对幼儿来说，游戏就是一种学习。这话对吗？

答：完全正确。

问：对幼儿来说，学习或运动是以游戏的方式来进行的，对不对？

答：对。

问：那么，幼儿园的学习或运动也应该是游戏，对不对？

答：幼儿自发的学习或运动往往是游戏，但老师用游戏的方式组织的学习或运动，不一定就是纯粹的游戏。事实上，老师在组织幼儿的学习或运动时，也并不一定都完全是以游戏的方式进行的，或者说老师自以为运用了游戏的方式，实际上这种游戏并不是完全幼儿自主的游戏。

问：这样来定位"游戏"，并区别于"学习"和"运动"，会不会使"学习"和"运动"成为一种远离游戏的严肃性活动？

答：所以，我们先要自觉地意识到这样一个现实，幼儿园的"学习"或"运动"有时候是游戏，有时候可能不是游戏，有时候可能只是"学习"或"运动"的不同程度游戏化。然后才可能在实践中用游戏的方式来组织学习或者运动。

问：那么"学习"或"运动"在什么情况下是游戏，在什么情况下不是游戏呢？

答：那要看活动组织的结构化程度了。当"学习"或"运动"是以低结构化开放化的形式组织时，才可能是一种游戏。当"学习"或"运动"是以高结构化封闭化的形式组织时，活动的性质便远离了游戏。

问：难道对一个活动的判断，要么是纯游戏，要么就是纯学习（或运动），有这么绝对吗？

答：不，高结构和低结构不是只有截然的两端，其实在两端之间有着无数不同程度的结构性，活动的组织越低结构化就越接近纯粹的游戏，学习被涵盖其中。当活动组织达到最高程度的低结构化时，游戏与学习或游戏与运动之间的界限则完全模糊了。反之，则偏向非游戏的学习一边。

在高结构的活动中，老师对幼儿的活动处于直接控制的状态，幼儿对自己活动的选择自由度有限，因而没有游戏的体验，在低结构的活动中，老师对幼儿的活动处于间接控制的状态，幼儿的选择自由度大，因此有游戏的体验。幼儿园课程的实施应当追求这样的境界。

是游戏，还是运动，这不是问题。

案例一：

早晨户外活动，小、中、大共五个班来到操场上，操场上有固定安置的运动设施（大型多功能组合性的、单一功能的）、各种可移动的运动器械：可任意组合的宽窄高低不等的平衡木、各种球类、拖拉玩具、轮胎、大大小小的木箱和纸板箱、投掷物、小车等。孩子们分别选择了自己喜欢的项目活动起来，打破了班级的界限、打破了场地分块的界限、打破了活动内容的限制，老师则定点与流动相结合地进行观察与指导，大约 45 分钟活动结束。

案例二：

中班户外活动，活动内容"玩轮胎"。二十几个轮胎，孩子们可以任意搬弄，有的滚轮胎、有的将轮胎叠高爬进爬出、有的将轮胎排队跳跃、有的钻轮胎、有的把轮胎组合想象成碉堡、有的当成轮船来玩等等，孩子们自发地想出了十几种作用于轮胎的方法，老师则顺着孩子的方法加以指导，直至活动结束。

案例三：

小班户外活动，活动内容"跨轮胎"，老师将二十几个轮胎进行了多种形式的排列，要求孩子们模仿教师的动作学习跨轮胎，整个过程老师个别地指导孩子如何保持身体平衡、如何使用双脚交替、并列、如何使脚不落地等等。最后幼儿戴上头饰，手持小篮，跨过一条轮胎路，去拔萝卜。

毫无疑问，以上三个案例中的幼儿活动都是属于课程中所列的"运动"，然而是不是都是"游戏"呢？显然从活动组织的结构化程度，我们看出了三个活动之间的区别，在于教师对幼儿活动的控制程度，案例一，既是游戏，也是运动，是运动性的游戏，是幼儿自主的纯游戏；案例二，是偏向纯游戏的运动，老师只是对活动的材料进行了限制，教育意图非常隐蔽；案例三的教育意图则比较显性了，不仅对活动材料有所限制，对活动方式的限制也是明显的，显然是以游戏的方式进行的教学。

同样，其它学习活动根据结构化的程度，也可以有这样的区分，可以根据课程目标预设，也可以根据幼儿兴趣生成。

3. 以活动的结构化阐述游戏与学习、运动的关系的实际意义

在课程的表述中把游戏与学习、游戏与运动并列呈现，在课程的实施中以

学习和运动的组织形式的结构化来考虑与游戏的关系,这里有三层意思:

第一层意思:让教师认识到游戏与学习或者游戏与运动有时表现为两种不同性质的活动,有时却表现为具有内在联系的同一种活动。当学习或运动呈高结构化的形态时,它与游戏没有关系,当呈现低结构化的形态时,它与游戏便统一起来了。

第二层意思:表述的时候是相对独立的,但实施的时候是要求整合的。也就是说在认识上要理解游戏体现"自由意志"这一最根本的特性,我们把它定位在幼儿自主、自发、自由的一种活动上;在实践中一方面要保证这类游戏的开展,一方面在组织学习活动和户外运动时,还要尽可能以低结构的形态出现,使学习或运动趋向于游戏。

第三层意思:将学习活动或运动的组织形式区别为结构化的不同程度,可以正确理解"随着年龄段的递升,生活活动、游戏活动的时间可逐渐减少,运动、学习活动的时间可适当增加。"(《课程指南》第9页)

插问:

问:按理说,随着年龄的增长,幼儿心理发展的有意性水平提高了,活动的自主性应当强化而不是削弱,游戏是最能发挥其自主性的活动,怎么反而减少了它的时间呢?

答:从两点理解,一是心理发展的有意性水平越高,有意识学习的可能性增加,老师安排的有组织的学习活动和运动可以适当增加;二是老师组织的有意识的学习必须仍然坚持多以低结构化的形式出现,那样的话则可保证幼儿的有意识学习是高度自主性的体现。从而减少游戏时间,增加学习和运动时间并非是降低课程的趣味性和提高它的严肃性,而是通过组织形式的低结构化,提高幼儿有意学习中的自主性。

第五章　教师对幼儿游戏的
　　　　介入与指导

第一节　幼儿园游戏指导的问题与思考

就这些年开展的游戏研究来看,大约经历了这样一个认识和实践的过程,那就是从重视游戏指导而后产生的各种疑问、困惑的思考开始,一直深入到了对游戏本质的探讨,又从对游戏本质的认识出发,进入到对如何支持幼儿游戏所涉及的各种问题的研究,具体经历以下几个阶段的认识过程。

一、从重上课轻游戏到对游戏的高度重视

在《规程》颁布之际,幼儿园课程改革之初,为了改变长期以来重上课轻游戏的幼儿园教育传统,实施"幼儿园以游戏为基本活动"的精神,这一阶段的幼儿园教育实践中对游戏的探索有一个明显的特点,那就是"教学要游戏化,游戏要教育化"。

相比过去,其明显的进步表现在教学活动的游戏化上,改变了那种排排坐式的老师讲孩子听,老师呼孩子应,老师问孩子答这样一种主动教学被动学习的上课形式,教学形式多样化、有趣化多了。

与此同时,加强了对游戏活动的重视程度,即改变对游戏的放任和放羊状态,使游戏服务于教育的目标。具体表现在:1)加强对游戏的计划和检查;2)积极介入幼儿游戏进行间接指导;3)追求幼儿游戏内容的积极意义;4)强调游戏讲评的效果。

但问题就出在,对游戏活动的重视,变成了对幼儿游戏的控制。

游戏的计划包括对游戏目标的设定,游戏环境的创设,游戏主题的确定和游戏时间的规定,游戏过程的指导要点,有的甚至连游戏展开过程的某些情

节,或是个别孩子的角色安排也都有预先的设想。

教师介入指导游戏的动机就源于游戏的计划,游戏的过程就是对游戏计划的实施过程,计划越周全游戏活动就越趋于结构化。游戏开始之后,老师便根据自己设定的目标开始积极而有目的地参与游戏,进行有目的的间接指导了。去娃娃家做客,去剧院看戏,去医院看病,去饮食店吃点心,非常技巧地实施着她的计划。

除了预先计划的目标性指导,也不放弃游戏过程中的随机指导,随机指导的动机源于这样的观点,即追求游戏内容的积极意义。所谓积极内容,就是有教育意义的游戏行为,这里有两方面的情况:一是及时机智地转移突然出现的消极行为,二是善于发现可以培养品质、扩展知识的教育契机给予引导。

我们看到,无论是计划中的指导还是随机指导,教师所到之处,幼儿自己构思的游戏情节就暂时地被中断,引向了老师所希望的行为。

游戏结束后的讲评活动成了发挥游戏教育作用的重要环节,教师们对此一环节十分看重。讲评的内容有:一是对游戏中有教育意义的言行给予强化(包括好的品德行为、自行解决问题的能力);二是对游戏中出现的不好的行为或问题进行评议(同伴关系、争执等);三是介绍游戏中的新主题、新玩法、新知识。讲评的目的是推动幼儿以后的游戏,或受到教育。一般我们见到的讲评都是老师预先选择了内容的,大都围绕着老师在游戏中重点指导和随机指导的内容,教师的主观性很强。甚至我们看到有的讲评就好像是上课。

尽管所谓的成果频频发表,都反映的是老师如何利用游戏进行了教育,培养了孩子的各种品质和能力,以及老师对指导幼儿游戏的一些方法的介绍。然而,批评的意见还是来了,来自理论工作者对游戏的理解,提出了游戏的权利问题,指责教师过多地干预了幼儿游戏的自主性,甚至有"游戏幼儿"之调侃。于是实践工作者开始了对幼儿园开展游戏活动的认真思考,思考是一边从对实践的反思,一边从理论的探讨开始的,围绕着"什么是游戏"、"游戏与教学的区别是什么"而展开。

二、从对游戏本质的探讨到对幼儿园两类游戏的认识

这个阶段考虑了三个问题:1)反思教师对幼儿游戏的指导效应(教师指导与幼儿游戏体验的关系、现有指导对幼儿游戏水平提高的实际作用);2)如

何体现游戏的本质(游戏有没有目标、要不要计划、是不是讲评);3)区分游戏和教学的意义。

1. 现实中的游戏指导效应

对实践的反思有两篇已经发表过的文章,很能说明问题。一篇是南京西路幼儿园的调查报告,一篇是上海实验幼儿园的座谈记录,这两篇材料是具有代表性的。

南京西路幼儿园经过多年对角色游戏指导的实践、研究、反思后发现,教师的指导行为与幼儿的游戏发展、与幼儿的游戏体验并不一定成正比,即并不是说,教师在幼儿游戏过程中指导的频率越高,幼儿的游戏热情就越高,教师参与幼儿游戏越积极,幼儿游戏发展得就越快。她们不仅反省了自己的游戏指导行为,还调查、观察、分析了一部分幼儿园的教师对游戏的指导行为,结果发现,游戏指导中教师的主动行为占了95.7%,受动行为占4.3%,说明现在教师对游戏的重视程度和积极的教育责任心。但是教师的主动行为中主观性行为又占了66.2%。所谓主观性行为,指的是教师将自己的意图强加给孩子,忽视观察基础上的指导;教师的指导并不符合孩子的意愿,并不是幼儿当时的游戏需要,要求过高或过低;教师的介入干扰、转移或替代了孩子原来的活动意向;有时教师的介入和参与不能引起幼儿的兴趣等。由此,教师对游戏的有效指导率不高。通过对大量的指导实例进行分析,冷静一想孩子游戏水平绝不是因为我们的这种介入而提高的,他们在游戏中增长的大部分知识,确实更多地是在我们没有指导的游戏情节中,根据自己的原有经验和发展水平自发地获得的。就此来看,要减少教师的无效劳动,就大大减少那些不必要的干预和指导,游戏是孩子的事,教师不用过于忙碌在游戏过程中。相信这样一句话:在孩子的自发游戏中,当你不以师长自居时,其作用比你勤奋时更有意义。

上海实幼的老师们是这样反思的:以前我们的重点是放在通过游戏让幼儿得到什么,学到什么,所以很讲究计划性,由于老师希望孩子达到计划中所提出的游戏水平,就会给孩子很多的指导。在老师积极指导下的游戏中,孩子玩得很累、很被动、很无奈。孩子的心里话是:"我不要做娃娃家的爸爸,做爸爸很烦的,完了要整理玩具,小结时要告诉老师做了哪些事情。""我不要去幼儿园,每天就叫我讲这两句话,怎么招待客人,干吗干吗,烦死了","班里每天就做老师教好的那几个游戏,小朋友都不愿意参加"。老师说,最怕游戏的是我们,我们怕的是游戏的公开展示,为了使孩子达到我们预想的游戏水平,我们就要想尽办法让孩子在很短的时间内掌握我们预先规定的游戏内容,去应付观摩者的评价和可能提出的问题,我们也很累很累。其结果是原来专心致志游戏的孩子,为显示其热情交往,游戏变得不专心了,眼睛瞟呀瞟,一见客人老师纷纷主动上前招呼。害怕回答客人老师问题的孩子宁愿放弃喜爱的角色游戏,纷纷拥至桌面游戏。

老师们将这一切归因于评价的指标问题。那么如何评价幼儿园的游戏和老师对游戏的指导,问题回到了游戏的性质上。

2. 到底什么是游戏

于是结合理论的学习,探讨了游戏的本质,如:游戏是内在动机的活动,因而不受外在目标控制的;是游戏者自主的活动,因而是有充分选择自由度的;是原有经验基础上的表现,因而是重过程体验,不受结果评价制约的;等等,总之游戏是一种非功利性的活动。反思和学习的结果认为,原来我们对游戏的指导中存在的问题,完全是因为我们服务于教育目标的功利性思想太强。

接着便展开了游戏有没有目标,要不要计划和如何讲评的讨论。

关于目标:由于游戏是一种以活动本身为目的的活动,如果为游戏预设外在目标的话,势必会用目标来要求、评价和指导幼儿游戏行为,容易异化游戏的性质。然而游戏作为幼儿园教育的重要组成,我们安排幼儿游戏就是为促进幼儿发展这一教育目标服务的,又怎能说幼儿园游戏没有目标呢。所以我们认为,幼儿园游戏有长时目标,而没有即时达成的特定目标;

关于计划:由于幼儿的游戏行为具有自发性和偶然性,游戏过程具有很大的不确定性,我们是无法事先估计和预设的,所以我们计划的只是游戏的环境设施、时间空间和有目的观察的要点,而更重要的是对有目的观察和随机观察的记录和分析;

关于讲评:由于讲评是游戏的延伸活动,它虽与游戏有关,但却是一种教育活动。因为一方面游戏已经结束了,我们不能说这还是游戏活动,另一方面这一游戏的延伸活动是在教师的直接引导下开展的。讨论如何进行讲评活动,实际上要解决的只是这一教育活动中幼儿的主观能动性问题。于是我们将活动定位在分享快乐和经验,以幼儿的表达为主,老师起到为幼儿整理经验的作用。但分享活动也出现了形式化,一般是围绕着这样的问题展开的:玩什么,怎么玩的,有什么高兴或成功的事,解决了什么问题(或有什么新本领)?许多分享活动并没有引起孩子的兴趣。显然这里有两方面的缺陷,一是问题都是由老师提出的,二是不同的年龄班围绕着同样的问题而展开。于是,关于游戏讲评活动的意见有几种:根据年龄班应该围绕不同层次的问题开展分享活动;分享应该集中于有价值的问题讨论;不必每次游戏后都有分享活动。

在理论学习和实践反思的基础上,确立了幼儿在游戏中的主体地位,教师退居为游戏环境的创设者、游戏过程的观察者、游戏进展的支持者这一辅助地位。

但如果仅仅以这样的观点来理解游戏,游戏完全是幼儿自主的活动,没有即时目标,不追求结果,教师很少干预,那么有人就提出,幼儿园能以这样的游戏为基本活动吗? 还有没有我们想要幼儿学习的东西,我们想让幼儿达到的目标? 还有没有需要老师更多设计和指导的活动? 如果这一类被视为教学的活动也是必要的,而其的本质又与游戏有别,那么如何理解游戏是幼儿园的基本活动呢? 于是又有人提出,没有必要把游戏和教学分得那么清楚,认为这都是一些无谓的争论,幼儿的游戏就是一种学习,幼儿的学习是通过游戏来进行的,将其割裂开来本身就是不对的。这种说法虽然一点也不错,但却并没有解决实际问题。

3. 为什么要讨论教学与游戏的区别

实践中存在两种情况:一种情况是认为用游戏的手段组织教学,教学就是游戏了,哪怕不再给幼儿以充分的自发游戏的时间,游戏成为基本活动的理想也实现了。其实那一类游戏化的教学所起的作用完全不能取代幼儿的自发游戏,幼儿对两类活动的游戏性体验是不同的。另一种情况倒是充分保证了幼儿的自发游戏时间,但游戏的过程被教师控制得很严密,像教学一样不断地以预设的目标来导演和干涉幼儿游戏的自主性,却也以为是在实现游戏作为基本活动的理想。其实幼儿在老师导演下的游戏中并没有体验到游戏的极大满足,好在这类游戏松散,老师的精力还不至于干预到每一个幼儿的每一分钟。

这两种情况都是需要改进的,办法只有深刻理解幼儿园的教学和游戏之分别。那种认为在幼儿园游戏就是教学,教学就是游戏,何必分开的说法,不解决实践中的问题。我们认为,从理论上分清并不等于在实践中分开,何况,在孩子们的心里却是分得清清楚楚的。实践中,幼儿根据自己的体验已经分出了游戏和玩两种活动。

例:一个教师以“找朋友”(算式找答案)、“开火车”(数字接龙)、“跳格子”(单双数)等多个精心设计的游戏,组织了一次教学活动,形式热闹,但孩子并不愉快。活动结束,孩子说,“现在我们可以玩了”。

一个中班教室门口的家园之窗栏，贴了一张"一周活动安排表"，以语言游戏、数学游戏、体育游戏、科学游戏、音乐游戏等概括了学科知识的学习，并列出了具体游戏活动的名称。但这个班上的孩子却说，"幼儿园没意思，玩的时间也没有的"。

在为学习"7 的组成"而设计的游戏角，几个孩子在打保龄球，"我打中了 4 个"，"好，还剩下 1 个，我打倒了 6 个"，"你不行，只倒下 2 个，还剩 5 个"——老师招呼洗手吃点心，一个幼儿对另一个幼儿说，"等一会我们再来玩。"

操场上一群戴着头饰的幼儿，在老师的带领下进行着"小兔采蘑菇"的游戏，研究者问："你们在玩啊？"一个幼儿答："不，我们不在玩，我们在做游戏。"但同一个幼儿在这一活动以后的自由时间里拿来了小兔的头饰说："我们来玩小兔采蘑菇的游戏，好吗？"

看来现实中，老师组织的游戏与孩子们心中的玩并不完全一致。实际上理论工作者在使用游戏这个概念时，正是以孩子们的玩来解释其本质意义的，而教师们使用游戏的概念时是既包括了孩子们说的游戏，也包括孩子们说的玩，而孩子们说的游戏是教师有目的的教学，因为教师把教学说成是游戏，自然孩子就把游戏与玩分开了，玩要比游戏开心。可见事实上有两类活动，在此既然老师把两类活动都称为游戏，或许是因为游戏是幼儿园的基本活动这一理念，或许是因为教学是用游戏化的方法来组织的，教学就可以看成是游戏。既然不否认事实上有两类活动，那我们理应把两类活动的性质从理论上分清，教学就是教学，游戏就是游戏，这两种活动的作用和任务以及教师的指导方法是不一样的，一类活动的本体就是游戏，一类活动的本体是教学，而活动的手段是游戏化的，而只有在理论上分清了两类活动的性质以后，再来理解游戏是基本活动，才能自觉地使游戏与教学相得益彰，即一方面充分保证自发游戏的时间，在这段时间里教师不用功利性地考虑指导的问题，让孩子完全自主他的活动。另一方面教学要尽可能游戏化，在教师预设的目标性的活动中，根据需要游戏化的程度可以有不同，最高程度的游戏化，教学的目标可以隐蔽到使幼儿以为是在玩，有玩的体验，而老师心中却是有明确意图的(可谓模糊了游戏和工作的界限)。

三、以新的思路探讨幼儿游戏中的问题

明确了一类是游戏，一类是游戏化的教学，两类活动构成了幼儿园的基本活动(可以称为以游戏为基本活动了)。对游戏的研究就开始从两个方向着

手,一方面是研究如何使教学游戏化,如何使幼儿在教学中有更多游戏般的体验,那可以以游戏的性质和特征来进行检验,例如选择的自由度、更符合个体的经验水平,目标的隐蔽程度,外在要求向内在动机的转化的机智等等。于是在幼儿园除了生动有趣的集体教学活动以外,也尝试了方案教学、主题性探索活动、活动区学习等形式,这种形式的教学更多地利用了游戏的内在因素,使游戏和教学很好地结合或交互作用,但是在这一类活动中,教师的教学目标意识始终是清晰的。

另一方面是研究自发游戏中教师的指导问题。这里涉及以下几个问题:1)游戏中教师介入的时机问题;2)自发游戏的时间问题和游戏分类问题;3)自发游戏的环境创设问题;4)活动区的功能定位问题。

1. 介入的时机问题

从指导效应来看,66%以上的指导是无意义指导和无效指导,也就是说指导的频率可大大减少,但有效指导毕竟还是存在的,说明幼儿自主性游戏中还是存在老师必要的指导和帮助,于是讨论了游戏指导的介入时机。一致认为幼儿在游戏中遇到以下情况时,教师有必要介入:

当幼儿在游戏中有不安全的倾向时;

当幼儿在游戏中主动寻求帮助时;

当幼儿在游戏中因遇到困难、挫折、纠纷,难以实现自己的游戏愿望时;

当幼儿在游戏中出现过激行为时;

当幼儿在游戏中反映不符合社会规范的消极内容时。

关键是如何判断以上的时机,这里反映了教师的机智和教师的价值观。如有的教师提出,怎样判断游戏行为的安全因素,假装的打架和摔跤要不要制止;用小椅子搭了一个很高的瞭望台,要爬上去,要不要干预。讨论的意见是,当游戏的行为意义是积极的,但游戏动作或游戏道具有危险的因素时,老师就要保护、解除危险因素或者转移,这里有教育的机智。

游戏中的过激行为如何处理? 我们有时会看到孩子在游戏中表现出异乎寻常的情绪激动,他们会兴高采烈地摔打东西、就地打滚、大家一起用力踩得地板嗵嗵直响,欢呼着推倒搭好的积木……,这似乎是一种带有破坏性的撒野行为,必然遭到成人和老师的厉声制止。但只要避开了成人的视线,孩子们依然少不了寻找这样的刺激。这基于教师对孩子情绪宣泄的价值判断,以不破坏规则、不干扰他人、不损坏物品为原则。

关于游戏中的消极内容,或转移,或直接干涉那是必须的,至于哪些属于消极内容则取决于教师的价值判断了。

至于幼儿在游戏中遇到困难、挫折、纠纷时是否要介入,这一点有不同意见,有的认为要介入,有的认为不必,应该让幼儿自己去解决。我们认为,困难、挫折、纠纷的发生,正是幼儿发展中自然形成的认知冲突,这是促进发展的一个契机,如果幼儿自己能自己找到解决问题的办法,说明他的原有经验与当前的需要之间的距离合适,解决问题的过程将使自己形成新的经验,我们应该尽可能让幼儿自己解决,不必替代幼儿解决问题。但如果自己解决不了,说明原有经验与当前问题所要求的能力距离太大,那就需要老师的帮助,判断的标准是看幼儿是否放弃当前活动,我们要赶在他放弃之前,帮助他实现游戏的意愿,当然如何帮助,是需要机智的,决不是替代。

除此之外不必去干预孩子的游戏,让他们自由、尽情地发挥自己的想象,去创造一个完全属于他们自己的世界,尽量不要去影响孩子自己对游戏进程的构思,他们能有目的地按自己的计划行动,这是高水平游戏。排斥了老师按自己教育需要去有意识地干预孩子以后,游戏中教师的指导频率大大降低了,用更多的注意力去观察孩子,去理解孩子的游戏行为的发展意义。

还有人提出另一个干预的时机,那就是抓住游戏中可以推动游戏延伸和提高游戏层次的机会进行指导,认为老师有促进游戏水平提高的责任,但前提是顺应孩子的游戏意愿,但争议很大,认为太难把握,容易变成干扰孩子。

2. 游戏的时间问题

在为幼儿创设游戏环境时,时间是一个很重要的因素。游戏的时间往往是反映游戏水平的一个指标,一个孩子如果能长时间地坚持一种游戏,并表现出丰富的游戏情节或复杂的构思,说明他活动的有意性很强,能够有目的地为实现自己的计划和意图行动。但同时这种水平的提高也是需要时间保证的。幼儿在游戏中需要足够的时间探索材料,选择合作伙伴,计划和构思游戏情节,还要通过各种方式去实现自己的构思。如果没有足够的时间,当儿童刚刚规划了游戏,建构了场景,还未进入想象的情节和互动合作,就被老师宣布结束了;如果没有足够的时间,结构复杂的造型才刚刚完成了一半,就被老师宣布结束了。这样,游戏不能尽兴,游戏的水平也不易提高。因为往往高水平的游戏是在游戏的高潮中反映出来的。

但是有人提出,这种需要较长时间的高水平游戏往往是大年龄的孩子,那岂不变成年龄越大,安排的游戏时间越应该长,这并不符合我们一般说的小班认知水平低,活动具有无意性,结构化的认知学习要更少,游戏的时间要多一些,而大班孩子的活动有意性增强,快进入小学的正式学习阶段,相应的游戏时间应该比中小班少一些吗?我们认为这是不矛盾的。如何充分保证幼儿自主游戏的时间呢?这里有两个角度:一是单位游戏时间的延续;二是游戏次数的频率。有的幼儿园每天都安排了角色游戏,但每次只有半小时,有的每周三次,每次50分钟,有的每周两次,每次一个多小时,总数都是150分钟。其他类型的游戏(结构、表演)的安排也有这种情况,比如结构游戏总数100分钟,以不同的频率提供。单位游戏时间大班长,游戏频率小班高,总数是小年龄占的游戏时间长。当然不同的游戏类型在时间的总数上对不同的年龄班也是不同的。

3. 关于游戏分类问题

每一类游戏对儿童的发展各有特殊的作用,幼儿园在安排游戏时不能偏废,这谁都没有疑义。但问题产生于幼儿园增加了区角活动时间以后,各类游戏时间的安排很难周全。有的幼儿园大班以结构游戏为主,几乎不安排角色游戏,中班各半,小班以角色游戏为主等等。与此同时,教师们感到有所不足(例如,有的教师说,大班的孩子也有角色游戏的需要,而且大班的角色游戏水平很高,可是我们没有足够的时间给他们了,因为结构游戏在大班也是不能少的)。

我们认为,游戏的分类是出于研究的需要,自然状态下儿童游戏时不以类型命名,他们会说,"我们玩办家家吧"(是我们将之归为角色游戏),"我们来搭积木吧"(是我们将之归为结构游戏),"我们来打弹子,来跳房子吧"(是我们将之概括为规则游戏),"我们来猜谜语吧"(我们将之概括为智力游戏),"我们来玩《三只羊》吧"(归为表演游戏)。对游戏的分类研究,有助于我们理解孩子的游戏行为,有助于我们看懂孩子游戏行为背后发展的意义,有助于增加我们指导孩子游戏时的不同技巧。但是这并不意味着我们必须要通过分类让幼儿在同一个时间里玩同一种游戏。幼儿对游戏的类型同样是有选择的。更何况许多时候各种类型的游戏行为是混合在同一次活动中的,只不过可能以某一种游戏行为为主。如运动性游戏、结构游戏、玩沙玩水中都会有角色扮演行为,角色游戏中也会有搭建构造行为。分类过于绝对,既不尊重幼儿的选择,也不利于教师综合地观察和判断幼儿的游戏行为。

基于这样一种认识,我们认为要真正使游戏成为幼儿自主的活动,关键在于为幼儿创设一个"可选择性的环境",游戏环境的可选择性原则在于:诱发各类经验——多种类别;适合不同水平——不同难度;刺激多种玩法——多功能性;满足个体需要——自由度(允许玩具种类的自由搭配、允许材料功能的自由转换)。

我们认为提供各种材料,结构的、主题角色的、科学探索的、美术手工的、玩沙玩水的,给一个较长时间的自由活动,任孩子自行选择,那样我们就可以看到不同年龄、不同性别、不同个性幼儿游戏类型的倾向性和游戏水平。这既不偏废任何一种游戏,也达到了个性发展的目的,同时,在材料运用的转换中也有利于幼儿发展。

4. 区角活动的功能定位

区角活动是一种让幼儿根据自己的水平和需要选择材料进行个别性或小组性的操作活动。这种区角活动究竟是有目的的学习还是游戏呢?问题的提出主要是源自幼儿园对此有不同的理解,不同的理解直接影响了对一日活动的安排。认为区角活动就是游戏的幼儿园,就不再更多的安排其他游戏时间了,认为区角活动是孩子的自主活动,他们可以根据自己的需要自由选择,活动目标的达成时间不是强制的,那也就等于是孩子在游戏了;但反对的意见指出,区角活动有明确的学习目标,幼儿的活动虽然是个体自选的,但活动的内容和方式是规定的,孩子的自主性很有限,有的内容甚至是很枯燥的,这不能算是自主游戏,所以除了区角活动以外,另外还应该保证自主游戏的时间。

当我们深入幼儿园具体去调查活动区的计划时,发现除了区角的名称大同小异以外,很多情况是各不相同的。有的幼儿园的区角安排目标很明确,材料的投放以层层递进的目标为依据,大都是有操作的规范的,材料以高结构的为主,玩法是固定的,隐含着教育要求,教师的指导和观察也是根据这些要求进行的。有的幼儿园在语言、科学、益智、美工区开设的同时设有表演、结构、社会区,前者是比较倾向于高结构化的(一种材料一种玩法,是否完成材料规定的玩法都有记录)或较结构化的(规定了可能的几种玩法,允许探索新的玩法),后三个区角的材料是倾向于开放的、低结构的,即没有固定的玩法;也有的幼儿园的区角活动完全是开放的,所有的区角材料都是低结构的,孩子想怎么玩就怎么玩,老师不作预设玩法的评价,允许孩子跨区域使用材料,任意进行材料种类的搭配,进行想象性表现。

显然,以上虽然都是以区角形式出现的活动,由于材料提供方式的不同,允许孩子使用材料的自由程度不同,活动的性质可以有不同的定位,学习还是游戏,即是教学(分组教学、教学延伸),或是自主探索活动还是游戏,就看教师的设置活动区的出发点。定位于教学,那目标的达成是明确的,材料的提供目的性很强,如何使用材料有明确的要求,教师比较关注目标的达成度。定位在自主性探索活动的话,那区角的目标也是明确的,但达成的途径是有多种可能的,老师在提供材料时只是做了预先的估计,每种可能都由幼儿自己发现,教师关注的是预设的目标和实现目标的多种事实之间的关系。而定位在游戏上,则区角没有明确目标,只有活动的大致范围,由活动区的名称所规定,而且名称只限定了老师投放材料的方向,不限定孩子活动的类型,孩子的活动更多地是想象性的表现。教师更关注的是孩子如何创造性地使用材料的,这些使用方式客观上对孩子的发展起到了哪些作用,因为老师不对材料的使用或玩法有过任何规定。

至于哪一种定位更好,这没有绝对的评价,因为这样的定位是根据幼儿园课程的整体情况来决定的。比如某幼儿园的课程实施以集体教学占了一定的比重,那么他们的区角活动就完全应该定位于游戏了。而有的幼儿园根本就是以区角活动来弥补集体教学的不足的,减少了集体教学,那么区角活动定位于教学的延伸是有价值的,不过定位于教学则还应该再给孩子游戏的时间。

基于以上认识,教师在对活动区的安排和材料的投放上,更加有意识多了,在安排区角时,首先根据自己幼儿园课程的需要给予功能定位,根据功能定位投放材料和确定指导要求。甚至有的幼儿园利用同样的区角,在不同的时间里,作不同的活动性质的定位,空间不变,只是对材料的投放和使用要求作出变化。

以上是对近年来上海在幼儿园游戏方面研究情况的概述,在现代教育理念和新的儿童观指导下,幼儿园游戏的实践和研究正在越来越深入,教师们深深地体会:在游戏观察中重新认识了孩子,在游戏研究中真正理解了发展,在游戏的实践和思考中提高了自身的教育素养。

第二节 幼儿的游戏意愿与教师的介入意图

一、介入与不介入都是一种干预的手段

一般我们看到的幼儿园活动区往往是根据课程内容的不同领域来设置的,例如有:语言区(包括图书角)、美工区(包括手工和图画)、科学探索区(包

括各类动手小实验)、益智区(包括数学和棋类)、音乐区(包括表演)、建构区(包括积木插塑)等,从这些活动区的名称来看,教师依据了课程平衡的原则,在这些区域的空间安排和材料投放方面动足了脑筋。于是希望幼儿在各活动区内依次轮转选择,以求全面发展。

但是,幼儿对活动区游戏并非总是依次选择的,而往往是根据自己的兴趣具有对某个区角内容的偏向性,有时会长时间地沉溺于一个区角。无数次听到教师面对此种情形的困惑和矛盾的心理,认为是游戏就必须尊重幼儿的选择,但出于平衡课程的需要却应该将幼儿从其沉迷的活动中引导到其他各个活动区去游戏。例如被同伴称为"建筑大师"的康康,已经连续三个月在建构区里不出来了,教师是否要介入引导呢?

很多问题是具有普遍性的,但答案却根本就没有一种普遍适应的。因此,当幼儿沉迷于某个区活动是否需要教师介入引导?对这个问题无法给出唯一的答案,只能给出思考这个问题的角度。

从这个案例中所反映的信息来看,"建筑大师"的称号,体现了康康的能力优势,并且表明他因此受到的鼓励。"沉迷于建构区的活动",体现了康康的需要和兴趣,并说明这个活动对他发展的意义。至于教师是否需要介入,困惑的焦点显然在于"连续三个月的沉迷"。在此,我认为教师先要自问:"我为什么要介入?"或"我为什么不要介入?"

教师思考介入的目的,可能会从这样几个方面来考虑:

一种认为,活动区的设置是考虑了幼儿的全面发展而体现了课程的平衡。因此当幼儿沉迷于某一个活动区时,必然破坏了这种平衡,而有损于发展的全面性。将其引导到各个活动区,是全面发展的需要,也是平衡课程的体现。如果以此为理由去介入康康的活动,那前提就是以为,幼儿的兴趣和需要与全面发展的教育目标之间产生了矛盾。

另一种认为,活动区主要是为满足个体的需要和兴趣而设置,其意义和价值在于尊重个体差异,实现因材施教的教育理想,并提供了满足个体发展需要,保护兴趣,促进优势发展的机会。康康能够沉迷于某种活动是难能可贵的,体现了他的能力优势,这种能力优势带给他的自信会影响其他方面的发展。如果以此为理由不去介入康康的活动,那蕴涵的观点是全面发展不等于平均发展,课程的平衡不等于发展的同步。

还有一种认为,各个不同的活动区可以平衡课程的不同领域,但每一个活动区也同样可以整合发展的不同方面,无论是幼儿的动作、语言、思维、情感和社会性等各方面发展的全面性,或者是科学、数学、美术等各领域知识的广泛性,不会过多受限于活动区的名称,却极其受制于被割裂以后活动区的单一性目标。建构区不仅仅局限于精细动作和造型想象,其他活动区的发展功能未必不能在建构区体现。只要教师的介入考虑幼儿发展的和谐,材料投放考虑目标的整合,可以不必转移活动区,照样能起到全面发展和平衡课程的作用。

还有一种认为,活动区的设置是幼儿园课程实施的一种形式,除了活动区以外,幼儿园课程还有多种实施途径,课程是通过一日生活的安排来平衡的,全面发展是通过一日生活实现的,由于而康康仅仅是在活动区活动这一时段内的沉迷,只要他在活动区活动以外的时段内参与了其他各类活动,就不必因为老师没有介入,或没有引导他到其他活动区而担忧会影响他的全面发展。

看来,介入和不介入都是一种教育干预的手段。

至于如何介入,则需要从康康"连续三个月的沉迷"中得知更多的信息。沉迷虽然是需要和兴趣的表现,值得老师的欣赏、保护和支持。但连续三个月的沉迷,确实只有通过具体行为的观察分析,才能知道如何去欣赏、保护和支持。

观察分析的视角可以有:一、康康更多的是同一水平上的重复性行为,还是小步递进式的探索性行为?二、康康更多的是单纯动作技能性行为,还是伴随情景的想象性行为?三、康康更多的是个人独自性行为,还是同伴互动性行为?四、康康在优势能力的表现中,有哪些能力弱势的显露?五、康康在建构区的活动和表现,有哪些方面同时也体现了其他活动区的发展功能,还有哪些活动区的发展功能不能在建构区活动中得到补偿?

教师是否要介入,以及介入的时机和方法,全在于对这些行为的观察视角,全在于对这些行为意义的分析。例如对待幼儿的重复行为,可以等待,可以给予挑战,也可以引导转移;对待幼儿的探索行为,可以欣赏,可以提供帮助,也可以与之互动;对单纯的动作技能性行为,有时应该允许幼儿的独自性练习,有时需要转化为社会想象性行为……所以,是否需要介入,如何介入,实际上是价值判断,得失比较,教师的敏锐反应和及时应答,反映的是教育的智慧,它源于专业知识、教育观念以及实践中不断的反思。

就康康沉迷于建构区活动是否需要介入一例,或许很多教师都有自己的观点,且结论不尽一致。有什么关系呢,因为每个教师都是在自己的知识结构和实践背景中说话的,有了认识才会有自觉的行为,这才是重要的。

二、游戏——幼儿按自己的意愿行动

一个孩子的活动是不是具有游戏的性质,不是看活动的内容(他在做什么),也不是看活动的形式(他是以什么方式做的),关键是揣摩他的内心体验。在游戏的心理体验中最根本的特征是自由感,它表现为活动完全出于游戏者的内在动机,既不受外在要求控制,也不受外部奖赏诱导,且意识到游戏只是一种好像的真实,玩玩而已,旁人大可不必当真。于是,"玩什么""怎么玩""与谁一起玩""用什么来玩"等一切都随游戏者自己的意愿而定。正是这种自由,让幼儿感到轻松、愉悦,让幼儿投入极大的热情,让幼儿在随心所欲中变换花样,玩出智慧,玩出新意。

《幼儿教育》杂志曾有一则点题征文,说是在某幼儿园游戏室,丁丁选择了"医院"游戏,老师觉得丁丁有些调皮,自控能力差,便动员他担任"挂号"的工作。由于很少有"病人"来挂号看病,丁丁显得无所事事。游戏评价时,老师还特意表扬丁丁能够"坚守岗位"。对此,不少教师颇感疑惑,提出"丁丁是不是在游戏"这样的话题讨论。在此就本案例中所提供的线索谈几点看法。首先,医院游戏是丁丁自己选择的,但是角色是教师建议的。我们知道凡合作游戏必然会有角色分配乃至角色纠纷,协商的结果都应当满足游戏者的意愿,不如愿者往往宁愿退出游戏。我们主张让幼儿自己选择或协商角色的分配,但不否认必要时教师可以提建议,问题是教师的"动员"对丁丁是否具有"指示"性,丁丁的行为是否迫于权威;或者教师是否已将她的要求转化为丁丁的需要,成为其意愿而被欣然接受,这一点很关键。其次,不敢苟同的是教师对丁丁角色干预的出发点。实际上幼儿的"调皮"和"自控能力差",往往表现在受教师高控制的他律行为中,而在游戏活动中,孩子却往往乐意执行规则,愿意放弃冲动,这是一种出于内部动机的自我控制。因为只有当行为是自主的时候,才具有自觉性。以控制"调皮"和加强"自控能力"来作为干预游戏的理由,似乎是以外在目的控制游戏者的行为,这势必使幼儿的游戏自主性大大降低,从而不能从根本上达到培养幼儿意志力的目的。第三,游戏虽然是对现实生活的反映,却不是现实生活的真实照搬。孩子们往往依据自己的兴趣和认知水平反映生活,因此游戏只是一种假想的非真实的装扮行为,完全不必苛责游戏行为与生活原型是否一致。随着孩子经验的丰富和认识的发展,这种一致性会自然加强。所以,"坚守岗位"不该是成人对幼儿游戏的强制性要求。第四,丁丁的"坚守岗位"是出于对活动的专注与热情而表现出的极大自制力,还是为追求教师表扬(外部奖赏)的一种目的性行为,或是迫于教师权威的一种无奈。如果是第一种情况,那说明"挂号工作"已经成为他感兴趣的意愿行为,他正耐心地等待着"病人"的到来(一般小年龄的孩子比较难做到,如果长时间没有"病人"来,一定会转移角色)。如果是后两种情况,那么丁丁的行为则不是游戏。看来,"话题"文字所提示的确实是后者,因为"丁丁显得无所事事"。但要准确判断的话,还应提示丁丁无所事事的客观事实。总之,游戏是一项参与性和自主性很强的活动,这种参与性和自主性是一种心理体验,仅靠表面的观察有时很难判断。活动的性质是不是游戏需要综合分析,但有一点是可以肯定的:游戏是游戏者按自己的意愿去行动的,任何干预应以不违背游戏者的意愿为前提,否则,游戏将不成其为游戏。

第三节　活动区游戏材料的投放方式

　　学习不一定是游戏,但游戏却一定是学习(包括已有经验的练习和新经验的获得),这种自发的无意性学习,主要是通过操作游戏材料在实现其娱乐功能的同时实现了它的教育功能。在此,我们将游戏材料界定为被用于儿童游戏的一切物品,包括专门为儿童游戏而制作的玩具,以及任何日常物品或自然材料。正如英国的一项对幼儿园儿童的研究发现,儿童在97%的自由游戏期间会使用某些玩物,我们的观察研究也证明,无论是相互陌生还是相互熟悉的玩伴,无论是进入新活动室还是熟悉的活动室,幼儿首先是寻找可玩或想玩的物品,作用于材料的游戏行为平均达96%以上。也许正因为如此,游戏材料对儿童早期发展的意义和价值才被教育者所重视,从而值得我们去关注儿童作用于游戏材料的行为,关注教师投放游戏材料的方式对儿童游戏行为的影响。

一、幼儿与游戏材料互为作用的双向关系

　　研究表明,"游戏材料和儿童发展之间存在一种双向关系"。也就是说,材料的种类特点能刺激幼儿的行为方式,而幼儿也会根据自己的需要决定对材料的操作方式,这种关系具体可以从下面两个方面被说明。

1. 材料的外在特征决定着材料对幼儿行为及发展的显性功能

与材料特征相关的指标一是形象性玩具和非形象性玩具,二是结构性材料和非结构性材料,前者是指材料与实物之间的逼真性程度,我们常称之为模拟物和替代物;后者是材料使用方法的规定性程度,我们常称之为高结构材料和低结构材料。两者之间有一定的关联,例如越是逼真的形象性材料就越具有玩法的限定性,因此它同时属于结构性材料,倾向于诱发儿童进行想象性的游戏。而非形象的材料在想象性游戏的情景下可以被用于实物形象的替代物,由于它在不同的情景中有多种替代的可能性,所以又属于低结构材料。但结构性材料却不限于此,它除了包括形象性材料外,主要是指教师为某特定发展目标而预先设计了玩法的材料,只有一种玩法的为高结构材料,有多种玩法的为低结构材料,无玩法限制的为非结构材料。

可见,玩法取决于材料的特征,而材料的形象性特征和高结构性特征在很大程度上诱导了幼儿特定的游戏行为,这些游戏行为有助于实现某些特定的发展目标。正因为材料特征的这一价值,所以教师才将教学目标和内容客体化,通过在活动区投放不同种类的形象性材料(如娃娃家、医院、交通工具等)和赋予不同学习要求的结构化材料(如发展计算、分类、感知、手眼协调等能力),用材料的预设玩法来刺激幼儿特定的行为,诱导幼儿从事教师想让幼儿从事的活动,以便实现材料对幼儿发展的显性功能。

2. 幼儿的个体特征激活了材料对幼儿行为及发展的潜在功能

不可否认,材料特征在一般情况下确实能刺激幼儿特定的行为,但也不尽然。我们发现,如果被允许的话,幼儿常常并不按照材料特征所暗示的玩法来玩,而是改变游戏材料的通常玩法和教师的预设玩法,甚至同一种材料在不同的幼儿手里可以玩出不同的花样。比如幼儿用娃娃家的餐具碗和盘子玩起了车轮大战,玩起了转陀螺,用听诊器替代成娃娃淋浴用的莲蓬头,而用串木珠玩起了击珠比赛,用拼图方木来进行搭建,原用于计算分类的小木棒,幼儿拿来与橡皮泥组合在一起进行手工造型,甚至用扑克牌进行立体造型等等。我们看到,同样是这些材料,幼儿自创的这些"反常规玩法",在满足幼儿游戏需要的同时,客观上也实现了材料对幼儿发展的价值,只是这些价值在我们预设玩法时是被忽略的,然而它却存在,它的实现完全取决于幼儿自己的玩法,每一种自创的玩法,就有一种价值实现。由于这些价值实现的不确定性,因此,游戏材料对幼儿行为及发展还具有因人而异性的潜在功能。

然而遗憾的是,现实中教师对材料的预设玩法看得很重,当幼儿不按预设玩法对待材料时,就常常被指责为"不好好玩"、"瞎玩";当幼儿不敢"瞎玩"时,教师却又常常无奈于幼儿对材料不感兴趣时的"不玩"。于是教师总是做两件事,不是千方百计引导幼儿按规定的要求去玩,就是频繁地调整和更换材料(重新预设)。究其原因,是我们重视了材料投放,却没有认识幼儿与材料的双向关系,我们只注重"让环境说话",却让环境作用于幼儿的行为,而没有重视让幼儿反作用于环境的自主性,结果未能使幼儿与环境具有真正意义上的"互动"。

为此我们必须了解,幼儿为什么会改变材料的预设玩法和材料的通常玩法?原因或许有三:一是材料的规定玩法没有玩的趣味;二是材料的预设玩法对幼儿来说难度过大;三是材料的通常玩法很快就被幼儿充分把握,以至于不再具有挑战性。我们还必须明白,幼儿生成的玩法不比教师预设的玩法所体现的价值低,如果我们仔细观察幼儿的每一种自创玩法,其实都能解读出其中的发展价值,而且幼儿在原来玩法基础上的自创玩法,往往最能体现他的最近发展区,其结果是一种小步递进的自我发展。因此,允许幼儿在教师规定的玩法以外有按自己的方式游戏的机会,是实现游戏材料价值最大化的体现。

二、取决于游戏材料结构化特征的投放方式

当前,幼儿园的区角活动已成为实施课程落实教学目标的重要途径,而在活动区投放丰富而适宜的游戏材料,也就成为教师的一项专业基本功。在观察了不少幼儿园的活动区材料以后我们发现,无论是自觉的还是不自觉的,教师对活动区的游戏材料大致采用了三种投放方式,主要表现在游戏材料的结构化程度上,这里既反映了教师的课程理念,也体现了教师的专业化水平。

1. 目标导向式

这是一种以教学目标为依据的高结构材料投放,如上所述,教师试图通过材料的玩法设计,引导幼儿按照要求游戏,获得我们想让他们获得的发展。我们认为,这种材料投放方式在我们的预设课程中是必要的。但问

题是,被教师设计了玩法的材料常常不如幼儿之意,结果教师在材料的设计上花费精力最大的活动区,幼儿选择的频率最低,逗留的时间最短。其实问题并不出在材料的投放方式是否以目标导向,而在教师预设的玩法是否适宜。如果为了将课程内容和教学目标寓于游戏材料,而将玩法设计成枯燥的作业让幼儿操练,或者设计成只需重复而没有变化的单一玩法,那么实际上就是在用材料控制幼儿,而不是幼儿控制材料,当幼儿对材料缺乏控制感的时候,必然就会失去兴趣,该材料的价值也就难以充分实现了。

比如同样是用以练习计算的游戏材料,一种是让幼儿根据卡片上的加法算式来摆放正确的答案,比如2+3=,就找出数字5摆上,并用摆珠子来验证。这时幼儿只是一种被动的作业练习,不仅缺乏趣味,而且单一而有限的数字摆放很快就会因为不断重复而失去挑战性。而另一种是让幼儿根据卡片上的加法算式,自己选择颜色有规律地串珠,如果卡片上的算式是2+3=,那么幼儿自选两种颜色比如以2红3绿的规律来串珠,摆上数字5,串完后数一数有几个5,假如4个5,就在算式下面摆上数字4,一串珠子与一个算式放在一起,就算完成了。如果卡片上的算式是2+2+2=,而幼儿是以2红2绿2黄的规律串珠时,则摆答数6,串完后数一数有几个6,再摆数字几。这种设计显然更多地由幼儿控制材料,幼儿不仅可以依据算式自选颜色体现串珠规律,串出相同颜色不同规律、相同规律不同颜色的各种美丽"项链",而且在手眼协调的练习中既强化了加法,又得到了乘法的启蒙。

看来,同样是目标导向式投放的高结构材料,在操作方法上是被动枯燥的练习,还是主动有趣的探索;该操作方法所蕴涵的发展目标是可以由其他更简单的材料和方法替代的,还是不可替代的,这是检验一个高结构材料是否最有意义的重要指标(沈晓燕,2007)。我们认为,一个活动室,高结构材料的数量应当是有限的,但必须是最有意义的。

2. 自由开放式

这是一种不预设教学目标的材料投放,是非结构或低结构材料的直接投放,包括积木、插塑、珠子、纸张、粘土以及各种废旧物品。教师不对材料做任何设计制作,不对材料的玩法做任何规定,幼儿想怎么玩就怎么玩,变换着花样玩。这样一种投放方式,使幼儿处于一种更为积极主动地按照自己的意愿控制游戏材料的状态中,所引发的是一种自发性的游戏活动。当然,这种非结构化的材料对幼儿的发展价值具有极大的偶然性和不确定性,尽管教师也意识到非结构或低结构材料对幼儿活动的自主性是有价值的,但却常常会忽略它对幼儿具体行为的实际意义,甚至被作为一种"放羊"行为看待。

其实,这种非结构化的材料对幼儿发展的意义在于,他们在作用于这些材料时所变换的花样是用不同的方法玩弄同一种材料,比如用棍子当马骑,用棍子当杠杆撬开东西,用棍子在地上划线,用棍子来测量长度等。同时又用同一种方法玩弄不同的材料,比如测量东西的长度用棍子、用书、用长条积木、用盒子的边、用扫帚等作为工具。幼儿正是从他们自发生成的玩法中获得思维的灵活性、变通性和创造性,这种思维的品质正是对未来生活适应性的保障。意识到这一价值,教师在幼儿的活动中就不会放羊,而是仔细观察幼儿对每一种材料的各种玩法,分析和判断这些玩法对幼儿发展的实际价值,适时地给予支持和指导。

3. 探索发现式

这是一种将教学目标隐蔽化的材料投放方式,即教师对用于活动的材料进行大致的规划,将预设的学习目标落实到一组活动中,通过与幼儿互动的一系列探索活动,间接达成目标。具体又有两种投放方式:

一是问题情景式投放。那就是通过材料投放来创设问题情景,激起幼儿的认知冲突,让幼儿通过探索逐渐接近正确的知识。比如要让幼儿获得沉浮的经验,教师投放了玩水的材料,当幼儿认为大的东西会沉下去时,老师便投放小的下沉物和大的上浮物,让幼儿发生认知冲突,通过再次探索获得新的认识。

二是经验系统化投放。那就是通过若干并列或递进的探索活动,在多次或多个活动经验的基础上,获得一种新的经验。比如,先投放单面镜,再投放可折叠成不同角度的双面镜,然后投放三角镜,最后给幼儿玩万花筒,这样幼儿自然获得了万花筒的初步原理。又如从小班到大班教室里的天气预报以不同方式呈现,小班是每天一个表示晴、阴、雨的标志图案,到了中班除了每天呈现的标志图,再加上表格式,将晴、阴、雨的小标志图贴入表格中,到了大班在月表格的旁边加上晴、阴、雨的三条立柱,将表格中的标志数一下,涂于立柱中的相应位置,这个过程只是一种简单的数数,幼儿则获得了统计的经验。

可见,探索发现式的两种投放方式,是非常体现教师智慧的,其最大的价值在于分解知识点的难度,让幼儿在解决认知冲突的顿悟中建构知识,在适宜的挑战中获得循序渐进式的发展。

三、取决于游戏材料丰富化原则的投放方式

幼儿是否能在环境的影响下获得多样化的经验,是否能在与环境的互动中得到全面的发展,一条重要的检验指标就是活动区游戏材料的丰富性。为此,广大教师正在付出极大的努力,以种类多样保障幼儿发展的全面性,以数量充足保证每个幼儿使用材料的机会。但这毕竟是一个难以标准化的实践,究竟怎样判断一个活动室的材料是否丰富?"种类多样,数量充足"究竟该如何掌握?我们认为,这需要从幼儿的游戏行为来分析,从游戏行为带来的发展可能性来判断的。

1. 游戏材料的类别多样性决定了幼儿获得多种不同经验的机会

我们知道,不同种类的游戏材料会诱发儿童开展不同类别的游戏,而不同类别的游戏对幼儿发展的不同领域又各有特殊的意义,因此提供各类游戏开展的相应材料是活动区材料丰富化最基本的要求。但是,目前很多幼儿园的活动区仅仅满足于体现各类游戏的区域设置,但很少考虑各区域内材料丰富性以及区域之间的材料搭配与幼儿行为的关系。尽管每种游戏都有属于该类游戏的基本材料(如装扮区中的各类主题道具,建构区中的积木插塑,表演区中的服装乐器、益智区中的高结构性操作材料、美工区的纸笔颜料剪刀黏土等非结构性材料),但是基本材料只是提供了开展该类活动的基本条件,而要使幼儿在某类游戏中获得更丰富的经验,还必须在基本材料中添加辅助材料,而其他任何区域的材料往往都能构成某一区域的辅助材料。例如在建构区的积木插塑中添加装扮区的模拟形象材料,小年龄幼儿很容易从建构行为转向象征性游戏行为,并增加交往与想象行为;而模拟物对大年龄幼儿则增强了建构行为的目的性,提高建构水平。而美工区的非结构材料添加于此,则对小年龄幼儿无意义,而有助于大年龄幼儿的建构成就。同样,将建构区的积木插塑类材料作为装扮区的辅助材料,则会丰富装扮游戏的情节,增加游戏情节的复杂性。

既然游戏材料种类的多种搭配,能刺激幼儿不断产生新的行为,获得新的经验,那么,我们在材料投放上完全有必要采取一种策略,那就是对小年龄班的幼儿,教师要经常为各个区域重新搭配材料,对具有自主性的大年龄班的幼

儿来说,就应该允许他们跨区域使用材料,使用后物归原处。这样的话,就能使同样种类和数量的材料变得更丰富。

2. 游戏材料的不同数量可实现幼儿多种发展可能性

对于同种材料投放多少数量,大部分教师依据的原则是:托班幼儿正处于独自与平行游戏阶段,投放材料应趋向于种类少,而同种材料的数量多,以免引起材料纠纷。而对大年龄班幼儿来说,则增加种类并减少同种材料的数量,以满足幼儿多种需要以及合作游戏的开展。这是依据了游戏发展的年龄特点,是完全正确的。

但是我们发现,实践中的教师却常常忽略两个事实,一是对还处于平行游戏阶段的幼儿,可以通过减少同种类游戏材料数量来推进其向合作游戏阶段发展。因为都想玩同一种游戏的幼儿,在材料有限的情况下,就不得不共同作用于这个材料。当然,在材料减少的情况下,小年龄幼儿会增加争抢游戏材料的消极行为,游戏纠纷的频率上升,而教师忽略的是,在这种消极行为增加的同时,积极的社会行为也同时增加了。在一个抢夺"球"的案例中,幼儿就经历了从直接抢夺、为自己寻找理由、揣测对方心理、暂时让步和轮流等心理和行为过程。可见,游戏纠纷正是幼儿的社会认知冲突表现,也是社会认知能力和交往能力发展的契机。二是对处在合作游戏阶段的幼儿,同类材料数量增多并不使幼儿减少合作游戏降低为平行游戏,而是增加了更多的合作性玩法。

此外,材料是否充足也不能简单地以绝对数量来衡量。以建构区的积木积塑类材料为例,提供彩色材料与单色材料,对幼儿的搭建需要来说,数量上的满足程度是不同的。研究表明,儿童在使用单色材料搭建时,作品的复杂度比用彩色材料搭建时有较大提高,理由是同等数量的彩色材料与单色材料比较,单色材料会显得更充足。因为会选择颜色进行搭建的幼儿,运用单色材料能搭建的作品,改成用同样数量的彩色材料来进行搭建时,则由于其中某部分颜色数量不够而无法完成了。这时幼儿不得不采取简化作品、拆作品、放弃建构等行为。所以当提供彩色的建构材料时,材料的数量需要更多。

总之,关于材料投放数量的研究指出:判断一个活动区材料是丰富还是缺乏,应当依据儿童积极行为和消极行为的增减,而非材料数量上的多少。

综上所述,幼儿与环境的互动质量,很大程度上取决于教师对游戏材料的投放方式,并启示我们:教师对幼儿游戏行为的观察,并学会分析行为背后所蕴涵的发展,在观察的基础上投放材料,是何等重要。

第六章　0—3岁婴幼儿早期教养的理论问题

第一节　婴幼儿早期教养实践中几对关系的理性思考

一、婴幼儿心理发展的无意性与能动性的关系

在早期教育中,往往存在着一对发展与教育之间的尖锐矛盾,那就是教育者的主导作用是随着孩子的年龄增长而日益加强的。但发展的规律却告诉我们,儿童的自主性也是随着年龄的增长而日益明显的。这对矛盾就表现为孩子的自主性与成人的主导作用之间的冲突,随着年龄增长,成人日益增加对教育的严格要求,去改造早年由于成人的纵容而已经形成的不良习惯。究其原因,还是教育对发展规律的把握问题。

1. 婴幼儿心理的无意性和发展的能动性是统一的

无意性是年幼儿童心理发展的年龄特点,尤其是0—3岁,是无意记忆、无意注意、无意想象占极端优势的年龄,具体表现为大量无目的的自发行为。随着年龄的增长逐步趋向心理的有意性,正如我们所看到的,婴幼儿的行为发展趋向是从"先做后想",到"边想边做",再到"先想后做",目的性日益清晰;自我意识的发展也是从主客体相混,到主客体的分离,逐步从意识自己的身体,到意识自己的行为,再到意识自己的内心活动,主体意识日益觉醒。这是发展的自然规律。

心理的无意性表明了孩子行为的受动性,也就意味着婴幼儿对环境具有极大依赖性,因为婴幼儿自己不可能创造环境和改变环境,而只是被要求去适应环境。他们不会为实现自己的欲望和满足自己的需要去创造条件,只是依

赖现有的条件作出自己的反应。其至他们还不能明确地表达自己的意愿,他们能否如愿以偿,完全在于成人对他们是否理解。这一切决定了教养者在儿童早期发展中的作用是具有主导地位的。孩子所处的生活环境是全面的还是有缺失的,所能接触的游戏材料是丰富的还是贫乏的,照料者与孩子之间的关系是温馨的还是冷漠的,由教养方式带给孩子的情绪体验是积极的还是消极的等等,都取决于教养者,而取决于教养者的这一切,却决定了婴幼儿所获得的发展机会和发展方向。

但心理的无意性所导致的自发性行为,又表明了婴幼儿发展所具有的能动性。因为,婴幼儿的行为虽不受自主意识控制,却也不受制于外部要求。正如我们所看到的,年龄越小,婴幼儿越难以按照成人的要求行动,表现出不听成人指令的"自说自话",由着自己的性子进行活动。看来,这种行为的自发性完全是内在生长机制作用的结果。

发展的能动性,意味着我们能够为婴幼儿提供条件,创设环境,但不可能决定他们用什么方式来作用于环境,并在什么时候获得怎样的经验。婴幼儿作用于环境的方式是受个体成熟状态和先天特质制约的,有着明显的个体差异性。而作用于环境所获得的经验,又将进一步促进个体成熟。所以,同样的环境对不同的个体,其发展的影响是不同的。

所以,尊重婴幼儿心理的无意性,就要求教养者对环境的创设应当是刻意的,而尊重婴幼儿发展的能动性,就应当允许婴幼儿以自己的方式作用于环境。那种强迫婴幼儿按成人对环境的预设目标去行动,其结果是徒然的。

2. 心理的无意性和受动性是养成教育的依据

在此,必须说明的是,自发性的行为绝不是自主性的行为,只有当主体意识清晰的时候,其行为才有自主的可能。从自发行为到自主行为是一种发展,即从盲目行为到自觉行为。所以对孩子无意性的自发行为进行的控制,并不属于对自主性的遏制。由此,我们引申出的是规范行为的问题。

孩子的良好行为习惯应该从什么时候开始培养,如何培养呢?我们发现家庭教育有这样一种情况,孩子的年龄越小对其越放纵,对他们越没有行为规范上的要求,随着年龄的增长便开始"做规矩"了。我们的幼儿园也有同样的倾向,年龄越小给的自由时间越多,随着年龄的增长教师规范的活动越多,孩子的自由越少。理由似乎也在于心理的无意性,因为年幼而不懂,教养上的宽容也就在理了。

其实这是一种教育的颠倒。理由有三方面：一是心理的无意性意味着受动性，因此，年龄越小越依赖成人，也越相信成人的权威，这种"他律"的特征正是"做规矩"的极好时机；二是行为的塑造容易改造难，当不良的行为习惯养成以后再来纠正则困难许多；三是发展的能动性随着年龄的增长日益表现为自主性，这时外在的要求容易转化为对内在自我的压抑，由此而产生心理上的痛苦。实际上年龄越小，由理智带来的痛苦越少，正如卢梭所批评的那种教养方式，从小过度保护，使之少受苦难，其实在为他累积苦难，当他还不懂得痛苦的时候，你就应该将他武装得能够忍受痛苦。在童年时候使他少受一些痛苦，而结果却使他在达到有理智的年龄时遭遇到更多的痛苦。从小能轻而易举养成的好习惯，等长大改掉坏习惯时，则要付诸暴力了①。

由此，一对尖锐的矛盾显现了：既要尊重婴幼儿作用于环境的自发行为，又要以一定的规则来规范孩子的自发性行为。这就是早期教养将如何处理婴幼儿心理的无意性与发展的能动性之间关系的问题。其实，前者尊重的是婴幼儿的认知方式，后者规范的是婴幼儿的行为习惯。问题的关键在于，怎样做才能使婴幼儿心理的受动性与能动性统一起来？

鉴于婴幼儿的年龄特点，理性思维尚未形成，说教和训练都是没有意义的。因此要在尊重婴幼儿发展特点的前提下规范行为的唯一途径就是养成教育。0—3 岁婴幼儿养成教育的具体方式可以是：用条件反射的原理学习规范，用动力定型的方式强化习惯，用生理节律的特点建立秩序。

二、婴幼儿早期成熟与训练的关系

这对关系涉及到教养人员如何对待婴幼儿发展的问题，是自然发展或顺应发展还是推进发展；也涉及到教养人员为婴幼儿发展提供的机会以及机会缺失的问题；还涉及到在促进婴幼儿发展的环境中，刺激提供的充分还是不足、适度还是过度的问题。

1. 对成熟和训练作用于早期发展的认识

"所谓生理成熟是指子体从亲体获得的遗传材料，或称个体基因的程序，

---

① 卢梭：《爱弥儿》，李平沤译，人民教育出版社 1985 年 11 月，第 19—20 页

预置在子体生理过程中的展现"①。这是一个自然的过程,无须刻意对其施加影响,只要在一个适宜的环境中,个体身体能力会随着时间的推移自行成长起来。这也就是说,每个新生儿都是带着自然展开的成熟时间表降生的,这告诉我们,婴幼儿身体的发育成长,是在生物学上现成地配置好的,什么时候翻身,什么时候爬行,什么时候将独立行走和开口说话,是不以教养者的意志为转移的,这是一种自然的规律。

所谓训练,根据词义"训"即教授、开导,"练"即操习。《汉语大词典》注:"泛指教授并使之练习某种技能,掌握某种本领或知识"②。由此可见,训练是一种刻意为之的目标性行为,且是施行者和受动者双方的行为,个体接受训练是需要理智的。所以在个体的成长过程中,随着年龄的增长,理性的成熟,接受训练的可能性也随之增加。同理,年龄越小,训练的意义也越小,顺应其发展的自然成熟规律就显得非常重要。如维果斯基所说,3岁之前儿童是按自己的大纲发展的,3至6岁儿童一半是按自己的大纲,一半是按成人的大纲发展的。所以,对3岁前婴幼儿的教养,似乎不宜采用"训练"的方法。

那么,教养人员对婴幼儿的发展作用何在呢?我们知道,生理成熟的展现过程是需要一定的保障机制的,那就是合适的环境。当婴幼儿的某种环境被剥夺,就会使其在某方面的成熟受到阻碍,因为是环境给了个体自发履行生理、心理功能的机会。

以婴幼儿动作为例,任何一种动作的发展过程大致都经历以下阶段:先是一个新动作的从无到有,然后是从萌芽状态的新动作到熟练水平的动作,最后又从熟练进入到高水平的技巧性动作。新动作产生的前提是生理成熟,从萌芽状态的新动作到熟练的动作,需要一定量的自发练习,在练习的基础上进行训练就可以达到较高水平的动作技巧了。其中,婴幼儿的自发练习,就是在合适环境中以成熟为前提的生理功能的自发履行,表现为尝试性和重复性的游戏行为。

当这个过程没有纳入有意识的早教方案时,那会是一个自然发展的过程。但我们一旦将婴幼儿的发展纳入一个设计好的早教方案时,往往就会成为一个推进发展的过程,而在现实中,为推进发展而采取的措施又往往容易为追求超前而导致违背发展规律的人为训练。

---

①　孟昭兰著:《婴儿心理学》,北京大学出版社1997年7月,第18页
②　罗竹风主编:《汉语大词典》,汉语大词典出版社1994年4月,第47页

我们认为，既然出于对婴幼儿早期发展的关心，而将婴幼儿早期发展纳入了一个有目的有计划的教养方案中，它就不会是一个盲目的无意识的任其自然的发展过程，但又必须避免一个违背成熟规律的强制性发展过程。那我们所取的责任和态度就是"顺应发展"，其含义是为婴幼儿的自然发展提供保障，即创设环境给发展以机会。

2. 环境带给婴幼儿发展的机会

给婴幼儿的发展带来机会的环境有两种，一种是自然状态的环境，一种是根据发展的需要刻意创设的环境。

自然状态的环境对婴幼儿发展产生的影响有两种可能性，一是环境可能迎合了某方面发展的需要，给婴幼儿带来自发练习的机会。如，当一个正值爬行的孩子生活在一个有着安全而宽大空间的家庭，其获得爬行的机会就会比一个生活在狭小空间中的孩子多得多，他的爬行动作就会长足进步，达到良好的发展水平。二是环境可能造成婴幼儿某方面发展的机会缺失，使正当成熟的身体能力得不到足够的练习。如，当一个正值学语的孩子却整天被一个寡言少语的保姆照料，那么这个孩子的语言听说的机会就大大减少，语言发展就会受到阻碍。看来自然状态的环境对婴幼儿的发展的影响具有偶然性和不确定性。

刻意创设的环境对婴幼儿发展产生的影响也有两种可能性，一是提供自发练习的机会，二是提供人为训练的机会。所谓刻意创设的环境就已经纳入了有目的有计划的教养范畴，但是环境是用以诱发婴幼儿的自发练习，还是用以对婴幼儿的人为训练，完全取决于环境中刺激的适宜性。当环境中的刺激与婴幼儿的成熟时机相吻合的时候，必然就会诱导出相应的行为，而反复出现的同一行为就是一种自发性的练习，而诱导练习的刺激则是适度刺激。而当婴幼儿对环境中的某些刺激毫无反应，却由成人通过强制使其作出反应，这种人为的训练就会使原本无意义的刺激成为一种过度的刺激。

由此看来，促进婴幼儿发展的教养环境还存在一个适度刺激和过度刺激的不确定性。我们知道，适度刺激会通过自发性练习带给婴幼儿发展的机会。而问题的关键是训练会不会带给婴幼儿发展的机会？也就是说，让婴幼儿做目前他们能力还不及的事，是否也会促进他们这方面能力的提前发展？答案显然也是不确定的：有时会，但必须考虑强迫训练带来的负效应也会同时产生；有时不会，因为婴幼儿可能会对成人的强迫置之不理或给予反抗；有时甚至还会是发展的障碍,那就是不适当的训练造成的伤害。

总之,发展的机会与成熟的时机是相吻合的。

3. 引导性练习有别于训练

一方面环境能诱发婴幼儿的自发性练习,是这种练习刺激了发展。而另一方面有意识地引导婴幼儿练习,也是有必要的。而引导练习与训练的差异在于时机的把握,即顺应成熟指标的是引导性练习,而超前于成熟水平的是训练。

成熟是一个过程,从个体意义上来说,偶尔出现的某个新行为、新的心理现象,是成熟的早期,反复出现时是成熟中期,稳定在行为和心理结构中是成熟晚期。从统计学意义上说,只有 10%的孩子出现的某个新行为或新的心理现象是成熟早期,有 90%孩子都出现时是成熟晚期,50%孩子出现时是成熟中期。格塞尔认为,"某种机能的生理结构未达成熟之前,学习训练是不能进行的,只有在达到足以使某一行为模式出现的发育状态(成熟状态)时,训练才能奏效"①。那么由此可以推断,在成熟早期则应当创设能刺激其自发练习的环境,而引导性练习的最佳时机可能是成熟的中期。所以在教养过程中,应当特别注意观察孩子的成熟指标,以便采取顺应成熟的教养措施。以可接受性为前提的引导策略,主要依据孩子活动时的情绪表现,以愉悦、舒适状态为合适。

三、早期干预和早期开发的关系

"早期干预"一词在教育实践中常常是被运用于特殊教育领域,而"早期开发"一词则更多地运用于早期教育领域。顺着这个约定俗成的使用范畴,我们试图阐明其运用于实践的立场。

1. 早期干预和早期开发的理性思辨

无论是早期干预还是早期开发,都是教育中的一种目标性的行为,往往是以一种训练的方式对早期儿童潜在能力进行尝试性的开掘。只是前者以发展常态中的低限为目标,对低于常模的残障儿童进行的推进发展。后者以发展常态中的高限为目标,对处于平均水平的正常儿童或高于常模的超常儿童进

---

① 李丹主编:《儿童发展心理学》,华东师范大学出版社 1987 年 6 月,第 48 页

行的加速发展。

有人担心,教育关注到 0 岁,会使孩子从婴儿起就受到摧残,实际上指的是实施开发计划的超前教育,即教育内容和方法的同一性向下延伸,也就是把高一年龄层次的儿童学习的内容下放给低一年龄层次的儿童去学,且教学方法不变,被动接受训练的压力导致儿童一系列情绪上的问题而付出不值得的代价,由此对早期开发质疑。

实际上,早期教育实践中对"开发"一词的使用是很宽泛的,最初是基于神经心理学意义上的大脑潜能说,"出生不久,孩子的大脑呈现生物学上的充沛,产生神经之间的联结可能比要用到的多几万亿个。然后大脑经历一个类似生物进化的过程,大脑消灭那些不常用或从没用过的节点即神经元触处。"①也就是说,人生初期大脑神经细胞是处于高潜能发展状态的,随着年龄的增长在后天的环境刺激和学习中,循着用进废退的原则使潜能显现化。因此,根据大量删减的脑细胞有人认为,人的智力潜能还远没有开发。为了跟上科学技术突飞猛进、知识总量的激增和更新速度加快的时代步伐,便提出了开发人类学习潜能的要求。当布卢姆根据出生最初几年大脑的迅速变化,做出智力发展百分比的假设以后,于是人们把眼光投向了儿童智力的早期开发。

由此"早期开发"便在不同的意义上进行了实践,也产生了不同的结果。一种是把早期开发理解为及早关注孩子的发展,依据孩子成熟的规律,创设丰富的游戏环境,让孩子顺其自然的发展;一种是把早期开发理解成超前教育,在起跑线上的领先,而进行专门技能的训练,其结果则因某些过度刺激、高难度训练的负面效应而被质疑。

其实我们认为,这里需要认清的一个问题是:干预或开发的目标与个体发展的可能性之间是一致的还是矛盾的。所以,无论是早期干预还是早期开发,首先要鉴别发展潜能,也即发展的可能性或可接受性。是正常发展,还是优势发展,或是迟缓发展。这就要求教养人员关注年龄特征,根据生理发育指标、心理发展指标,通过观察,早期发现。对低于正常发展指标的孩子,必须进行及早干预;对高于正常发展指标的孩子,可以进行早期开发;对大部分符合正常发展指标的孩子,则创设能诱发孩子自发练习的环境。总之,目的只有一个,那就是最大限度地显现每个婴幼儿的发展潜能。

我们的理由是:对低于发展指标的,干预越早越好,因为发展的障碍已经

---

① 美国 J. MADELEINE NASH:"孕育心灵"《现代特殊教育》1999 年第 1 期

存在,人生发展已经受损,干预性训练的目的是排除和减少障碍,使之尽可能地融入社会;对于超常儿童,进行开发性训练具有一定的基础性,超常证明了潜在的优势,如果任其自然,其优势很有可能会被埋没。而对于正常儿童,进行开发性训练可能会存在一定的风险,因为面对一般的婴幼儿进行训练,会涉及适度还是过度的科学性问题,这是婴幼儿群体中的最多数人,其早期教养对他们的发展应当是有保障性的,而不是冒险性的。

因此,我们一方面认为,年龄越小的孩子,发展的可变性、可塑性越大,发展的优势和弱势还难以鉴别,因此对0—3岁的婴幼儿,必须慎用"早期干预"和"早期开发";另一方面必须通过早期发现,使我们关注到发展两端的孩子,并对发展两端的孩子给予不同于一般的指导,这时才有特殊教育中的"早期干预"和早期教育中的"早期开发"一说。

2. 早期干预和早期开发的融合性教养

我们知道,从西方国家来说,特殊教育和常规早期教育历来存有鸿沟,其教育的哲学基础是不同的。特殊教育基于行为主义发展理论,衍生于洛克的教育哲学(白板说),教育的目的强调文化传递,其教育实践则倾向于结构化的干预模式;常规早期教育基于进行性发展理论,衍生于杜威的教育哲学,教育目的强调个体内在价值的实现,其教育实践则倾向于开放性的主动建构模式①。所以,当托幼机构对有特殊需要的儿童和正常儿童分开进行教育时,不同的哲学和心理学理论分别导致了不同的课程方案,在特殊教育领域,往往是以训练为核心的课程,在常规早期教育中多以游戏为中心的课程。

从教育对象的总数来看,有特殊需要的儿童毕竟是少数,主流群体还是大部分处于发展常模中的孩子,特殊儿童接受教育的目的也还是回归主流社会。但是如果从婴幼儿起就处在脱离主流群体的特殊群体中接受教与养,那么最终的回归也将是困难的。鉴于此,全纳教育思想的提出和实践,就应当从生命的最初几年开始,需要对婴幼儿的早期发展进行全纳(融合)性教养方案的精彩设计。因为,如果为障碍儿童或超常儿童专门编所谓的特教班,分别进行专门化的干预性训练和开发性训练,所获得的认知或身体技能的发展,很可能会以牺牲情感和社会性的发展为代价。

①　James E. Johnson, James F. Christie, Thomas D. Yawkey, *Play and early childhood development*, 2nd ed; Addision Wesley Longman, Inc 1998, p.156.

但如果将有特殊需要的儿童融入正常儿童之中,而整个教养方案却只是为正常儿童设计的,那么,那些有特殊需要的儿童主要指障碍儿童就会因为处于弱势而显得孤立无助,他们与正常儿童的交往就会受到限制,这并不是真正的融合。而真正的融合教养应当平等地对待正常和特殊儿童的发展需要。国外融合课程提出的三条原则很值得借鉴:"1) 所有儿童有权学习与年龄相仿的同伴游戏;2) 儿童应有多种机会参与与其技能和兴趣相符的游戏活动,例如,不要规定 3 岁儿童的游戏,3 岁儿童的游戏就是 3 岁儿童选择参与的游戏;3) 所有儿童对帮助其他儿童学习和成长负有责任。"①而对于那些特殊需要的干预和开发,则在自然的常规的游戏环境中接受个别化指导以求自主性发展。

第二节　婴幼儿早期发展中"教"与"养"关系

长期以来,以 3 岁为界来划分接受"教"的起始年龄,这是对婴幼儿年龄特征的观察为依据的。3 岁的孩子已经能说话,有思维了,这是接受教育的基础。因此,对三岁前的婴儿那只是个"养"的阶段。但是,"教育从三岁开始已经晚了",这是近几十年来脑生理学、心理学研究成果带给教育人士的启示。教也要从 0 岁开始,那么,对这样一个特殊的年龄,这是一种怎样的"教"? 教与养之间形成一种怎样的关系呢? 这不仅是早期婴儿教育的基本理论问题,更是如何实施婴儿教育的实践问题。

一、"教"与"养"关系的提出

养,根据《汉语大词典》: 提供食物和生活必需,使之能生活下去。由此可见,这是生物学意义上的,养是指提供生存保障的基本需要,包括吃喝拉撒睡的各个生活环节,对年幼儿童来说,这种生存需要的满足还保障了生理发育和成熟,促进了身体的健康和成长,这种有目的的、刻意的"养"正是对人的身体发育施加的影响。

当从"养"引申为"培养"的时候,已经从生物学意义转向为心理学意义了。于是,便以一个"教"字以示不同于对身体发育所施加的影响。

---

① James E. Johnson, James F. Christie Thomas D. Yawkey, *Play and early childhood development*, 2^nd^ed, Addision Wesley Longman, Inc 1998, p. 156.

教，据《说文解字》："上所施，下所效也"。施，即施加影响。《汉语大词典》解释："把知识或技能传授给别人"。《左传·襄公三十一年》："教其不知，而恤其不足"①。看来，教乃是让人从不知到知，从不懂到懂，"教"是对人的心理发展施加的影响。

作为正规的教育，是一种有意识地对受教育者的身心施加影响的活动，目的在于促进受教育者身心全面发展，正是这种目的性使各级教育机构中，"教与养"的关系在组织实施中有着不同的呈现形式，中小学教育将全面发展的教育分为德育、智育、体育、美育几个组成部分来加以实施，很明显，其中体育则是着重于对身体健康和发展的促进手段，其他三育则侧重于心理发展的促进，而通过四育相互渗透促进学生身心和谐发展。在招收3—6岁的幼儿园则将保育和教育并列呈现，"养"的内涵和意义融于保育，特指通过对幼儿生活环节施加的影响促进幼儿身体的发育和健康。而幼儿教育中又包含了体、智、德、美，体育旨在发展幼儿动作的同时，也承担了促进幼儿身体健康和发育的任务，由此可见，幼儿教育由于教育对象年龄的特殊性，身体的发育和健康在整个全面发展的教育中的地位是极其重要的。

至于3岁前的婴幼儿，只要通过"养"，其生理成熟和身体发育就将得到一生中最为迅速的收获。因而在招收3岁前婴幼儿的托儿所，"养"为其主要职责，无论是在托儿所还是在家庭，且"养"的成果、"养"的经验令人欣慰。然而近二十年来，在世界早期教育潮流的感召下，托儿所也开始了"教"，并有了教的大纲，试图与幼儿园有所衔接。但是，"教"毕竟需要对教育对象的心理基础的依赖，这一心理基础又是神经生理成熟的结果，由于这些年来，对这一年龄阶段的婴幼儿的脑生理原理的陌生，对婴幼儿学习的心理基础的无知，所以为迎合早期智能开发而对3岁前婴幼儿实施的"教"，乃至"教"的效果，也就处于一片茫然，且无意追究的状态了。

今天，当脑生理学和心理学的研究成果提示给我们早教的科学依据，当社会发展和竞争迫切需要人力资源的早期开发，并把育儿行为纳入科学轨道，将0—3岁婴幼儿早期发展与关心纳入教育的范畴去考虑的时候，对这些年来0—3岁早教实践进行反思，以开辟一条符合婴幼儿发展需要和发展规律的早教新路，就显得尤为重要了。而我们认为，婴幼儿历来是讲"养"的，现在要纳入"教"，那么对"教"与"养"关系的把握则理应是首当其冲的。

---

① 罗竹凤：《汉语大词典》，上海：汉语大词典出版社1994年，第445页

我们要追究的问题是,如果托儿所里的"教"面对的毕竟主要还是2岁以上的幼儿,根据心理发展规律,这个年龄出现表征开始思维了,并能听懂指令开口说话了,那么面对0岁开始不会说话,不谙世事的婴儿,"教"意味着什么?在促进0—3岁婴幼儿发展的早教机构中,全面发展的教育目标、教育的组织和实施、教育的内容也是以体、智、德、美的方式呈现,或是保育和教育的方式呈现吗?早教机构的教养人员也是以教师和保育员的两种身份,并以"教"与"养"的职能分工来面对同一个婴幼儿吗?

二、身与心相依决定了教与养合一

我们常常用"发育"和"发展"两个词来表达儿童的成长,发育往往指生理的成熟,发展一般指心理的成熟,年龄则可以标志成熟的水平。只要说出一个孩子的年龄,几乎可以直接想象出这个孩子的大概体形和能够做的事情。年龄本来是一种时间单位,之所以能标志儿童的成熟水平,是因为只要生存得到保障,那么生理发育是由时间决定的,这是不以人的意志为转移的。然而生理发育又是心理发展的基础,与生理发育水平一致,相应的心理发展水平也会显现,所以年龄又成为心理发展的条件。

我们可以从许多方面证明,生理的发育诱导了心理的发展。如:牙齿的萌出使婴儿摆脱母乳,有能力接受各种食物,各种食物在对婴儿补充营养的同时,婴儿也开始了对食物的认识和分辨。又如:婴儿能否控制自己的大小便,不决定于训练的成果,而更重要的是婴儿控制膀胱括约肌和大肠的神经发育,训练的成果也须以此为前提,当婴儿发育以致能够控制大小便时,一种自控的意志感、自主和自信心的情绪将会萌芽。再如:当婴儿的口腔、喉头、声带等发音器官之间的协调逐步发育成熟,儿童的语音就会随之快速递增性地出现,词汇帮助孩子对周围事物和自己动作的结果进行概括,促进了思维的发展,帮助孩子的沟通,促进了孩子的社会性。还如:由神经系统控制的骨骼、肌肉的发育,直接带动了动作的发生和发展,而以动作体现的运动经验与心理发展的密切关系历来是被高度认同的,只是运动经验在心理发展中的作用大小有不同理解,一种观点认为,动作发展诱导心理的发展,另一种观点认为,动作发展促进了心理的发展①。比如婴幼儿爬、走等"自生位移"的产生,就影响了多种心

---

① 庞丽娟:《婴儿心理学》,杭州:浙江教育出版社1993年,第104页

理技能的发展,爬行扩大了婴幼儿的自主活动的范围,增加了接触周围环境的机会,站立和行走还开阔了婴幼儿的视野,解放了他们的双手,这一切都对婴幼儿的认知发展产生直接影响。

当然,身体发育本身不绝对保证心理发展,因为人的心理发展的保障是社会关系,而养育者与婴幼儿之间构成的正是一种社会互动关系,养育行为就是在社会关系中进行的。因此,"养"不仅促进了生理发育,同时也必然引导了心理发展。

三、"养"的方式对婴幼儿发展的客观影响

人类婴儿刚出生时的孱弱,使之不得不无奈而被动地接受来自成人作用于他的养育方式,这种养育方式在不同的养育者那里又各表现出不同的养育行为。无论是怎样的养育方式和行为,目的只有一个,那就是满足婴儿生存的各种需要,使婴儿得以迅速成长。但是我们发现,养育者往往较多关注的是婴儿生存有哪些需要应当给予满足,却很少有对满足这些需要的方式究竟在什么意义上也同时影响了婴儿成长的质量给予重视。让我们从婴幼儿最基本的生活环节——吃、睡、排泄的养育过程来对此作一分析。

首先"哺喂"是最基本的养育事实,对此,人们比较多地关心母乳与其它代母乳品对婴儿发育的营养价值,并已通过科学的分析证实母乳具有婴儿成长最好的营养价值。其实,母乳喂养的意义除了乳汁的营养成分和抗体成分以外,伴随着母乳喂养时的哺喂姿势带给婴儿心理上的刺激,却也具有不可忽视的研究价值。近年来,对婴儿早期情感依恋的重要性得到了揭示,由肌肤接触带给婴儿心理安全的心理学研究成果,使人们注意到母乳哺喂与婴儿肌肤接触的关系。母亲乳汁分泌受内分泌系统的支配,母亲内分泌素的变化在分泌乳汁的同时刺激母亲爱护婴儿的感情反应,婴儿的口唇触觉是最敏感的,嗅觉也是相当发达的,比起那些人工喂养的婴儿,母乳喂养的婴儿由于更多拥有母亲温暖的怀抱,母亲的语声、微笑、气味和对婴儿的触摸方式为婴儿早期熟悉、认识母亲和对母亲的感情依恋提供最充分的机会。婴儿的口唇和嗅觉与母亲的肌肤和体味构成的安全基地,使他们在体验安全感方面就获得了更多的机会。从观察和访谈中我们得知,母乳喂养比人工喂养时无论是母亲还是婴儿都有更多的亲昵动作,实验研究表明3—6个月母乳喂养婴儿比人工喂养婴儿在喂奶时更多地观望、偎依母亲和更多的腿脚蹬踢活动,显示出母乳喂养婴儿

比人工喂养婴儿更明显地享受舒适状态①。这也许就是母亲的肌肤与体味与橡皮乳头、玻璃奶瓶给婴儿的刺激的差异性所致。

其次,满足"睡眠"需要一直被认为是婴幼儿健康成长的一大保障,如果说对睡眠中生长激素分泌以及睡眠对迅速生长的肌体的修复的研究成果,启示了养育者对婴幼儿充足的睡眠时间的保证,那么如何睡眠、睡眠环境将给婴幼儿的发展以怎样的影响呢? 从睡姿来看,由于初生婴儿尚无自主翻身能力,其睡姿是由养育者决定的,根据中国的传统习惯,养育者一般让婴儿取仰卧姿势,而欧美育儿方式更习惯于让婴儿俯卧。结果在用丹佛智能筛选法(DDST)对上海小儿筛选检查后发现,上海小儿"视线跟踪"比丹佛小儿早些,但在粗动作方面,一般看来丹佛小儿早些,尤以"伏卧举头""能翻身"、"自握能站立"等项目差别更为显著②。睡姿竟然影响了动作的发展,而睡姿的习惯来源于传统育儿观念,欧美人认为俯卧是婴儿的自然睡姿,而中国人有给新生婴儿打"蜡烛包"的传统,包裹起来的婴儿也就无法自然了,同时也避免了俯卧带来窒息的可能。

关于蜡烛包的传统育儿习惯,近来也受到了新育儿观的挑战,认为蜡烛包对婴儿手脚的捆绑有碍四肢的运动,影响肺部呼吸等。但也有人认为婴儿在襁褓中的运动也是一种特殊的触觉刺激,能增强本体分析器的感受功能,同时,从自然生长的观点来看,婴儿从母体内到母体外面临着一个很大的环境变化,这个变化本应当是由母亲的怀抱作为过度的,婴儿至少有一段紧紧依靠母体的时间(怀抱和背负)。但人类社会的进步却让母亲担负更多哺育婴儿以外的事,因此早早地与新生婴儿相隔离,于是襁褓却可能给了刚离开母体的婴儿一个相对安全的依靠。从这个角度思考,我们将那些非抱就哭的婴儿看成是一种必须要纠正的坏习惯,而用不予理睬的训练方法就非常值得反思了。

再看排泄和盥洗的问题,弗洛伊德将婴儿大小便自控能力与心理上的自主意识相联系,是婴儿意志力的初萌。我们要考察的是养育方式如何影响了排泄自控能力,而对这种能力的训练确实也是教养的一种重要目标。在这里,尿布起着怎样的作用? 访谈中,家长们普遍认为,尿布是为成人的方便而用的,所以对怎样的尿布最理想,大都选择市场上购买的"尿不湿",而对婴儿大小便的自控能力却特别强调需要专门的训练。但很少有家长会想到尿布本身

---

① 孟昭兰:《婴儿心理学》,北京:北京大学出版社 1997 年,第 146 页
② 李丹:《儿童发展心理学》,上海:华东师范大学出版社 1987 年,第 113 页

对婴儿自控排泄能力有着直接的影响。棉布做的尿布既吸水性好，同时能刺激婴儿的触觉，当婴儿受到刺激以后感到不舒服就会以特定的方式表达，在成人的应答下，婴儿重新回到舒适的状态，这一互动过程本身是一种学习，是一种经验的累积。同样，由于不舒服的刺激也会加速他神经生理成熟并提前学会自控。而"尿不湿"的吸水功能强到使婴儿对皮肤刺激的麻木，虽然方便了成人(不必洗涤)，却无意间推迟婴儿对控制排泄的能力形成①。

　　由上所述是想说明一点，每天重复进行着的养育行为，是养育者无意识地给婴幼儿的发展以不同的机会，即使生存的保障是一样的，但由于养育方式带来的心理刺激不同，而使婴幼儿成长的质量也不同。而对这一问题的关注，目的是让养育者将养育方式的无意影响提到意识的层面来考虑其养的行为，此时的"养"中便蕴涵"教"了。

四、婴儿期"教"的实质：生活即教育

　　自从脑生理科学的研究成果为早期教育提供了科学依据，认为婴儿不是无能的，出生不久便有了学习能力。于是有人提出"教育从3岁开始已经晚了"，"0岁教育"得到普遍的倡导，"只养不教"的传统育儿受到指责。由此引导的实践就是对婴幼儿除了"养"以外，还要"教"，有了专门的"婴儿教育"的目标确立和内容开发，这一切看似非常理性。

　　但有不少有识之士担忧教育向3岁前延伸，是否会造成对发展的负面影响，这种担忧不无道理。由于现实中确实有对婴儿教育内涵理解的错位，导致了实践中"教"的误区。比如，将婴幼儿成熟的一般规律作为婴幼儿个体的即时目标，而专门开发的训练内容，往往受到训练时间、环境和婴幼儿个体特征的制约，要求在规定的时间里做规定的训练，并试图产生预期的效果，其结果往往不是无用功就是由于太过超前或过度刺激而有损于发展。我们知道，婴幼儿年龄越小发展越快，同月龄之间的个体差异也越大，所以给教育阶段目标的确立、内容的开发以及训练的方式都带来很大的限制，弄不好，适得其反。

　　因此，问题的关键不在于教育是不是应该从0岁开始，而是如何理解3岁之前的教育。从身与心相依的关系导出的养与教相融的关系中，自然就蕴含

---

　　① 张民生：《0—3岁婴幼儿早期关心与发展的研究》，上海：上海科技教育出版社2007年，第101—104页

着一个道理,那就是"养育"的过程就是一个"无意教"的过程。比如"养"的规律性,蕴含着秩序感的培养——养育者是否对婴幼儿建立稳定的作息时间、固定的物品取用场所、有规则的生活照料等,决定着是否容易使孩子在不断的预期性行为的确定中,建立一种秩序;伴随养的语言刺激量,蕴含着语言发展的机会——有的养育者在照料婴幼儿时有较为频繁的语言刺激伴随着养育行为,给孩子穿衣、喂食、盥洗等过程中,不断描述其正在进行的行为以应答婴幼儿的表情,而有的养育者则较为寡言。显然,面对不同的养育者,婴幼儿接受的语言刺激量就会不同,由此导致的语言发展也会受到不同的影响;养的方式也蕴含着习惯的养成——养育者对婴幼儿照料行为的习惯就是一种示范性行为,饭前是否洗手,饭后是否擦嘴,睡觉时衣服鞋子如何摆放,不用专门的教,自然就会随着孩子生活自理行为的产生,而转移到孩子的行为模式中;在养的过程中还能收获智慧——生活中处处渗透着各种事物的知识和事物之间关系的经验,孩子在各种生活环节的自然过程中就经历、体验和发现着各种事物的变化,养育者在生活照料的同时,是否善于作出描述和解释,给孩子事物的名称,让孩子尝试由行为引起的变化,对孩子认知发展的意义是不同的。

人类婴儿终究与养小动物不同,养的过程客观上渗透了教,但是这种教似乎是无意的,我们的目的要使无意的教变为自觉的教,但不是专门刻意的教。由此我们认为,3岁前的"教"是附属于"养"的,倡导0岁开始的教育,实际上是唤起养育者在养育过程中的教育意识,那就是生活即教育。当然,生活的范围是广义的,对婴幼儿来说,除了通过生活照料以满足生存需要以外,游戏是婴幼儿生活的又一重心,婴幼儿游戏是一种自发履行生理、心理功能的行为,养育者的作用在于创设环境提供机会,支持其游戏行为。

五、"教"与"养"关系原则的内涵辨析

既然身心相依,教养便不能分开,于是就有了教养关系的原则。问题是随着年龄的增长,"养"的成分和"教"的成分比例会发生变化。因此,在婴幼儿发展的不同阶段的教养原则是否需要不同提法,以示不同的内涵?幼儿园保(育)教(育)关系原则有三种提法:"保教合一"、"保教结合"、"保教并重"。从对幼儿园教师的访谈来看,对三种提法的内涵理解是一样的,那就是"保中有教,教中有保"的相互渗透。而对幼儿园保教关系原则的实施来看,大致也是基于同一种理解上的行为,那就是一种"插入式保教关系"行为,即在教育过程

中渗透保育意识(做法上基本是教育活动中插入保育行为),或在保育活动中渗透教育意识(保育活动中插入教育行为)。如果说在 3—6 岁的幼儿园阶段是这样一种内涵理解的话,那么严格地按照文字含义来区分保教关系原则的三种提法,对 0—6 岁整个大的阶段跨度来说是有意义的。

"合一"是指保育和教育(教和养)是同一个过程;"结合"是指保育和教育(教和养)相对独立中的相互渗透;"并重"是指保育和教育(教和养)相对独立而同等重要。保教关系原则三种提法是一种具有年龄适宜性的递进关系,即从"教养合一"到"教养结合"再到"教养并重"。年龄越小,教与养越不能分离,2岁之前的婴儿教育应当完全融于养育的行为,它们是同一个过程。《上海市 0—3岁婴幼儿教养方案》中提出"以养为主,教养融合"的原则,表明的就是融教与养为一体,而主要是以养来融教(婴儿阶段)。随着年龄的增长,思维的出现,"教"与"养"才有相对独立的可能性,这时在以养为主导的活动中渗透教育因素,在以教为主导的活动中渗透养育因素(幼儿园阶段),最终将逐步走向专门进行教育的可能性(学龄阶段)。但在整个儿童发展时期,养的任务始终存在。

第三节　婴幼儿发展的连续性和早期教养的阶段性

一、由"发展的连续性与阶段性"的心理学依据引申而来的教育假设

发展心理学常常用一对辩证的概念来描述个体心理发展过程,那就是发展的连续性和阶段性。"为了形象地说明连续性和阶段性,我们把发展的连续性比作一个儿童在平缓的斜坡上不断地往高处行进。他的步伐平稳而连贯,步步升高。而发展的阶段性就像一个儿童在台阶上攀登,每一步登高都是突发的,每登上一个新高度,就与先前的水平具有质的不同","连续性体现量变,阶段性体现质变"[①]。

可见,发展过程的连续性是一条向上的坡线,它表明:每一个个体的发展都能勾画出一条不断向上的斜线,各不相同。发展的连续性给教育的启示是:

---

①　王振宇:《学前儿童发展心理学》,人民教育出版社 2004 年 10 月,第 31 页

要关注不同个体发展的每一个时刻,关注发展的小步递进和潜移默化。

发展过程的阶段性是一个向上的层级,它表明:不同个体相同时期的发展都能被概括在同一个梯段里,每个梯段的水平线表示了众多个体的平均发展水平。发展的阶段性给教育的启示是:注重众多个体发展的同一个时段,注重依据典型特征施加普适性影响。

由此看来,阶段论给分龄集体教育以理论支撑,连续论却能给混龄个体化教育以科学依据。

过去乃至现在,我们的教育更多地接受发展的阶段理论,以年龄阶段的特征为依据,来制定教育的目标和实施课程,对教育机构而言,这是必然的。因为教育是分阶段进行的,教育是面向集体展开的。

制度化的教育是从 3 岁开始的,幼儿园、小学、中学,以至于大学,都以教育对象不同的发展时段,施加不同学段的教育影响,就每个学段之内,还依据发展的年龄特征分年级进行阶段性同龄教育,没有疑义。

问题是当教育向前延伸到 0—3 岁,仍然以这样一种阶段的逻辑对其进行分阶段的规范化教育,行吗?出生后的前 3 年,发展速度极快,阶段很小(以月龄分),但个体之间发展速度的差异性也大,小阶段的规范划分难以具有个体之间的普遍适应性。因此,针对 0—3 岁婴幼儿的有目的有计划的教养阶段,该如何划分?

二、早期教育的年龄阶段划分所面临的问题

当我们将相衔接的两级教育机构联系为一个整体的时候(托幼一体、幼小一体),我们会发现,过去的这样一种年龄分段,使我们在认识孩子的心理发展从相对幼稚到相对成熟的过程时,对整个个体发展的阶段性和连续性的把握是比较含糊的,在幼儿园看低了小班,却看高了大班,许多要求幼儿园小班学做的事,托儿所的孩子已经能做了,而幼儿园大班却在与小学一年级试比高低了,学了许多小学的内容。托儿所也有同样的问题,由于托大班被认为是托儿所里最为成熟的年龄班,所以提出的教育要求常常高于幼儿园小班,最终出现了托、幼、小教育机构之间教育目标和要求的不衔接(重叠和错位)。且不论上下两级教育机构之间的衔接问题,在此就托幼机构内部的教育阶段划分提出值得思考的问题。

学校教育按年龄编班,全班同时升级,这很容易理解和接受。而招收 3—6 岁和 0—3 岁儿童的托幼机构,是否也按年龄编班,则各有不同了。而按年龄

编班的形式,比较看重阶段性教育目标的达成度,且强调目标的一统性;按年龄编班的形式也比较看重教师的教学技能,且强调技能的模式化和规范化。如果这种源于工业社会效率意识和流水线作业方式的同龄编班集体教学,尚适合学校教育,甚至也适合3—6岁的幼儿园教育的话,那么这种形式是否适合0—3岁的婴儿教养机构呢?

长期以来,学前教育习惯上分成两个阶段:0—3岁的婴儿教育和3—6岁的幼儿教育,这在世界上都一样。因为在一般意义上,3岁前后两个阶段在总体发展水平上有明显的差异,前一个时期是各种心理现象、行为先后发生和初步发展的时期,为婴幼儿期;后一个时期则是初步发展和趋向成熟的时期,为幼儿期。所以我国在20世纪50年代就规定,"托儿所和幼儿园应依儿童的年龄来划分,即收3周岁以下的儿童者为托儿所,收三至六周岁的儿童者为幼儿园"[①]。而一旦纳入制度化教育,教育机构是要按阶段来计划教育行为的。就我国而言,学前教育机构也大都是以年龄编班的,幼儿园是一岁一个年龄班,分成小、中、大班,托儿所一般是半岁一个年龄班,除婴托班以外,分托小、托中、托大班。

可见,我国的婴幼儿教养阶段划分,是以年龄越小发展速度越快的一般发展规律为依据的,婴儿教养目标按月龄细分。但是,这种划分仅仅满足了早期发展速度快的需要,却没有考虑早期发展个体差异大的需要。虽然在教养过程中施以个别化教养方式为主,但是在同龄编班的情况下,教养目标的月龄同一化,必然带来个别教养方式使用时的不适宜性。特别是当年龄班教养目标同一时,其教养阶段的衔接就会要求集体同时升班(无论是几个月为一个年龄班),而忽略不同个体对同一教养目标的适宜性。

实际上,从发展的连续性来看,严格的年龄界限是不存在的,不可能在同一个年龄,所有的孩子都进入同一水平的发展阶段。所以孟昭兰曾以"从出生的一个无独立生存能力的自然人到初步具备独立活动能力和主动寻求生存条件能力的社会人"为依据,列出八个具体的指标,划定婴儿期与幼儿期的年龄界限。但同时指出,这八个方面的指标"并非在同一天内达到,但总体上,在2—3岁之内均可实现。因此,我们认为,婴儿期确定为0至2—3岁较为妥当。不把它规定为0—2岁或0—3岁,而是在0至2—3之间给予一个可供伸缩的幅度"[②]。显然,这一年龄阶段的心理学划分依据告诉我们:由于年龄越小发

---

① 教育部、卫生部、内务部关于托儿所幼儿园几个问题的联合通知(1956年2月23日)
② 孟昭兰:《婴儿心理学》,北京大学出版社1997年7月,第22页

展的速度越快,因而不仅年龄之间的发展水平差异越大,而且同龄个体之间的发展水平差异也越大。例如在正常发育的婴儿中,独立行走的时间可以相差半年以上,开口说话的时间甚至可以相差 1 年到 1 年半。这就对以月龄为依据的传统婴幼儿集体教养阶段的划分,以及对阶段目标的月龄同一化提出了疑义。

三、0—3 岁婴幼儿集体教养阶段划分的依据

发展是连续的,虽有阶段的特征,但连续是主要的。同样,教育方案是分阶段实施的,虽有阶段的设计,但教养实践却是一个连续的过程。对婴幼儿群体来说,教养的连续过程难以用一个个短程的阶段教养目标来为所有孩子设立同一时间内所要达到的里程碑。因为早期发展速度的个体差异太大,阶段分得越细,越出阶段界限两端的孩子也就越多。但是对每个婴幼儿个体来说,时间确实是发展的重要证明,而且每一个细微的发展变化都在短程的阶段里显现,教养的内容和方式都必然要随之改变,所以阶段的划分是必须的。

这一阐述呈现出集体教养与个体教养的矛盾,即对群体来说,教养阶段不易分得太细,越细教养行为越不适宜;对个体来说,教养阶段的划分越细越好,越细越能体现教养的适宜性。而我们探讨的毕竟是集体教养机构的阶段划分,所以,以月龄为依据的分段教育所对应的年龄班,其阶段的年龄界限应当是模糊的,或者说是一定范围内的混龄教养。由此,我们才能进一步探讨阶段划分的依据是什么。

既然不能简单地以年龄来进行阶段的划分,那么就是以发展的实际水平为依据了。那么实际发展水平的明确标志是什么呢?我们认为在婴幼儿期那只能是动作了。因为,动作是婴幼儿早期神经系统发育的重要指标,动作是早期心理发展的诱导因素和促进力量。伯克利、赫布、考夫曼和艾德尔曼都认为,是婴幼儿自发的动作活动,才使得其精确的大小、形状、深度、方位等空间知觉成为可能;皮亚杰认为,动作是婴儿认知结构的奠基石;伯恩斯坦和艾德尔曼认为,婴儿早期动作活动的结果必然导致大脑感知运动控制系统的重组,这样使感知系统和运动系统共同作用以产生范畴化、记忆和总体适应功能。[1]可见,从婴幼儿动作发展与心理发展的关系中来把握不同阶段教养的内容是十分重要的。当然,我们并不能简单地以动作发展阶段来对应心理发展的阶

---

[1] 庞丽娟:《婴儿心理学》,杭州:浙江教育出版社 1993 年 12 月,第 102—103 页

段,两者虽有关联,但并没有一一对应的阶段同步,比如一个婴儿可能在动作发展上超越其他婴儿,并不等于语言、社会性等其他方面也超越其他婴儿。正因为如此,我们更不能精细划分集体教养的年龄阶段。

那么,以何种动作的发展阶段来划分教养阶段呢?我们认为,婴幼儿身体的位移能力作为教养阶段划分依据十分有利。这不仅因为"婴儿躯体位移能力的发展对婴儿心理发展,包括认知、情绪和社会性行为的发展,都有重要的影响"①。更重要的理由是,婴幼儿躯体位移能力的几个阶段,是婴幼儿在自身与客体相互作用的关系中不断地从被动趋向主动化和独立化的过程。当婴儿处在还不会爬行的阶段,他们主动作用于外界环境的范围非常有限和无奈,扩大刺激的范围必须依赖成人。由此,爬行儿显然要比怀抱儿从外部环境主动获取的信息更多,而能独立行走的婴幼儿又比只处在爬行阶段的婴幼儿主动作用于外部环境的机会和方式更多。这一切正是集体教养机构在计划教养环境、教养形式时的重要前提。同时,躯体位移能力也是婴幼儿发展最明显的外部特征,作为升班的依据非常容易把握。

为此,0—3岁集体教养机构的教养阶段可以划分为三个阶段:第一阶段从怀抱儿到爬行儿,第二阶段是从爬行儿到学步儿,第三阶段是从学步儿到行走儿。

四、躯体位移能力的月龄参照及其对教养工作的意义

爬行前、爬行、学步以及行走等行为作为阶段标志,任何个体只要躯体位移能力的发展符合某个阶段便可随时升班,不受统一的年龄限制,其阶段的年龄界限只是一种参照,比如第一阶段大约为0—8个月、第二阶段约为6—18个月、第三阶段约为15—36个月。这样一种阶段的划分有两个特征:一是阶段之间的月龄重叠,这种重叠满足的是个体发展速度的差异性;二是各个阶段的时段依次延长,比如第一阶段延续8个月,第二阶段延续12个月,第三阶段则延续21个月。其好处是,婴幼儿依恋形成的关键年龄在第三个阶段,因而分离焦虑也是这个阶段最为明显。据研究表明:第三个阶段的婴幼儿是入园、入托适应最困难的年龄。1岁半之前和3岁之后都比较容易适应,而实足年龄2

① 孟昭兰:《婴儿心理学》,北京:北京大学出版社1997年7月,第142页

岁左右入园的孩子哭闹最为厉害①。所以,这个阶段带班保教人员的稳定性是极其重要的,因为频繁更换保教人员不利于婴幼儿的心理安全感。而第三阶段的延续时间最长,也可使带养这个年龄婴幼儿的保教人员相对稳定。

这样一种阶段的划分还意味着一种混龄群体的形成,这就对早期教养提出了两条特殊的教养原则。一是"混龄群体中的个别化教养原则",因为婴幼儿的学习方式是个别化的,整个3岁之前只能是以个别教养为主,而个别教养是在混龄群体的背景中进行的,在个别化学习指导中,混龄同伴本身成为一个很好的教育资源,容易体现最近发展区的学习效应,而教师创设的同一种环境在不同月龄的孩子身上会产生不同的效应。二是辅助施行"混龄群体中的同龄集体教养原则",因为教养阶段的月龄跨度很大,个体差异也很大,在这个混龄群体中的大龄婴幼儿已经能一定意义上地服从指令控制行为了,所以在其他小龄婴儿个别活动的同时,可用合适的方法组织大龄婴幼儿进行短时集体活动。

此外,婴幼儿之间发展的差异性和多样性决定了没有精确统一的阶段发展目标,如果说发展特征上的差异难以把握,但发展速度上的差异却是显而易见的。教养行为的适宜性莫过于随着孩子发展的速度而变化了。由于生理成熟和心理发展的时间有差异,但成熟和发展的顺序却大致相同。所以,年龄特征不能直接转化为阶段教养目标,它只是一种发展的观察和评估的指标,而教养目标、内容和方式是受发展顺序的引导,而不是按规定的时间调整。具体地说,提供婴儿学步的扶栏,是因为婴儿已经能够扶物站立,而不是因为婴儿已经10个月。事实上,从婴幼儿家庭教养的实践来看,父母的教养行为往往并不是教养的月龄目标引导的,而是孩子的发展状态诱发了父母相应的教养行为。因此,个体的实际发展水平才是个别化教养的主要依据,观察、评估婴幼儿的发展事实,并随时提供相应的教养支持,就成为婴幼儿保教人员的基本素养。

第四节 婴幼儿早期经验与未来发展的关系

提出这一对关系主要是针对早教现实中急功近利的教育行为,试图从教育的即时效应和潜在效应来分析发展的基础性问题,这个基础是具有长远意

---

① 资料来源于上海市实验幼儿园的研究

义的。许多研究证明,早期经验影响未来发展,特别是某些最具基础性的东西,是眼前不能马上显现的。所以,当早期教育着眼于 0 岁起点的时候,这人生的开端教育将为后继的学习乃至终生的发展起怎样的作用呢?

一、幼年期的未来意义

1. 幼年期存在的价值

按照进化生物学的理论,幼年期的延长是进化的结果,越是高级的动物,其适应环境的能力越强,而这种对环境的适应性需要一个相对长的孕育和成熟的时期,由此有机体才能充分完善自身结构,以应对复杂多变的生存环境,而赢得较长的生存期。因此,幼年期越长的有机体,意味着适应未来复杂环境的可能性越大。由此,我们很容易地就可将幼年期与未来的适应性加以联系。

幼年期即幼稚期,幼稚即不成熟,因此不成熟的幼年期意味着正处于学习和发展时期,而学习和发展的则是一种不断增强的自然适应性和社会适应性,这种适应性不仅指向现时,更是指向未来。

这一认识在格罗斯的经典游戏理论中就早有表示,他把游戏作为幼小动物的不成熟表现所具有的未来价值给予揭示,不成熟期的幼小动物在依赖成年动物生存的同时,为未来独立生存做着准备。布鲁纳对幼年期延长的价值也给予了肯定,认为延长发展中的幼稚状态,其价值正是为了随后到来的高层次功能①。而人类的幼年期长于任何一种动物,是因为人类是依凭最复杂的(高级)心理机能去适应大千世界的千变万化的。所以,人类进化过程中不断延长的幼年期,更主要是指心理的不成熟期,幼年期所孕育的对未来的适应性,也主要是心理的。近年来被谈论较多的青春期两极迁延现象,指的就是个体提前步入生理成熟期,而社会适应期(指独立生存能力,即心理成熟期)却在推迟到来。

这是一种进步,而不是退化。人类文明进步的标志正是人类自身不断提高的生存要求,这样一种高质量的生存适应所需要的心理发育远比动物纯生理性适应需要更长的孕育时间,即学习时间。由此可以推论,人类的生存适应

① James E. Johnson, James F. Christie, Thomas D. Yawkey, *Play and early childhood development*, 2nd ed, Addision Wesley Longman, Inc 1998, p. 11.

能力是日益增强逐代提高的,而不成熟期和生存期也同时延长。

2. 幼年期游戏的未来适应性

人类的这种生存适应能力究竟指什么? 尤其是当代高科技社会的谋生手段需要怎样的适应能力?

习惯上把学龄前儿童列为游戏期(非正规学习期),入学以后的儿童归为学习期(正规学习期)。这两个时期以心理成熟度的差异为阶段区分,以成长的不同方式为阶段内涵,游戏期与学习期各自承担着不同的发展任务。游戏期的幼稚心理特征使幼儿还不能以理性的方式对待已经被抽象和概括了的客观世界的知识,游戏则是幼儿以直观的方式认识世界的最好途径。显然,幼儿从游戏中获得的主要不是特定的知识和技能,而是一种能力,是一种认识世界的能力,是这种能力保障了幼儿在未来生活中的生存适应性。

布鲁纳、萨顿史密斯等解释了这种能力与游戏的关系,肯定了游戏具有未来适应的意义。尽管儿童在游戏中不能学到未来生活所需要的特定知识和技能,却在游戏中获得一种应对未来的适应性。从三个方面可以说明游戏的这个功能。一是婴儿不停地重复的动作机能性游戏,孕育着未来生存所需要的动作协调和身体的平衡性;二是幼儿对游戏过程的关注要大于对游戏结果的追求,这就使他们总是不断地变换方式地重复同一种活动,因而获得一种思维的创造性;三是幼儿在游戏中不断转换同一种物体的不同使用意义,替代物的使用发展了他们思维的变通性和可塑性。可见,游戏所孕育的心理可塑性、变通性和创造性则是对未来生活最好的适应性。因为,"由于外部环境的飞速变化,人们不能预测未来,也不能预测环境所需要的技能和知识。因此,成长中的儿童的适应性不需要精确具体的定位,而要求行为更大的可塑性","儿童或者是通过发展可塑性或者是通过保存可塑性的潜能,而不是熟练具体的技巧来达到这个目的的"。也就是说,教学给孩子的是今天社会生活所需要的知识技能,而游戏给孩子的则是对变化着的未来的适应性。游戏使这种适应以一种潜能保留下来,并不同程度地增强,以在未来显效。过早进行定向性知识技能的教学训练只能是为了快速成年,缩短幼年期和游戏期,削弱的将是适应性潜能的显现化。

3. 不要人为缩短幼年期

诚然,社会文明进步的事实是通过学习期的延长来获得谋生的知识和技能,提高个体的生存适应性。但是今天,人们似乎觉得这种向后延长的学习期还不足以跟上社会发展所要求的,当代社会发展所需要的知识难以在学习期穷尽,于是又试图向前延伸学习期。遗憾的是这种向前延伸的学习期必然导致游戏期的缩短,幼儿不得不放弃大量的游戏时间,去接受特定知识和技能的训练。而这仅仅因为,游戏带给幼儿的发展效应,远不及读写算的直接教学或训练所能带来的收获那么即时、那么确定、那么清晰可见。

然而,当这种现象继续向3岁之前延伸的时候,呈现在我们面前的又是一幅怎样的图景呢? 这一图景又让我们警觉了什么?

人们正在塑造心理早熟的儿童! 人们正在缩短幼年期!

我们看到的是:对3—6岁的幼儿,依据的是只要能学会的,何乐而不教,于是以牺牲游戏去学习,而不考虑牺牲游戏意味着牺牲未来,不顾及是在花更大的力气去获得以后轻而易举就能获得的东西;对3岁之前的婴幼儿,"教"显然很难奏效,于是把成熟的指标作为训练的目标,面对不同的个体,在规定的时候,用规定的方式,刺激婴幼儿产生我们期望的行为,以达到加速阶段进程的目的,而忽略了任何一种新的心理特征需要不断重复,以一定的量的累积才能稳定在心理结构中的。

我们要警觉的是:过早教授特定的知识,会以心理的刻板化替代心理的可塑性;缩短阶段的进程,是以跳跃式发展替代充实发展。

有识之士呼吁,要让儿童按照儿童的样子生活。游戏是幼稚心理特征的表现,游戏行为就是儿童特有的样子,我们阐明游戏的意义,也就是肯定幼年期存在的意义,限制儿童游戏就是扼杀儿童天性,更是剥夺儿童幸福。早在18世纪卢梭就谴责当时的教育在是培养"老态龙钟的儿童",呼吁用自然教育的思想保护儿童的天性。

卢梭看到"游戏是儿童的天性",陈鹤琴看到"游戏是儿童的生命",实际上揭示了游戏是幼儿自发履行生理心理功能的表现,婴儿期有婴儿的游戏,幼儿期有幼儿的游戏,不同时期的游戏蕴藏着不同时期发展的奥秘,不能错过任何一个时期婴幼儿自发产生的游戏行为。就婴儿而言,当他开始要爬的时候,不能没有爬的游戏空间,因为婴儿的爬行不只是为了眼前的身体移动,其爬行带给他的前庭刺激,正在发展他未来生存必须的平衡能力和感觉统合能力;当他的双手开始有目的地抓握大东西或拿捏小物品时,就不能没有足够的物体让他把玩,因为把玩物体不只是满足手的运动需要和发展精细动作,而更重要的是婴儿在把玩中学习辨认和区分,体验物体之间的因果关系;当他开始牙牙学语时,就不能没有丰富的语言刺激,用语言与他逗乐,对他说话,这不仅关系到他开口说话的时间和质量,也是社会关系的一种体验……游戏行为是发展的需要和发展的反应,这种早期发展应当得到早期关心。因此,以游戏为基本活动,其价值不仅仅是为了幼年的幸福,也是为未来的幸福奠定基础。以游戏保证童年期存在的现实意义——幸福的童年;以游戏保证童年期的未来意义——幸福的人生。

二、把握早期教育实践中的早期经验观

1. 早期教育中如何看待早期经验

中国有句俗语,"三岁看七岁,七岁看到老",非常经验性而又通俗地表达了早期经验与未来发展的关系。而当代研究又把早期环境剥夺的许多案例作为早期经验对未来发展影响的重要事实依据,而生物学、心理学和脑科学又为"童年关键期"提供了一系列实验证据,这一切对早期教育领域产生的影响是极其重大的。

虽然研究大都采用的是早期环境剥夺的实验,而且利用的也大都是早期的消极经验对以后产生负面影响的案例。但是却在早期教育中启示出起跑线上的领先教育,以为那些早期发展失利的儿童在以后难以回归正常发展轨道的事实和实验,已经论证了儿童期是人生发展的关键期,便推论起跑线上的领先也就意味着未来发展的领先。于是,除了琴棋书画以外还在外语、心算等方面进行提前的训练。

实际上,"儿童早期经验的影响及其在他的整个一生心理发展中的作用,受一系列因素制约。它和儿童个人的特点,所涉及的心理和行为领域,早期经验发生的时间,经验本身的性质和种类,儿童以后的生活经验等等都有关系。不能根据某些极端剥夺条件下儿童心理发展的现象,笼统在肯定早期经验对所有儿童心理发展的各个方面都产生永久的,不可改变的影响"[1]。这就提示我们对当今早期教育中某些超前训练的反思,这种以为"极端剥夺"会引致长远负面影响,那么"大量提供"就一定会引致长远正面影响的简单推论,至少忽

---

[1] 缪小春"儿童早期经验在发展中的作用"《心理科学》2001 年第 24 卷第 3 期

略了三个问题。首先,忽略了获得早期经验的个体差异性。"早期经验的作用及其持久性受儿童个人特点的影响很大"[①]。例如同样是离开家庭生活在寄宿制幼儿园的孩子,寄宿生活对他们情感上产生的影响是非常不同的,这很大程度上取决于个体的神经类型和气质特征、入园时的年龄以及亲子关系等。同样,早期接受同一项技能训练的孩子,有些得益有些却相反。其次,忽略了早期经验获得过程孩子付出的代价。如果以牺牲游戏去接受训练,或牺牲某方面的发展去获得另一方面的发展,比如在被动获得认知经验时,可能会有积极情感经验的缺失,这是否值得。如果学习的结果却使孩子痛恨学习了,那么,究竟是哪一种早期经验在影响未来的发展呢。第三,忽略了即时成效并非必然具有持久效应的考虑。"早期经验的影响可以被以后的经验改变",早期经验的持久影响"往往是儿童生活环境连续性稳定性的反映,它不一定是儿童早期经验对儿童心理发展的影响具有持久性的证据"[②]。因为任何一种新的心理特征需要不断重复,以一定的量的累积才能稳定在心理结构中的。例如很多儿童早期曾学习过外语,但由于没有持续的语言学习环境,当以后再学习的时候,早期的那点外语经验最终与早期没有学习过外语的孩子相比,没有任何优势。因此,新经验的重复性和经验赖以产生的环境的持续性是早期经验得以产生长远影响的关键,那就不是急功近利式的训练所能实现的了。

2. 早期教育追求的是终生受益的品质

由上所述,我们知道,早期获得的经验对发展的影响有些是短暂的,有些是长久的,这与发展的不同领域有关;同一种发展领域的早期经验,有时是短暂的,有时是长久的,这与经验获得的持续时间有关。那么,0—3岁婴幼儿的早期发展既然纳入了有目的有计划的教养范畴,那么我们就必须关注早期经验的可塑性和持久性的问题。因为这关系到婴幼儿一生的可持续发展,具体还会涉及早期该教什么的问题。

由此,我们要在对待早期经验的态度上立足于三条根据,一是根据早期经验的可塑性,在早期关注中发现婴幼儿已经获得的经验,哪些是由于环境缺失造成,而正在影响其正常发展的(如动作发展迟缓、语言发展障碍等)。那么,及时通过环境的改善而消除儿童早期经验的不良影响,从而对发展进行补偿。

---

①②　缪小春:"儿童早期经验在发展中的作用",《心理科学》2001年第24卷第3期。

二是根据早期经验对未来发展影响的不确定性,去分辨哪些经验的早期获得是没有意义的,它只有短暂的效应,却付出了巨大的代价,乃至是花了更大的力气去获得以后轻而易举就能获得的经验。那么,将那些由教育的无用功而消耗的资源转化为有意义的教养实践,就显得十分重要了。三是根据早期经验的持久性,确定出能使婴幼儿获得可持续发展的早期经验,即哪些是后继学习所需要的知识和技能,终生发展所需要的品质和素养。那么,为了使这样一种早期经验能够在不断发展的过程中产生持久的影响,就必须以不断重复的、持续作用的、潜移默化的方式施加影响。

在基于这样三条依据的前提下,于是我们认为,作为有目的的教养行为,还是要坚持追求早期经验的持久影响。因为教育的自觉性,就在于通过教养者施加的影响,使之获得的经验是可以尽其所能地控制的,使良好环境中产生的积极影响得以持续,使不利环境中产生的消极经验得以消退。问题的关键是如何把握终身发展所需要的品质在早期的表现,从而给予恰当的引导。我们认为,既然任何一个阶段的教育都是立足于教育对象的现有基础来实施的,那么,对如此幼小的婴幼儿来说,实施教育的基础就是天性。应该说,任何一种未来发展的可能性,都能从天性中寻找到催生的幼芽。

本性是善是恶,古代先哲就有论争,弗洛伊德对儿童本能也有破坏性和建设性之议,这本身就意味着天性有向多种方向诱导的基础。缘此,我们就能很容易地将值得早期培养而一生受用的品质与这些品质的早期表现联系起来。比如身体的协调和平衡性,从早期粗大动作的练习开始;乐观、博爱的人生态度,从早期的安全依恋开始;创造性思维能力从好奇好问开始;艺术表现能力从游戏中的想象开始;合作互助的精神从学习分享开始;做事的条理性从生理节律产生的秩序感开始;自制力从认识自己的身体开始等等。但是,我们的教育却常常失误于对天性的扼杀,使教育的塑造过程永远成为一个再教育的改造过程。"当我们在批评现在的学生懒于动手、拙于动手时,可曾想到天性爱动的幼儿正是用双手认识世界的,是长期的说教式教育,才养成了只说不动的习惯"①。当我们意识到保护环境的责任心源于亲近自然的情感,教育人们动物是人类的朋友,一草一木都

---

① 华爱华:"新纲要与幼儿发展",教育部基础教育司《幼儿园教育指导纲要(试行)解读》,江苏教育出版社 2002 年 4 月

具有生命的意义时,可曾想到幼儿的天性中就有对自然万物生命的认同(泛灵论)和天然的同情心。

由此可见,顺应儿童的天性是早期教育的本质,而早期教养的基础性实际上就是追求终生受益的品质的早期培养。

第七章　托幼一体与早期教养指导

第一节　托幼教育一体化的现实基础

托幼教育一体化,这在中国学前教育的历史上将是一个划时代的举措,学前教育这一有意义的体制变革为什么会在今天提出? 且为什么在大城市首先提出和落实?

一、世界早期教育的发展趋势

从学前教育与社会关系的角度,我们可以看到社会的发展对学前教育提出了怎样的要求,而"终身教育观"和"大教育观",正是从横向和纵向两个方面作了最概括的反映。

终身教育观强调了从出生到坟墓教育贯穿一生的价值。教育向两头延伸,这直接与学前教育有关,教育的年龄对象向下延伸,这不仅与科技发展,知识更新的速度有关,也与人们对人才奠基作用的认识有关,社会关注早期教育的重要性。

大教育观强调了学校、家庭和社会形成教育合力的意义。现代通讯技术的发展,使人们获取知识和信息的渠道多了,学校不再是接受教育的唯一场所,学校将越来越开放,不可能封闭为一块净土,制度化教育受到冲击。学前教育与社区、与家庭的关系相对更为直接,年龄越小,散居在社区的可能性越大,机构教育依托家庭进行的必要性也就越大。

终身教育观和大教育观的提出,使整个世界都把眼光投向学前的早期。无论是出于构建终身教育体系以保证人才竞争的优势,还是为解决由于贫困引发教育缺失而导致的社会问题,世界各国都在上世纪后期开始,把保障从出生开始的儿童早期成长环境纳入国策与国家发展计划,对 0—3 岁早期保育和教育的关注已成为国际社会的共同行动。

从国外来看,美国的"头脑启动计划",英国的"确保开端"项目,新西兰的"普鲁凯特计划",澳大利亚的"家庭和社区振兴策略",日本的"幼儿教育振兴计划"等,这些由政府出资并牵头的项目和计划,都将早期教育的内涵从直接促进婴幼儿发展扩大到对婴幼儿成长环境的综合治理,包括为婴幼儿家庭、家长提供的教养支持,提高家长养育孩子的技能,以及家长自身素质的提升。从教养和看护婴幼儿的早教机构扩大为一种亲子共同成长的机构,在这种机构内,婴幼儿及其家长可以同时获得一种整合性的早教服务。政府推动的这些项目,一方面研究了这类早教服务机构运作机制,比如英国的"确保开端"的运营模式包括了基于社区的多部门联盟,发展学校对家庭保育的支持,促进雇主对员工保育需求的满足,培训儿童发展与家庭支持的工作人员等;一方面还引发了家长教育和亲子互动方面的课程开发和研究,如德国 Kekip(布拉格家长—幼儿计划)就是一种"促进、支持、陪伴"从出生到两岁孩子及其家长的活动方案。美国的 PAT(parents as teachers)是一种帮助父母了解促进从怀孕到学前期不同阶段孩子发展过程中所扮演的角色的亲子课程。

从国内来看,2001 年国务院批准印发的《中国儿童发展纲要》中第一次提出了"发展 0—3 岁早期教育",2003 年国务院办公厅转发的十部委《关于幼儿教育改革与发展的指导意见》提出了建立"以社区为基础"的"幼儿教育服务网络","为 0—6 岁婴幼儿和家长提供早期保育和教育服务","0—6 岁儿童家长及看护人员普遍受到科学育儿的指导"。广州、北京、上海等大城市率先开展了以社区为依托,以托幼园所为基地的 0—3 岁的早期教养服务的尝试。

二、早期教育年龄范围的历史启示

我们知道,对从出生到入学前这一年龄阶段儿童进行养育的机构,出现在 19 世纪中叶以前,其首先是以照管孩子的功能出现的,是慈善家、工厂主为忙于生计的劳动妇女无暇顾及孩子而开办,具有慈善与福利性质的。作为一项教育事业来进行的幼儿教育机构是从福禄培尔创办幼儿园开始的,是他第一个系统地论述了幼儿园的作用和任务,并确定了幼儿入园的年龄为 3—6 岁。

以后接受学前教育的年龄一般被确定为 3 岁以后(有的是 4 岁以后、5 岁以后),但 3 岁前教养保育机构仍以不同形式存在。如:以幼稚园与保育所为主流的日本幼儿教育,幼稚园是学前教育的施教机构,保育所是儿童福利为宗旨的保育机构,实施幼保二元化,因此有关法令制度也分别源自文部省和厚生省,幼稚园3—6岁,保育所6个月—6岁;前苏联0—3岁入托儿所,3—6岁入幼儿园;英国也分保育学校和幼儿学校,德国的学前教育也是按年龄分为0—3岁和3—6岁,分属于托儿所和幼儿园。

我国于1956年2月内务部、教育部、卫生部发了一个《关于托儿所幼儿园几个问题的联合通知》,划清了托儿所、幼儿园的界限,指出:"收三周岁以下儿童者为托儿所,收三至六周岁儿童者为幼儿园"。混合收托初生到六周岁的儿童的托儿所,三岁以上者多,改称幼儿园,附设托儿班,三岁以下多者,仍叫托儿所,附设幼儿班。同时《通知》也明确了对各种类型托儿所、幼儿园的领导职责,"有关方针、政策、规章、制度、法令、教育计划、教育内容、教育方法、儿童保健等业务,在托儿所方面,则统一由卫生行政部门领导;幼儿园内的托儿班由卫生行政部门进行业务指导;幼儿园统一由教育行政部门领导,托儿所内的幼儿班由教育行政部门进行业务指导……对目前领导关系不合上述规定的情况,应逐步加以改变。"①还提出幼儿园的师资培养由教育部门负责,列入师范教育计划中,对托儿所、幼儿园儿童护士的培养和提高,由卫生部门负责,然而托儿所保育人员的业务学习,只提在职学习、轮训、观摩、报告会等方式。

这种教育和保育依年龄由不同的主管部门分而治之的现象,随着世界早期教育潮流的到来,正在发生变化。

学前教育的年龄对象:1978年9月在曼谷召开的"学前教育新态度"的区域性专家会议上建议,从胎儿至正式受教育前应称为幼年照管和教育,受这种教育是每个儿童的权利。建议与会各成员国,在其全面社会计划内应考虑对本国所有儿童进行幼年照管和教育的实质性问题,并把它作为社会计划的组成部分;1981年11月联合国教科文组织在法国巴黎召开了国际学前教育协商会议,对学前教育的概念进行了专门的讨论,其解释为:"能够激起出生直至进小学的儿童(小学入学年龄因国家不同而有5—7岁之不同)的学习愿望,给他们学习体验,且有助于他们整体发展的活动的总和"②。

前苏联早在1959年通过的"关于进一步发展学前儿童机构、改善学前儿童教育和医疗服务的措施"的决议中,即将原为两个机构的托儿所和幼儿园,合并成托儿所—幼儿园,称为一个统一的机构,其目的是使学前教育制度统

---

① 中国学前教育研究会编:《中华人民共和国重要文献汇编》,北京师范大学出版社1999年,第76—77页

② 梁志燊著:《学前教育学》,北京师范大学出版社1990年,第1—2页

一,使衔接问题得到更好的解决。为此,在 1962 年制定了第一个托儿所—幼儿园教育大纲。以后把多次修订的大纲称为《苏联幼儿园教育大纲》,内容要求均包含 3 岁前儿童的教育①。

70 年代末 80 年代初,我国改革开放以后,世界早期教育的潮流也影响了我国学前教育理论界,有识之士提出过 3 岁前纳入教育系统给予关注。正如前述教育规模直接与人口数量和经济水平相关,80 年代初城市正值人口高峰,难以实现。当时托儿所附设幼儿班极其普遍,即使是上海这样的城市,幼儿园也只能容纳 4—6 岁的幼儿,以保证学前幼儿的入园率。在经济欠发达地区,学前教育更只能从学前一年开始逐渐向下普及。

90 年代以后,人口出生率下降,是将幼儿园关、停、并、转,还是将现有的教育资源转向 0—3 岁,进行托幼一体化的体制改革,这一是对 3 岁学前教育重要性的认识,二也是经济发展水平的体现。上海、北京等大城市进行的积极尝试,一方面幼儿园增设了托班,成为拥有四个年龄段的学前教育机构,其次幼儿园办起了 0—3 岁的亲子班,再次幼儿园与托儿所进行联合教研等等,打破了过去托幼之间分而治之而导致保教分离的局面,应该说这是中国学前教育事业发展的重要标志(本人认为,中国学前教育事业的发展标志,首先是学前三年的普及率,其次是学前教育年龄范围的向下延伸,这两者都是从城市开始的)。

三、家长对早期教育的需求

现在的家庭大都是独生子女,其父母对孩子的期望值极高,这种期望值在孩子年龄越小的时候越高。因为家长把孩子视同一张白纸,使其对孩子成材的欲望无限膨胀,个个希望孩子能够通过接受良好的早期教育,出类拔萃。然而,0—3 岁婴幼儿家长正值年轻,一方面,他们正处于学习、事业、工作的上升时期,面对激烈竞争的社会,无不紧张而快节奏地生活着,因此他们重视孩子的早期教育却无暇顾及;同时刚做父母的他们,缺少科学养育孩子的知识和经验,只生一个又使他们没有第二次尝试,任何一个年龄阶段教育的失误则不再有补偿的机会,因此他们重视孩子的早期教育却不懂科学的方法。于是他们求助于社会公共教育,求助于高质量的机构教育。

---

① 梁志补著:《学前教育学》,北京师范大学出版社 1990 年,第 1—2 页

三岁前的机构教育是由托儿所承担的,但是家长却把眼睛投向幼儿园的托儿班。他们认同幼儿园是教育机构,托儿所只是重养轻教的托管单位。根据目前幼儿园托班爆满、亲子班热门,0—3 岁的社会公共早教远远满足不了家长需求的情况来看,探索社区早教服务体系,机构托幼一体模式,以及加强 0—3 岁保教师资的专业化,正是解决这一矛盾的最好途径。

四、科学的证明

以上所述,证明的是社会发展对早期教育的要求,从教育与社会关系的角度表明了早期教育的必要性。然而教育的对象是儿童,教育必须根据儿童发展的规律来进行才是有效的。那么,教育在学前早期进行是否可能呢? 这就需要对儿童进行研究。近五十年来,心理学和脑科学的研究成果为早期教育提供了科学的依据,许多专业人士提出: 教育从 3 岁开始已经晚了。

1. 心理学的研究

(1) 早期经验与未来发展的关系

心理学研究证明,早期经验对以后乃至一生的发展产生重要影响。

如行为主义心理学,以条件反射性强化的原理,通过大量实验证明早期习得的行为会预示未来的发展方向,华生认为,"那些看来像遗传的东西,大抵都依赖于在摇篮中就进行的训练"[①]。华生对小艾伯特(11 个月)的恐惧实验: 小白鼠出现即出现很高的噪声,使之很快建立恐惧,并且类化到白兔、白皮帽、圣诞老人的白胡须。"华生相信,成人的恐惧、厌恶和焦虑,都是通过童年早期的那种条件作用的方式学习的"[②]。

又如精神分析心理学的研究证明,成人的心理疾病,根源于童年的压抑,特别是艾里克森对早期发展阶段的心理冲突的平衡,看成是人格发展的基础,信任对不信任的乳儿期,母亲对婴儿需求的及时应答,是婴儿对世界产生信任感的开始,也是人格奠基的开始。

再如以鲍尔拜、艾斯沃丝为代表的社会性依恋理论,证明婴儿早期的母子依恋对其一生身心发展的影响,在孤儿院那批被剥夺了情感的孩子身上,看到

① [美]杜·舒尔茨著,杨立能等译:《现代心理学史》,人民出版社 1981 年,第 228 页
② 同上,第 230 页

了早期失去关爱对婴儿以后心理健康的损害,并且通过弥补恢复的可能性随年龄的增大而降低。

(2)感知觉的早期发展与条件反射性学习

"婴儿是无能的",这一谬见统治近百年,长期以来人们一直以为,"婴儿一生下来,眼睛、耳朵、鼻子、皮肤和内脏同时受到刺激,他们感到整个世界闹哄哄,一片混乱"[①];或者以为,婴儿看不见,听不见,无法感觉到任何事物。然而,近几十年的心理学研究证明,事实远非我们认识的那样,研究人员用许多新技术(录像磁带、红外照相术和电子计算机),来探索揭示婴儿世界的奥秘,即观察婴儿对各种不同刺激的反应,使之看到他们确实有感觉和知觉的能力,观察他们如何适当地使用动作反应,这种反应预示他们的学习能力,通过大量研究证实,即使是新生儿,就已经是一个有能力的人了(有视觉偏爱、辨音能力、深度知觉、对温度和痛觉的敏感性等)。于是,有意识地给予适当的刺激,进行条件反射性的学习,就成为可能。

2. 脑科学研究的启示

脑是心理的物质基础,研究如何促进孩子的心理发展(感知、思维、情绪、动作等)离不开对大脑的研究,脑科学的主要任务,就是了解脑内成千上万的脑神经细胞是如何活动以致产生行为的,以及外界环境是如何影响脑的活动的,最终以脑的工作原理来解释行为(比如一个习惯的养成—巩固的神经联系,动力定型;眼手协调,视神经与手的动觉神经之间建立联系),这样对改善我们的行为,塑造我们的行为,意义很大。近30年来脑科学研究进展很大,有许多大脑的发现,这些发现与我们早期教育之间的关系密切,提出了许多有价值的观点,左右脑的平衡与早期开发全脑、早期潜力的无限性、脑发育的关键期等。这些发现给我们的启示在于,早期的丰富刺激能促进脑的发育。

因为,刚出生的新生儿大脑细胞数就和成人一样多,但就神经网络来说,婴儿非常贫乏,脑神经就是凭借脑神经细胞之间的相互联络,形成紧密的神经网络,人脑的好坏,就在于这一神经网络的复杂性和精密性。新生婴儿的大脑皮层上这一网络极其简单(线路很少),但头三年发展特别迅速,原因就是刺激的大量涌入,神经元之间通过不断伸长的纤维进行连接。同时两三岁之前迅速随鞘化,使之日益精确。这就是所谓脑越用越好,越早越好。因为长期不

---

①　李丹主编:《儿童发展心理学》,华东师范大学出版社1987年,第160页

用,刺激贫乏,脑细胞会萎缩、死亡。因此,在脑发育的关键期内及时给予刺激能有效促进发展。

"脑科学研究表明,在脑的发育过程中存在着关键期,在这一时期,脑在结构和功能上都具有很强的适应和重组的能力,易于受环境的影响,……关键期内适宜的经验和刺激是运动、感觉、语言及其他脑高级功能正常发育的重要前提"①。这一关键期主要在早期。感觉发展的关键期就在早期,3 岁之前得不到视刺激就会永久丧失视觉功能,因为主管视觉的脑细胞萎缩或转向其他任务。例如语言习得的关键期在 0—5 岁,刚出生的婴儿虽不理解语言,不会说话,但其大脑已具备区分语音刺激和其他声音刺激的辨别能力,语言刺激对语言获得有好处。

五、我们面临的任务

以上先从社会发展的角度证实了 3 岁前教育的必要性和可能性,社会要求教育的年龄对象向下延伸,同时目前的经济发展也使这一要求得以实施有了可能。又从科学发展的角度证实了 3 岁前教育的重要性。既必要,又可能,那么我们的任务是什么呢?

1. 必须进行"0—3 岁婴幼儿早期教养"的科学研究

(1) 3 岁前的教育研究几乎是空白

过去,一直以为新生婴儿是无能的,因此教育对这一年龄的孩子是没有意义的。这一观点已被近二十年来的科学研究成果否定。研究证明,在生命的最初阶段,感知觉系统正在迅速发展,并在比运动系统更发达的层次上发挥其机能。婴儿正是通过运动模式和感觉经验,在与特定的环境事件的联系中进行辨认学习,表现出他们特有的感觉运动智能,而且早期的经验对一生的发展将产生重要影响。

对生命早期的这种能力的发现,是人类对自身认识的重大突破,也为人类对自身资源开发找到了突破口,更为从 0 岁开始教育的可能性找到了科学的依据。遗憾的是,长期以来"无论在国内或国外,对儿童的研究和教育均注重在幼年和童年,对婴儿的工作开展较晚、较少"。在我国的学制中,也是以 3 岁

---

① 杨雄里、李葆明等:《脑科学与儿童智力发展》(咨询报告),1999 年,第 10 页

作为教育的起始,受此影响,对三岁前的教育及教育心理的深入研究,几乎就是空白。

(2) 如何定位早教内涵

社会上曾经一度误解过早期教育,把早期教育片面化为早期智育,把早期智育又曲解成早期知识灌输,早期传递技能,提前读写算等,致使孩子从小就被教育的严肃性所规范,背上了沉重的负担。所以当提出托幼教育一体化时,有教育专业人士就担心,教育把触角伸向3岁之前,会不会把3岁前的孩子折腾得不得安宁,这又是一个新的误解。

我们认为,关心儿童早期的发展,就是3岁前教育的内涵。具体地说,以教育的眼光来关注孩子的发展状态,满足孩子的发展需要,目的是开发孩子的发展潜能,顺其自然地引导孩子发展。而不是刻意地、人为地用一系列教育的目标来强行改造和塑造孩子。

顺其自然地引导发展,就要求我们了解孩子一般的成熟规律,观察孩子的发展水平,把握孩子的发展需要,及时地为孩子的进一步发展创设条件,当孩子要爬的时候要有爬的环境,孩子要发展跳的时候要提供跳的机会,孩子要开口说话时,给予大量的语言刺激,当他的双手开始有摆弄物体需要时,为他提供各种材料……,即不是根据我们的教育需要来设计孩子的发展,而是根据孩子的发展需要来设计我们的教育,这样才不至于在孩子发展最需要的时候错失良机。

(3) 早教管理体制的改革研究

然而,对人及人的各种行为的科学研究,却由于看到了发生学的意义,而更多地深入到生命的初期,以至于当科学研究的成果提示我们,必须有意识地重视从出生即刻开始的早期影响时,我们的教育实践则显得有些措手不及了。3岁前的孩子还在卫生行政部门领导下的托儿所里托管,尽管在脑科学、心理学研究成果的启示和世界早期教育潮流的感召下,托儿所对3岁前的教育也做了积极的尝试,积累了一些经验,但由于主管部门的职能和业务方向的缘故,其优势主要还是表现在健康保育方面,而在与教育的结合上还存在着不少盲点,特别是家庭中实施的早期教育,更显示出极大的盲目性。

为此,建立学前教育的"托幼一体化"管理体制,教育部门和卫生部门利用各自的优势,共同关心学前儿童的成长,结束学前教育依年龄由教育和卫生部门分而治之的现象,这已成为我国学前教育发展的大势所趋。

这里不仅仅是指体制上改变多头管理无序管理的状况,应该说托幼一体化本身包含这个内容,卫生部门统管 0—6 岁的保健,教育部门统管 0—6 岁的教育,协调好两个部门的工作重点,保教结合。同时规划好散居婴幼儿的教与养的工作,协同社区指导家庭教养工作。

这里更重要的是教养工作本身的规范,与 3—6 岁相比,教育对象年龄上的差异带来教育上的哪些特殊性? 心理学、脑科学的研究成果如何转化为教养工作的行为原则? 需要拿出科学的依据,比如年龄越小,年龄之间发展的差异越大,那么我们 3 岁前教育的年龄分段应该更细还是更粗;早期依恋的理论说明,孩子越小越应该有固定的照料者,便于产生信任感,建立安全性依恋,那么对 0—3 岁婴幼儿的带教老师与保育员如何循环(托班带到大班的大循环,托班到小班的小循环,固定托班教师的不循环)? 由于 0—3 岁养育任务是主要的,那么保教人员的分工应该如何确定,是以保和教的工作性质来分,有人主要是保育,辅助教育,有人主要是教育,辅助保育? 还是按婴幼儿人数来分,每个保教人员负责几个孩子,保育教育都是一个人? ……这一切都需要我们的共同努力,不断探索,逐渐完善的。

(4) 研究的任务是科学成果的教育转化

0—3 岁婴幼儿教养实践亟须理论的支持,而 0—3 岁婴幼儿早教的理论又亟须实证的支撑,已有的那些育儿经验的描述和早期教育口号的标树,甚至于脑科学的种种发现,远不能解决实际的问题。可见,关于 3 岁前婴幼儿早期教养理论与实践的行动研究刻不容缓,它迫切需要解决的问题是科学成果的教育转化,即心理学、生理学和脑科学研究的成果,如何转化为教育理念、教育技术和教育的行动原则,为托幼机构和社区、家庭的婴幼儿教养实践提供指导。"婴幼儿早期关心与发展研究"正当立意于此。

2. 教养人员专业素质的提高

关注孩子的发展状况,满足孩子的发展需要,这样一种教育的观念,对教养人员提出了更高的要求,从某种意义上说,对年龄越小的孩子的教育工作者,在素质上的要求越高,因为孩子不能准确表达自己的需要,也难以理解成人的要求,沟通上会有很大的困难,容易导致忽略孩子的需要,将成人的意愿强加于孩子,这就违背了早期关心与发展宗旨:关注与满足。教养人员的基本素养应当有:

(1) 母亲般的胸怀

孩子越小,越是稚嫩柔弱而无助,所以他最需要的是母亲,母亲能够给他安全感,在他需要的时候给他以满足,这就是母爱,是孩子健康成长的基础,是心理维生素。当他离开母亲的时候,他会恐惧、焦虑、有一种不安全的压抑(长久得不到母爱,人格发展会有缺陷)。过去有一首歌里唱道,"阿姨像妈妈",阿姨即托儿所里的保育人员,刚入托的孩子,一边流着眼泪,一边跟老师唱着"阿姨像妈妈",唱这首歌的目的是想告诉孩子,你别哭了,虽然妈妈不在,但阿姨就像你的妈妈一样。事实上,像不像妈妈,孩子很快就能感受到,不是通过别人告诉他,而是通过孩子的感觉,即使是不会说话的孩子,通过身体的感觉,通过视听感觉,通过触觉,感受到谁是妈妈。很多对全托的异议,正是由此产生,实际上掌握了这一原则,即让孩子感到阿姨真的像妈妈一样,那么全托也照样培养健康活泼的孩子。所以对全托日托的比较研究,一定不能忘记比较教养人员的这一素质,而不仅仅是入托形式。

(2) 观察与分析孩子行为的能力

看不懂孩子,何谈满足孩子发展的需要,为孩子发展创设条件呢? 但看懂孩子并不容易。首先要了解孩子生理心理发展的一般规律,光从书面了解不足以看懂孩子,还需要实际观察的经验,过去儿保部门已经积累了不少三岁前各年龄阶段发展的指标,有清楚的时间表,但这主要还局限在诊断与评估,用以指导教养过程,转化为教养人员的行为依据还不够。尤其是发展的时间表是针对某一个年龄阶段孩子的一般指标,并不适合于每一个孩子,小年龄的孩子往往变化速度快,年龄之间不能相差一个月,所以要求我们的教养人员学会观察,随时调整我们的教育行为,及时为孩子提供适当的环境。

(3) 诱导年幼孩子的机智

对0—3岁婴幼儿的教法与3—6岁已经大不一样,用于小班的方法用到托班就明显失效,所以学习掌握孩子接受心理的特点,会巧运心智,用适当的方法有效地引导孩子,应当是0—3岁保教人员的专业技能。原则上少用集体的形式,多用小组和个别的形式;少采用直接教的形式,多采用生活和游戏中渗透的形式。具体可以归纳很多策略,如转移注意(直觉思维),角色扮演(以假为真),无意强化(心理的无意性,目标隐蔽)。总之,诱导的机智源于经验的积累,源于实践中的思考。

把0—3岁教育的探索作为一项事业来对待,就必定能结出丰硕的成果,好在这项事业虽是起步,但不是空白,儿保部门长期以来的积累为这项事业的进一步开展奠定了基础,由于年龄对象的特殊性,因此0—3岁婴幼儿早教应当是教育、卫生、计生委和妇联共同的事业,通力合作协同联动,那么我国0—3

岁早教事业将会有一个辉煌的前景。

第二节 0—3 岁婴幼儿早期发展与关心的理念

一、关于"早期教养"的年龄定位

1. "早期"的年龄范围

早期教育的年龄范围已经形成世界共识,那就是 0—8 岁,从出生到小学低年级。这是一个较广的年龄范围,被称为童年早期(early childhood)。事实上在这一连续发展的阶段中,又包含了若干个发展的特殊阶段,0—3 岁(婴幼儿)阶段、3—6 岁(幼儿)阶段、6—8 岁(小学低年级儿童)阶段,甚至根据发展的规律和教育的需要还可以分得更细。目前的问题是,在对"早期教育"这一概念的使用上,显得极其宽泛和随意,以致在早期教育的实践中造成幼儿园教育的小学化、托儿所教养的幼儿园化,以向上拔高来体现早期教育的重要性。实际上,"早期"这一概念并不具有严格的确定性,在一定的范围内,它可以是不断向前延伸的特定时段。例如,是儿童早期,还是幼儿早期,或是婴幼儿早期,其含义和意义都会有所不同,在讨论对不同阶段进行早期潜力开发的问题时,也不会是同一回事。因此,分别地阐明童年早期各个年龄阶段的特殊性,对科学合理地实施不同阶段的早期教育有一定的现实意义。为此,研究应当将"早期"的范围定位在 0—3 岁的婴幼儿阶段,其目的是探索人生初期发展与干预对整个人生发展的作用,以向下奠基来体现早期教育的重要性。

2. 0 岁开始教育必须慎重

与 3—6 岁的幼儿期相比,婴幼儿早期发展的特殊性在于,它是许多心理现象发生和发展的起始阶段。既然发展是一个在时间上延续的动力过程,发展是在已经发展的基础上新质特性不断发生的过程中实现的。那么,研究的视角投向发展的起点,其意义是重大的。"教育和训练应当越早越好"还是"婴儿的成长不需要人为的干预",对此我们还没有发言权。因为我们不知道,在一切还处于开始之中而一切又尚未实现之时,婴幼儿是如何以他特有的方式回应他周围的世界的?周围的环境在多大的程度上激发着他每一个新行为发生的？他的主体世界是如何从外部世界中分离出来的？个体是如何实现了从"一个无独立生存能力的自然人到初步具备独立活动能力的社会人"的转变的？这一系列问题关系到婴幼儿期的一切究竟为下一阶段的发展，乃至终生的发展奠定了怎样的基础。也许，从发生学的意义上更能探索生命的本质，理解发展的内涵，找到我们应尽的责任。

二、关于"早期教养"的内涵界定

1. 用"早期关心发展"比"早期教育"好

这一概念，源于东南大学分子与生物分子电子学实验室对"ECCD 国际咨询机构"主页上的翻译材料，即"儿童早期关心和发展"（Early Childhood Care and Development）。据材料解释，"'关心'这个术语被加入到'幼儿早期发展'惯用语中，这表明人们认识到幼儿需要被关心、被教育。需要关注幼儿的健康和营养，关注他们逐渐形成的情感和社会活动能力，关注他们的心灵，选用术语'关心'而不是'教育'，其目的是使得政策制定者和教育者不仅仅局限于学前教育"。

我们非常认同这一解释，它突破了传统意义上"教育"范畴的局限性，尤其是对儿童早期阶段的发展具有特殊意义。因为一提教育，人们往往偏向于它的狭义理解，即根据预定的目标对受教育者施加有目的、有计划的影响。如果在生命初期的发展中就偏重于教育的这种外砾功能，对于尚无理性思维的幼小孩子来说显然过于严肃了。因为这时候的发展还更多地受控于生物学规律和个体性规律，过于注重成人设计的目标和计划性因素，容易违背个体发展的内在逻辑。所以，当我们的研究指向 0—3 岁婴幼儿这一特定的对象时，就有必要根据我们研究所依据的理念，以"早期关心"取代"早期教育"，并对这一概念引申出具体的涵义。

2. 关心什么？

"关心"的中文涵义极其丰富，使用的范围也极广。在此，我们以"关心"婴幼儿"发展"的责任和态度，将关心所反映的观念作一表达。"关"即"关爱"，它反映在对婴幼儿的照料中，以一颗爱心来照料婴幼儿的健康和生活，包括营养、发育、卫生、保健等方方面面，要清楚地意识到，每天的照料正是促进婴幼儿发展的重要方式;"心"即"留心",它表现为对婴幼儿成长轨迹的注意和重视,以一种耐心去观察婴幼儿的行为和需要,包括动作、语言、感觉、情绪等方方面面,要清楚地意识到,每天的观察正是引导婴幼儿发展的重要前提。可见,关心和发展密不可分,要关心婴幼儿的发展,必须在婴幼儿的发展过程中关心,它囊括了教和养的全部内容。

总之,关心即关爱和照料、留心和注重,核心是关注。于是在具体落实到教养实践中的时候,关键是要把握住几个关注的要点及其关注过程中所体现的理念。

(1)关注成熟规律和发展过程

我们不能否认这样一个事实,婴儿是带着先天的成熟时间表降生的,他出生后最初的身体能力的生长,是在生物学上现成地配置好,而在出生前后经历成熟过程发展而来的。婴儿什么时候能够俯仰爬坐和站立行走,是预置在个体生理过程中的程序的展现。这就是为什么孩子只有在神经系统、肌肉和关节发展成熟之后才会迈步行走;只有在脊髓、膀胱和肠子的神经发展联接完成后,孩子才会控制排便,不在夜间尿床。在心理的某些方面,诸如原始情绪、感觉能力和部分知觉的开始显露,也表现出生物成熟的特征,即使那些看来主要是通过经验和学习获得的心理特征,"它们也没有离开相应生理机制的成熟,而是以神经系统发展和完善化的过程为基础的"。可见,"发展是在生理成熟与新经验获得中实现的",对生命初期的个体发展来说,成熟是一个重要的前提。

当我们知道了婴幼儿的早期发展非常依赖脑、神经系统和身体各个部分的成熟度,我们就能够理解,尊重孩子的第一个表现,就是尊重孩子与生俱来的成熟时间表,这也是尊重孩子生长的自然规律。当然,这并不意味着养育者的消极态度,相反的是,由于成熟对发展的影响是在一定的环境作用下显现的,成熟的速度也多少会受到环境引发的经验的影响,而婴幼儿的孱弱又决定了他们对环境的极大依赖性,同时婴幼儿生长的这个环境却又有极强的人为性,因此早期关心的首要任务就是创设符合孩子成熟规律的条件,配合孩子的生长顺序,引导发展。这就要求教师和养育者以极强的发展意识,把握成熟的顺序目标,以高度的敏感关注孩子的成熟时间,为其发展作出及时而有效的应答。

我们这里之所以提出成熟规律而不是发展目标,旨在强调婴幼儿自身的生长轨迹,而不是成人为其发展预设的目标,以避免违背婴幼儿身心规律的强制性做法。但必须注意的是,我们所说的成熟规律是指发展的内容及其发展的顺序,而不强调发展指标达成的确定时间。因为每个婴幼儿都有自己的成熟时间表,每个孩子的发展是在个体自身成熟的基础上实现的,发展的常模只是一种参照,所以我们更注重的是发展的过程,是在孩子的发展过程中,抓住成熟的时机,以最具影响力的环境要素去引发孩子的经验。

(2) 关注多元智力和发展差异

脑科学研究告诉我们,我们所有的行为反应,包括灵感、思维、想象、创造都是在大脑神经网络里加工出来的,而这一神经网络又是在生命的头三年里交织而成的。所以,早期潜能的开发,本质上是大脑潜能的开发。但由此引起的误解往往是脑力即智力,智力则指每个人都具备的那种完成各种任务所需要的一般智力,智商的测定可衡量发展的水平。近年来的研究已经对此提出挑战,认为大脑的不同区域在功能上有明显的分工,而这种功能定位又呈现动态的变化,因而人的智力是多元的,包括语言、逻辑数理、空间、身体运动、音乐、内省、人际等多种智力,且每一种智力都以大脑的生理机制为依据。"脑功能的动态定位特性以及智力的多元性,决定了智力是全脑功能状态的体现。因此,在发展的早期,重要的不是知识的灌输,而是提供或创造一种丰富、适宜的环境,促使婴幼儿的整个脑以全面的方式成熟起来"(杨雄里等)。

事实上,我们目前还很难把握每个孩子多元智力的作用机制,但这一理论至少启发了我们一种思维方法,即完整的大脑需要以一种整合的思路去开发,就要求教师和养育者注重环境的综合影响,避免训练的片面性和刺激的单一性,并且在思想上认识到发展是在多种智力的关系中实现的。比如在诱发孩子爬行的活动中,就不单单是给孩子一种运动的刺激,也不仅仅是动作的单一训练,这里同时包含了视觉引导下的认知因素,人际接触时的社会性因素,以及整个互动过程中的情绪因素等。

多元智力观不仅提示我们,要在多种智力相互联系中求得全脑开发和完整发展。同时也给了我们一个重要的警示,那就是关注发展的差异性。就个体来说,完整发展不等于各个方面平均发展和匀速发展,在发展的不同阶段,在某一方面会有优势发展;就群体来说,"每一个大脑都与众不同,结构、生理和化学上的细微变化保证了认知、行为和情绪能力也存在较大的个体差异"(《脑科学与素质教育文集》)。因此不同的个体会有不同的发展优势和发展特点。特别是年龄越小的孩子,越是以自然的差异为基础,用自身特有的方式同化和吸纳外界,这就要求我们能够敏锐地察觉孩子之间的差异,更多地施行个别化的教养。

(3) 关注经验机会和发展潜能

成熟是个体基因程序的展现,但它远不是发展的全部,因为成熟本身也是在经验获得中显现的,而获得经验的机会是以成熟为前提的,发展就是在成熟和经验的作用下实现的。

众所周知,婴幼儿的某些行为和能力的产生,在一个特定的时期内会特别容易,环境提供的相应刺激在促进这方面的发展上会显得特别有效,被称为关键期或敏感期,脑科学的研究也证实了这一点,并形象地称其为机会之窗。目前在视觉、听觉、空间知觉以及语言的获得方面,都有研究表明它的关键时期,特别是视觉最为明显,"如果出生时缺乏视觉刺激,则导致大脑细胞逐渐取消视觉功能或转用于其它功能,如3岁时尚未恢复,将终生失明"(《脑科学与素质教育》)。也就是说,在视觉获得的敏感期内,打开的机会之窗如果没有从环境中获得经验,此后机会之窗则紧紧地关闭了,语言也有类似的情况,一旦失去则难以获得。当然,这是比较绝对的例证,大部分机会之窗并非是紧闭的,但却告诉我们机会是重要的,而且大部分发展的机会均在生命的早期,我们必须密切关注。

由此看来,0—3岁应当是整个人生发展的关键期。那么对每个婴幼儿来说,究竟什么时候对哪一种行为是我们提供刺激促发经验的最佳时机呢?我们确实很难把握每一种能力获得的确切敏感期,我们也不可能等待脑科学为我们解开所有的秘密。然而我们认为,成熟的时间表对我们观察婴幼儿获取经验的种种机会却极其有用。因为任何一种能力的发展,在其成熟的早期都会有偶尔显露的新行为,这正是机会,捕捉它们,并提供刺激诱发经验,使它们再次、多次重复发生,最终稳定在心理结构中。这就要求教师具备敏锐的洞察力,善于从日常生活与游戏中发现每一种智慧的萌芽,对孩子的经验机会保持高度敏感,充分利用日常生活和游戏中最有利于获得经验的学习情境,推进发展的顺利实现。

关注经验机会才能抓住发展的契机,从教育的角度来说似乎在走一条捷径。但是我们特别要提醒的是,对婴幼儿的发展却容不得半点的功利性,那种把经验机会作为拼命训练伺机拔高的时机,急功近利以求跳跃式发展,则对婴幼儿的长远发展贻害无穷。为此,我们在关注经验机会的同时,要表明每一个机会中的经验只是今后发展的潜能,并不追求某种能力目标的即时达成,我们所做的永远是奠基的工作。例如要让孩子获得跳的经验,为孩子提供诱其跳跃的高低悬挂物,但不规定要在多少时间内一定要跳多高;提供跳的绳子,不强求能跳多少个。因此必须树立婴幼儿可持续性发展的意识,注意经验的延续性、发展的潜在性,看到婴幼儿早期经验与未来发展的关系,任何一种经验不仅显现的是眼前的发展状况,更潜伏着终生发展的能力,我们始终处在潜能开发的过程中。

3. 怎样发展？

我们已经知道,发展对婴幼儿来说,就是身体能力和心理能力(包括动作、思维、感觉、情感和社会性等方面)的变化和进步,这里一是遗传作用下成熟时间表的自然显露过程;二是环境影响下获取知识的经验学习进程,从而一个生物预置而生成的自然人便发展成为一个有智慧、有感情、有个性、能创造的社会人。其中的复杂性就在于,越是早期的发展,这两者越是交织在一起进行的。于是发展的自然性和发展的干预性就始终成为儿童早期发展与教育中的一对矛盾。因为,完全任其自然发展,发展的偶然性太大,可能会导致最佳发展的丧失;过于干预发展,发展的刻意性太强,可能会导致适宜发展的丧失。当然问题是出在"完全"和"过于"的极端态度上,我们必须给出"适度"的标准,然而这又是何其之难! 因为这个标准确实不是谁能给的,我们所能给的只是引导发展的各种原则,适度就存在于这些原则的关系中,存在于每一个教师和养育者对婴幼儿发展本质的理解中。根据我们对"早期关心"中三个关注的解释,将进一步从以下三方面来定位"早期发展"。

(1) 自然发展

这里强调的是发展的主动性问题。

婴幼儿的发展循着一条不以成人意志为转移的自然规律,这一点可以在两个层面上加以解释。首先,这种自然规律是孩子天性的显露。天性是自然赋予孩子的,非人力所能控制,正是天性使孩子那纯真的本色显得如此可爱。早期关心所提倡的尊重发展的自然规律,也就是要让孩子的天性充分地展现,只有在天性的展现中我们才能把握孩子多种发展的可能性,使潜在的能力得到最大限度的开发。相反,窒息和扼杀天性的人为控制,是将孩子自身发展的多种可能性向现实转化的机会给限制住了,使孩子按照成人的要求改变发展方向,这样的发展绝不是这个孩子的最佳发展。其次,这种自然规律对环境具有能动作用。当我们对孩子生活其中的环境加以人为控制的时候,只要不带有强迫性,一般来说孩子总是以自己特有方式来作用于环境的,他可以吸纳它,也可以排拒它,更可以不按你所期望的方向作用它,最终满足的是自己发展的需要。因为环境对儿童发展的影响并不是环境对个体的简单塑造,儿童能力发展的根本原因在于其自身的主动建构,环境的作用主要表现为对儿童发展建构过程的支持或妨碍。

(2) 和谐发展

这里强调的是发展的适宜性问题。

自然的未必一定是和谐的,我们不必控制的是孩子发展的自然特性,但并不是说我们连孩子生存的环境也不加任何控制。恰恰相反,由于0—3岁的婴幼儿对环境的依赖性极大,而发展的能动性只是在别人为他安排好的环境中起作用的,如果生长的环境过于随意而自然,那么孩子的发展就太具有偶然性了。环境过于单调,则成长的内在要素得不到充分激发;环境过于失衡,则导致孩子的片面发展;某些环境的缺失,则导致发展上的偏差。因此,在提出自然发展的同时,我们不能不提和谐发展。早期关心就要求我们在关注孩子成长规律的前体下,同时关注成长环境的生态平衡,以发展的自然规律(即发展的需要)来平衡各种环境因素,当孩子有爬的需要时,必须要有爬的空间,当孩子牙牙学语时,必须要有语言的刺激,当孩子双手开始协同作用于物体时,就要给孩子各种摆弄的材料,这是对环境的控制,至于孩子如何作用于我们提供的环境,这不需要我们过于干涉,因为孩子的自发活动正是他内在规律对发展所作的自我调节,我们只需适时(把握时间和速度)、适度(控制刺激的频率和密度)地控制环境,孩子就能完整发展、全面发展和优势发展。

(3) 充实发展

这里强调的是发展的基础性问题。

0—3岁的发展状态不仅与3—6岁的发展直接相关,它更是一生发展的基础。经验告诉我们,在发展阶段的连续过程中,虽然后一阶段是前一阶段基础上的直接产物,但纵览整个向上发展的轨迹,在相邻两个阶段之间的基础作用中,若有发展上的微小偏差也许并不能明显察觉,或对下一个阶段并不产生根本的影响,因而容易被忽略不计。但是按这个逻辑继续发展,这一局部的偏差,很可能导致发展的根本变化,尤其在早期的阶段中,局部微小的偏差中隐藏着导致全局性、长远性偏差的可能性,且显现是在以后日渐鲜明的。

这里所指的偏差有二:一是早期环境中某些变异因素或养育上的失误,如疾病、受到惊吓、突然的亲子分离,某种环境的缺失或者教养不当等,所导致的轻微障碍在3岁之前是不易察觉的,当孩子逐渐长大便出现了这样那样的困扰,比如学习困难、行为偏激、性格怪僻等,谁又曾想到这是早期的失误呢? 二是刻意加速的发展,不恰当的拔高使孩子过早成熟,以幼儿的方式来塑造婴儿,以小学生的要求来规范幼儿,使发展的前一个阶段没有获得充实就产生跳跃。当然是否提前和加速训练,肯定会不同,但它显示的只是即时效应,这种效应却难以长久,因为许多行为只有经过一定的重复和积累,才能稳定在心理结构中,刻意地加速发展,势必导致基础不稳固,这一脆弱的基础对以后长远的发展没有足够的支持力,这种发展是没有后劲的。

充实发展就是指基础阶段的圆满性发展,只有这一阶段的基础扎实了,进入下一个阶段才会顺畅,更为长远的发展奠定坚实的支撑。为此必须消除家长和老师的浮躁心理,在婴幼儿阶段的任何急功近利式的做法都是无益于发展的。

以上对"0—3 岁婴幼儿早期教养"所做的有关内涵阐释,是将其引申到对教养工作的一系列原则立场上来思考问题的,反映的是一种教养理念。

第三节　早教指导课程中的若干问题

近年来,0—3 岁亲子园、亲子俱乐部等各种亲子早教机构越来越普遍,特别是在教育发展领先的地区,还出现了由教育主管部门举办的早教指导中心和亲子指导站,经过多年的实践探索,都分别发展出各种亲子教育方案,这意味着对 0—3 岁婴幼儿早期教养,对婴幼儿家长的科学育儿宣传,正在通过课程建设而进入专业化教育的范畴,而"0—3 岁婴幼儿早期教养指导"(简称"早教指导")则可谓早教专业发展过程中出现的一个新概念①。

一、早教指导课程的内涵指向

1."早教"和"早教指导"

"早教"和"早教指导"应该是两个不同的概念②,也应该是两种不同机构的功能定位,前者定位于具有学制意义的全日制托幼机构,实施的是系统连贯的学期教养计划;后者定位于被赋予"亲子"意义的非全日制早教机构,包括全日制托幼机构附设的亲子园和亲子指导站,实施的是按月龄分期进行的阶段性亲子活动方案。相比全日制托幼机构的婴幼儿教养来说,早教指导课程的特殊性在于它同时内涵了面向家长的科学育儿指导。也就是说,这是一种婴幼儿教养与家长教育合一的课程。

---

① 华爱华:《早期教养指导专业化实践的问题与思考》,上海市卢湾区首届学前教育国际交流会,上海,2007 年 4 月

② 徐小妮:《0—3 岁婴幼儿早期教养指导形式初探》,[硕士学位论文],上海,华东师范大学,2006 年

然而,面向亲子双方的早教指导机构毕竟是近年发展起来的新生事物,其课程建设刚刚开始,所以目前的普遍问题是:不少亲子教育机构的课程只是全日制托幼机构课程的模仿,仍然是单纯指向婴幼儿进行"早教训练",缺乏面向家长的"早教指导"意识。有些亲子机构设计的活动方案,只是为婴幼儿安排一个有着丰富内容的娱乐场,或是一个充满着各类发展目标的学习操作坊,家长监护孩子玩,或者按教师要求指导孩子进行各种训练活动。课程设计的基本思路就是把家长作为教师的助手,合力对孩子进行教学,而育儿指导意识淡漠。我们认为,婴幼儿的发展绝不可能通过这种间断性的专门早教活动实现的,家庭才是婴幼儿学习和发展的主要场所。因此,亲子教育机构只有通过"早教指导"课程,促使家庭教养质量的提高,才具有更积极的意义。

2. 早教指导中的"三方互动"

由于"早教指导"是婴幼儿教养和家长教育并举合一的行为,这就要求课程设计转换思路,将早教指导活动界定为:就亲子互动的现场实况而展开教师与家长之间的互动,这里包括亲子之间、教师与婴幼儿之间、教师与家长之间同时展开的三角双向互动。具体来说,就是教师设计游戏或创设环境引发亲子互动,通过观察亲子互动行为,随时与家长之间展开互动,以帮助家长理解孩子的行为,探讨与孩子互动的方式。同时家长也就自己与孩子互动中的疑惑和问题与教师展开互动,从教师那里获得所需要的帮助和启发。教师也可通过直接与婴幼儿之间的互动向家长进行示范和解释。可见,三方互动是以家长和教师的观察为前提的,家长要观察师幼互动、教师要观察亲子互动,教师和家长同时都要观察孩子的行为,对观察到的行为进行解释和探讨,从而实现早教指导。

二、早教指导课程的内容取向

1. 以养融教的生活课程

0—3岁婴幼儿阶段的先学前期教育,之所以被称为"教养",这是沿用了卫生行政部门主管托儿所工作时的概念[①],体现了生命初始阶段的生长发育规律

---

① 卫生部妇幼卫生局:《三岁前小儿教养大纲(1981年)》,中国学前教育研究会. 中华人民共和国幼儿教育重要文献汇编,北京师范大学出版社,1999年,第146页

决定了"以养为主,教养融合"的婴幼儿保教工作特征。而"养"体现为日常生活照料,"教"则体现在游戏的自发学习中,因此生活和游戏应当是 0—3 岁婴幼儿早期教养的主要途径,生活与游戏也就应当并重于早教指导课程。

但是目前的大部分情况是,"生活"在早教指导课程中缺位,即早教指导课程中仅有游戏而没有生活,重游戏环境的创设而轻生活环境的安排,有教而无养。尽管有些早教机构也创设有婴幼儿生活照料的环境,如低幼盥洗室、换尿布台,甚至有哺喂空间,但这些吃喝拉撒的生活照料细节似乎只是每个家长对孩子的个人行为,不被作为教养指导的课程而予以关注。或许这是因为非全日制亲子机构实施的一种钟点课程,在有限的时间内不便安排生活照料的课程内容。但是如此一来,婴幼儿早期发展中最重要的成长途径,也是最需要家长把握的教养技能在早教指导中缺失了。

其实,对婴幼儿生活照料的任何一个环节都蕴涵着语言、情感、动作、习惯、常识、概念等方面的教育契机,生活情景中的即时教育不仅容易接受,而且其日常生活具有循环往复的重复练习特征,更能够夯实发展的基础。早教指导课程中不仅要把这样的观点告诉家长,还应该有现场演示与互动,以及再现生活情景的案例讨论与交流。具体的做法:一是将发生在早教机构中的一些诸如用厕、洗手、饮食、穿脱衣服等生活照料方面的家长行为,也作为教师观察的重要内容,并适时干预;二是可以针对某一生活环节(如穿衣、换尿布、用餐)进行现场演示,体验这一环节照料者的语言,与孩子的互动方式,以及可以传递的日常概念等;三是拍摄一些生活照料环节的视频案例,与家长进行讨论;四是必要的讲座。

2. 以成熟引导发展的游戏课程

游戏是目前早教指导机构课程的主要内容和基本形式。我们发现,与幼儿园课程中的游戏相比,教师在把握早教指导课程中的游戏时,基本上还是幼儿园教学性游戏的设计套路,以发展目标为导向来设计和组织游戏的。于是,任何一个集体游戏都有所要追求的即时目标,任何一个个别化的操作材料都有预设的玩法要求。于是我们经常看到这样的情况:孩子置游戏规范于不顾,家长情绪焦躁地纠正孩子自己的玩法,老师则循循善诱地告诉家长如何指导孩子,关注的都是成人预期的孩子行为,却没有意识到"3 岁前的儿童是按照自身的大纲学习的"[①]。

---

①　维果茨基.维果茨基:《教育论著选》,余震球选译,人民教育出版社,2005 年,第 362 页

我们认为,所谓儿童自身的大纲实际上是指成熟的规律。每个儿童都是带着先天的成熟时间表降生的,3 岁前的儿童正按照成熟规律所决定的时间表来展开其生命初期的发展里程,什么时候他们将能够学习什么都取决于他们内在神经生理的成熟水平[1],因此婴幼儿的自发行为有着极其重要的意义,正是这种自发行为提示成人应该做什么,可以怎么做。

根据这个逻辑,早教指导课程中的游戏设计就不是以成人想要孩子达成的目标为导向,而是以孩子已经达到的实际能力为依据。也就是说,在设计一个活动时,我们考虑的不再是想让婴幼儿学会什么,而是婴幼儿已经会做什么。我们要为婴幼儿的已有能力提供练习的机会,在练习的过程中他们会以新的自发行为表现出一种新的能力萌芽。可见,活动的发展价值不是由成人预设的目标来解释的,而是在活动的过程中根据婴幼儿实际发生的新行为来判断的。这样的话,同一种活动对同一月龄的不同孩子,其实际的发展价值都将是不同的。这就是成熟引导发展的游戏,也就是追随儿童自身大纲的课程。

三、早教指导课程的环境创设提示

1. 创设真实而自然的课程环境

从某种意义上来说,对婴幼儿的教养是通过创设环境实现的,婴幼儿的发展是自发探索环境的结果。鉴于此,早教指导机构非常重视对环境的创设,走进任何一个早教机构,几乎都能感受到"充满童趣"的环境创设原则。但是我们是否想过,成人想象中的"童趣",对 3 岁前的低幼儿童究竟意味着什么?

事实上,0—3 岁的婴幼儿初涉人世,这个陌生世界中的任何一个环境,对他们而言都是充满好奇而极具吸引力的,他们都会带着好奇的眼光尽其所能地进行探索。一个城市婴幼儿对积木、彩泥、塑杯、摇铃的兴趣,与一个山野乡村的婴幼儿对砖块、泥土、竹筒、拨浪鼓的兴趣是一样的,其发展也是等值的。因此重要的不是提供给孩子砖块、泥土还是积木、彩泥,重要的是呈现给孩子的东西是否真实。有时,我们所设计的环境越是"童趣化",却越是远离"真实化",而远离真实的童趣对生命早期的发展意义何在? 婴幼儿还没有认识真实世界,怎么理解成人设计的假想世界呢? 我们看到,一个孩子正在用一种被设

---

[1]　孟昭兰:《婴儿心理学》,北京大学出版社,1997 年,第 16 页

计成毛毛虫的瓶子,专心致志地玩"倒豆子"的游戏,问孩子拿的是什么? 孩子不知道,教导后才会说是毛毛虫,但他根本就不知道真正的毛毛虫是什么,他学到的就是"能倒来倒去的这个容器就是毛毛虫"。有个孩子把一根绳子叫做小蛇,却不知道"绳子"这一名称,因为老师用它在地上甩来甩去时就叫她去踩小蛇。其实我们发现,并不是有趣的造型取悦了孩子,而是有趣的玩法吸引了他们。一个正往张着大口的小猪造型的纸盒里送雪花片的孩子,他感兴趣的是用小勺把雪花片装进去,而并不认识也不在乎那夸张的小猪形象。

我们知道,婴幼儿的成长环境是从母亲的怀抱开始逐步扩大到身体周围、再扩大到整个家庭以及家庭之外的,其实这种最真实自然的环境足以使婴幼儿获得成熟和发展所需要的各种刺激了,关键是如何让家长意识到这个环境对孩子成长的价值,并且如何有效地利用环境中的因素支持和满足孩子的成长需要,早教指导的意义就在于此。所以早教指导的课程环境就应该是一个尽可能真实而自然的环境。越是真实的环境对 0—3 岁的婴幼儿越有价值,尤其在 2 岁之前,婴幼儿对生活中能接触到的真实物品的认知更为重要①,对婴幼儿教学的道具可以从实物到模拟物(或照片)再到造型夸张的玩具(或图片)然后是替代物(符号)。可见,那些假想的模拟的夸张的情景应当随着婴幼儿表征思维的出现而逐步进入。

2. 创设与家庭构成连续体的早教课程环境

我们常常听到创设家庭化环境的观点,无疑这对处在依恋关键期的 3 岁前婴幼儿来说是极为重要的,因为家庭能使他们获得安全感的体验。但是早教指导机构中的环境家庭化与全日制早教机构中的环境家庭化其出发点和内涵仍有一定的区别。

从出发点来说,全日制早教机构为避免初离家庭和父母的孩子可能产生的陌生焦虑和分离焦虑,以家庭化的环境布置和心理氛围让婴幼儿体验安全,从而更快适应新的环境。但对同样年龄的婴幼儿来说,早教指导机构虽是陌生的环境,但他们的依恋对象是紧随其身边的,家长这一安全的基地大大降低了他们的陌生焦虑,因此家庭化环境创设的更积极的意义主要不是适应,而是发展,即影响孩子发展的家庭环境因素与机构环境因素以一种接续的方式构

---

① 华爱华、黄琼主编:《托幼机构 0—3 岁婴幼儿教养活动的实践与研究》,上海科技教育出版社,2006年,第 377 页

成合力,使婴幼儿以一种持续不断的重复充实发展。

因此,同样内容的教养活动如果定位于早教指导的话,在设计时会有更多的家庭化考虑。比如该活动是否有向家庭迁移的可能性,活动材料是否具有以家庭日用品的可替代性,同时向家长提示该活动中孩子行为的观察要点,孩子行为解释要点,以便使早教机构的活动不仅在家里能继续,而且通过家长在家里同样活动中的行为观察和解释,又可作为早教机构活动的依据。这样一种重复连续的活动才是真正有价值的早教活动。如果我们设计的游戏活动只能在早教指导机构的条件下才能开展,活动的开展只能以集体的形式才能进行,所使用的材料在家庭是无法获取或替代的,早教机构的活动在家里不能接续,那么这样的活动就不具有很强的示范指导性,而且活动的间断性对于孩子的发展效应也会大打折扣。

四、早教指导课程中的多重主体

1. 自发性活动中的婴幼儿主体地位

维果斯基把3岁前的教学称为"自发型教学"。这是因为0—3岁的婴幼儿总是以自己的方式去作用于成人为他们创设的环境。比如老师用来让孩子垒高的方木,到了孩子那里则不一定就是垒高了,教师可以让3岁的孩子照老师的要求做,目的是手眼协调的练习。但1岁半的孩子恐怕就不那么顺从了,他们可能用方木来敲击,可能给方木排队,而敲击感知了声音,排队感知了长度,这是他们自己的大纲。这就告诉我们,无论教师怎么刻意地设计环境和组织活动,婴幼儿的行为总是一种自发性反应,而婴幼儿的一切自发性行为都有发展的意义,必须以婴幼儿的自发行为来决定成人的教养行为。正是从这个意义上说,婴幼儿始终是教养活动的主体,家长和老师不只是施教者同时也是学习者,婴幼儿的自发行为就是活生生的教材,从中能学习和把握婴幼儿个体是如何表现各自的成熟时间表的,他们分别是以怎样的方式来对我们创设的环境作出反应的。

2. 个性化教养中的家长主体地位

有一点需要特别指出的是,教师作为早教指导人员的定位,目前常常是以教养知识和教养技能的拥有者而自居于权威地位的,认为早教指导就是教师指导家长。殊不知,这是一种片面的认识。因为面对各异的孩子,面对不同的家长,面对多样的亲子关系,教师是不能给出一种绝对有效的指导方案的。也就是说,早教指导是一种个性化的教养实践。

其实,教师拥有的只是被概括、抽象了的规律性教养知识,对婴幼儿身心特点的了解也是普适性而非特殊性的,而将这种普遍而一般的教养规律演绎到每个特殊的个体身上,作为教师是有困难的。但恰恰相反的是,家长缺少的是普遍性、规律性的教养知识,却是个体化教养的好手,因为他们面对的只是一个特殊的个体,他们最了解自己的孩子需要什么,最清楚自己的孩子能做什么,也最容易发现自己孩子的新行为。所以,家长应该是个性化教养活动中的主体,基于这样的理解,早教指导就应当是一种协商性行为。教师以规律性的知识给家长观察要点和教养提示,但当一般规律应用于每个个体的时候,教师需要求助于家长,并尊重家长的教养方式。比如面对一个不抱就哭的孩子,究竟是一哭就抱好,还是让他哭而不抱好,绝不是教师说了算的。听听家长之间的交流,你会从许多家长的切身体会中了解到家长对孩子哭的情绪体验,你会了解到各位家长不同做法的效果,只有在这时,教师拥有的一般教养知识才会衍生出对待不同个体的方法。

因此,家长也是指导者,早教指导机构要为家长提供相互切磋教养问题的机会;家长也是自我教育者,早教指导机构要为家长反思自己的教养行为提供机会。当我们把家长作为个性化教养中主体看待的时候,教师就是一个学习者,早教指导机构为教师在众多各异的亲子互动中掌握一般规律如何应用于个别教养提供了可能。

3. 早教指导课程预设中的教师主体地位

强调婴幼儿的自发性行为,并不意味着教师行为的被动性,强调家长的主体地位,并不意味着教师应当淡出家长教育。早教机构开展的所有活动,都是教师有目的有计划的课程预设,教师以其专业化的知识创设环境、设计课程、组织活动,在早教指导中的主体地位是不可否认的。而教师的主体能动性就表现为如何才能激发婴幼儿对活动的兴趣,激发家长观察孩子行为的兴趣,激发家长与教师互动的积极性。为此,亲子双方都是教师认识和把握的客体,解读孩子、解读家长、解读家庭、解读亲子关系,巧于与婴幼儿沟通,善于与家长沟通,这是早教指导中教师主体的专业化体现。

总之,早教指导课程中的多重主体地位表明,早教指导是婴幼儿、家长、教师之间展开的三方互动、双方协商、共同成长的一种新型的教育实践。

第四节　0—3岁婴幼儿教养的科学性问题

一、0—3岁孩子的发展有哪些特点

1. 各种心理现象和动作发生的时期

0—3岁时期,是许多心理现象和动作从无到有并初步发展的时期,婴儿一出生,其各种感觉器官几乎同时开始接受外界刺激(视觉、听觉、触觉),这种对刺激的最初感受与反应正是一种学习的开端,因此婴儿并非无能,他们是通过条件反射学习的。随着感知觉的产生,以后表象记忆、操作思维、口语理解和初步表达、各种基本情绪,以及各种基本动作(爬、走、跑、跳、钻、抛等)都先后产生在这个时期,到3岁时,婴幼儿具备了最初步的环境适应能力。

这一特点提示我们保教人员和家长,"观察"很重要,观察出现在婴儿身上的新行为。偶发的新行为是给我们的一种教养提示,提示我们关注、重视婴幼儿每一个新行为的发展进程,创设环境,以适宜的刺激推进发展。

2. 生理成熟是发展的前提

根据发展的规律,我们虽然可以预期各种心理行为发生的大致时间,但这并不意味着我们可以在某种心理行为发生之前就通过一些训练的手段让它提前发生。心理发展的前提是生理成熟,即任何一种新行为的产生都有赖神经系统、骨骼肌肉、感觉器官的成熟。

婴儿是带着先天的成熟时间表降生的,他出生后最初的身体能力的生长,是在生物学上现成地配置好的,什么时候会爬、什么时候会走、什么时候开口说话、什么时候能够控制大小便,是预置在个体生理过程中的程序的展现。当孩子在神经系统、腿部肌肉和关节发展未成熟之前是不会迈步行走的;只有在脊髓、膀胱和肠子的神经连接基本完成后,训练孩子控制排便才会有效。过于超前的训练不仅是徒劳的,有时甚至是有害的。所以关注孩子的成熟时间,在成熟的早期及时地为孩子的发展创设环境是重要的。偶发的新行为作为一种信号,提示我们新的发展趋势的到来,当他要发展什么,就为他的发展创造条件。当孩子要爬的时候提供爬的环境,当他刚能站立时提供学步的扶栏,开始牙牙学语时提供语言的刺激,为刚刚开始成熟的某一方面提供适宜环境的支持,是给孩子的发展以机会。必须注意的是,即使同月龄的婴幼儿,各个方面的成熟时间并不同步,不能根据统一的标准化的发展阶段目标采取同样的教养措施。

3. 生理心理发展最迅速的时期

0—3岁不仅是各种心理现象发生的时期,也是发展最迅速的时期。人的发展有一个先快后慢的规律,所以,年龄越小年龄之间的差异越大,月子里的乳儿天天长,一岁内的婴儿月月变,一岁半以后的学步儿半年显差距,3岁以后一年一个样,跟上孩子的发展步伐及时调整养育方案,是极其重要的。发展是连续的,教育是分阶段的,集体教养机构的分龄教养必须遵循这个规律。

4. 发展的个体差异是明显的

从发展的速度上看,某一心理现象或生理现象的发生是有早晚的。例如独立行走早的可以在9—10个月,晚的可以在16—17个月;开口说话的时间甚至可以相差近一岁,其他许多方面也会有2—3个月之差的。

个体差异大则要求我们在观察评价孩子的发展时要非常谨慎,面对发展速度与一般常模不完全吻合的孩子,不能轻易评价为发展迟缓,而应向家长指出孩子发展的趋势。保教人员要把握的是发展的顺序,而不是特定的月龄特征。有个亲子指导站,对保教人员的要求是背出月龄特点,上门服务时能向家长作出他孩子发展水平的评估,因此总是对家长说,根据你孩子的月龄应该学会什么了。我们认为,这种评价并不恰当,而恰当的评价应该说,你的孩子已经学会了什么,他将进一步学习什么。

发展的个体差异还表现在行为特点上,一个孩子一个样,在早期主要表现为气质上的差异(不是个性,性格)。早期基本上有三大类:难养、易养、一般。气质的差异往往导致教养上的差异,作为教养人员必须要有理性。对难养的要有耐心,对易养的要有热心。实际上,难养孩子经常哭闹的孩子更容易获得带养者的关注,如果获得的是一种耐心的关注,那么这个孩子的发展是具有优势的。而对那些不哭不闹的易养孩子,则不能置之不理而减少成人与之互动的机会。

二、对这个年龄阶段的孩子教育侧重在哪些方面

我们知道各种心理现象都在婴幼儿期发生并且迅速发展,其中非常关键的是情绪、感知觉、运动能力和语言。

首先要强调的是情绪的发展。

这是极其重要而又极容易被忽略的问题,很少有照料者会想到0—6个月婴儿的情绪有多重要。婴儿虽然不会说话,但有先天的情绪感应能力,此时的婴儿由于缺乏对外界的有意注意,则更为全神贯注于自身的情绪体验。情绪具有一种适应功能,他们用情绪表示需要,用情绪表示对自己需要是否得到满足(饥饿、不舒服、要人抱等),婴儿的这种情绪是认识外界、回应外界的一种反应,从而也就建立了他与外界最初的信赖关系。这种情绪体验不仅是他认知这个世界的最原始的认知能力,更是他以后感情发展、个性发展的基础。

早期情绪情感的发展是否良好,检验的标志就是是否建立了安全依恋。依恋是婴幼儿建立起对某个特定的照料者的一种信任感和安全感。这种信任与安全将延伸到对新事物积极探索,对新环境的快速适应,以及良好的同伴关系。

安全依恋的建立主要源自照料者对婴幼儿的情绪反应能作出及时的应答,如果对婴儿发出的信息不够敏感,就不能及时应答,这将会使婴幼儿处于一种不确定的焦虑之中,就不利于安全感的确立。而照料者要做到这一点不仅在于一份责任与一颗爱心,也在于与婴幼儿建立相对稳定的互动关系。因此,熟悉的环境,固定的照料者非常重要。

其次要强调的是感知觉。

对婴儿来说学习过程中一个最重要的条件是,要有机会接受外界刺激,婴幼儿必须要有机会使用他的感官知觉去接受刺激:用手操作各种物体,用耳聆听各种变化的声音,用眼观看有变化的事物、颜色,这些刺激能使他分辨事物,认识环境中的物体。感官越敏锐接收信息越快,而促使感官接受信息刺激的是大脑。脑的发育的指标不仅仅是脑细胞,是脑神经细胞之间建立的神经联系,是神经纤维之间建立的神经网络,环境越丰富,刺激越多神经联系越多,神经网络越复杂,人就越聪明。所以生活在丰富而复杂环境中的婴幼儿比生活在单调的环境中的婴幼儿,大脑更发达,学习能力更强。

早期的感官体验对孩子日后的学习行为有重要的意义。感性认识是积累

在头脑中的大量素材,进行理性学习时,比没有大量感性经验的人接受能力更强,更容易产生豁然开朗的学习效果。所以要给以视觉、听觉、触觉、运动觉的刺激,促进感觉之间的协调,从视听协调到手眼协调,感觉与运动的协调。这个协调的过程有一个从偶然到必然、无意识到有意识的过程,从不随意行为到预期性行为的出现,这就是早期的认知发展。

第三我们还要强调的是动作发展。

对婴幼儿来说,动作的发展如何既是检验神经系统发育是否正常的重要指标,同时也是心理发展的重要准备。因为一方面动作是由神经系统控制的,新动作的出现表明某一部分的神经通路成熟(大脑到肌肉),翻、坐、爬、走等,动作的协调,也是大脑不同区域的协同作用的结果,以后协调得越来越精细,以致心灵手巧。另一方面肌肉运动向脑提供了刺激作用,这种作用是智力发展的源泉。触觉、动觉(使婴幼儿获得物体属性的经验,慢慢地获得事物关系的经验)一个偶然的动作引起了一个结果,反复做这一动作,经常引发一个特定的结果,产生了预期性的动作,即有意识的动作。大量与物体相互关系的动作,丰富了婴幼儿的经验,婴幼儿的思维就是伴随着肢体运动和双手操作发展起来,停止了动作,他的思维也就停止了。我们不知道婴幼儿怎么想,但我们可以看到他怎么做,根据他的动作和行为我们能够评估他的思维水平。

此外,运动能力强的孩子也可及早摆脱依赖而独立探索世界,获得发展的更大的主动性。

第四要强调的是语言发展。

孩子从只会用哭声与他人沟通,到牙牙学语,再到用单词表达需要,直至能用简单句与人交流,语言的发展极其迅速。但是早期语言发展的个体差异还是很大的,这里一个很重要的因素就是孩子的语言环境。

儿童是获得语言,而不是学着说话,意即儿童的语言不是成人有意识地教会的,而是儿童凭借先天的大脑机制在一定的语言沟通的环境中逐步获得的。也就是说,只要孩子置身于能讲话的成年人之中,他们就能够独立掌握本民族语言的全部复杂要素。

不要以为婴儿还不会说话,就不需要语言刺激,其实早在他开口之前就在不断地感受语音语调,婴儿对成人说话的语调和节奏是特别感兴趣的,很喜欢听,词义不理解,但能通过语音语调理解意义。以后在成人经常用的词语与特定的情景相联系,逐步掌握了词义,这时候,由于受发音器官的影响,发音的困难,当他理解两三百个词的时候,却只能说出五十几个词。理解是重要的,表达之前能理解多少决定了语言的发展趋向,如果听到的句子和理解的词汇有大量积累,那么当他能开口的时候,就会看到表达的突飞猛进。所以,当孩子还不会说的时候,大人要尽可能地对他多说,目的是让孩子理解和积累词汇。

语言环境的研究还告诉我们,孩子的语言发展与家庭环境的关系密切,总的来说中上阶层的孩子比下层的孩子语言好(流畅、词汇量大、句子长,复杂句多,虚词多),原因是大人的语言质量高,与孩子沟通机会多。独生子与双生子也不同,原因是独生子独占与成人相处的时间。

所以语言环境的创设最容易,那就是成人要多与孩子说话:在生活照料的时候伴随语言;讲已经发生的与孩子有关的事;在游戏中运用语言,一边玩一边说,将游戏过程用语言表述出来;甚至进行语言游戏。

用不着教孩子说话,但要提供语言沟通的环境,从婴儿就开始。

三、早期不科学教育对孩子的身心产生哪些影响

所谓科学育儿,无非是根据孩子成熟的规律和发展的特点进行教和养,违背孩子发展规律进行的人为塑造是不科学的。我们知道,0—3岁孩子的发展状态是一生发展的基础,早期发展良好为以后发展奠定良好的基础,如果早期发展出现局部微小的偏差,则可能导致以后长远发展偏差的可能性,且这种偏差的显现是在以后日渐鲜明。也就是说早期环境中某些变异因素或对婴幼儿养育上的疏忽和失误,对孩子以后一生成长所造成的影响,不是立刻就能显现的,某些轻微的发展障碍在3岁之前是不易察觉的,往往是在以后的成长过程中,在长大一些或更大一些时出现了行为问题,出现了这样那样的困扰,比如学习困难、行为偏激、性格怪僻等,谁又曾想到这是早期教育方法上的失误呢。

比如早期亲子之间(孩子与照料者)的依恋关系是很重要的,它是以后个性情感发展的基础,形成安全依恋感的孩子,以后将发展成活泼开朗、热情大方、容易相处的性格。但是有的孩子从小就没有固定的照料者,在最初的一两年里就换了好几个保姆,使孩子不停地重新适应陌生的人和环境,处于一种不安全的依恋中,焦虑、紧张、恐惧的情绪体验非常强烈,以后这种孩子往往性格孤僻、多疑多虑,难以相处。

有些大孩子动作笨拙、经常碰伤、容易闯祸,被认为调皮,或有的容易晕车、常有要跌倒的感觉,特别怕高,被认为无能等。实际上孩子的这些表现与3

岁之前的养育环境不无关系,父母过于呵护,怕伤着孩子,就限制孩子的运动,或把环境保护起来,铺上又厚又软的地毯,把板壁也包裹起来,或把孩子限制在围栏里,小车里,缺少活动的婴幼儿其触觉、运动觉和平衡觉得不到发展,失去了与环境接触中应该得到的身体动感和方位感的经验,就会产生以上的问题。

还有些家长以为早期教育就是提前灌输知识、训练技能,于是急功近利地教孩子某一方面的知识和技能,结果以牺牲孩子的兴趣和情感需要、牺牲孩子的全面发展而得到某些眼前的所谓高人一等,却不会想到这孩子发展的后劲有多少,当孩子以后这方面或那方面不如人家的孩子时,是否会想到,用过度刺激的方法训练孩子的知识技能,是不具有可持续发展的效应的。而让孩子在良好的环境中获得智能的发展、全面协调的发展,才是明智的。

另外因疾病住院、突然受到惊吓、亲子分离等都是孩子早期环境中的变异因素,这也会给他们带来认知和情感发展上的障碍,甚至影响以后的发展。所以如能在遇到以上各种因素时,及时给孩子以抚慰,创设能体验安全感的环境,就能最大程度地降低或避免由此带来的发展障碍。

第五节　谈幼儿园托班的集体教学活动

一、在托班进行集体教学,这是不是问题?

因为众所周知的原因,不少幼儿园招生的年龄开始向下延伸,原来以小班为起点的幼儿园又增加了一个年龄班,被称为"托班"(托儿所年龄班)。因而有机会看了不少托班的集体教学活动,那情景与幼班比较又是另一番景象。一问一答式对话、鹦鹉学舌般呼应和猴子学样般模仿,煞是听话可爱。然而一旦进入思维操作和规则性的集体活动,孩子们便全然不顾老师的指令,常常出其不意地打破老师的预先安排,更多地耍着自说自话自顾自的小性子。我们看到,是凡结构预设越周全严密的教学则越难圆满,而结构预设越松散的活动则反而容易收场。

于是,托班的集体教学活动有没有可能,是不是必要,如何开展,成为幼儿园教育中正在探索的新问题。探索中我们听到了两种声音:

一方面很肯定地说,幼儿园的集体教学形式在托班并不适合。原因自然不难分析：具有严密结构和一定程序的集体教学属于规则性活动,而托班幼儿的年龄特点表明,他们正处于前规则阶段,他们没有自主意识,不会自我控制,更多的则是自发性行为。再者年龄越小同龄之间的差异性越大,教师很难估计这么小的幼儿的原有经验和预计活动过程的各种可能性,所以托班应当奉行个别化学习的原则。

另一方面又很自信地说,在托班进行短时间的集体教学活动完全可行,正因为这些小年龄的幼儿还没有自主意识,因此他们更容易被老师诱导着进行各种活动,他们有时似乎比大年龄幼儿更听话,他们的注意力似乎更容易被老师有趣的语言和动作所吸引,更容易在老师和同伴的情绪感染下一起做同样的事。

这两种声音似乎告诉我们,在托班进行集体教学可能会是成功的,可能会是失败的。现实中也确实有的是成功的,有的是失败的。因此,就托班集体教学的可能性和必要性就不能一概而论了。必须具体分析目前我们所进行的托班集体教学哪些是成功的,哪些是失败的? 为什么会成功,为什么会失败? 托班集体教学的可能性和必要性如何?

二、托班集体教学的目标表述,影响了教学行为的意义

教师的教学行为是受教学目标影响的,我们发现,现实中由于教师对教学目标的表述方式不同,使教师教学行为的意义有很大的不同,特别对于托班的教学,其教学活动的效果则有了成功与失败的区别。

一种是即时达成性目标。例如,活动"送礼物"的目标：学会叫出同伴的名字;学会一句礼貌用语：谢谢你;情景活动"跟我学"的目标：模仿老师使用道具(衣服、杯子、娃娃、球等)的动作,学习"穿"、"喝"、"扣"、"踢"、"抱"等多个动词;语言活动：学习用疑问句向同伴提问;触觉活动：通过感知会说软、硬;道具摆弄：认识前后、里外;看图学说：学习早晨和晚上的概念,知道太阳出来是早晨,早晨要起床;星星、月亮出来是晚上,晚上睡觉;数学活动：学习口手一致数到 5 等。

作为教学目标本身无可非议,问题是通过一次集体教学活动来完成,却使为此而开展的集体活动显得呆板和造作了。可想而知,这是一些有一定认知要求的集体教学活动,其中蕴涵着概念名称和内涵的掌握,需要幼儿的有意识记,需要幼儿的思维操作,在统一行动的集体教学中,小幼儿被要求付出一定的意志努力,行吗? 如果不行,即幼儿不能按照老师的要求去做,那就只能自

说自话置之不理了。这时,在小幼儿面前老师指令性的权威也未见有效了。如果行,即小幼儿在老师的目标限制中,能顺应老师的要求行动,但是这样的目标能一次达成吗?即使能够鹦鹉般学舌,却没有真正意义上的学习。老师虽然完成了教,幼儿却没有真正意义上的学。看来,有很多集体活动老师设计得辛辛苦苦,开展得热热闹闹,但价值不大。因为,对托班幼儿来说,一次教学并不能学会交往,记住名称,理解概念。而只有在直接的感知和体验中,通过不断的重复才可能稳定在心理结构中。因此,同样的目标完全可以在区角活动、自由活动和日常生活活动中个别化地实施才能达成。所以,无意义的集体教学活动完全是一种时间和精力的浪费。

一种是过程展开性目标。例如,通过听故事《大象与小老鼠》、阅读看大书与小书、运动玩大皮球与小皮球等,让幼儿体验"大与小";通过每日律动,在音乐的节拍中听指令做动作并体验节奏,激发同伴的相互感染,从而体验欢快的情绪;本周谈话:与幼儿一起说说早上和晚上做的事,体会早上和晚上的时间概念;会变的鸡蛋:在演示和引导幼儿摆弄中用不同的方法分辨生鸡蛋和熟鸡蛋;点心"分方干":以5人为一小组分小方豆干,每人拿3块。

这样的目标表述,没有强迫教师追求活动结果的目标导向性行为,因而对幼儿的行为也就没有即时达成和统一达成性要求,但这种目标表述法,却强调了潜移默化的作用,却暗示了教师必须仔细观察幼儿在活动过程中是如何体验活动目标的,有多少种表达方式和表现水平。比如摆弄鸡蛋的活动中,教师要注意幼儿是怎样分辨鸡蛋的生熟的;"分方干"的活动中,教师要关注幼儿是不是知道3,谁是一块一块拿的,谁是一下子拿3块的,谁又是分别拿2块和1块的。在这种情况下,教师和幼儿都是自由的,一方面尊重了幼儿的自发性行为,幼儿在自由自在中表现个体差异;另一方面增强了教师的自主性意识,在自由自主中体现教学机智。

三、托班集体教学的意义和价值

虽然根据托班幼儿的年龄特点应以个别化教学为主,但是我们还是要肯定,集体教学这样一种形式在托班存在的必要性,因为托幼机构相比家庭,其优势就是"集体"的意义。

首先,这种集体教学活动为幼儿的群体意识提供了体验的机会。我们知道,婴儿最初是没有同伴意识的,如同对待物体一样,他们注意到的只是静态的他人。接着,他们很快便开始注意他人的动态表现,模仿他人的动作,但并不理解他人的想法,更不理解与自己不一样的想法。以后,在通过比较自己与他人的行为中,才开始逐步理解他人的内在心理,以协调自己的行为。可见,年幼者是如何认识到自己,又从自我中走出来,就是因为有了"与自己不一样的"他人,而只有在与许许多多他人一起做同样的事时,每一个幼儿才开始把自己和他人区别开来。幼儿园的托班孩子(2岁以上)正值开始注意他人,对他人感兴趣,从独自性行为走向与同伴的平行性行为,并开始有群体意识的时候,集体教学活动或许能为幼儿理解"大家"、"共同"、"一起"这些概念提供了机会。对托班幼儿来说,也只有在老师的引导下,才有可能一起做同样的事,也只有在同一背景中一起做同样的事时,每个幼儿才感觉到了他人的存在。因此,托班集体教学活动的意义不在于一定要让幼儿通过一次活动学到什么,而只是让幼儿有机会在一起经历同样的事。

其次,这种群体活动的形式本身对幼儿来说就具有娱乐的性质。因为我们不能指望让2—3岁幼儿通过思考,来回答教师的启发性问题,因为他们的思维是直接的;也不能期盼2—3岁幼儿通过讨论,完成老师的预期性任务,因为他们的经验是纯个体的。情绪的外露、易感是这个年龄阶段的特点。我们看到,凡成功的托班集体教学活动,往往都是教师充分激发幼儿情绪,通过群体间的情绪相互感染,让幼儿体验集体的快乐的。尽管很多情况下,他们相互之间并不理解,但这并不影响他们的群体行为效应,哪怕不知道一个孩子在笑什么,另一些孩子也会由衷地跟着高兴;哪怕不理解一个孩子为什么这样做,另一些孩子也会自觉地跟着模仿,哪怕不明白一个孩子说话的意思,另一些孩子也会自发地跟着附和。对托班幼儿来说,一起做、一起说、一起笑本身就很开心,本身就是一种好玩的游戏。

第三,托班集体活动的形式具有无意学习的效应。众所周知,幼儿年龄越小,其心理越具有无意性,无意注意、无意记忆都在这个年龄占有优势。所以,对于托班幼儿学习的有口无心和盲目跟从,老师是极其宽容的。然而,这种宽容却是有回报的。因为托班的集体教学虽然不强制幼儿学会什么,不强调即时达成性的教学目标,但幼儿在活动过程中的实际感受,在活动内容的真实体验中,对老师示范的动作、运用的词汇、涉及的事物的名称、组织活动时的儿歌、经常播放的音乐旋律等,却往往是因为群体之间的反复模仿、呼应、感染而得到强化,可能远比一对一的教学更加印象深刻。能从家长那里得到反馈的幼儿所学,往往更多的是源自集体活动中潜移默化的效应。因此,不必功利性地考虑托班幼儿通过集体形式的学习结果,至于学到什么,学到多少,一切都是自然的。

四、托班集体教学的行为原则

鹦鹉学舌般呼应、一问一答式对话、猴子学样般模仿,这一年幼孩子的特点本身就很适合于集体开展活动。一问一答有助于语言的沟通,学舌和学样有助于事物名称和动作的习得。因此托班的集体活动应该有两类,一类是演示性谈话(包括讲故事),一类是情景性模仿(包括律动)。集体活动的内容是广泛的(可以是自然、社会、生活的各个方面),集体活动的目标仅仅是沟通与感知(没有获得特定知识的即时达成性要求)。

因此,根据托班集体教学的内涵和意义,同时对实践中成功的托班教学经验的概括,我们对托班的集体教学提出以下原则和方法。

一是分组式的,非全班性的。托班幼儿的发展差异太大,同伴协调太难,分组教学以减少这种差异和降低协调的难度,一方面便于教师关注每一个幼儿,每一个幼儿也有更多的机会直接面对教师。演示性谈话以小组群为佳,动作性模仿可大组群进行。

二是可重复的,非一次性的。托班幼儿的学习是无意识的,在教师组织的某一次活动中,每个孩子得到的体验和获得的经验具有很大的差异性和偶然性,这种刚刚获得的新经验,如果没有再次和多次的重复机会,很容易消逝。所以同一内容的教学活动应当反复多次开展,使偶然获得的新经验得以保存在幼儿的心理结构中。

三是平行的,非合作性的。托班幼儿更加自我中心,同伴之间很难合作互动,他们的群体行为正处在平行阶段,其特点更多地表现为相互模仿。因此教师组织的集体活动也应当是平行性开展的,即教师与幼儿的平行、幼儿同伴之间的平行,其中示范是最重要的。

四是对话式的,非陈述式的。托班幼儿的语言正处于简单句阶段,对语言的理解是即时性和直接性的。教师的句子或表述稍长一些,幼儿就会丢掉主要的内容而错误应答。所以教师组织活动应当以沟通为主,多以简单的疑问句形式,一问一答,或自问自答。

五是情景性的,非说教性的。托班幼儿的思维是直觉动作的,离开了眼前直观的事物,离开了作用于事物的动作,便会立即停止对某一问题的思维。因此,无论哪种内容的教学活动,必须创设情景,必须辅之以动作开展,这将大大提高教学的效果。

六是开放式的,非结构化的。托班幼儿的行为具有很大的自发性和不随意性,规则意识很弱,因此活动过程充满着很大的不确定性。由此,教师完全没有必要为设计教学活动的流程而费尽心力。备课只需预设主题和选择内容,思考教学行为的目的和形式,而活动过程的进展则具有多种可能性,教师的功力全在于活动过程的随机应变。

总之,托班幼儿的年龄特点,决定了托班教学主要是个别化的。但是集体教养机构的集体教学活动有其优势,即使在托班也有其特定的意义和价值。当然,我们刚刚避免了幼儿园教学小学化,不能再将托班教学幼儿园化,托班附设在幼儿园,于是就将幼儿园教学形式向下延伸,显然是不合适的。区别于幼班,对托班集体教学的意义和价值有一个全新的认识,希望教师从活动目标、活动流程的束缚中解脱,从而也让托班的幼儿从教师的功利性要求中解放。

第八章 教师发展的思考

第一节 《纲要》实施中的幼儿园教研

贯彻《纲要》的幼儿园行动计划，从学习纲要、寻找问题、制定方案直至实施方案的整个过程，我们能明显感到，伴随着幼儿园教育实践模式的变革，教师的专业水平也正在不断提高。究其原因，在于教师专业素养所面临的直接挑战是来自"在行动中研究"的要求，即贯彻《纲要》的行动计划明确要求，"在教育现场研究自身的教育行为"。于是，这一要求带来的直接效果是"教"和"研"的紧密结合，"教"和"研"的自觉互动，从而形成了幼儿园教研的崭新面貌。下面，结合《贯彻〈纲要〉行动计划》试点园的教研活动谈谈自己的感受。

一、幼儿园的"科研"本质上归属于"教研"

不知从什么时候开始，幼儿园除了有"教研"，又有了"科研"，且"科研"热情远高于教研，竟然年复一年地忙于立题、开题、结题的不断循环之中。值得关注的却是，在基层园长和教师的"科研热情"中流露出的负面情绪，园长焦灼，教师抱怨，都将课题研究看成负担。在此，我们惊异于这样一对矛盾：争取课题的热情和不堪负担的抱怨。既然主动争取了课题，但又为什么把课题的研究作为一种负担呢？我们发现，矛盾的焦点在于幼儿园的"科研"远离了"教研"。

那么，是什么激发了教师的科研"热情"？又是什么抑制了教师的科研兴趣？前者或许是当今教育"让教师成为研究者"的挑战。后者或许是人们对"教师作为研究者"的误解。在认同了教师应当成为研究者以后，却把教师这一"教育行动研究者"的研究出发点，与专职"教育理论研究者"的研究宗旨混同了。实践便基于这样一种理解：科研不是教研，前者是教育科学研究，其科学性在于揭示规律性的东西,追求普遍性、一般性和可推广性;后者是日常教学研究,其日常性在于强调规范性的东西,追求时效性、操作性和例行性。因此"研究"便脱离了教育现场,"研究"的可以不是自己的教育行为,"研究"的出发点也不在于"解决自己实践中的问题"。而同时,因为有了"科研","教研"也就"教"而不"研"了。

就这个问题,《贯彻〈纲要〉幼儿园行动计划》项目带给我们什么样的启示呢?项目从开题就给出了明确的定位:本项目"既是一项课题研究,又是一种工作推进"。这意味着《纲要》所倡导的教育理念如何转化为教育实践的方法和策略必须研究,同时,研究又必须在日常工作中开展,工作也必须在研究中推进。因此,试点园从制定方案开始就在端正研究的立场,要求研究必须从本园教育工作的问题入手,不必在日常教育工作之外另起炉灶,要改"对上负责"到"对己负责",从追求课题研究的成果到注重教育实践的过程。因此,教师在进行日常工作时不能忘记自己是研究者而用心于思考,在研究某个专题时也不能忘记自己是个一线教师而旨在改善教育行为。这时,"作为研究者的教师"必然会将"教"和"研"紧密结合,幼儿园的"教研"和"科研"自然也就不再分家了。教师不必在教学以外的业余时间搞科研,也无所谓占用教学时间来搞科研,因为科研就是日常的教研,教师既有热情也感兴趣,从而既满足了当前教育工作的需要,也满足了教师专业发展的需要。

二、通过"教研"唤醒教师的专业主体意识

虽然通过《纲要》的集体培训,所有的教师都知道当今教育倡导哪些理念,通过集中学习也理解了这些理念的实际意义,但是如何用所获得理论和观点来指导自己的实践仍是一片茫然。因为,这些从培训中获得的理论和观点,还停留于外在的知识状态,拿着这些知识去套实践,充其量对写教育文章和点评教育活动有用,对指导行为却极其牵强。难怪有教师发急了:"说起来轻巧,让专家自己来做做看"。因为他们认为,这些理论和观点是专家提出来要他们去做的。

教师之所以有这种想法,归因于以往的一种习惯性思维,即认为专家是理论的创造者,而教师只是将现成的理论付之行动的实践者。也归咎于缺乏研究内涵的传统教研,即只有标准化的教学示范,没有问题性的教学反思,只重教师整体普遍的教育行动,不重教师个体特殊的教育行为。业务学习便出现

了两种情况,要么形式化到读文章听报告,空谈道理走过场;要么实用化到一味追求对教育理论或权威指示的精确性领会,研讨如何忠实地执行之。显然,无论哪一种情况,养就了教师习惯于依赖一种标准化的确定性的东西,期待着一种拿来就能用的程序性的东西,久而久之,教师只会照着做、跟着做,不会自己想着做,丧失的终究是自己的专业自主性。

看来,发展教师的专业自主性意味着要找回教师的专业责任、专业自信,唤醒教师在教研中的主体意识,而这首先就表现为个体的参与性,没有个体强烈的参与意识就谈不上专业自主。新教研观将教研定位在"教学"和"研究"的统一性上,那么教研就应当成为教师自省教育行为,发现教育问题,改善教育实践的平台。其中,"教学反思"便是这一平台上展示的最主要的教研行为方式。

《行动计划》要求每个教师都要参与行动,而绝不停留在少数教师的实验班中,每个教师都要对自己已经发生和正在发生的教育行为进行反思,当每个教师都能从自己的教育行为中发现问题并意欲对将要发生的教育行为进行调整时,她才找到了自我,教师的主体意识才被唤醒。因此,教研不只是一种集体统一性行动,更是一种个体情景性行为。我们看到了大量来自试点园教师个人的"教例分析"、"观察记录"、"教养日记"、"教学手记"、"儿童行为解读"、"随笔"等叙事性的、反思性的自我行为描述,都是教师以自己个人的方式在表达教学研究的意义和价值。在这些个人性质的教研成果中,充满了教师们的教育智慧,我们发现,她们对实践的思考不乏教育理论和观点的支撑,不少教师在用专家的理论反思自己行为的时候,有着自己特殊的理解和把握,她们在提出某些教育策略的时候,也已经用自己的实践验证并重构了某些教育观点,甚至还在创造着自己的实践理论。事实上,一旦教师从自己边叙述边反思的文字中看到自己行为的意义时,她们的主体地位已被确证,她们的教育责任、研究自信也被充分地调动起来了。

三、"教研"是合作研究、互动学习的共同体

当然,教研活动终究是一种组织行为,即使是那些个人性质的教研行为也是在组织背景中产生的,因为教研组(不论是幼儿园的大教研组、年龄班教研组,还是幼儿园以外的中心教研组)营造了这样一种教研的氛围,使一组教师在一起围绕目前工作的背景,为了一个共同的工作目标,就一个共同的话题充分表现和表达自己,从而求得整体的发展。

在此，我们强调的是教研行为中的民主关系。每一个教研群体都是由不同的教师个体组成的，如何看待这个"不同"，关系到教研的行为方式乃至教研的质量。习惯上，我们会把教师分成老教师和新教师，教学能力强的教师和教学能力弱的教师，专业水平高的教师和专业水平低的教师，骨干教师和一般教师，以及领导和普通教师等，但是这种高下、先后、老嫩、强弱的差异比较，引导的却永远是"步后尘"的教研行为。

《行动计划》倡导民主的教研风气，因而无论是试点园内部、试点园之间，各地实验区幼儿园之间，无论是临时形成的还是相对稳定的教研群体，都表明：教研群体是由共同的事业支撑以求每个人自身发展的集体，因此是一种合作研究、互动学习的共同体，其教研行动的原则是平等、互惠。虽然，这个群体中的每个个体在客观上是有差异的，但是这个"差异"决不是以一方的绝对优势和另一方的绝对劣势来区分的，每个教师在学历、经历、阅历、教历乃至地区背景上的差异，在个性、智力、风格和修养上的不同，都可能转化为专业上的优势和弱势。因此，教师个体之间的差异本身就应当被看成是一种教研的资源，即使是专业水平上的距离，那也绝不是某一方作为另一方发展的资源，而是共同发展的资源。

由此认定，教研的组织行为是每个个体之间、个体与群体之间的互动发展关系。因此在教研活动中，群体中不同个体之间的平等对话是最重要的，每个人都应当有机会向他人说出自己的想法和做法，有机会表达自己的观点，个人的自省也应当有机会与他人交流。对基层教师来说，这种对话和交流的最擅长的做法就是向别人"讲自己的故事"，公开并评说自己的教学活动。通过描述自己经历过的教育事件，解释自己行为的意义，揭示自己在这个事件中起到的正反作用。同时，由于有着共同的教学背景，在群体中产生的移情作用使教师更加容易将自己投射到别人的故事中，并与自己类似的经历相联系，对描述者的行为更加容易以合作者的态度表达自己的意见，而不是居高临下的，与己无关的。当每个教师都超越了个人的眼界来看待问题时，群体便会激活个体的智慧和知识，许多个体的观点又会抽象为群体一致认同的思想原则，转而又特化为最合适于个人自己的行动策略。这时教师才真正理解到"没有最正确的，只有最适合于自己的"。

四、在"教研"中与专家对话

一般不会否认教师的专业发展需要专业研究人员的支持，幼儿园教育实践的改革也需要有专家的引领。在幼儿园一线教师心目中的专家，包括了大学和各种科研机构的研究人员、各级教研人员以及行政管理人员,她们认为,专家能说会写,掌握大量理论和观点,甚至具有决策和评价的权利,所以利用专家的资源和权威性来提升自己,是近年来许多幼儿园想做和正在做的。

然而,值得思考的是,专家在教师的专业发展方面,在幼儿园教育质量的提升方面究竟是如何起作用的? 这完全取决于幼儿园究竟需要专家做什么。我们发现,当专家是幼儿园为外在功利而被请去做讲座、做鉴定、写研究报告,帮助编撰研究文集时,那么专家本身是被动的,就只能凭借自己的理论修养和辩说的口才,根据具体要求去完成幼儿园交给他的"任务"了。这时候,我们可以说,专家的作用虽然重要却是有限的。因为,专家的作用只有暂时的意义。如果专家是幼儿园为改善自己教育实践的研究,而被请去与教师一起研究问题,指导实践,当专家本身进入了教学研究过程,倾听了来自实践中教师的声音,凭借自己掌握的理论对实践进行诊断性的思考以后,提出自己的观点,才会令教师信服。这时候,我们可以反过来说,专家的作用虽然有限却是重要的了。因为专家的作用是要通过教师自己的思考和研究来发挥的,当不断被实践验证时,就有了持续的意义。

由于《贯彻〈纲要〉幼儿园行动计划》这一项目是对具有研究性质工作的推进,是工作性质的研究项目,整个研究过程就是幼儿园教育工作的实践过程,这就决定了项目专家组成员与试点园教师之间也是平等、互惠、合作、相长的关系。对试点幼儿园的指导原则,就是直接针对幼儿园教育改革的过程,为幼儿园发现存在问题、反思教育行为、寻找改革措施而提供指导和咨询,而不是直接针对最终的研究成果,对幼儿园收集数据、整理素材、总结经验进行指示和监督。专家与幼儿园的互动方式就是直接与教师对话。

在对话中,我们感到,教师之所以对《纲要》倡导的教育理念与自己实践之间的距离感到困惑,是因为这些理念以及理念所依据的理论具有一般意义和普遍意义,它很难预测特殊的教育情景,而专家与教师的对话,则以理论工作者和实际工作者的同步努力,实现了一般理论与具体实际的链接。对话中,由于教师对自己的实践有着比较深切的感受,提出的问题都是她对亲身经历的教育过程的一种思考,这就给了专家体察实践活动背景以及教育行为诸多变化,在特定教育情景中提出理论和反思理论的机会,也给教师一个应用理论来反思行为、解释行为,并追问理论内涵的机会,其中专家和教师之间常常处于磨合的过程,体现了一个探究性地运用理论来检视实践,并用实践来验证理论的过程。

第二节 园市教研与教师发展

幼儿园教研被称为"园本教研",或者被要求成为"园本教研",这是一种教研观念和教研文化的转变,相比传统那种自上而下的、任务驱动的、集体备课式的统一教研,园本教研大大弱化了行政色彩,强调立足于幼儿园日常教学过程,以教师专业发展为导向,改善教育教学质量为目的,以解决自身问题为驱动的教研。由于"园本教研"是作为教师专业发展的途径提出来的,因此园本教研的质量主要体现为教师的成长,而问题研究——尤其是研究自己的问题——则是教师成长的关键要素;而问题研究中的专业引领——尤其是教研员的引领作用——则是教师成长的重要因素。

一、在问题研究中提升专业素养

"园本教研"提出之初,大家感到十分迷茫,熟知幼儿园教研,却不能理解幼儿园本位的教研。而可喜的是,近几年在各类研讨活动中,幼儿园所呈现的观点,所发表的见解,所交流的经验,无不反映大家对园本教研逐渐有了比较清晰的领悟,那就是立足于幼儿园日常教育教学的实践,通过改善教师自身的教育行为,以达到提高专业素养的目的,同时对园本教研促进教师专业发展的核心要素也有了比较准确的把握,那就是以反思性实践为抓手的问题研究。

许多关于园本教研的发言,都紧紧围绕着教师专业发展的核心要素,其中重复频率最高的三个词是"问题"、"研究"、"反思",即促进教师专业发展的园本教研,必须抓住教师的"问题意识、研究态度、反思能力"来展开,这已经成为一种共识。

1. 问题意识

教师的专业发展是从问题开始的,因为在对问题的思考中蕴含着对专业知识的把握。因此不少幼儿园在教研活动和教师培训中就专门研究了如何从问题切入,引导教师进行专业思考。例如北京市延庆县第一幼儿园的经验是:利用校园局域网建立问题板论坛,使每个教师都有机会把日常教育教学中遇到的一些问题、困惑随时贴到问题板上去,每个教师都有资格来发表观点和进行解答。这种围绕着教师自己的问题而展开的自发性论坛，使教师感到轻松自由，极大地调动了教师的专业自主性。实际上，这是一种自发的非组织的分散教研形式。这种形式还成了管理者把握教师专业引领的重要资源，管理者从问题板上能发现教师在理解上的误区，发现教师难以解答的问题，发现教师共同的话题，从中寻找、筛选具有典型意义的，具有专业发展价值的，有助于引发教师专业思考的问题，有目的地开展有组织的集体教研。成都市机关第一幼儿园则专门探索了这种有组织的问题研究的专业发展价值，他们的做法是：关注教师对问题的理解过程，通过分析教师在解答问题过程中产生的各种观点，进行设疑、质疑，引导教师对问题进行深入思考。

2. 研究态度

研究态度是教师最重要的专业素养之一。一谈到研究，教师往往有一种恐惧心理。因为他们往往把幼儿园教师进行的研究等同于专业研究者的研究，为此感到负担，同时也感到力不从心。其实，两者是有区别的。如何让教师真正把握这种区别，准确定位自己的研究立场呢？上海市长宁实验幼儿园的观点是："把教学过程看成是一种研究的过程"；厦门市第一幼儿园则提出：将"工作学习化"。她们的这种定位有其深刻的内涵，它提示了实现教师专业发展的根本途径。这两种说法都表达了这样的意思，即教学过程或许不一定就是研究过程，工作也并不一定就是学习，但是教学过程可以转化为研究过程，工作也可以转化为一种学习，教师的专业发展就在这"转化"中，园本教研的实质就在于促进这种转化。所谓研究态度，也就是自觉地实现这种转化，当教师不断地致力于在教学工作中发现问题、解决问题的时候，教学过程就成为一种力所能及的研究过程了，研究的过程也就是不断改善教育行为，提高自身的过程，自然也就是一种学习的过程，并成为教师专业成长的过程了。

3. 反思能力

现在大家都在说"反思"，那么，反思到底是怎样促进教师专业发展的呢？我们可以明显地感觉到一个变化，即从打着口号的各种各样的反思形式，到追求反思的质量，开始关注反思对教师发展的真正意义了。反思实际上是要引发教师在思想上、认识上的冲突，由冲突达到平衡，因为矛盾是发展的动力。反思的质量就体现在教师不断地对教育行为进行价值的追问、意义的追问、原因的追问，通过追问解决矛盾和冲突。杭州市下城区教育研究发展中心把教师自我反思能力的培养作为一种促进教师专业发展的评价策略,在这种评价策略中,他们就谈到了反思中的自我批判性,也就是通过反思引发教师发现问题,并从解决问题的不同看法、不同观点的冲突中学会思考。浙江省省级机关北山幼儿园为了将教师的专业发展落到实处,追求反思的深度和质量,采取了一些办法。他们的做法是从一个个鲜活的教学案例中寻找一些典型的问题,而这些问题可能是教师普遍感到困惑的,也可能在教师的认识上存在冲突或对立的观点,于是他们以一种"辨析式教研"的形式组织讨论和分析,在这个过程中跟踪、分析教师在解决问题过程中各种观点的碰撞,然后通过探索性实践去验证这些观点和看法,当尝试以后有了新的问题再碰撞、再尝试,从而有效提升了教师的反思能力。此外,利用视频资料进行的案例讨论式教研也在很多幼儿园尝试,但这种教研形式也有实效的差异。北京市西城区棉花胡同幼儿园一则利用视频资料来分析儿童个体差异的案例,同样也让我们看到了教研中追求的高质量反思。当教师们从实播的录像上很难发现孩子的个体差异时,他们没有满足于对孩子行为解读的泛泛而谈,因为这种流于形式的视频利用,是很难把握每个孩子个体特征的。于是他们反复研究视频资料并有目的地剪辑,分别将每个孩子参与活动的过程纵向地呈现在屏幕上,结果发现了孩子之间所具有的鲜明差异。这种追求质量、追求实效的反思性教研行为,才能真正促进教师的发展。

二、差异是园本教研的重要资源

园本教研是以幼儿园为本位的,幼儿园之间是有差异的。园本教研是以教师自身问题求解为驱动的,而教师之间也是有差异的。差异也是园本教研的资源,用差异来促进发展,既是对个体的尊重,也是一种有效的手段。

在园际差异方面,是如何让先进园产生辐射效应。比如天津静海教育局的经验是:点与点的联动,再由点及面的扇形辐射,即先打造试点园的骨干教师群体,并同步进行试点园之间的交流,然后由试点园分别向各自负责的乡镇中心园辐射,再由中心园向所在乡镇的所有幼儿园辐射,这种有目的、有系统的教师实地培训,比起一批一批的教师集中培训来,不仅体现了教师培训的一种效应和效率,同时也提示了试点园、示范园、基地园的责任意识,即不仅办好自己的幼儿园,而且要通过他们的影响办好一批幼儿园,不只是被动示范,还要主动辐射。被冠于示范、试点、基地的名称,不仅是一种荣誉,更有一种责任。在这方面,重庆万盛幼儿园的理解是：将示范园的辐射作用看成是政府赋予的一种社会责任,它将代表政府说话,体现国家的意志,宣传主流的声音。

在教师之间的差异方面,是如何产生互补效应。我们看到,一般情况下在促进教师专业发展中,青年教师是主要的对象,常听到青年骨干、教师新秀的培养,而老教师往往是不被重视的群体。但重庆沙平坝区实验幼儿园,却将此提到专业发展的议事日程,这是非常有意义的。因为随着时代的变化,新教师和老教师的角色内涵也在发生着变化。老教师历来被认为是有丰富经验的,过去,经验型教师是被尊敬和崇拜的,老教师与新教师的关系一般体现为"老带新",新教师永远是步老教师后尘的。而现在,经验性教师的局限性却日益显现,因为当代社会发展的一个最大特征就是快速的"变化性",一切都在不断的更新过程中,包括新的知识、新的要求、新的理念、新的信息……新教师的特点就是对新生事物的敏感性,对新事物的适应能力和接受能力较强,而老教师已有的"经验"有时会显得保守、过时,甚至产生惰性,成为束缚。因此,有一大批老教师在改革过程中会有一种失落感和挫折感,如何对待老教师的专业继续发展,沙平坝区实验实幼儿园提出了老教师专业发展的一些个性化策略,尽管有些策略还值得探讨,但这个视角却很有价值,可以引发我们进一步去研究。

三、教研员在园本教研中的专业引领

1. 教研员在园本教研中的角色定位

应该说,教研员在促进教师专业发展的过程中具有举足轻重的作用,而今天的教研员将如何发挥这样的作用？从传统教研到园本教研的转化中,教研员的角色将发生怎样的变化？传统教研带有自上而下的行政色彩,而园本教研是立足于自身的问题研究,是自下而上的问题发现和问题提交。前者预示着教研员的权威性,后者意味着教研员必须去权威,在认同中获得威信。所以,园本教研中教研员的角色是定位在与每个幼儿园的关系中的,起到专业引领、专业支持、专业合作的作用。

专业引领体现了教研工作的培训功能,通过帮助幼儿园解决实际问题的教学研究来带动教师培训,即研训一体。但必须指出的是,在园本教研前提下所说的研训一体,不同于过去大面积科研成果推广意义上的研训一体。而是深入一线,通过问题研究和改善教育行为的实践,发现教师的经验知识,使教师的默会知识显性化,从而使教师形成自觉的教育行为;专业支持则体现了教研工作的服务功能,为幼儿园的教研提供外部资源,例如搭建实践平台,提供信息资料,组织园际交流,开展专业咨询,筛选研讨案例等;专业合作则体现了教研工作的互惠功能,教研员参与幼儿园的园本教研,一方面是在帮助幼儿园解决实际问题的过程中进行专业引领,另一方面也是教研员自己在实践中进行的专业学习和学习引领。这就要求教研员与教师平等对话和共同探讨,学会教研工作的反思,在促进幼儿园改善教育实践的同时促进自我发展,从而做到去权威而树威信。

2. 教研员对有效教研的评价

大家逐步聚焦于这样一个问题:成功、有效的教研究竟具有怎样的特征。通过学习和观摩后的交流,大家得到一些共识,比如有效的教研应该是针对问题的,而面对问题应该是平等对话的,对话的同时应该是有交锋的,通过交锋应该是有提升的,提升以后应该是能行动跟进的等。但是有了这些指标是否就可以评价一个教研活动的有效性了呢?其实不然。作为一个教研员必须经常深入园本教研的实践现场,反复体验这些指标的实际意义。有时候你会发现,许多被评价得好到不得了的活动其实问题是不少的,被一个人评价得好的方面,在另一个人的评价中恰恰是问题。就拿有效教研的指标来看,有时表面上看一个教研活动确实是在讨论问题的,而这个问题其实是个假问题,因为不是来自教师自己的问题,而是领导布置的;有时表面上看一个教研活动大家都在平等对话,但这种对话只是一团和气,你好、我好、大家都好;有时表面上看到一个教研活动的过程有很激烈的交锋,但并没有引起教师思想上的认知冲突,而只是在争论一个教学细节上的技巧;有时表面上看一个教研活动后,教研组长是进行了一个总结性的提升,但提升的只是几个教条即谁都知道的一般原则,而并没有触及教师的具体实际;有时表面上一个教研活动后也说有行动的跟进,但跟进的并不是验证自己通过教研提出的要解决问题的假设。所以,只是有一些标准是不够的,同一个标准让不同的人去评价,结果会不同,这是因为不同的人对把握标准所依据的事实的理解不同,这需要大量的教研案例的学习,这些案例就来自教研员对教研实践的亲自参与,教研员也需要通过教研的反思来学习。

3. 教研员的工作态度

研修会上也有这样的忧虑,即教研员(包括园长、教研组长)的现有水平能在园本教研中实现有效的专业引领吗? 在现实的教研活动中,我们看到教研员和园长对于自己在教研工作中的态度有三种:一种是过于自信,看完一个活动马上点评,而且总是先亮点,再不足,后建议,每每点得教师只能虚心接受;另一种是非常不自信,常常因为这个问题自己也搞不清楚而退缩于园本教研,只能开展和组织一些例行的常规性工作,不能深入;还有一种是十分谨慎,深感自己专业引领的责任,生怕因自己对某一问题的误解而误导,因此十分善于学习和思考,对自己所要引领的任何一个专业问题都深思熟虑,多方请教。其实,教研员包括专业理论研究者都不是全智全能的,任何人都会有知识的盲点,但这不影响我们的引领作用,关键是摆正心态,端正态度,虚心学习。因为我们是在和教师共同研究和解决问题,引领则意味着先行一步,对某些问题的先行思考;引领也可以是与教师一起探讨的过程中思维方法的引导,比如向教师袒露自己正在思考但还没有结论的问题,而用自己思考问题的角度影响教师,有时甚至可以提出自己的困惑,用请教的方式引起教师和自己的共同思考,相信通过与教师的对话,也会不断启发自己的思路。

4. 教研员的工作方式

通过研修让大家明白了园本教研是幼儿园研究自己的实践问题,而教研员是在园本教研中起引领作用的,那就需要深入到园本教研中去。但是教研员人数有限,那么多的幼儿园怎么可能深入下去? 当然,教研员在园本教研中的定位与园长和教研组长是不同的,教研员具有抓住该地区共同性问题的眼光和能力,但共同性的问题是来自对所有幼儿园一线实践的分析,抓准了,那就是大多数幼儿园自己的问题了,对这些问题则可通过团队性合作的途径来解决,而教研员抓的这个团队就是来自迫切要解决该问题的幼儿园的教师,团队成员就具有辐射作用。在研究这些问题的时候,当然依托的是团队成员所在的幼儿园的具体实践,教研员深入教研的现场自然就实现了。但是如果抓住的不是来自一线的共同性问题,而只是一般性问题,比如只是教研员自己感兴趣的问题,或是想象中以为的重要问题,或只是研究那种赶时髦的课题,那当然不能算是园本教研。

教研员在园本教研中的角色,根本上是通过提升幼儿园园本教研的质量,来帮助幼儿园解决实际问题。在这个过程中教师和教研员的专业能力,以及幼儿园的教育质量都将同步提高。

第三节　对两类教师心态的隐喻:流浪者,还是观光者

近十多年来,幼儿园教育改革的成果是令人鼓舞的,不仅课程的变化是巨大的,教师的进步和幼儿的发展更是可喜的。然而,当改革从观念更新到课程变革,直至教师专业提升摆上日程的时候,却越来越多地听到许多无奈的声音、抱怨的声音:"现在教师太难当了"、"说说容易做起来难"、"让专家做做看"、"让领导来试试"、"太苦了"、"想哭"、"想逃"、"⋯⋯"这是一种什么样的心理状态? 缘何有这样的心态? 这样一种无奈、困惑、郁闷、烦躁的消极心态仅仅是工作量大通过减负就能解决的吗? 仅仅是一般的职业倦怠通过人生价值教育就能调整的吗? 看来,在探讨教师专业发展的问题时,对教师目前的心态进行探讨应当是非常必要的,或许这种心态本身就与教师专业发展是同一个问题。本文想借用一个隐喻,对此做一个粗浅的分析。

一、观光者和流浪者

西方当代社会学家鲍曼在洞悉当代社会的特征后,把"观光者"和"流浪者"隐喻为后现代性的两种人格类型,这一隐喻实在绝妙。都是背着行囊旅行在途的人,都是居无定所的临时过客,而且都那么寻寻觅觅地环顾着周围,却是两类不同的人,一类是观光者,一类是流浪者。在同样背景下有着同样行为的这两种人,心情是完全不同的。观光者因为厌倦了家而出发,发现外面世界具有不可抗拒的诱惑力,流浪者因为失去了家而出发,发现世界具有难以承受的冷漠。可见,观光者的旅行是一种自由的选择,而流浪者的旅行则是一种被迫的无奈。鲍曼说:"在后现代社会,我们在某种程度上都在移动,不管是身体的还是思想的,不管是目前的还是未来的,也不管是自愿的还是被迫的⋯⋯"我认为,这一隐喻的精彩就在于揭示了由当代瞬息万变的社会特征形成的一种人格心态。"旅行"意味着"移动",而"移动"意味着"不确定性","不确定性"则寓意着某种程度的"不安全感"。

这不由使我联想到教育改革中广大教师的心态。面对改革的不断深入，其中一大部分人有着流浪者的心态，他们愤愤然而无奈地被推动着蹒跚在改革的旅途上，也有越来越多的人正以观光者的心态行进在改革的旅途中。

二、谁是观光者，谁是流浪者

记得有学者曾撰文"幼教改革，三思而后行"，指出了幼教改革中的两种"热"现象，一是瑞吉欧热，一是蒙特梭利热，他将之归于上层决策者和基层实践者对改革的两种态度，即理想主义和实用主义。上层是理想主义的——倡导瑞吉欧教育，但只热在上层，却在基层热不起来；基层是实用主义的——拥戴蒙特梭利教育，但上层不以为然，却在实践中热火中天。为什么上层和下层会如此格格不入，作者又将之归因于中国的国情，是国情导致了理想与现实的距离。

该文确实很有诱惑力，可诱人从不同的角度去解读，去与之对话，去与之商榷。趁着思考"课程改革中的教师心态"问题，本文仅想借用从两种"热"现象中所揭示的处于改革中的矛盾状态，引申为对幼儿园课程改革中两种人格心态的分析。

实际上两种热现象似乎并存于实践，宣传倡导者都源自权威，而我认同的是关于上层权威者（这里我更多包括专业理论工作者）和底层实践者（这里更多包括幼儿园一线的教师）之间存在的距离甚至矛盾，这种距离和矛盾不只说明了理想与现实的脱节，同时反映了面对教育改革的两种心态。

不得否认，在教育改革的浪潮中，有一批人是掀潮、领潮、弄潮的，他们为改革摇旗、呐喊、助威，专业理论工作者充当的多为这类角色。他们总是在恰当的时候、合适的时机介绍一种理论，推出一种模式，阐发一种高论，为所倡导的或所反对的东西做出某些阐释、发表某些评论、寻找某些理由。这一切对他们来说，是得心应手的，因而是主动的，他们如同观光者，拿着旅游线路图，图上那一个又一个新奇的景点有着不可抗拒的诱惑力，吸引着他们在改革的旅途上不断探索、兴奋着旅途中的不断发现，虽然辛苦，却自由而浪漫。

可悲的是改革潮流中的一大批随波逐流者，他们已不能再固守着那熟悉的家园，因为惯用的措施无效了，习惯的做法过时了，熟悉的标准没用了，只好被推着上了路，却不知向哪里去？实践一线的老师多为这类角色。一方面旧有的一套仍像一个沉重的包袱，他们被一种惯性和惰性牵拉着；一方面对新的理论、新的模式和新的做法尚不理解,他们被一种陌生的恐惧所笼罩,他们如同流浪者,没有方向和路标,在迷茫中漂泊。他们照旧的做,不知道为什么行不通;他们照新的做,却不知其所以然,他们不断地被告知该如何,不断地被指责不该如何,承受着旅途的冷漠。于是就模仿着观光者,观光者发现什么,他们便以什么为路标,虽然顺风,却无奈而疲累。

"所有这一切都为观光者提供了'处于控制地位'的满足感。"(鲍曼语)

三、家园在哪里

"观光者旅游是因为他们想那样做,流浪者旅游是因为他们别无选择"(鲍曼语),但无论是观光者还是流浪者,毕竟都奔波在途中,"客栈的不适的确会使人们想家",他们在寻找着新的家园,也怀恋着旧的家园。

当改革瓦解了传统的结构,摒弃了旧有的标准,实践者便一再呼唤新的结构和标准。但是只有新的理念观点、指导思想、理论原则,却难见放之全国而皆准的实践标准。《规程》、《纲要》指明了方向,但没有操作手册与之配套,虽有培训、解读之类,仍有隔靴搔痒之憾。事实上,上层不是不想给出操作化、标准化,拿来就能照着做的样板,而是面对如此的差异和多样实在无法也不便给出。中层便通过"细则"、通过"指南"、通过"地方性课程"搭建了操作的平台,即使如此,底层仍有一大部分教师感到不安,因为他们站在平台上还是不知如何操作。这一部分实践者们如同没有了家,因找不到归宿而不安。

当改革部分显得激进,或理想与现实距离过大时,"处于控制地位"的理论人士又将举牌"钟摆理论",要求改革"三思"和"慎行"。于是,在普遍喝彩综合课程和整合思想时,会听到重申分科教学的价值;在普遍盛行区角活动和个别教学时,会听到重申集体教学的意义;在普遍满足孩子的需要和追随孩子的兴趣时,会听到重申教师的主导作用;在普遍倡导给孩子自由和让孩子自主时,会听到重申纪律和常规的重要;每每回潮哪怕只是听听回声,都会让实践者激动一番,呼应回声甚至比迎合新潮更让一部分实践者振奋,因为熟悉的声音会使他们感到安全。

四、没有永久的家园

改革意味着变化,改革过程意味着正在变化中。有人问:改革需要多久?变化的最终结果是什么？没有人能够回答。实践者期盼的结果无非是那种所谓结构化的、标准化的、稳定性的、普适性的"模式"，好让他们摆脱那种由"不确定性"带来的焦虑和不安，但那永远只是一个愿望。因为社会的快速发展，使我们对未来的不可预见性越来越大，今天适用的未必明天有用，因此，改不会停步，变也就不会终了。如果说历史上的教育改革是一波一波具有间歇稳定性的话，那么"寻求持续的变革"则是近二三十年的特征，"试图以一次性的变革方案解决教育问题，这种想法似乎已经越来越没有市场了，寻求教育系统持续的、不断的革新，似乎已经成为一种更现实的选择"。因为当代社会的动态特征决定了改革的目标只能是方向性的，因此它只能给我们一种提示，提示一种趋势，要求改革者在大势所趋中不停地前行。

从我国幼教改革的历程来看，《规程》引导了全国的改革，十多年变化巨大，但改革仍在途中。《纲要》虽是《规程》的下位文件，但它的出台晚于《规程》若干年，期间整个社会及教育的变化，使它不仅仅是《规程》精神的继承和具体化，更是一种发展，在许多教育思想和观点方面赋予了新的含义。实践者刚学会了通过目标分解来保持清晰的目标意识，已发现层层分解的目标会导致过于追求即时达成的结果，而带来忽略过程的弊端，需要重新学习过程性目标的把握；刚刚知道了通过能力分组来因材施教，实现不同水平的发展，却已经发现个体差异并不仅仅是能力差异，需要重新把握个性特征的多样化；刚刚懂得作为研究者的教师必须进行教育研究，正苦于概括和抽象一般规律的科研方法，却已经发现规律性的结果解决不了个体的问题，需要重新把握自我反思性的教育行动研究……一大批教师抱怨改革的变数太大，花样太多，但《纲要》引导着改革继续向前。

就从上海市的幼儿园课程改革来看，为配合一期课改出台的教材，试行和实施的一片怨声刚刚平息，却在体验到它魅力的同时日益显露新的问题，紧接着就迎来了二期课改，又开始学习和理解二期课改的指导性文件《上海市学前教育课程指南》中新的精神，研究和试行二期课改新的配套教材。面对研究和试行中的种种新问题，调整、修改、完善新课程的行动紧随其后，于是又听到了新的声音："不要再变了，我们刚刚熟悉，莫不是还会有三期课改？"其实，改革就是这样在以稳定性的小步调整中发展，必要时以规模性的阶段变革中向前推进的。

社会将不断地变，教育也将不停地改，从事教育的人就将持续地自我更新，我们都将是永远的旅行者，不存在永久的家园。"没有谁认为，他/她在某地永远的停留是一个可能的前景；无论我们何时停下来，我们不是部分地被取代，就是处在了不合适的位置上。"

五、让流浪者变成观光者

既然没有永久的家园,既然永远行进在旅途中,我们就要以一种良好的人格心态,去迎接一个又一个里程碑。问题是如何才能乐行而不苦行? 答案是:做一个自由的观光者,不要成为一个无奈的流浪者。

事实上我们发现,改革实践的一线教师中确实有着不同的两种人,他们有着不同的需要。一种人需要选择的自由,一种人需要模仿的样板。上海市二期课改的配套教材在全国的各套教材中,被认为是最难以操作的一套,因为它最去标准化、最低结构化。刚一露面,实践领域又是一阵骚动,有人喜欢,有人抱怨。一部分水平高、能力强的教师喜欢,认为教材的开放性留给教师的空间较大,她们有发挥专业自主能力的机会;而对一大部分水平一般的教师,感到难以适应,因为它们现有的知识和能力赶不上迅速变化的课程。是适应一部分高水平的教师,指明前行的方向,让他们探索适合自己的路,还是顺应一大部分一般水平的教师,编出能适合他们的拿来就能照着做的教材,给她们寻找一个栖息地? 前者,有挑战也有自由,因为只给教师提供大量可供选择的素材,从而能增强她们的专业自主性;后者,虽安全但无自由,教师只能依赖由他人设计好的现成的教学方案,从而丧失的是专业自主能力。前者才是大势所趋。因为"课程的变革,从某种意义上说,不仅仅是变革教学内容和方法,而且也是变革人"。

可见,在幼教改革中,一批始终走在改革前沿的幼儿园教师已成为观光者队伍中的一员,她们是一批积极探索,勇于反思,充满着专业自信,不倦追求专业自主的教师,她们需要舞台和空间由自己来把握,面对丰富的教育资源,她们有着极大的选择自由度,因而他们在教师群体中获得了较高的地位。正如鲍曼所认为的,"选择自由在后现代社会在众多分层因素中是最根本的。他/她拥有选择自由的程度越高,其在后现代社会阶层中的地位就会越高"。

六、何以成为观光者

由上推论,丧失专业自主性,也就是丧失自由,于是只能沦为一个盲目漂泊的流浪者。由此看来,当前教师专业发展的一个重要前提,便是教师的心态调整,从流浪者到观光者,这是一个从被动到主动的角色转换过程,其中的关键是"自由意志"的体现。

首先是教师的专业自主权。应该说,从改革中纷纷呈现的名目繁多的幼儿园课程名称可见,课程改革的最大成效是幼儿园获得的课程自主权。无论被称为园本课程也好,课程的园本化也好,至少幼儿园有了课程自主的意识。但如果课程抉择的权利基本上还只是园长等少数管理者,而没有广大教师参与的话,当教师对所要实施的课程设计思路一无所知,只是一个没有"课程意识"的课程忠实执行者的话,教师的专业自主仍是无法体现的。因此,课程管理者应当放权给教师,而不要总是提防教师在执行已经编制好的课程时有任何偏离。应充分认识,任何一种课程的实践过程,必然存在"编制好的课程"、"教师执行的课程"以及"幼儿经验的课程"之间的差异。而且,这个差异的大小往往取决于执行该课程的教师和体验该课程的幼儿所获得的选择自由度。

其次是教师的专业自主能力。有专业自主权,未必能够专业自主,如果教师没有专业自主能力的话,留给教师自主的权利越大、自主的空间越广,可能教师越感到无奈和不安。但是如果不给教师任何自主的权利和空间,只提供一切现成的构建好的东西让教师照着做,那么习惯于依赖的惰性将使教师永远丧失专业自主能力。因此,有必要以"最近发展区"为原则,除了为教师提供空间,也应提供把手,使其小步递进式地提升专业自主能力。目前各地出版的各套幼儿园教师用书,为教师提供的教学设计,就是以不同大小的自主空间,以不同程度的结构化呈现的,或许是适应了各地不同水平需要的教师的参考选择。可以说,喜欢选择哪一类教材,也是教师专业自主能力的不同体现。

第三是教师的专业自信。上述表明的是专业自主能力须由专业自主权给以保障的,此处要表明的是,没有专业自信的教师是不敢奢望专业自主权的。专业自信是与教育信念相关的,表现为教师所信奉的教育观点。没有专业自信,就不会有对专业权利的执着追求。对专业自信我们所要思考的问题是,如何才能将课程改革多年来所倡导的教育理念,转化成为教师的教育信念。陈桂生先生曾经说过,"所谓'理念',指的是理性领域的概念,'纯粹理性的概念'也就是从知性产生的超越经验可能性的概念。而校长、教师哪有多少闲工夫进行这种'超越经验可能性'的思辨呢? 他们所能理解的'教育理念',实际上是'信条'的同义语。信条指的是个人信奉的确定的见解。""遗憾的是,某些校长、教师并无定见,只从流行的口号中挑选一些感兴趣的口号,作为教条或标签,那种教条或标签往往名不副实。"所以,需要为教师从教育理念到教育实践之间提供连接,这个连接点就是理念所内涵的教育行动原则,只有当教师运用这样的原则去不断地行动、自省、再行动的反复以后,理念才会变成自己确信的观点,形成教育信念。

总之,一个没有专业自主权的教师,就不能得到专业自主能力的发展,且一个没有专业自主能力的教师得到的专业自主权越大就会觉得越无奈,从而丧失专业自信,进而不敢追求专业自主权,这样也就永远得不到专业能力的发展——这看似一个充满悖论的轮回,实际上却可以成为一个良性循环的发展状态——即根据教师原有的专业水平,适当地给教师一定的专业自主权(可接受的自主空间),当她的专业自主能力得到一定的发展时,便会产生专业自信,从而去追求更大的专业自主空间,以得到专业自主能力的进一步发展,增强专业自信。

这就是改革的旅途中教师心态转换(从流浪者到观光者)的探索之路,教师的专业发展,不就是在追求专业行为达到一种自由、自如的境界吗?

附一

答家长疑问：与《上上册》编辑的对话

问：您认为以蒙特梭利为代表的国外早教理论和实践是否符合中国儿童的成长现状？如果符合的话，请问在哪些方面可以体现它的卓越性，不符合的话，又是出于什么原因？

华：蒙特梭利早教理论中的很多观点，如及时应答儿童发展的敏感期、注重早期的感官教育、尊重儿童的自我教育等，对当今的儿童发展与教育仍有非常积极的影响，她设计的一套促进儿童各个领域发展的材料，仍不失为一种科学性很强的好教具。经过蒙特梭利课程的学习，能促进儿童感官的敏锐性，强化动手操作能力，培养秩序感，形成自律。但是这并不等于运用蒙特梭利教具组织的课程就一定能全面有效促进儿童发展，关键在于教师是否能准确把握教具使用的原则和其中蕴涵的深刻思想，这需要专门的师资培训。同时必须指出的是，蒙特梭利教学法毕竟源于100多年前国外特殊儿童的传统训练，虽经演化和改善，但仍有局限性，运用不当，会导致枯燥而机械的训练，以致遏制儿童的兴趣以及想象力和创造性。所以，今天我们在沿用这一课程时必须融入现代教育理念，并进行本土化的改造。

问：您认为当前出现的让孩子早早学习高尔夫、EMBA、幼儿瑜伽等"进口"课程是否合理？

华：我并不了解这些课程，对此没有发言权。至于课程的合理性，应该有一个判别的原则，那就是：这些课程内容的学习与孩子的年龄特点是否相符；教法是否能激发孩子学习的兴趣和自主性；孩子通过学习所得到的收获是否以牺牲其他方面的发展为代价；学习的结果是孩子更爱学还是恐惧学。

问："一个两岁多的孩子可以认识千余汉字"，这样的广告语打动了无数父母，您认为尽量让低龄儿童扩大汉语阅读是否合理？中国古典典籍在早教中是否应有其一席之地？

华：早期阅读对孩子的发展是极其有益的。但是早期阅读的内涵很广，不只是识字和汉语阅读，还包括看图、听故事、讲述等。关于早期识字的问题，我的观点是可以结合生活情景中出现的汉字随机指认，培养孩子对汉字的敏感性,但不刻意教。一旦把识字作为一种学习任务强加于孩子,那么其逆反心理反而会成为他(她)今后学习汉字和语文的障碍。而如果能以一种无意的和游戏的方式使孩子获得一定的识字量,则是有意义的。

至于古典典籍我认为不适宜在低龄进行,因为典籍往往难以理解,孩子虽然机械记忆较成人具有优势,但发展孩子的理解记忆才是我们的目标,而且无论如何,理解记忆的效果也要大大优于机械记忆的。用更多的时间死记硬背这些对孩子来说没有意义的内容并不值得。当然,我认为典籍中也会有适宜于不同年龄儿童理解的有韵律的诗歌,符合年龄特点的让儿童吟唱和积累是有意义的。

问:您认为"精英式"的早教之路是否是正确的早教方向? 中国的早教该照搬西方,还是发展自己的道路?

华:所谓"精英式"的早教,我理解为早期天才教育,也是一种超前教育,这种教育只能是针对极少数天才儿童的。而大部分家长在孩子很小的时候都会有一种自以为孩子是天才的心态,有条件的话总希望得到非同一般的培养,于是"精英式"的早教就有了市场,其结果是大部分儿童成为极个别天才儿童的陪读者,要么收效不大,要么眼前的即时成效并没有对以后长远发展产生积极影响。而时间是不能回转的,当发现自己的孩子不是这块"料"的时候,已经牺牲了孩子该有的发展了。

说到西方和中国的早教之比较,由于文化的不同在早教观念上有很大的不同,中国传统的家长把孩子看成是自己的附属品,是自身生命体的延续,所以在望子成龙望女成凤的思想下推崇早教的刻意性,而西方的家长则把子女看成是独立的个体,所以早教也更为自然和随性。目前早教市场上从西方引进的各种名目的早教课程,有些并不是西方的主流早教思想和实践,也有些被我国商业炒作后异化了。实际上早期儿童的发展是有自身规律可循的,除了课程内容的文化差异外,遵循儿童发展规律的科学教法是没有西方和中国的太大差异的。

问:现在相当部分的幼儿园打出了双语教育、识字写字、乐器艺术等"特色牌"。您认为这样的特色对孩子有什么影响,是否可取?

华:虽然标树同样的特色品牌,但实际上的差异很大,我们不能只看这些特色的名称,而要辨别的是这些特色教育在怎样的教育理念指导下开展的,如果仅仅是迎合家长的心理和追求市场效应,急功近利式地强迫训练孩子的技能,那么我可以说技能训练多少总是会有成果的,但是单方面的成果很可能是以牺牲孩子全面和谐发展为代价的,这种即时性的成果甚至很少会产生长远效应的。而如果这些特色项目是作为实现全面发展的一种途径来对待,从孩子的个体差异出发,重在培养兴趣,寓教于乐,那么这样的特色追求是毋庸置疑的。衡量早期的教育成果,不在于儿童暂时获得了多少知识技能,而在于是否获得了某方面的兴趣,为进一步学习这方面知识技能做好了心理上的准备。

问:寓教于乐是最好的教育方式,那么,怎样游戏,才能给孩子必要的个性、素质、人格教育呢?

答:儿童的游戏有两种,一种是儿童自发的游戏,一种是成人为了教孩子某些知识而设计的教学性游戏。家长往往比较忽略的是前者,事实上,孩子的任何自发性游戏行为对孩子的发展都是有意义的,如果能仔细观察并分析孩子的一些自发性行为,你就会发现,每一种行为都显示着孩子的发展水平,如果孩子不断重复某种行为,就是在进行一种原有经验的练习,如果孩子在尝试或探索,就是一种学习,预示着一种新经验即将产生,因此这种游戏也是孩子的一种自发性学习。当你有意识地想教孩子一些什么的时候,最好使这种“教”的行为隐蔽一些,转变成一种与孩子一起进行的游戏,你想教的东西让孩子在无意之中获得,千万不要强迫孩子,因为我们能强迫孩子学,却不能强迫孩子学会。

问:您认为家长应该在孩子的教育中成为一个什么角色? 怎样才能做好这个角色?

答:首先,家长应当成为孩子信任和依恋的人,给孩子一种安全感。这里不仅是保障儿童的生命与健康,更是一种情感上的呵护和心理上的满足。为了做到这一点,家长最好亲自照料孩子(或者有一个固定的照料者),要非常敏感于孩子的各种需求,并及时应答,特别要避免孩子出现太多的紧张、恐惧、焦虑、愤怒等负面情绪,一个有安全感的孩子有助于发展积极的人格特征。

其次,家长在生活中应当成为孩子正面行为的引领者。孩子是好模仿的,因此身教重于言教,想让孩子做的,家长必须自己做到,因此在孩子面前,必须清醒地意识到自己的一言一行都是在“教”孩子。

第三,家长应当成为孩子游戏的合作者和支持者。要经常参与到孩子的游戏中去,陪孩子一起玩,在游戏的过程中,充满着孩子学习的契机,适宜适度地启发孩子思考问题,提示孩子行为规则,告知一些孩子能够理解的知识等。

关于早教指导：与少儿社编辑的对话

在当今世界，越来越多的人开始意识到早期教育的重要性。过去，人们一直以为新生儿是无能的，教育对其是没有意义的。但是进入 20 世纪 90 年代以来，随着脑科学、心理学、早期教育研究不断出现新进展，看待婴儿的传统观点已经被现代科学作了重大修正。大量研究结果表明，早期经验对婴幼儿一生的发展将产生重要影响(Andrews, David, 1997)。因而人们开始意识到，在婴幼儿阶段开展早期教育具有重要的意义。目前在世界范围内，0—3 岁婴幼儿早期教育正成为一种潮流。那么在我国，婴幼儿早期教育的情况如何？又将如何发展呢？

问：华老师，现在国内的很多早教机构，他们的课程以及在做法上有很大差异。一些早教机构是在爸爸妈妈的配合下以游戏的方式对婴幼儿展开教学的；但也有一些早教指导机构，则是通过亲子游戏的方式指导家长的育儿技巧。对于这样的情况，您是怎么看的？

华：这取决于早教机构的服务定位。有两类"早教机构"：一类是招收 0—6 岁婴幼儿的全日制托儿所和幼儿园，这类早教机构的课程是直接面向婴幼儿组织教养活动的，活动是教师和婴幼儿之间展开的互动；另一类则是非全日制早教机构，由家长带着孩子来接受早教服务的。而这类早教机构由于服务定位的不同，课程的组织实施形式也会不同。当定位于直接促进婴幼儿发展时，那么课程是面向婴幼儿来组织实施的，但因为孩子是由家长陪着来的，也因为孩子过于年幼，所以教学活动是由家长配合教师进行的，活动是教师联合家长共同与婴幼儿之间展开的互动，有时家长仅仅是活动的旁观者，这类活动我们称为"早教活动"。当定位于对家长进行育儿指导时，那么课程则主要借助亲子互动的方式对家长进行育儿观念、育儿知识以及育儿方式的传递，这时的活动是教师、家长、婴幼儿之间展开的三方互动，这类活动我们称为"早教指导活动"。

问：你能对这个"三方互动"做一个解释吗？

华：三方互动是指在早教指导活动中，就亲子互动的现场实况而展开教师与家长之间的互动，这里包括亲子之间、教师与家长之间、教师与婴幼儿之间同时展开的三角双向互动。具体来说，教师设计游戏或创设游戏环境引发亲子互动，通过观察亲子互动行为，随时与家长之间展开互动，以帮助家长理解孩子的行为,指导家长如何与孩子互动。同时家长也就自己与孩子互动中的疑惑和问题随时与教师展开互动,从教师那里获得所需要的帮助和指导。这种帮助和指导不仅是语言上的,教师也通过与婴幼儿之间的互动向家长进行示范。可见,三者之间的互动是以家长和教师的互相观察为前提的。

问:是不是可以这样说,一种是直接针对婴幼儿组织的"早教活动",一种是借助"早教活动"来向家长进行的"早教指导活动"。而"三方互动"的活动形式是对家长进行早教指导的体现?

华:是的。

问:那么,你认为在早教机构中这两种定位哪一种更重要?

华:我认为,就非全日制早教指导机构而言,婴幼儿每周才去一两次,每次至多也就两三个小时,显然,通过这样几次专门的早教活动是根本满足不了婴幼儿发展需要的,家庭才是婴幼儿学习和发展的主要场所。因此,对家长进行早教指导具有更积极的意义。当然,通过早教活动来对家长进行早教指导是一种极其有效的方法。教师设计的早教活动可以是教师组织的亲子游戏,也可以是教师组织的婴幼儿活动,无论是家长参与了活动,还是家长观摩了活动,活动的目的在于向家长传递科学的育儿观念和育儿技巧。

问:那么,这种以家长指导为目的的早教活动与我们平时在托幼园所组织幼儿开展的早教活动有什么不一样呢?

华:同样内容的教养活动如果定位于早教指导的话,在组织设计时会有更多考虑,比如该活动向家庭迁移的可能性,活动材料以家庭日用品的可替代性为佳,活动个体化开展的可能性,向家长提示该活动中孩子行为的观察要点、孩子行为解释要点等。如果我们设计的游戏活动只能在早教指导机构的条件下才能开展,所使用的材料在家庭是无法获取或替代的,活动的开展只能集体进行的,那么这样的活动就不具有很强的示范指导性。

问:也就是说,以家长指导为目的的早教活动设计,应当考虑这个活动可以在家里重复开展、反复开展的。那么,怎样的活动内容才具有这样的可能性呢?

华:这是问题的关键。婴幼儿的发展不是一蹴而就的,任何一种新行为、新经验的出现都需要在不断的重复中得以巩固,而日常生活循环往复,养育行为无时不在,带养人与孩子的互动频率最高,婴幼儿的发展就是在这个过程中实现的,而不是靠到早教机构里几次蜻蜓点水式的训练活动。最近少年儿童出版社出版的《FPG早教方案》丛书有一个观点,就是要从"监护式保教"走向"发展式保教"。我的理解是要从单纯的"养"到"教养融合",早教指导就是要帮助家长摆脱"养而不教"的观念,并且学习如何"在养的过程中教"。我们应当相信婴幼儿是在自然的生活和游戏中学习的,成人的"教"则应更多地与婴幼儿的自然生活和自发游戏同步。所以,我们设计的是一种自然状态式的活动,是生活化、个体化的。这套丛书中分类罗列的几百个活动就具有这样的特点。

问:我能理解上述您说的早期教养活动应当遵循个体化的原则,因为这既是婴幼儿年龄特点所决定的,也是家庭亲子教育的特点。但是我想说的是,个体化在家里可以做到,但在早教机构短短的时间内如何实施活动的个体化原则呢?教师不可能对每一个孩子和家长分别组织活动吧?

华:我所说的活动的个体化开展,是指我们设计的活动要有助于家长与孩子一对一开展的。在早教指导机构,老师组织这类活动往往是同时与多个孩子和家长平行开展的,是一种平行性的集体活动,而不是合作性的集体活动,而正是这种平行活动才便于向家庭延伸,也便于老师就每一对孩子和家长的互动行为进行个别化指导。所以在《FPG早教方案》中每个活动的人数都是从一到几个孩子来规定的,也就是说,所有活动都是可以与孩子一对一开展的。这套丛书虽然是为全日制托幼机构编写的,但这些活动却很容易向家庭延伸。特别值得一提的是,在全日制托幼机构使用时,虽然每个活动都是几个孩子一起进行的,但由于活动的简短而且日常化,所以教师根据孩子的个体差异很容易为每个孩子安排不同的活动,也就是说,每个活动中参与的孩子是不同的,个别化体现得非常充分。

问:我还想请教一个问题,那就是现在早期教育的宣传中,"蒙氏教学法"、"奥尔夫音乐"频繁出现,也有机构称自己专门训练孩子的感觉统合,您觉得孩子需要这样专门的教学吗?

华:我不太了解这些专门的教学具体是如何组织实施的。对婴幼儿来说,发展应当是全面的,没有必要过早就某一领域的发展进行专门训练。但如果在婴幼儿全面和谐发展的早教活动中,运用了"蒙氏教学"、"奥尔夫音乐"、"感觉统合"等思想和方法当然是可以的。而我认为,对于3岁前早教课程的分类维度倒是值得推敲的,分类组织的活动应当体现发展的整合。那种以音乐课、美术课这样的学科分类活动显然不合适,或者以认知、感官、情感、社会性这样的发展领域来分类组织活动也有割裂之感。而我比较欣赏《FPG 早教方案》的分类维度，"听说活动"、"肢体活动"、"探索活动"、"创造性活动"这样的分类，似乎比较合理。因为探索活动是孩子获取信息、获得经验的过程，是吸收性的，而创造性活动，是孩子表现已有经验和信息的过程。从接受和表现两方面来考虑，就体现了一种发展整合的观点。另外，将听说活动和肢体活动专门列出，也凸显了 0—3 岁阶段语言发展和动作发展的两大重点。可以说，这四类活动囊括了婴幼儿发展的各个方面和知识经验的各个领域。

幼教实践中的热点问题：与《上海托幼》编辑的对话

问：您对美国幼儿教育的办学模式和课程模式有何评价？由此反观我们当今正在进行的改革，你认为该如何看待新课程的方向、意义和价值？

华：谈不上访美，我是去参加全美幼教协会举办的学术年会，顺便参观了几个幼教机构，短时间的参观，只能是走马观花，有点印象，所以评价不了美国幼儿教育的办学模式和课程模式，但是这些印象倒也使我有以下几点感想。

首先，我不敢轻易说美国的幼儿教育是一种怎样的课程模式和奉行怎样的价值理念，因为我看到的仅有几个幼教机构就已呈现多元和差异，有的幼儿园孩子们很开心地在玩，室内外活动区充满着自由宽松的氛围，这是大家所熟悉的美国式的自由教育。但是有的幼儿园教师正在严肃地教，室内环境充满了大量体现读写算教学内容的布置，这却是令我们吃惊的。而进一步探其背景可发现，贵族幼儿园在玩，公立幼儿园在教，进而联想到，美国政府当前推行"加强读写算""回到基础"的教育改革，是缘于美国基础教育的滑坡，特别是针对中下阶层孩子的入学不适应问题，这个问题由来已久了。

其次，我感到介绍国外或者听人介绍国外的情况时，必须多一个心眼，浮光掠影很容易让人神魂颠倒。比如：在说到美国"幼儿园"情况的时候，我们不能盲目借鉴，因为那里的"幼儿园"和"学前学校"是以年龄为界的，前者为 5—6 岁（相当于我们的大班），而且常常与小学联体，后者为 5 岁以下；又如：说到他们的双语幼儿园时，也必须知道与我们这里的双语幼儿园不是一个概念，他们是出于多元文化教育，我上次曾经在美国的一个幼儿园观察过一天，他们的所谓双语是指每周有一天使用西班牙语，且这一天的活动都围绕西班牙的文化，原因是这个幼儿园有不少西班牙的移民孩子，这是出于对民族文化的尊重，而不是为了多掌握一种语言工具而教；再如：即使我们和美国在教或在提倡同样的东西，但实施的途径和方法并不一样，最根本的区别在于是否追求即时效应，这带给孩子的体验和结果是不一样的，例如我看到一个 3 岁班的早期阅读，只是每周借一本书回家而已，但整个借书的手续与成人一样，由孩子自己办理，老师的指导只是推荐图书，告诉孩子所借的书的名字，而每周有一次借书的机会，坚持几年的累积阅读效应是可想而知的。还如：表面上看到美国幼小之间是幼儿园向小学衔接，因为幼儿园与小学同属于义务教育，但深入观察可以发现，小学低年级教室的环境几乎是幼儿园化的(因为那里早期教育的年龄范围是 0—8 岁)。

另外，美国学前教育课程多元和对差异性的尊重，让我想到有人认为连美国的改革趋势都是回到基础，而国内的幼儿园课程改革是否如钟摆摆过头了。我倒认为，我国课改的方向没有错，而且还将不断深入，因为我国和美国的改革基础和缘起不同，如果说存在什么问题的话，那就是我们国家这么大，地区经济和文化发展极不平衡，如果要求课改同步发展，即在同一个时期用同一个标准、同一把尺子来衡量未必合适，应当考虑地域之间的特色性差异和发展性差异而稳步推进。但就上海的定位来说，即使改革进程不能同步，但无论如何应当坚持课改理念的先进性，并走在全国改革最前列。

问：上海推出了一套低结构化的教师参考用书，很多教师因为其打破了传统教材的知识序列而感到很难把握教学的重点和难点，对此您对教师处理教材和教学之关系有何建议？

华：近几年来，全国各地出版的幼儿园教材约有十多套了吧，比较起来，上海的这套对教师的要求确实是最超前的，但编写的指导思想却是紧扣了课改所倡导的先进理念的，同时是为《上海市学前教育课程指南》的落实搭建的平台。教师之所以感到很难操作，是因为教材留给每一个教师在实施时自己编创的空间比较大。《课程指南》提出，课程形成的方式有预设和生成两种，这是一种动态性课程观的体现，如果教材全都为教师设计好了具体的实施步骤，不给教师留有根据实际情况进行创造性实施的空间，那教材就没有起到落实《指南》的平台作用。而教材的这一空间作用表现在两方面：一是课程园本化的作用，因为这套教材是受市教委委托编写的地方性课程的载体，教材的空间是将地方课程园本化的最好方法；二是教师专业化的自我提升作用，正因为这一空间使教师摆脱了依赖，迫使教师去思考如何将教材中反映的课程目标和内容转化为自己的可行性实践和本班幼儿的可能性发展,这一过程也正是教师自我发展的过程。至于对教材中难点、重点的把握,不同水平的教师在把握课程目标和内容时是会不同的,以及同一个教师在面对不同的幼儿时也会是不同的,没有一个绝对的标准。相信教师会在反思中逐步学会解释自己的实践,日益趋向成熟。要想取得这样的效果,关键是幼儿园的课程管理者必须将新教材的实施作为教研的重要内容,加强研讨和交流,并且为每个主题活动建立档案,积累每个教师的活动方案,积累教师运用的课程资源,包括制作过的教具和资料等,在一轮一轮的主题反复以后,会得心应手的,现在感到困难是必然的,也是暂时的,毕竟是一种从未有过的实践尝试。

问:您是教师参考用书《游戏》一书的主编,在如何看待"游戏"以及如何处理《游戏》与其他领域课程(其他参考用书)间的关系等问题上,您认为当前存在的并且必须引起注意的问题有哪些?有否解决的良策?

华:《课程指南》将游戏与学习、运动、生活并列,体现了这样一种精神,那就是除了学习要体现游戏化以外,幼儿园还要重视幼儿的自发性游戏。因此,这里的《游戏》用书就纯粹是针对幼儿的自发性游戏而编的,很多通过规则游戏和教学游戏进行的学习活动已经融汇在《学习》用书中了。

从严格意义上说,自发性游戏是不能作为教材来编的,因为游戏是每个人必然的童年经历,无论他是否进入幼儿园。因此,不是我们来教幼儿游戏,恰恰相反,是我们需要通过观察幼儿的游戏来学习关于幼儿发展的知识,提高评价幼儿发展的能力。教师为幼儿做的就是支持幼儿的游戏,包括保证游戏时间,创设游戏环境,在游戏中根据幼儿的需要给予介入指导,而这种介入性的指导是不可能通过教材来预设的,只能以案例的形式给教师参考。因此,如果说本套用书中的《学习》、《运动》具有教材兼教参意义的话,那《游戏》只是一本参考用书,提供的是对教师的原则性指导和参考,更多地用于引导教师个人的行为反思,用于幼儿园的教研活动。正因为《游戏》不是纯粹意义上的教材,所以教师如果没有行为自觉性的话,会认为这本书没有操作性,可以搁置一边,根本不用。而用书中提出的引导教师进行思考的一些问题,本应是教研的重要内容,但这种引导却被有些教师感到好奇,"怎么提出问题来问我们?"她们企求一种标准化的答案,好照着做。而事实上,教师对这些问题的思考结果会不一样,而且对问题的认识也是会不断变化和进步的,《游戏》用书就是给教师提供思考问题的角度,边实践、边思考、边研究。

《游戏》一书既是独立使用的,也应当是与《学习》、《运动》、《生活》结合使用的,因为《学习》、《运动》更多的是针对幼儿使用的,而《游戏》则主要是针对教师使用的,(《生活》兼具两者)。教师在其他三种活动中涉及的如何观察幼儿,分析和评价幼儿的行为,环境的创设和材料的投放,游戏与课程的互为生成关系等,都可以从游戏用书中获得启发。

问:您很关注和了解实施新课程后对教师专业发展带来的压力和挑战,您认为当前教师提升专业化能力关键要解决哪些问题和阻碍?

华:现在很多人在谈教师的职业倦怠问题,对这一概念我有不同的看法,因为任何职业在工作了五年以上都会产生倦怠,原因是五年的工作时间足以熟悉工作技能并达到自动化的程度,对从事这一工作的人来说,已经不具有挑战性了,简单的重复是倦怠的主要原因。而现在的教师则不是这样,她们中的大部分是在企求给她们一个标准化的、可操作的、能直接告诉她们如何做的样板,因为她们一方面实在不知道如何做,另一方面正在做自己并不理解而不得不做的事,她们因此而感到痛苦。

究其原因是新课程体现的新教育理念向实践转化时,需要教师具备新的专业技能,比如观察和评价孩子,个别化指导时与孩子互动的策略,环境创设与材料投放的能力,课程园本化过程中对课程资源的利用和生成课程的能力,与传统教学有别的集体教学的预设与组织能力等,这对已经习惯了传统理念和做法的教师是一种挑战,但这种挑战远大于她们的承受力,导致教师对改革发起了牢骚,甚至对改革产生了怀疑。所以这不是职业倦怠,是身心疲累。

我认为,教师的疲累来源于专业能力和专业自信的缺乏,两者是密切相关的,因为实施新课程所需的专业能力缺乏,便失去了专业的自信,因为没有自信,则企求别人设计好的拿来就能用的操作标准,而如果一味依赖标准则丧失的还是专业自主。同时,被动行为的无奈是最为心累的,被动行为中还有大量的无用功,这是费力而不讨好的。

因此,提高教师的专业化水平已经成为当前改革最迫切的议题了。解决这个问题的关键是要对广大教师提供专业支持,这应当作为一种系统工程来建设,比如形成由理论工作者、教研员、名教师、管理者等组成的专业支持网络,除了专业培训以外,主要的途径是以幼儿园为本位的教研,搭建交流平台以增加各种层次人员对话的机会。实际上,就专业支持本身也是要研究的一个问题。

关于师幼互动的若干实践问题：与福州市儿童学园教师的对话

主持人： 今天的教研活动由项目专家组华老师与我们全体老师座谈，希望大家畅所欲言，就我们正在研究的"师幼互动"把平时感到一些困惑的问题提出来，向华老师请教。

师： 我先问一个问题，在主题活动中，经常会有这样的情况，我们大班多数幼儿能主动呼应教师通过协商与环境创设发起的互动，积极在小组中合作探究，家长也能配合提供材料与信息，但总有少数几个孩子，不管老师怎么通过个别互动启发引导其参与，仍然不愿融入小组之中，家长也不主动配合，到交流活动时，这些孩子就无法参与交流，影响了自身的发展。这该如何应对？

华： 要肯定的是，你预设的主题活动，能够迎合大多数幼儿的需要和兴趣，引起他们的积极探索，也能争取到大部分家长的支持，已经表明了你活动设计的成功。但是每个孩子的认知需要和兴趣是不可能一样的，有很多东西是难以预设的，当你预设了活动以后，幼儿对你设计的活动的反应与你的预期之间的差距正是你要关注的问题，有少数幼儿对该活动不感兴趣，融入不进去，是很正常的。那么，如何尊重个别幼儿的意愿正是对你的挑战，因此你首先必须分析这些孩子为什么不感兴趣，他们当前的兴趣和意愿是什么？如果你经过了观察和分析，或许就不会一味地想方设法要他们参与到你安排的活动中去，你可能会主动呼应他们发出的信息，根据他们的需要和兴趣要么与主题活动之间做一个连接，要么允许他们游离于主题之外，支持他们自己生成的活动。不能认为，孩子自己的活动就没有发展的价值。相反，只有孩子自己愿意参加的活动才具有自身发展的意义。所以，不要单纯去考虑如何完善与实现预设主题的目的。

师： 在大班，老师容易与大多数幼儿相互动、相呼应，但小班就不同了。小班幼儿受经验和能力的影响，不仅主动向老师发起的互动能力差，而且还有自我中心倾向，不会协商。例如，我预设的一次美工活动"为花涂色"，由于天气变化的原因，不少幼儿请假，看到幼儿缺勤多担心预设的目标难以完成，我就与已来园的幼儿协商：能否把涂色活动改为第二天进行？幼儿却不同意，说，我们照样玩涂色，他们明天来玩涂色的时候，我们玩别的东西。这种情况如何应对？是否一定要迎合幼儿？

华：在你的这个案例中，好像不能说明小班孩子不会协商，他们只是不接受你的建议，能提出自己的建议来说服你，应该说很会协商。如果你认为孩子的建议有道理，你就接受孩子的建议。为什么因为孩子今天来不多就非要推迟时间引导幼儿完成你的目标呢？已来园的幼儿涂色的欲望很强烈，是难得的学习动机，为什么不满足他们呢？如果你觉得你推迟玩涂色确有你的道理，非改日进行不可的话，那么你就会用你的智慧去说服他们，比如有什么比涂色更有兴趣的活动。关键是你要判断你和幼儿谁更有道理，不能因为孩子不接受老师的建议就认为不会协商。

师：我认为，师幼互动本身有两个层面的价值追求，首先是对互动自身的价值追求，只要愿意互动、善于互动，本身就有价值存在。与幼儿的协商本身就是一种互动，先不论是采纳了幼儿的建议，还是坚持了自己的想法，这个交流各自想法、说出各自理由的互动过程，对幼儿来说就是有价值的；其次是作为学习活动过程中的师幼互动，总应该有一定的学习任务追求吧，《纲要》对各领域的学习也提出了一定的任务性要求。因此我的问题是，作为学习手段的师幼互动应该如何兼顾学习任务的完成和对幼儿意愿的尊重？

华：你说的这种互动还是指有预设目标的学习活动。对学习目标的追求，要考虑教育的目的性与发展的可能性的关系，如果你的任务不是幼儿的意愿，可能会影响学习的效果，当然，尊重幼儿的意愿也不一定是完全跟着幼儿兴趣走，还包括你想办法让幼儿愿意接受你的任务。实现《纲要》提出的目标或任务，途径是多样的，为什么一定是在你的任务和幼儿意愿的矛盾中实现呢。另外，在学习过程中的每一个环节，都存在有效互动的问题，包括对幼儿原有经验与发展水平做出判断，对幼儿的当前困难和可能的发展趋向做出判断，然后看是否要相应的等待，什么时候该巧妙地介入，这是互动技巧的问题了。

师：掌握互动技巧是一个方面，这是我们正在努力做的，我们有很多案例分析，就是反思我们的互动是否有效。但是，我想说的是，师幼互动有一种是继时性互动，师问生答，师示范生模仿，师指导生操作等；还有一种是共时性互动，包括老师直接与个体幼儿互动，引导幼儿之间的互动，幼儿与环境材料的互动，这种互动能让多数幼儿都动起来，但老师要让幼儿形成这种互动比较困难。一是因为幼儿人多，二是要考虑幼儿个体差异，若按幼儿发展水平分组分层次互动，教师还容易操作，若按幼儿个性特点、兴趣、爱好分组，并与之互动，就很难了。老师该与谁互动呢？而且时间上如何控制呢？怎么互动才是有效的呢？

华：确实，我也认为恰当的师生比是有效互动的条件，但我们要考虑的是，在目前的情况下，老师面对众多孩子怎么做。我想，首先要理解，互动并不意味着一定是教师与幼儿直接面对，直接用语言进行，借助环境创设与材料投放，让孩子根据自己的需要选择，也是一种师幼之间的互动，因为材料是你有意识地投放的。其次要相信孩子在选择的过程中自然形成的群体，这种自然群体可能是能力相同形成的，也可能是兴趣相同形成的，这种自然群体中的幼儿互动，甚至比你有意分组后的互动更有效。第三，不要过于功利地考虑互动的效果，如果总是想着每一次活动，是否所有的幼儿都达到了你想让他们达到的，你就会为自己与幼儿直接互动的顾此失彼而焦虑。教育决不是只看即时效应的，要重视未来效应和潜在效应。所以关键是在环境创设、材料投放上下工夫，相信大部分幼儿是能根据自己的需要和能力来作用于你创设的环境的。你的作用就是用心观察和适时介入，不会所有的幼儿同时需要你的介入吧。

师：我觉得难就难在适时介入的问题。比如一次角色游戏，一个孩子假扮司机开汽车，反复绕圈开车不停歇，也不改变角色，老师过去问他累了吗？他说不累，问他饿了吗？去小吃店吃点心吧，孩子说不饿，又拼命跑着开车，类似这种状况怎么办？这个介入是否适时？

华：这个孩子喜欢当司机，反复地跑，有什么不好呢，象征性地满足了他想当司机的欲望，跑动还可能对他身体肌肉控制的发展有好处，为什么一定要让他去小吃店呢？这是他的游戏呀。

师：我认为，当老师判断孩子的活动长时间处于一种低水平重复时，就应当通过引导来推进孩子的活动向更高一级水平发展，如果只要是孩子的游戏，教师就不该干预，那教师在孩子游戏时就可以休息了。

华：你说得很好。但现在你判断孩子是一种低水平重复，我判断是孩子情感的需要还没有满足，所以反应就会不同。如果你的判断是正确的话，那到确实是介入的时机，当然如果你不能确定你的判断是否准确，也可以作试探性、建议性的介入，看孩子是否接受。我们需要的是，教师能够通过仔细观察作出判断（而不是未经观察而主观臆断），然后根据自己的判断行事这样一种自觉的教育行为。

师：问题是很多情况下不能肯定判断是否准确，如果作出错误的判断，就会导致错误的教育行为。

华：怕什么呢？为怕做错而谨小慎微，也不足取。我们更需要的是不断的教学反思，通过经常反思自己的行为，就会使我们越来越善于解读幼儿的行为，我们的判断也会越来越准确。

师：刚才说到创设环境后让幼儿自己选择，也是一种互动。我们是创设了各种活动区域，但孩子总是喜欢到一部分游戏性强的区域，而那些学习性强的区域就不怎么去，但这些区域对孩子的发展确实很重要，这种情况怎么办？

华：首先要分析孩子不愿去的区域有什么需要改进的，学习性强是否表明材料的结构化程度太高，为了目标的达成而限定了玩法，或要求太高、过于单调等。如果降低这些区域材料、玩法的结构性要求，使之游戏性变强，或许也就吸引幼儿了。

师：但毕竟减少了过去的集体教学活动，有些知识不直接传递，想让幼儿在活动区通过自己操作材料来建构，所以有些材料的操作还是应当有规则、有要求的，再怎么降低结构化，比起那些角色游戏区、建构区的材料可以随心所欲地玩，还是有结构化程度上的差异的。

华：如果你目前确实感到这是一个问题，那么我建议你尝试一下时间上的调整，一个时间是完全放开式的自由游戏，任何区域孩子都可以按自己的想法玩。另一个时间可以是有一定认知要求的学习，暂时关闭诸如角色游戏区。这时，你可以比较一下两个时段里孩子的表现，同样的材料，一个是孩子想怎么玩就怎么玩，一个是有一定玩法规则的，各对发展的价值有什么不同，这也是一种研究嘛。

师：目前我们福州的幼儿园在晨间活动时就有两种模式，一种是让孩子完全自由活动，一种是作为学习环节安排活动区的内容，哪种较适宜？

华：我个人认为晨间活动还是放开一些好，让孩子自由活动，那样孩子还会喜欢早点入园来玩。

师：《幼儿园工作规程》1989年版在教师职责中要求教师要观察并记录孩子发展情况，而1996年修订后删去了"记录"的职责，现在似乎又再盛行老师既要观察又要记录，这应如何理解？

华：记录的目的有两个，一个是为孩子发展档案做的，一个是为自己反思教育行为做的，现在园本培训需要教师通过案例来交流分析研讨，为避免分析反思的随意性,所以记录很重要。

师:老师在组织教育活动时既要与幼儿互动,又要记录案例,时间安排不过来,往往记录了这一个会丢掉了一大片的幼儿,怎么办?

华:记录是为了反思,能抓住几个有价值的(值得自己反思的)案例就很有用了,所以不要为追求记录的数量泛泛而记,如果你现在记了很多案例,但这些案例的实际意义没有体现出来,那么就是无效劳动。同时记录不一定要当时记,可以过后回忆,如果怕过后忘记,当时可以简记几个关键的字。案例的记录贵在长期积累。

毛园长:感谢华老师给我们的指导与帮助,今后老师们在课改实践中遇到什么困惑,还可直接上网与华老师求教、交流。

给"全托"孩子更多的爱:与《健康娃娃》编辑的对话

繁华的大都市里有着这样一群孩子:每周一的早上被准时送进幼儿园,星期一至星期五的五天四夜里,他们在老师和保育员的陪伴下度过;每周五的下午,爸爸妈妈会来接他们回家,星期六、星期日和爸爸妈妈一起度过两天的假期。我们称这样的教育机构为"全托教育",这些孩子是"全托的孩子"。

大家对于这个机构都有很多的争议,为了能更了解这个特殊的群体,我们采访了华师大学前教育系的华老师,听她和我们聊聊"全托教育"。

问:全托教育已经被很多父母接受了,而且越来越多忙碌的父母会选择这种教育机构,那这样的机构,究竟是从什么时候开始形成的呢?

华:说起全托教育的形成,应该是在战争年代就开始了。那是在中国共产党建立的农村革命根据地、抗战根据地和解放区,为奋战在前线的干部的子女和烈士的遗孤而设立的全托保育机构。这种全托性质的托幼形式一直延续到新中国成立以后,因为一些忙于公务、忙于社会主义革命和建设而无暇顾及幼小子女的国家机关干部、知识分子等一直有让全托机构来帮助解决后顾之忧的需求。

而到了改革开放后的今天,由于社会竞争激烈,一些年轻的父母自己承受着巨大的工作、学习压力,没有时间关注孩子的生活和教育,同时也有不少家长受到早期教育思想的影响,过度依赖托幼机构的教育,认为幼儿园教育优于家庭教育,而放弃家庭教育的部分责任,他们都选择了寄宿制幼儿园。所以,现在全托幼教机构也就多了起来。

问:曾经听说,国外许多教育专家对于中国的这种"全托教育"并不是很赞同,甚至很反对,那中国的一些专家又是怎么看的呢?

华:国外有些学者对我国的全托幼教机构相当不理解,甚至提出质疑,表示反对。这是因为他们的观点是基于某些理论和某些研究的结论,比如"早期依恋"的研究认为,"分离焦虑"会导致孩子行为退缩,早期亲情的缺失会对以后的情感、性格,乃至认知发展产生极其负面的影响。

这些基于实证研究的结论显然是有道理的。但是,这并不意味着可以简单地推论到我国的全托教育,尤其是西方有些观点和结论是来自对孤儿院孩子的研究。我想说的是,同样是全托,失去父母或被父母遗弃的孩子与有规律地与父母暂时分离的孩子是不一样的;而实施全面发展教育的保教机构与具有收容性质的慈善机构也是不能相提并论的。所以,西方学者的有些观点和结论并不能说明我国寄宿制幼儿园的实际情况。

问:许多家长都认为,全托的孩子比较独立,处理问题能力比较强,可是根据国外的教育理论,似乎对于孩子早期情感的发展又不是很好,那究竟"全托教育"对于孩子有些什么利弊呢?

华:全托教育对孩子发展的利和弊都是明显的。有利之处是全托的孩子及早摆脱对父母的依赖,所以在生活自理能力、良好的行为习惯、秩序感和规则意识的养成,以及同伴交往的能力等方面,往往要优于日托的孩子。而不利之处是由于全托机构一个保教人员要面对众多孩子,在对孩子需要的敏感性和应答孩子的及时性方面远不如父母,这样就使孩子的情感需要很难得到充分满足,而早期情感的满足对孩子的发展又是极其重要的。就这一点来说,我主张有能力和有条件亲自照料孩子的父母,最好把孩子送日托机构,而不要全托。

但任何决策都不是绝对的,如果孩子生活在受忽略、受虐待,或父母感情不和的家庭,对孩子来说同样是一种亲情缺失,而且由于体验的主要是消极情感,那么对孩子发展的损失就更大,那还不如全托教育机构对孩子的发展更有积极的意义。另外,全托是否一定给孩子情感方面带来负面影响,对不同的孩子也是不一样的,这取决于孩子入全托时的年龄,1岁半到3岁的孩子正处于与父母建立依恋的关键时期,可能这时对孩子的负面影响要大些;也取决于孩子先天的气质特征,内向的孩子更不适宜全托,他们的入托适应会很慢,体验消极情感会更强烈和持久;还取决于托幼机构的教育质量和保教人员的专业素养,注重采取情感抚慰性措施的托幼机构,会使孩子得到一定的情感补偿,从而消除由"分离焦虑"给孩子带来的负面影响。

问:对于一些在全托机构的孩子,我们应该给父母些什么建议呢?他们需要注意些什么?

华:首先就是情感方面的补偿。父母要和孩子建立起彼此信任的情感关系,让孩子体验到爸爸妈妈是爱自己的,全托是因为爸爸妈妈工作太忙。具体做到有规律地按时接送孩子,让孩子有一种确定性的期盼,让孩子对父母产生信赖从而获得一种心理上的安全感。周末回家要多给孩子一些情感上的满足,当然不是溺爱和纵情,而是通过给孩子讲故事、一起玩游戏等方式多陪伴孩子,与孩子交流,让他感受到爸爸妈妈是多么的爱他。

其次是认知方面的补偿。由于全托的关系,孩子的视野相对局限,不如日托的孩子接触社会上的新鲜事更多,所以周末和假期,父母有必要带孩子到处走走,开阔眼界。

附二

对幼儿教育本体意义的理解

—— 为《绿色教育，自然天放》作序

我们已经习惯于这样的比喻：孩子是花朵，老师是园丁，幼儿园就像美丽的花园。那娇艳的花儿折射着园丁辛勤的劳动，园丁的呵护如绿叶衬托起花儿的娇嫩。幼儿教育——养花育苗般美丽而浪漫，没有比园丁和花园的赞誉更令人陶醉了。

然而今天，青岛市经济技术开发区第一幼儿园的园长和老师却思考起这样一个问题：我们究竟应该让孩子们在什么样的环境里成长？这是一个非常深层次的思考，是对花园般的成长环境的反思，是对生命的存在状态的体悟。或许因为花的娇艳难以长久？或许担忧花的娇嫩难耐风雨？她们意识到，远离自然的生命是那么的脆弱，而无视生命本质的教育更是那样的虚伪。得益于生态平衡理论的影响，环境保护宣传的感召，自然教育思想的启示，她们毅然推倒了幼儿园那道无形的隔墙，把大自然的绿色生机引进花园，把孩子们如种子般撒向自然的怀抱，而教师自身也融进这绿色的世界，与孩子一起构筑共同成长的自然生态，为花园般的教育注入新的内涵。这就是"自然天放"的"绿色教育"——如同放飞笼中的小鸟，如同打开栅栏锁链让动物野生，还生命以自由的本性。

"绿色"是生命的象征，"绿色教育"则使教育归位于生命；"绿色"是自然的写照，"绿色教育"欲使教育归顺于自然。这是极其震撼人心的对教育本体的把握，在超越了工具意义上的理解以后，教师和孩子都获得了解放。因为从自然天放的绿色教育中我们看到，教育不再仅仅是一种责任，而更是对待生命的一种态度。绿色教育的课程实施从三方面印证了这一点：一是回归自然的教育；二是顺应天性的教育；三是把握生态的教育。

回归自然的教育。生命首先是源于自然的，生命的自然属性决定了人与自然的依存关系。越是年幼的生命，越接近于自然的本原状态，如同人类文明是从探索自然的原始智慧开始一样，个体的成长也必然初始于自然的启蒙，这就是孩子为什么生来就如此亲近自然的缘故。曾有一个中年朋友在面对一片满是野花杂草的荒地时说了一句话："我们小时候是趴在地上玩的。"这句话不仅表明了孩子与自然的亲近,也是对现代都市阻断了孩子与自然沟通的感慨。孩子们再也没有机会在草丛中研究昆虫,在小河边观察水纹,在林子里比试叶梗,在坡地上体验身体的控制力……其心智完全受制于人为的灌输,缺乏自然的抚育和天成的灵气。针对都市孩子远离自然的缺憾,开发区第一幼儿园一方面在园内开辟了自然风景游戏区、民间游戏区、沙水活动区,以及饲养和种植园地,让孩子在草地上树林间嬉戏遐想,实地探索关于动植物的无数个为什么;一方面把孩子带到野外大自然,体验大海沙滩、田园风光的美丽和奇妙,走进自然,亲近大地,热爱生命,让孩子感受人与自然以及自然本身的和谐。

一幼的老师用她们经历的一个个故事和案例向我们证明,自然是孩子们最好的朋友,也是最好的老师。与教室里老师设计的探索不同,大自然具有很多的不确定性和无常性,这种不确定性带给孩子的就是神秘和好奇,自发的探索行为往往在这里出现,在自然的怀抱里孩子们会有许多意料之外的发现,也正是这种发现的惊喜带给孩子无穷的乐趣;与老师关于保护自然的说教不同,孩子与自然的亲密接触是那样的直观:小兔——青草——昆虫——鸟儿,阳光——植物——水——动物,他们用心感受着自然中生命的和谐、生命的相互依存和生命的无限循环,在亲身体验了自然的神奇和乐趣以后,孩子们爱护自然的情感变得如此由衷。可见,回归自然的教育是一种生命的体验,是对幼小心灵的安抚和陶冶。

顺应天性的教育。每一个孩子都从自然人走来,带着自己的天性,孩子群体也就构成了自然,集合着不同的天性。天性是自然赋予孩子的,非成人的意志可转移。发展就是在天性的基础上的展开过程,所以,顺应天性的教育,就是遵循孩子发展的自然规律,既让孩子个性化地发展,又让孩子在和谐共处的群体中更好地社会化。

当我们以尊重孩子天性的态度去审视孩子行为的时候,我们就会惊讶于孩子早期天性中蕴藏着可贵的品质,同时也会为教育的"塑造工程"长久以来成为一种"改造工程"而深深遗憾。创新精神萌芽于幼儿时期的好奇心,却在早期知识灌输的教育中逐渐泯灭;艺术素养发端于幼儿游戏的想象力,却在对游戏的指导规范中受到限制;动手能力开始于幼儿时期用双手来探究世界的好动性格,却袖手于说教诵记的无限反复;尊重自然的生态意识根植于幼儿时期对自然生命的认同,却被驾驭自然的教育所淹没……由此我们不难理解,这些可贵的品质虽然受用于未来,却在早期的天性中孕育,幼儿教育一再强调的潜能开发,其本质就在于对天性的张扬,只有在天性的展现中,我们才能把握孩子多种发展的可能性,使潜在的能力得到最大限度的开发。

开发区一幼的绿色教育,用"自然天放"四个字解释了顺应天性的教育,"我们把它引用为按照自然规律让幼儿放开发展"(摘自《绿色教育,自然天放》书稿第 27 页)。这一"放开"意义深远,这是对幼儿身心的解放,也是对幼儿教育的开放,更是对幼儿潜质的开发。

游戏是幼儿的天性,正是游戏展现了幼儿天性中所蕴藏着的这些品质,也是游戏使幼儿在展现这些品质时表现出差异性和多样性的特点。要"让幼儿放开发展",首先应尊重幼儿游戏的天性。然而游戏是可以被理解和阐释的,现实中的不同理解和阐释导致了不同的组织和指导,"游戏者"就会有不同的体验。绿色教育所倡导的游戏,是作为幼儿天性的游戏,她们提出的"自主游戏"、"自由想象"、"自然学习"、"自信交流"是最贴切的概括。因为在自主游戏中才有自由想象,自由带来自然(发)的学习,只有在自发学习中才有的胜任感会使幼儿充满成功的体验,最终实现的是自信。从一个个游戏案例中,我们看到了令人激动的"放开发展",游戏时老师让孩子们无拘无束尽情尽兴,追求一种润物无声的教育渗透,教育的要求想方设法转化为孩子的愿望,或者在游戏之外为孩子做经验准备和经验提升,除非对游戏本身的支持,决不干扰孩子的游戏。

尊重幼儿发展的规律如同尊重自然的规律,逆之,亡之;顺之,昌之。

把握生态的教育。幼儿的成长决非单纯以自身发展的规律所能解释,无论是发展的自然属性还是社会属性,其成长的环境都是一个复杂的关系,"在关系中发展"已成为共识。然而,这是一种怎样的关系?它是如何作用于幼儿发展的?在绿色教育的理念中有一条非常醒目的原则——成长生态原则,生态一词不仅解释了幼儿自身发展的规律是如何在其生存的环境中起作用的,同时也暗示了关心幼儿成长的人如何为他们构筑良好的成长生态,那就是互动关系中的和谐与平衡。

按照布朗芬布伦纳的人类发展生态学理论,成长的个体与其所处的变化着的环境之间的关系有四个不同层次的生态系统,开发区一幼在绿色教育体系中构筑的幼儿成长生态,就是在这四个相互关联的生态系统中,着力于以课程来协调家庭、幼儿园、社区的关系。因为她们清醒地意识到,当今社会快节奏的变化带来大量不确定的因素,使幼儿园这块相对纯净的空间也不断地受到挑战,教育的内容和目标遭受来自家庭和社会各方面因素的对抗。比如幼儿园的正面品德熏陶被社会上的反面事实所抵消;教师为幼儿长远发展所采取的教育行为,被家长急功近利的教育措施所否定。面对幼儿成长环境的生态冲突,如果无奈甚至屈从,那么牺牲的就是幼儿发展和对未来社会的适应。因此,要使与幼儿发展直接相关的生存环境形成一个协调的生态圈,就必须开放学校,开放课程,树立大课程观。除了幼儿园,家庭和社区也是实施课程的场所,家庭社区中凡是能影响幼儿发展的一切因素都应当是课程的资源。

让人感动的是,开发区一幼的孩子真正地走出幼儿园,去直面成人的世界,并且发挥着反哺的功能:以幼年的纯真影响大人,以天生的善良关爱老人,以朴素的真理挑战权威。同时通过让家长参与课程的建设和决策,家园之间形成了共育孩子的合力。老师以父母般的胸怀呵护着孩子,家长用自身的资源充当了老师,并以家长的行为守则保障孩子的习惯养成,家园互动、亲子互动、师幼互动,让幼儿在这动态关系的平衡中和谐成长,正是绿色教育的宗旨所在。

构建家园之间的教育共同体

——南西幼儿园的"乐家园"

学校的开放性是当今教育的一个重要特征。

在科技迅猛发展、知识日益更新、信息迅速膨胀的今天,社会、家庭、大众传媒等外部因素比任何时候都强烈地影响着学校教育,学校教师也前所未有地感到了来自校门之外的压力,大量不确定的因素使学校相对稳定的教育内容,相对纯净的学习氛围不断地受到冲击。就幼儿园教育而言,这种外部因素集中地体现为家庭的影响,围墙中的幼儿园教育,越来越受到来自家庭生活方式、家庭养育行为、家长育儿观念的影响。为迎合社会发展对幼儿教育的要求,重新审视新时期幼儿园和家庭的关系,探索适应社会变化的开放式幼儿教育新模式,是当今幼儿教育改革的重要任务。

然而,家园之间在教育观念上的落差,在教育行为上的矛盾,成为许多幼儿园课程改革中极大的障碍。表现在:

教师对幼儿教育的奠基功能定位于长远效应和潜在效应，着眼于孩子的可持续发展，看重的是对幼儿一生发展都会产生有益影响的品质的培养；而激烈的社会竞争使家长急功近利地寄希望于幼儿园，希望老师能为孩子的学业做好最充分的准备，他们看重的是孩子能否在幼儿园学到知识和技能，看重的是孩子眼前的发展状态和起跑线上的输赢。

教师理解游戏对幼儿成长的意义，游戏对孩子完整人格的作用，通过游戏促进幼儿的发展，这是幼儿园教育的根本；而家长的立场很清楚：要想进入一所好的小学，要想适应小学里的分等排名，主要是学业成绩的竞争，而不是其他。至于孩子的个性、情感、态度、能力，以及独立性、主动性和创造性等这些为当代教育特别倡导培养的品质，却因其难以评估测量和短期内难以显现效应而不以为然。他们坚持要老师严格地通过"教学"传递知识，对"以游戏为基本活动"的幼教改革感到不理解。他们喜欢功利性地问孩子：今天老师教了什么？今天在幼儿园学到了什么？他们欣慰于孩子学会了算术认了字，却指责幼儿园整天让孩子"玩"。

是家长与老师对孩子的热情和期望不一致吗？显然不是。

幼儿园教师都会以职业的良心承诺家长，你们的孩子就是我们的孩子，我们与家长有着共同愿望，那就是让每一个孩子都得到最理想的发展。

或许是对"发展"的理解不一样，或许是对教育的方法有分歧。家园之间应当建立起怎样的关系才能有效地形成教育的合力？南西幼儿园在教育的改革和探索中找到了准确的定位："家园共育"的提出，拉近了幼儿园与家庭的距离，亲近了教师与家长的关系，幼儿园与家庭之间建立教育的共同体，让家长参与到幼儿园的教育中来，与家长同步关注孩子的成长，以容易接受的方法使家长理解当今幼教理念的真谛。其间，作为经过专业训练的幼儿园教师理应在家园共育中起导向作用。

"家园共育"不是一个抽象的口号，而是一种新的幼教理念，作为教育理念必然要有具体的落实，改变传统幼儿园封闭的办园模式，让幼儿园成为孩子的家园，让家长成为教师中的一员，让"家"和"园"成为一体。

南西教师告诉家长：要给孩子一个幸福的"乐园"。

"以游戏为基本活动"，这是当今幼教改革所倡导的理念，也是南西课程的特色。南西教师没有简单地用"玩"来否定家长要求"教"的期望，而是将"玩"视作一种"教"的机智。游戏不仅是孩子的天性，同时游戏中充满了自发的学习，游戏中也蕴涵着教育契机，幼儿的发展是在游戏中实现的。因此，为满足孩子游戏的天性，实现游戏中发展的理念，幼儿园首先应当成为孩子的"乐园"，她们要用事实让家长相信，"会玩"的孩子更加聪明、自信、灵活、自律。但这还不够，孩子成长的一半归因于家庭，更要让家长直接体验游戏带给孩子的发展机会，通过游戏来增进亲情、理解孩子。南西教师以户外、客厅、卧室、盥洗间为场所编创的亲子游戏，让家庭也充满了游戏的欢乐，这种"寓教于乐"的形式，构筑了"家"和"园"的教育同步。

南西教师告诉家长：要为孩子营造一个温馨的"家园"。

研究证明，家庭是孩子成长最安全的港湾，家庭的养育给幼儿发展以亲情的滋润，早期亲子之间形成的安全依恋，关系到孩子未来人格的健全。但同时，幼儿必然而且必须离开家庭，进入托幼机构接受社会的培养和教育，孩子的社会性和认知的进步也需要同伴的互动。问题是长期以来，教育的严肃性使幼儿园和家庭之间横着一条鸿沟，家园之间明显的区别，强化了孩子对亲子分离的焦虑，由此而产生了对家园之间鲜明的好恶。可喜的是，新的教育观和儿童观使南西幼儿园对此有了全新的认识，"幼儿园应当是家的延伸"，幼儿园不是充斥着训练的学园，而应该是洋溢着温馨的"家园"。因此她们一方面使幼儿园的教养氛围充满家庭般的温暖，另一方面也让家庭的教养方式得到幼儿园理性的关照。几年来，她们通过贴近家庭的环境创设，通过"家园信箱"中几百个"答家长问"，通过与家长分享教养经验等措施，填平了横在家园之间的鸿沟。我们看到，南西的孩子不仅深爱着自己的家，也深深地眷恋着幼儿园这第二个家。

南西的教师告诉家长：孩子的生长环境应当比作美丽的"花园"。

都把孩子比作幼苗和花朵，那么教师和照料者就是护花的使者和育苗的园丁。这样的比喻让幼儿园成了苗圃和花园，让教育者感受了园丁的伟大，由此自觉地承负起精心栽培、细心照料的责任。南西幼儿园通过多年家园互动的积累，为我们呈现了丰富而精彩的材料，看到了家庭和幼儿园在培育方面的同步：家长的困惑有教师的指点；教养的热点有家园之间的切磋；家教经验有家长之间的分享；家长把对孩子的聆听提供给老师，老师为家长分析孩子的童言稚语；老师把对幼儿的观察提供给家长，让家长学着理解孩子……其内容从营养的配置到疾病的预防，从细致的保育到机智的教诲，从身体的保护到心理的呵护，无不反映了家园之间的携手共育，无不体现出园丁们育苗护花的周到。

孩子的健康成长不能没有家庭，因为这里是他们个性化成长最自然的生态环境,孩子的成功发展也离不开幼儿园,因为这里为他们的社会化发展提供了最理想的设计。每一个孩子都将在不断地个性化的同时不断地社会化,又在不断地社会化的过程中不断地个性化。因此,构建家园之间的教育共同体,最终奉献给社会的将是一个完整、健康、和谐的人才。

"根"的教育智慧和艺术

——为《幼儿园绿色教育活动选编》作序

"生态崇明"是一个现实,她是繁华大都市里一方未被污染过的原生态净土;"生态崇明"又是一幅宏图,她展示了现代化进程中绿色城市的远景,上海将因崇明生态岛这一城市田园而增色,这就是我从这一本来自幼儿园的本土化教案汇编中感受到的。

这里汇编的几十个教学活动都是已经实践过的鲜活案例,从中可以看到教师怀着浓浓的乡情与孩子们互动的过程,其间散发着浓郁的乡土气息。一方面是原汁原味的乡村野趣,教学活动的形式中,我们看到让孩子们在田间测量、在林中统计、在湿地探索。我们惊叹大自然竟然就是孩子赖以生存的这一方水土,田野、大树、水塘、花草、鱼虫、小鸟、农作物……离孩子们如此之近,呈现在我们面前的是孩子与自然融为一体的生态景观。另一方面是土生土长的民俗风情,教学活动的素材为孩子和盘托出了一个魅力无穷的家乡传统,让孩子们在扁担戏、莲湘舞、灶花、编织刺绣等民间艺术中体验和表现,在故事、传说、谚语、童谣等民间文学中认识和创造,教案中不乏一种文化的传承意识,这也是人文精神的教育启蒙。此外,再加上对螃蟹、芦秫、米酒、甜包瓜等土产作物和土制食品的感知,把热爱家乡的教育生动地体现在一种"根"的教育上了。我们完全有理由相信,幼儿通过这样的乡土教育,会在了解了自己家乡过去和现在的同时生出眷恋,会在憧憬家乡的未来中生出自豪,这种对本土文化的认同和态度,会深深地浸入幼小的心灵。

让人对这些教学案例感到敬意的是,这里的乡土教育决无半点狭隘保守的地方性,而是充满了鲜明的现代意识与开放意识,将保护生态、治理环境、造福人类、多元和谐的思想贯穿在多样化的教学方式中,体现了乡土教育与生态教育、人文教育的有机结合。对于幼儿,没有过多的说教,也没有高深的理解，只是通过对乡土知识的实地考察，与民间成果的近距离接触，在生态圈中感知环境，在民俗活动中体验文化，以家乡美好的景观理解主人与客人的关系。这种动手动脑、亲历亲为的体验，比起那些远离幼儿生活的图片和视频进行隔靴搔痒的环境感知和含糊其辞的文化理解有用得多。

通过这些教学活动中教师所收集的资料，我们才如此深刻地体会到什么叫地域差异、什么叫地方的特点，一片土地竟能蕴藏着如此丰富的教育资源。原来，一个地方的历史环境、自然地理、民俗文化方面的知识就足以启蒙孩子的思维，滋养孩子的精神，陶冶孩子的情感。在倡导课程结构多元化的今天，为体现课程实施园本化的课改理念，我认为，这本书中的教学案例不仅为上海市幼儿园教材的实施充实了很多鲜活的素材，也为上海教材的实施如何体现地方差异性提供了样板。而且从这些教学案例的组织和编排来看，又体现了比较完整的主题框架，比较丰满的结构内涵、也为幼儿园主题式的乡土教材编写提供了参照。

后　记

本书定名为《学前教育改革启示录》，表达了这样两层意思：

其一，整个中国学前教育发展的历史，就是一部学前教育改革史。从清末仿效日本，到民国借鉴欧美，再到建国以后学习苏联，直至伴随我国改革开放而进行的国际化与本土化探索，学前教育的每一次变革，都是在社会发展、时代进步，以及不同时期国家政治与经济变革的需要中，寻找新的定位。因此在我看来，所有因学前教育问题而进行的研究，所有为学前教育发展而撰写的文字，大都是得之于"改革"的思考。

其二，我们这一代学前教育工作者完整地见证了改革开放以来的这一轮教育改革。我进入这个专业领域正值这一轮学前教育的改革拉开序幕，记得我参与前辈的第一次研讨，主题就是以未来 20 年的社会要求看幼儿园培养好孩子的标准是什么，学前教育应当如何适应这一变化。如今二十年早已过去，许多参与研讨的前辈已经退休，而我回望这个变革的来龙去脉，就是省视自己的学术历程。可以说，我个人的专业成长就是在学前教育改革的背景中，通过对改革过程不同阶段的问题反思而实现的。因为我的体会是，在大学里任教的一个最大的特点，就是边学边教。这里的"学"实际上就是对所教内容和所授观点的不断反思，特别是学前教师教育的课程有着极强的人文性和应用性，敏感于现实的变化，对现实问题的持续思考是必要的。我先后任教的课程有"教育概论"、"学前教育学"、"学前心理学"、"儿童游戏""0—3 岁儿童发展与教养指导"等，这就让我有可能以不同的理论视角去关注现实，在参与幼儿园教育改革实践的过程中反观理论，便有了很多心得并形成了这些文字。

我喜欢沉浸在对教育现实问题的思考中，二十多年来，我的思考方式发生了变化，那就是从书斋里的理论思辨，到现实中的实践反思。在参与地方教育行政部门有关教育指导性文件的编制与解读工作中，有机会接触一批教育实践专家，在职后教师培训以及与幼儿园的合作研究中，有机会亲近广大一线教师，在与他们的互动中，我发现从书本到课堂的演绎，有时是那样的苍白甚至尴尬，它与现实之间有时是那样的遥远。每每这时，来自书本的理论总会向实践妥协。

记得第一次给宝钢的中专技校老师讲解"教育与经济的关系"时，他们挑战我的就是"学校破墙开店"的现实问题。显然，简单地用"应当如何"和"不该如何"来加以解释是多么乏力，因为他们都知道政府应当加大拨款，校长姓"教"不该姓"钱"。为此，我不得不对那些"姓钱"的校长能够留住骨干、招来名师、购置设备从而提升教育质量的做法给予理解，试图以"暂时性教育自救"为"存在的合理性"佐证。还记得曾用"游戏与教学融合"的观点来解释"幼儿园以游戏为基本活动"的教育理念，结果在实践中却演变成教师对幼儿游戏的高控制，有理论工作者批评：这不是"幼儿游戏"而是"游戏幼儿"。一线教师则委屈满腹，她们说"游戏的自由怎能实现我们想让幼儿学到的东西？"在与教师的反复对话中，我发现理论推导与实践演绎并非总是一致，理论上说得通的实践中不一定行得通，教师无奈于既不可"放羊式游戏"也不能"控制式游戏"的中间状态，"游戏与教学的融合"实际上是想让教育过程达到一种"老师在教，幼儿在玩"的境界，这在现实背景中谈何容易。那么，理论是否也需要在对实践的妥协中做出新的注解呢？或许，游戏归游戏，教学归教学，当教师看出了玩的真谛，把握了教的技巧，自然会过渡到"玩中教"的境界。所以，我理解的教育改革不是一种革命，而是逐步改良，小步递进。因此我所谓的对现实的妥协，实际上是一种坚持，是变换一种方式的坚持，我发现只有在妥协中的坚持才会改良现实。

我深深体会到，能够丰富我学术内涵的往往是实践中的事实，因为事实中隐含着问题，正是这些问题激发了我思考的兴趣和动力。正如我在书中提到的，改革将是一个不断持续的过程，在经历了较长一个过程再回头时，我们发现改革的阶段特征是鲜明的，每个阶段都是针对现实的问题提出改革的理念和策略，而在解决问题的过程中还会不断发现或产生新的问题，而带给我问题的大都是一线的教师，是她们的实践引导我步步深入的思考。例如0—3岁婴幼儿早教服务中心本着游戏的宗旨，在成立之初几乎办成了儿童活动中心，很快老师便告诉我，家长不满足于远道而来只是让孩子玩一玩，引发我思考了"早教中心"与"活动中心"实践模式的区别；当教师为早教中心设计婴幼儿训练性游戏，而移植全日制托班的课程时，促发我思考了亲子教育机构的特殊性，以师—幼互动的"早教"与亲—子—师三方互动的"早教指导"，区别了两种课程的差异性；当教师以一种居高临下的标准化模式指导不同家庭的亲子互动而遭到质疑时,特别是来自国外早教中心专家对我国早教提出"有指导,没有服务"的评价时,激发我比较了中西早教服务的背景,提出了"协商性早教指导"的观点。使我感到欣慰的是,我基于实践的每一次思考,都能得到改良实践的良好回应。

常听到一线的老师说,"文章的水平越高,我们越看不懂,因为我们的水平太低。有时经过一解释,原来如此"。我感觉这是一种讽刺,就好像改革开放初期有个老工人说的话,"爆玉米花变成了'哈立克',橘子水变成了'芬达',汽水变成了'雪碧'……"。我想,在同一个学科背景下的理论研究与实践之间不该有这样一种鸿沟,我们知道,从事文学和文艺工作需要通过体验生活,民间采风,才能创作出为大众喜闻乐见的作品,其实对我们从事教育这样一种应用性学科研究的人来说,何尝不需要这样呢。经常去看一线教师带教,与她们一起讨论问题,听她们讲各自的教学故事,真的能够得到充实与启发,甚至从她们的某些习惯性口头语言中都可溯源教师对课程改革的态度、矛盾以及实践变化的过程。比如她们不说"上一节课"而说"上一节活动",有些地方不说"上课"叫"做课",比如她们对活动区的名称从"角落活动"到"区角活动"再到"区域活动"是逐步出现的,还有游戏后的"评价"到"讲评"再到"分享"……。与一线的名师聊教育问题特别带劲,她们的言谈中充满着实践智慧,常常能直接从她们的对话中收获我想要的东西。每当她们给我一个故事,我给她们一个概念,或我给她们一个概念,她们给我填充一个例子的时候,我们彼此都会兴奋不已。比如南西幼儿园的徐则民老师给我讲了她是如何备一节课的例子,这个例子为我正在思考如何备课,备教材和备孩子的关系做了生动的注解。我正想告诉一线老师们一个原则,备课不仅要备教材,还要备孩子,即在你要教的这个知识内容中,孩子们已经知道了一些什么,还不知道什么,这些还不知道的东西哪些通过你的教学,能够让他们知道,哪些是你再怎么教也教不会的。而徐老师的一个例子,就把这个原则给阐释了,我惊叹她的实践智慧。我说她在教学中很好地把握了孩子的"经验连续体",她说我给了她很好的理论上的提升。其实,我从她那里得到过很多鲜活的案例,她常常带给我很多灵感。可见,要"把有意义的东西说(写)得有意思,把有意思的东西说(写)得有意义",只有到实践中去与一线教师对话。

我自认为没有太大的学术抱负,只是觉得周旋于理论与实践的关系中很有意思,也很有意义。但我是认真的,努力的,我执着于自己的思考,并为这些思考寻找着事实的根据,同时又为有效的实践寻找着理论的支撑。缘此,在结集出版这本《启示录》的时候,我要衷心地向多年来给予我帮助、支持的一线老师鞠躬致谢。首先要感谢的是教委教研室的黄琼老师,她以其引领全市教研的便利,为我提供了大量亲近实践的机会,我参与过她组织的各种全市性教研活动,她的智慧和才干让我十分佩服,她会时不时地挑战我的想法,激发我的思考,从她那里我收获了许多,能成为她的朋友真是一件幸事;还要感谢南西幼儿园、海贝幼儿园和卢湾早教中心以及那里的老师们,这是我游戏研究和0—3岁早教研究的基地,我的许多思考是在与她们的互动中产生的;我十分感谢的还有邵乃济、郑惠萍、洪晓琴、毛美娟、傅坚敏、姚健、林剑萍、钱秋萍、陆明凤、李建君、李丽娟等一批园长,她们无条件地为我甚至我的学生敞开在幼儿园见习和调研的大门,从不同的方面支持和配合我的工作和研究,在我需要的时候总能为我提供方便;在我的感谢中还有一位割舍不下的是茅红美老师,我的两个研究方向也正是她的实践强项,于是我们有了许多一起探讨问题的机会,而她总是毫无保留地为我提供我所需要的一切。要感谢的人太多太多,有教研员、幼教干部和一线的教师,我为不能在此一一表出而感到内疚。我只想说,与你们在一起,不仅感到工作是那么的有意味,还感到生活是那么的有趣味,也许人生的品味就是工作的意味加上生活的趣味吧。请允许我再次向你们鞠躬致谢。

华东师范大学学前教育系　华爱华

2009 年 9 月

图书在版编目(CIP)数据

学前教育改革启示录/华爱华著. —上海：上海社会科学院出版社，2009

ISBN 978 - 7 - 80745 - 576 - 9

Ⅰ. 学… Ⅱ. 华… Ⅲ. 学前教育－课程－教学改革

Ⅳ. G613

中国版本图书馆 CIP 数据核字(2009)第 168608 号

学前教育改革启示录

著　　者：华爱华
责任编辑：赵玉琴
封面设计：闵　敏
出版发行：上海社会科学院出版社
　　　　　上海淮海中路 622 弄 7 号　电话 63875741　邮编 200020
　　　　　http://www. sassp. com　E-mail:sassp@sass. org. cn
经　　销：新华书店
印　　刷：上海敬民实业有限公司长阳印刷厂
开　　本：710×1010 毫米　1/16 开
印　　张：15.75
插　　页：2
字　　数：266 千字
版　　次：2009 年 9 月第 1 版　2009 年 9 月第 1 次印刷

ISBN 978 - 7 - 80745 - 576 - 9/G・121　　　　定价：35.00 元